NEST FERCH·RHYS

Er cof annwyl am Owain Elias Owen
Taid Bryn Meurig

Marged Berry

NEST FERCH·RHYS

y Lolfa

Diolch:

I holl dîm Y Lolfa am gefnogi'r nofel hon ac am ganiatáu i mi wireddu breuddwyd. Rwy'n ddiolchgar yn enwedig i Meleri Wyn James a Robat Trefor am eu golygu trylwyr a sylwgar.

Diolch o galon i Meinir Mathias am ddod â Nest fy nychymyg yn fyw, ac i Sion Ilar am y clawr trawiadol. Diolch i fy mrawd Ynyr am y map gwych.

Mawr yw fy niolch i gymuned lenyddol Cymru am fy nghroesawu i'r byd hyfryd hwn, ac yn enwedig i Nicola, Erin, Rebecca a Simon am eu cyfeillgarwch a'u cefnogaeth.

I fy nheulu mae'r diolch mwyaf; am y cariad tragwyddol, a'r ffydd ynof fi. I Mam a Nia, ni fyddai'r nofel yma yn bodoli heb eich anogaeth. Ac i Nick, Owen, Trystan ac Osian – chi yw fy myd.

Argraffiad cyntaf: 2026

Llun y clawr: Meinir Mathias
Cynllun y clawr: Sion Ilar
Map: Ynyr Berry

Rhif Llyfr Rhyngwladol: 978-1-80099-813-1

Dymuna'r cyhoeddwyr gydnabod cymorth ariannol Cyngor Llyfrau Cymru

Cyhoeddwyd ac argraffwyd yng Nghymru
ar bapur o goedwigoedd cynaliadwy gan
Y Lolfa Cyf., Talybont, Ceredigion SY24 5HE
e-bost ylolfa@ylolfa.com
gwefan www.ylolfa.com
ffôn 01970 832 304

YNYS ENLLI
MATHRAFAL
AMWYTHIG
ABERDYFI
ABERTEIFI
CENARTH BYCHAN
DINEFWR
CAER RHIW
PENFRO
CAERDYDD
LLUNDAIN
120 MILLTIR
Gogledd
Gorllewin
Dwyrain
De

RHAN I

1

Amwythig, Hydref 1094

Gruffydd.

G R U F F Y D D.

Mae'n deimlad rhyfedd i ysgrifennu dy enw. Ei ysgrifennu am y tro cyntaf.

I ba bwrpas, a tithau'n methu darllen? Dim ond siapau ar femrwn yw'r geiriau hyn i ti. A does 'na unman i mi anfon y llythyr, ta beth. Pwy a ŵyr lle wyt ti erbyn hyn.

Ond mae ysgrifennu dy enw yn fy atgoffa dy fod yn bodoli. Alla i ddweud wrth neb amdanat ti – cyfrinach wyt ti yn fy nghalon. Ond mae gweld dy enw yn ffurfio o flaen fy llygaid yn dystiolaeth o'r bywyd a fu. O'r ferch o'n i o'r blaen.

Yn lle anfon y llythyr, bydda i'n ei blygu'n fach, a'i daflu i fflamau'r tân, a gwylio'r geiriau'n troi'n lludw.

Gallaf ddarllen ac ysgrifennu nawr. Wyt ti'n falch ohona i, Gruffydd? Mae wedi bod yn ymdrech, ac i gychwyn roedd fy ysgrifen yn flêr, a'r hen fynach yn fy ngheryddu. Ond rwy'n dyfalbarhau, ac erbyn hyn mae'n rhyddhad gosod geiriau ar femrwn – fy meddyliau'n datglymu a gwneud synnwyr, o fath. Yn fy rhyddhau.

Ers y Diwrnod Hwnnw, mae telpyn caled wedi sodro yn fy mron, yn fy atgoffa – petawn i'n medru anghofio! – pa mor greulon yw bywyd. Anaf cignoeth sydd gyda fi drwy'r amser. Ond rhywsut, wrth ysgrifennu atat ti, mae'n brifo llai.

Fyddi di ddim yn fy nabod i, Gruffydd. Cyrhaeddais yma'n garcharor, ar goll ymhlith estroniaid; nhw a'u helmau bygythiol a'u muriau oer a'u tafodiaith ddieithr.

Ond fi yw'r estron nawr.

Ac felly rwy'n gwrthod dweud gair. Maen nhw'n meddwl fy mod i'n fud. Dychmyga! Maen nhw'n benderfynol o wneud gwraig barchus Normanaidd ohonof. I sathru dros fy enaid fel y sathrwyd ar ein cartref.

Fy ngwneud i'n un ohonyn nhw.

Lle wyt ti, tybed?

Mewn oes arall – bywyd arall – sefais ar furiau Penfro a sgrechian dy enw dros y tonnau, gan obeithio byddai'r gwynt yn cario fy llais atat ti. Glywaist ti fi, Gruffydd?

Gruffydd.

GRUFFYDD.

Tyrd yn ôl. Tyrd i'm nôl.

*

Caer Rhiw, Llys Rhys ap Tewdwr, Deheubarth, Ebrill 1093

Does dim modd myned i Gaer Rhiw yn ddisylw. Mae gatiau enfawr tŷ'r porthor yn griddfan wrth agor, yr hen bren yn gwegian wrth ymagor tuag at y llys, sgrech anifail mewn poen. Mae'r sŵn yn gyrru ias bob tro.

Mae Nest yn codi'n araf ar ei thraed a chynnig llond llaw olaf o wellt i'r gaseg wen, y ffroenau'n goglais cledr ei llaw, cyn camu o gynhesrwydd y stabl i olau gwan y bore, am weld pwy sy'n drysu'r tawelwch. Mae'r llys yn araf yn dod ato ei hun; yr ieir yn clochdar yn fodlon wrth i forwyn ostwng bwced i lawr y ffynnon, a llond llaw o filwyr yn ymlwybro ar hyd y muriau pren.

Mae cyffro'n gwibio trwy ei chorff wrth glywed gwaedd o du draw i'r muriau. Mae 'na gynnwrf ymysg y milwyr wrth iddyn nhw halio'r gatiau trwm at i fewn, gweithio fel un, eu cyhyrau'n griddfan yn yr un modd â'r pren. Ac yna mae'n ei weld, o nunlle, y march a'i farchog ar garlam drwy'r bwlch, y carnau'n rhygnu wrth daro'r llaid sych.

Safa Nest yn stond. Mae pen y marchog wedi plygu, ei wyneb wedi ei orchuddio gan gwfl. Er hynny, mae'n gyfarwydd, ac yn araf cama Nest yn agosach gan grychu'i llygaid, y gatiau enfawr yn gwichio wrth i'r milwyr ollwng y trawst.

Byrlyma anadl poeth y ceffyl yn donnau, ei groen yn chwys a phlisgyn o laid craciog dros ei goesau. Mae rhywbeth arall yn haenu'r blew hefyd; sylwedd gludiog, tywyll. Gwaed. Llithra'r marchog oddi ar ei farch, cwfl ei glogyn yn syrthio oddi ar ei wyneb.

'Rhydderch?'

Mae ei hewythr yn codi wyneb calch tuag ati, yn edrych yn syth drwyddi, fel petai hi ddim yno o gwbl; ei lygaid, sydd fel arfer yn llawn direidi, yn dyllau duon.

'Lle mae dy fam?'

Mae poer yn casglu yng ngheg Nest, ac mae hi'n llyncu'n swnllyd.

'Yn y neuadd. Newydd godi o'i gwely, mae'n wan ers y geni–'

Mae Rhydderch yn troi ar ei sawdl, a brasgamu'n gyflym tuag at y neuadd to gwellt yng nghanol yr iard. Mae'n oedi wrth gyrraedd y trothwy, ei lais fel chwip dros ei ysgwydd.

'Bydd angen i mi newid fy ngheffyl. Cer i 'nôl y march cyflymaf, ferch.'

Sylla Nest ar ei hewythr, cyn troi am y stablau, ei chalon yn pwnio.

*

Mae'r march newydd yn nwyfus, ac mae Nest yn plethu ei bysedd crynedig trwy ei fwng, ei grudd yn gorffwys yn erbyn ei wddf llyfn, y croen yn gynnes yn erbyn ei hwyneb. Does neb wedi ymddangos o gyfeiriad y neuadd. Does dim brys ganddi i gael gwybod y rheswm dros ymweliad ei hewythr, er i bob synnwyr ddweud wrthi bod rhywbeth ofnadwy wedi digwydd. Gwell aros fan hyn, o fewn anwybod y stabl, yn anadlu aroglau'r march, a cheisio'i dawelu gyda dwylo addfwyn.

Ysgytiwyd hi o ystlys yr anifail wrth i Rhydderch ffrwydro o'r neuadd, yn hanner llusgo'i brawd iau, Gruffydd, gerfydd ei fraich. Mae Gruffydd yn baglu dros ei draed hir, yn goesau a breichiau i gyd, ei wyneb fel mwgwd y meirw.

Yn glos wrth ei sodlau, mae ei mam a Hywel, ei brawd ieuengaf, yn dilyn. Brysia Nest ar unwaith o'r stablau, y march yn tynnu ar y ffrwyn.

'Mam?'

Mae 'na dinc ansicr i'w llais wrth iddi agosáu at ei theulu. Mae gruddiau Gwladus yn wlyb, dagrau'n rhubanau i lawr ei hwyneb, ei bysedd yn crafangu o amgylch corff y babi newydd sydd wedi ei wasgu'n dynn at ei mynwes. Mae'n hercio ar ôl Rhydderch, gyda Hywel bach yn glynu at ei choesau.

'Ond beth wnawn ni, Rhydderch?'

Teimla Nest ei bol yn plymio fel carreg i waelod ffynnon wrth glywed cri ei mam, ac mae'n brysio draw ati.

'Tyrd yma, Hywel.'

Mae'r bychan yn ymestyn ei freichiau, a phlyga Nest i godi ei bwysau cyfarwydd. Mae'n closio ati'n syth gan sodro'i fawd yn ei geg. Cipia Rhydderch yr awenau oddi arni, gan lacio'i afael ar fraich Gruffydd.

'Cer â nhw i Ddinefwr, Gwladus. At Hunydd. Arhoswch yno tan i mi ddychwelyd.'

'Ond, Rhydderch! Wyth oed yw e!'

'Hoffet ti i mi'i adael e yma i ddod i'r un diwedd â Rhys? A Goronwy?'

Mae llais Rhydderch yn daran dros yr iard a distawa griddfan ei mam. Teimla Nest ei thu mewn yn rhewi.

Rhys. Goronwy.

Ei thad a'i hanner brawd hynaf, yr enwau'n ergydion oer sy'n treiddio drwy'i chorff. Caea Gwladus ei llygaid mewn ymateb i Rhydderch ac ysgwyd ei phen, y dagrau'n syrthio'n gyflymach nawr.

Mae Nest yn daer eisiau holi Rhydderch, ond ddaw dim sŵn o'i gwefusau. Mae rhu uchel yn ei chlustiau; corwynt yn llenwi'i phen. O'r diwedd mae'r geiriau'n tagu o'i cheg.

'Ble mae 'nhad?'

Daw ochenaid ofnadwy o enaid ei mam. Mae'r baban yn cychwyn llefain, a Hywel hefyd; lleisiau'r plant yn gymysg aflafar â'r sŵn ym mhenglog Nest. Mae 'na dorf o weision yn ymgasglu'n ansicr, pawb am wybod beth yw'r rheswm dros yr ymyrraeth yn oriau mân y bore.

Prysura Rhydderch i halio Gruffydd ar gefn y march. Mae Nest yn gosod Hywel yn ofalus ar ei goesau simsan, a symud tuag at ei brawd arall yn y cyfrwy. Mae gwefus Gruffydd yn crynu, ei ddwylo main yn gwasgu'r lledr. Gwthia Rhydderch ei droed i'r warthafl a sodro'i hun tu ôl i'w nai, cyn edrych i lawr arni drwy lygaid fel cerrig.

'Lladdwyd Rhys yn Aberhonddu rai dyddiau yn ôl. Mae'n brenin…' Mae'i lais yn cracio. 'Fy mrawd – wedi marw.'

Gafaela yn yr awenau. Teimla Nest ei chalon yn taro'i hasennau, y rhuo'n atseinio yn ei phen.

'Mae'n ddrwg gen i, ferch.' Mae llinellau dwfn o amgylch ceg Rhydderch; mae'n edrych yr un oed â'i thad, er ei fod bymtheg mlynedd yn iau.

'Gan gleddyf pwy?'

Prin y gall Rhydderch ei chlywed. Mae Gwladus yn wylo, Hywel yn sgrechian a Margred y babi'n swnian. A Gruffydd. Mae wyneb y bachgen yn drallodus.

'Bernard de Neufmarché.'

De Neufmarché. Arglwydd Normanaidd Brycheiniog. Llithra tafod Nest dros y llythrennau anghynefin.

'A Goronwy?'

Ysgydwa Rhydderch ei ben a throi at Gwladus.

'Cer â'r plant i Ddinefwr, Gwladus. Ar unwaith. Mae Cadwgan ap Bleddyn wedi croesi'r ffin o Bowys ac yn ysbeilio Deheubarth. Wnaiff e ddim colli'r cyfle i elwa ar farwolaeth Rhys. Mae Hunydd yn chwaer iddo a byddwch yn ddiogel gyda hi.'

Mae Rhydderch yn oedi, ei farch yn stampio'n rhuslyd.

'Ac mae dynion Arnulf de Montgomery yn heidio dros y deyrnas. Peidiwch ag aros iddyn nhw ddod o hyd i chi. Ewch nawr.'

Mae Gwladus yn plygu ei phen, ufuddhau drwy'r dagrau. Gwasga Rhydderch ystlys y ceffyl gyda'i gluniau, a thynnu'r awenau i droi'r march.

'Agorwch y gatiau!'

'Gruffydd!'

Mae'r enw'n ffrwydro o lwnc Nest. All o ddim mynd.

'Ffarwél, Nest,' meddai Gruffydd mewn llais rhyfedd. Llais diarth. Mae'r llygaid glas tywyll yn fawr, ei groen fel llaeth yn erbyn y gwallt du. Mae dagrau'n llosgi tu ôl i amrannau Nest.

Plycia Rhydderch yr awenau eto.

'Ha!'

Sgrechia'r gatiau drachefn, gan agor i'r march garlamu drwyddynt, pyliau o lwch yn codi y tu ôl iddo. Wrth ochr Nest sudda Gwladus ar ei gliniau, Margred yn ei breichiau. Mae Hywel yn ddistaw nawr, ei fawd yn ei geg unwaith eto.

Gruffydd.

Daw'r ysfa i redeg, ac yn sydyn mae traed Nest yn clepian yn erbyn y ddaear, ei gwynt yn ei dwrn wrth ddilyn y ceffyl sy'n cario'i brawd, ei ffrind pennaf yn y byd, i rywle pell ac anhysbys. Cura'r gwaed yn ei chlustiau ac mae'n llamu drwy'r gât ac allan o'r llys, sgert ei gŵn hir yn llabedu fel hwyl o amgylch ei choesau. Dydy hi ddim yn sylwi ar unrhyw beth ond y dyn, y bachgen a'r stalwyn yn carlamu ymaith, yn mynd yn llai ac yn llai nes iddyn nhw ddiflannu o'r golwg.

O'r diwedd mae'r boen yn ei hochr yn ormod, ac mae'n disgyn i'r llawr, ei dwylo'n brwsio'r pridd. Maen nhw wedi mynd. Mae Gruffydd wedi mynd. Does neb ar ôl ar y ffordd sych ond hi, a galwad dreiddiol gwylan, fry uwch ei phen.

2

Dinefwr, prif lys llinach frenhinol Deheubarth, Mai 1093

Mae anadl Gwladus yn fas ac yn gyflym, ei gwallt yn glynu i'w thalcen wrth iddi droi ei phen tuag at ei merch, ei llygaid yn llosgi gyda'r clefyd. Difera'r cadach yn llaw Nest yn oer i lawr ei garddwrn, a gosoda ef ar dalcen ei mam yn ofalus. Ochneidia Gwladus yn ddistaw a chau ei llygaid. Bu Margred y babi farw rai oriau ynghynt, yn ddim ond tair wythnos oed, ei bywyd bach yn llithro o'u gafael fel petai hi heb fod. Nid oedd Rhys yn gwybod bod ganddo, am gyfnod diflanedig, ferch fach arall yn chwaer i Nest, ei dywysoges fach benddu.

Mae Nest yn ceisio llyncu'r lwmp parhaol yng nghefn ei gwddf. Mae popeth wedi newid mor sydyn, bron iddi fethu dirnad y peth. Maen nhw yma, yn llys Dinefwr, ers dros wythnos. Roedd y siwrnai, llai na deuddydd fel arfer, wedi cymryd ddwywaith hynny; eu mintai fechan yn oedi bob dwyawr er mwyn i'w mam fwydo Margred, yn wylo'n dorcalonnus yr holl amser, a'r gwaed yn llifo o wacter ei chroth. Gwrthododd ateb cwestiynau Nest am dynged Gruffydd a Goronwy, dim ond troi ei phen i ffwrdd gan lefain. Teimlai Nest trwy gydol y daith fel petai hi'n gwasgu pob rhan o'i chorff yn dynn, er mwyn cadw'r poen tu fewn iddi orlifo fel ton, a'i gorchfygu.

Daeth yr atgofion i'w llethu wrth i'r ceffylau ddringo'r allt serth at y llys. Saif Dinefwr, prif lys ei theulu, fel gwyliwr cyfrin ymhlith gwyrddni'r goedwig hynafol. Teimlodd ysbryd ei thad o'i hamgylch; ei le ef oedd hwn, yng nghalon guriedig ei deyrnas. Lle ei phobl, ymhell o ddwylo crafangus y Normaniaid.

'Wiffydd!'

Roedd Hywel wedi pwyntio'i fys bach at y goeden dderw a'i changhennau isel.

'Ie, coeden Gruffydd,' sibrydodd Nest yng nghlust y bychan, gan gofleidio Hywel yn agos ati. Roedd teimlad afiach yn dirdroi yn ei bol. Roedden nhw'n gadael Gruffydd ar ôl drwy deithio yma. Daeth wyneb siriol ei brawd i'w dychymyg, a brathodd ei gwefus wrth gofio sut yr oedden nhw'n arfer heidio i fyny'r goeden gyda'i gilydd, a'r pryd o dafod a gafodd hithau gan ei mam pan rwygodd ei gŵn newydd.

Llithrodd carnau'r ceffylau ar y llwybr serth wrth iddyn nhw gyrraedd pen eu taith, y muriau allanol yn dod i'r golwg rhwng brigau dwys y coed, a'r mwg yn troelli i'r awyr drwy'r twll yn nho gwellt y neuadd. Erbyn i Nest ostwng o'r cyfrwy, roedd pob cyhyr yn ei chorff yn brifo. Roedd hanner ei bywyd wedi ei dreulio yn y llys hwn, wrth i Rhys ap Tewdwr deithio'i deyrnas. Ysbrydion ym mhobman: gosgordd ei thad yn llenwi'r llys; y stabl yn llawn ceffylau; milwyr byddin Teulu Rhys yn ymarfer gyda'u harfau; y beirdd a'r offeiriad. Pawb yn brysur, a hithau yng nghanol y miri, anwylyd tlws y llys, yn ymfalchïo yn yr holl sylw.

Mae llaw ysgafn yn cyffwrdd ei hysgwydd a thorri ar draws ei atgofion. Hunydd. Cyfnither ei mam yn ogystal â gwraig Rhydderch, tywysogesau y ddwy, o linach hynafol Powys.

'Gad i mi eistedd gyda hi am sbel, Nest. Rwyt ti yma ers meitin.'

Mae Nest yn codi'n araf o'i stôl, ei choesau'n anystwyth,

gan adael i Hunydd anwesu ei grudd a chymryd y cadach o'i llaw.

'Fe wna'i dy nôl yn syth os bydd hi'n gwaethygu.'

Mae'i modryb yn ei gwthio'n ysgafn at y drws, ond oeda Nest unwaith eto a throi i edrych ar gorff ei mam. Dim ond cnawd ac esgyrn yn awr, lle rhai wythnosau yn ôl roedd gwraig hael a hwyliog.

'Cer i'r neuadd, Nest,' meddai Hunydd yn dyner. 'Cer i chwarae gyda Hywel. Mae e'n gofyn amdanat ti.'

Ufuddha Nest o'r diwedd, cyn camu dros drothwy'r adeilad bychan lle chwysa Gwladus yn ei gwely, i awel fwyn yr iard. Mae ar fin nosi, cysgodion ymhob cornel. Mae Nest yn cymryd anadl ddofn, yr aer yn bur ar ôl trymder y siambr. O'i chwmpas mae'r coed yn sibrwd gyda'i gilydd, yn glogyn enfawr yn cuddio'r llys a phawb tu mewn iddo rhag y byd creulon lle lladdwyd Rhys. Yn sydyn teimla Nest yn fach, ac yn unig iawn, a chofleidia ei breichiau o gwmpas ei hunan gan droi tuag at y neuadd.

*

Ymuna Gwladus â'i baban ddim ond tridiau yn ddiweddarach, yr ymdrech i fyw yn ormod iddi yn y diwedd. Does fawr ddim yn cysuro Nest yn y dyddiau sy'n dilyn marwolaeth ei mam, ac mae hi'n treulio oriau yng nghwmni Einion, un o feirdd teulu llys ei thad, yn ymarfer ei thelyn. Roedd Gwladus wastad yn caru cerddoriaeth. Daw Hywel yn aml i swatio wrth ei hochr, yn gwrando gyda'i fawd yn ei geg, ac wrth edrych arno, mae pwysau trwm fel petai'n gwasgu ar ysgwyddau Nest. Maen nhw'n amddifad, a hithau ond yn ddeg oed. Daethon nhw yma'n bedwar, a nawr maen nhw'n ddau, ac mae'r bachgen bach penddu yn gyfrifoldeb arni hi, a neb arall. Mae hi'n gosod ei thelyn i lawr, gan dynnu ei brawd bach i'w chôl, dagrau poeth yn treiddio i'w wallt.

*

Mae Rhydderch wedi dychwelyd. Brysia Nest i'r neuadd, ei gwynt yn ei dwrn. Yno eistedda ei hewythr yn grwmach dros y trestl, ei ben yn ei ddwylo, a'i blataid o fwyd heb ei gyffwrdd. Clecia'r tân yn yr aelwyd yng nghanol y neuadd, y golau'n tasgu a'r mwg yn codi'n drwchus at y trawstiau. Teflir cysgodion hir ar hyd y muriau, ac ar wyneb ei hewythr wrth iddo godi ei ben. Mae neuadd brenhinoedd Deheubarth yn anarferol o dawel; dim ond ambell was yn llusgo'i draed, y rhan fwyaf o filwyr Rhydderch ar batrôl, neu'n gwylio cysgodion y goedwig o'r muriau.

Mae Nest yn oedi wrth i Rhydderch rythu arni gyda llygaid prudd, cyn troi i syllu i fflamau'r tân. Cliria Nest ei llwnc, ei dwylo wedi plethu yn neunydd ei ffrog.

'Ydy e'n ddiogel, Ewythr?'

Mae Rhydderch yn llusgo llygaid gwag i edrych arni, ei wyneb fel petai rhywun yn ei erlid.

'Fe drefnais iddo hwylio i Iwerddon. Does dim angen i ti wybod mwy na hynny.'

Mae calon Nest yn gostwng.

'Ond fe oroesodd e'r fordaith?'

Mae Rhydderch yn troi tuag ati, ei wyneb yn wyllt.

'Am wn i! Rwyf wedi gwneud beth allaf i i'r bachgen!' Coda ar ei draed, yn amlwg wedi cael digon o'i nith yn tarfu arno. 'Mae Deheubarth mewn cythrwfl, Nest. Mae anrheithio'r cythraul Cadwgan 'na wedi 'nghadw i'n brysur ers i mi roi

Gruffydd ar y llong, ac mae Arnulf de Montgomery yn anadlu lawr fy nghefn.'

Mae Rhydderch yn cymryd anadl ddofn, yn ceisio rheoli ei dymer. Pan mae'n siarad eto, mae'i lais yn hollti'r tawelwch.

'Bydd rhaid i ti fynd, Nest.'

'Pam? Ac i le?'

'Penfro.' Mae'r ateb yn swta. Cydia ias yn ei chalon.

'Onid Arnulf de Montgomery yw Arglwydd Penfro nawr?'

Dim ateb. Yn araf mae geiriau'i hewythr yn treiddio i'w dealltwriaeth. Mae e'n cael gwared ohoni. Mae Nest yn troi'n wyllt at ei modryb wrth i Hunydd gerdded drwy'r drws, Hywel yn cydio yn ei llaw.

'Mae Rhydderch am ein gyrru i ffwrdd! At de Montgomery!'

Bratha Hunydd ei gwefus ac edrych ar ei gŵr. Mae hi'n gwybod felly. Cyd-gynllwynwyr. Bradwyr. Brasgama Nest tuag ati a chipio llaw Hywel.

'Sut allwch chi? Chi yw'r unig deulu sydd gennym ar ôl!'

Mae llygaid Hunydd yn cilio.

'Ydych chi wir am ein bradychu fel hyn?' Clyw Nest ei llais ei hun yn dolefain. 'Ewythr! Mae pawb wedi clywed am erchylltra teulu de Montgomery!'

'Cau dy geg, daria ti!' Mae llaw Rhydderch yn ei tharo ar draws ei hwyneb, y glusten yn atseinio, ac mae hi'n syllu arno, ei grudd yn llosgi, atgasedd yn berwi ym mhob rhan o'i chorff.

Mae Hunydd yn ymbilio wrthi. 'Ceisia ddeall, Nest fach. Byddwn yn colli popeth os na wnawn ni hyn! Ein plant. Ein tir...'

Gwinga Nest i ffwrdd o afael ei modryb. Dieithriaid ydyn

nhw, Rhydderch a Hunydd. Mae wyneb ei hewythr yn fwgwd. 'Wnawn nhw ddim brifo merch a plentyn bach, Nest.'

Ysgydwa Nest ei phen yn gynddeiriog. 'Sut allwch chi ddweud hynny? Mae 'mrawd, Goronwy'n gaeth yn nwylo de Montgomery yn rhywle! Os nad ydyn nhw wedi ei ladd e! Mi glywais i Mam yn siarad gyda Hunydd cyn iddi fynd yn sâl!'

'Nest...' sibryda Hunydd, dagrau yn crynhoi yn ei llygaid.

'Taw, Hunydd.' Mae llais Rhydderch yn galed a therfynol. 'Mae hynny'n wahanol, ferch. Mae Goronwy'n ddeunaw. Dyn, wedi hen arfer brwydro. Gwyddost ti hynny!'

Fflachia llygaid Nest.

'Brwydro, efallai, ond nid bod yn garcharor!'

Mae'r dagrau'n byrlymu i lawr ei hwyneb nawr. O bellter maith, clywa lais main Hywel yn crio hefyd. 'Ewythr Rhydderch. Rwy'n erfyn arnoch, peidiwch â'n hanfon yno!'

Ysgydwa Rhydderch ei ben.

'Dyna ddigon, Nest. Rhoddais gyfle i Gruffydd. Mentrais bopeth i wneud hynny. Mae etifedd fy mrawd yn ddiogel.'

'Ond beth am Goronwy?' Gwyddai wrth ofyn y cwestiwn ei fod yn ofer. Mae'n wir nad yw hi'n nabod Goronwy cystal â'i brodyr ieuengaf; wedi'r cyfan, ganwyd Goronwy i feistres ei thad, flynyddoedd cyn iddo briodi ei mam. Ond er hynny, mae'n frawd iddi. Mae hi'n syllu'n anghrediniol ar ei hewythr. 'Ac felly dyna ni?'

'Rhaid i ddyn wybod pan mae e wedi colli, Nest. A rhaid i tithau wynebu hynny hefyd.'

Mae Rhydderch yn camu tuag ati, ond mae hi'n cilio o'i afael.

'Byddai gan fy nhad gywilydd ohonoch chi.'

Atseinia geiriau Nest drwy'r neuadd wrth i Rhydderch afael

ym mraich ei wraig a brasgamu tuag at y drws heb ddweud gair pellach. Arhosa Nest wedi gwreiddio i'r fan, ei bol yn corddi, blas chwerw ar ei thafod, a'i chalon yn brifo i'r byw.

3

Amwythig, Tachwedd 1095

Gruffydd.

Mae popeth wedi newid unwaith eto.

Mae'n amser maith ers i mi ysgrifennu atat. Dim ots, am wn i, gan na fydd y llythyr 'ma'n dy gyrraedd di beth bynnag.

Rwy'n meddwl amdanat ti drwy'r amser. Cofia di hynny. Dim ond i ti ddeall ei fod yn haws, weithiau, i beidio dychwelyd i'r bywyd a fu o'r blaen. Haws esgus bod gen i orffennol gwahanol. Cuddio'r gwir. Mae dros ddeunaw mis ers i mi dy weld di, Gruffydd. Rwyt ti'n ddeg oed. Wyt ti'n dalach na fi erbyn hyn?

Heddiw, cefais fy nghyflwyno i Frenin y Saeson. William II, hwnnw maen nhw'n ei alw'n William Rufus. Mae'n rhaid dy fod wedi clywed amdano. Ail fab William Goncwerwr. Yr William yma etifeddodd Loegr, a'i frawd hynaf, Robert Curthose, gafodd Normandi, fel bod y ddau ohonyn nhw'n chwennych beth sydd gan y llall. Maen nhw'n gwagio coffrau'r ddwy deyrnas yn rhyfela gyda'i gilydd.

Mae'r brenin yn darw o ddyn. Bygythiol. Yn ei dridegau cynnar, rwy'n credu, gyda gwallt eurgoch, a barf trwchus. A'i ddillad mor gyfoethog, Gruffydd. Mantell o sidan wedi'i haddurno ag edafau o aur, a ffwr ar ei hyd, a phwyntiau mor hir ar flaen ei esgidiau, bu bron iddo faglu. Ond er ei orwychder, mae'n filwr heb ei ail, medden nhw. Maen nhw'n dweud ei fod yn gwneud popeth i ormodedd: rhyfela, bwyta ac yfed. Does neb i weld yn hoff iawn ohono. Ei ofn, efallai. Roedd yn rhaid i mi sefyll o'i flaen tra roedd yn gweiddi ar ei uchelwyr, a'i boer yn tasgu i bob man. Does dim urddas ganddo, Gruffydd. Dim fel oedd gan ein tad.

Ond beth ddaeth â fi o flaen William Rufus? Mi ddyweda i wrthyt ti. Mae e newydd wastrodi gwrthryfel yng ngogledd Lloegr, a nawr mae e yma, yn y Gororau, i ddysgu gwers i'r Cymry, ac i deulu de Montgomery hefyd. Rhywsut roedd e'n gwybod amdana i, fy mod yn aros gydag un o ddeiliaid Arglwydd yr Amwythig. Gyrrodd amdana i, a fy ngwneud yn warden y goron.

Mae e nawr yn geidwad i mi.

Dydw i ddim wir yn deall pam. Ond mae'n ymwneud â'r teulu de Montgomery. Dydy'r brenin ddim eisiau iddyn nhw fod yn gyfrifol amdana i. Mae arno ofn nerth y teulu yna; ac mae rheswm da dros hynny. Dydyn nhw ddim yn ffyddlon iddo. Ac mae'n debyg fod y brenin yn ofni y bydd Arnulf de Montgomery yn fy nghymryd fel gwraig, a thrwy hynny, yn sicrhau ei fod yn fwy pwysig fyth yn Ne Cymru.

Ac felly mae popeth sydd yn eiddo i mi nawr yn berchen i William Rufus; rydw i yn berchen iddo.

Mae'n rhaid i ti ddychwelyd, Gruffydd.

Mae tynged ein teulu yn corddi ynof. Rwy'n gorwedd yn effro yn y nos yn meddwl amdanoch, a'r bywyd sydd ddim ond atgof. Rwy'n syrthio i gysgu gan glywed eich lleisiau, ac yn deffro gyda gruddiau gwlyb, a gwacter yn fy nghalon.

Paid aros i ffwrdd am byth. Yn ôl ein cyfraith, mi fyddi'n ddyn ymhen pedair blynedd. Yn ddigon hen i ymladd. Ond arhosa'n ddiogel, ble bynnag yr wyt ti, nes fod gen ti fyddin at dy orchymyn. A wedyn dychwela, a bwrw dy ddial. Ein dial.

Ynot ti mae gobaith.

*

Castell Penfro, safle Arnulf De Montgomery, Deheubarth, Mehefin 1093

Allbost milwrol oedd Penfro erioed, ar safle uchel ar y pentir, hyd yn oed yn oes ei thad, a phrin fod Nest wedi ymweld â'r lle. Ond mae'r arglwydd newydd wedi gweithio'n gyflym, a chodi adeilad llawer mwy ar safle'r hen lys. Gwibia llygaid Nest dros y domen enfawr o bridd gyda'r tŵr uchel ar ei ben, a baner felltith de Montgomery yn chwifio'n wyllt yn y gwynt.

Amgylchir y domen a'r tŵr gan wal o goed, gyda phont godi yn gostwng ac ymuno gyda'r sarn bren sy'n arwain at glwstwr o adeiladau, o fewn ffens derfyn uchel. Mae ffos ddofn wedi ei phalu o amgylch y waliau, a milwyr wedi'u gwasgaru ar hyd y gwrthglawdd, a sŵn adeiladu'n atseinio ym mhobman.

Mae gosgordd Rhydderch yn oedi o flaen y gatiau mawreddog ac yn gwylio wrth i'r marchog tal ar ei geffyl gwyn ddod i'w cyfarfod, ei filwyr o'i amgylch.

'Arnulf de Montgomery...' meddai ei hewythr o dan ei wynt.

Sylla Nest yn fud ar Arglwydd newydd Penfro wrth iddo ddisgyn yn osgeiddig oddi ar ei farch a cherdded tuag atyn nhw, hunan-foddhad diog ar ei wyneb.

'Rhydderch ap Tewdwr! Croeso i Benfro.'

Difera'r llais â choegni, ac mae Arnulf yn troi'n ddisgwylgar at ei gynulleidfa, gwên annifyr ar ei wyneb. Bratha ysgyren o gasineb drwy gorff Nest. Dychlama gwythïen yng ngwddf Rhydderch wrth iddo gerdded at Arnulf a'i gyfarch. Mae hyn yn costio popeth iddo, mae Nest yn gwybod hynny, er na all hi faddau iddo.

Mae cyfnewid swta rhwng y ddau Arglwydd mewn Ffrangeg, ac mae golwg Nest wedi ei ludo ar y Cymro a'r Norman. Mae llaw Rhydderch yn amneidio tuag ati, ac mae'n tynhau ei breichiau o amgylch Hywel. Gwena Arnulf tuag ati'n fleiddgar, a chamu ei fys i'w galw hi ato. Mae Nest yn cymryd cipolwg olaf ar filwyr ei hewythr, a saif yn barchus y tu ôl iddi. Nid yw'r un ohonyn nhw'n edrych i'w cyfeiriad; pob un yn gwneud dim wrth wylio plant Rhys ap Tewdwr yn cael eu trosglwyddo i ddwylo'r gelyn. Cachwyr, pob un.

Cymra Nest anadl ddofn a cherdded tuag at ei dyfodol.

⋆

Mae Rhydderch wedi ymadael. Y diafol gymra fo. Saif Nest yn stond, Hywel wrth ei hochr, ac edrych ar y twmpathau o foncyffion yn gorwedd ar draws yr iard, sŵn llifo a morthwylio yn llenwi'r awyr. Mae'r bwrlwm o leisiau brwnt yn ei hamgylchu, fel pe baent am ei mygu. Coda'r cyfog yn sur yn ei gwddf. Does dim modd dianc.

Mae Arnulf wedi diflannu hefyd, diolch byth, ond mae ias yn saethu drwy Nest wrth iddi gofio llygaid de Montgomery'n crwydro dros ei chorff ifanc, a'i wên drwy weflau rheibus. O'u cwmpas, sgriala dynion arfog fel morgrug i bob cyfeiriad. Bob hyn a hyn dalia Nest nhw'n rhythu arni, ac mae'n gwasgu llaw Hywel yn dynnach.

'Y Dywysoges Nest?'

Saetha ei phen i gyfeiriad y llais dieithr. Mae dyn ifanc o'i blaen, ei gorff yn rhwystro'r haul, a'i wallt golau'n chwythu ar draws ei wyneb. Mae'n dweud rhywbeth yn ei iaith estron a sylla Nest arno'n fud. Mae'r llanc yn ceisio siarad gyda hi eto, ond y tro hwn mewn Cymraeg trwsgl.

'Gerald de Windsor, dywysoges. Fi yw'r stiward yma. Dangosaf ichi lle byddwch yn aros.'

Rhytha Nest arno mewn penbleth.

'Ry'ch chi'n siarad ein hiaith…?'

Gwena Gerald, y llygaid glas golau'n crychu yn y corneli.

'O fath. Wedi dysgu pytion yma a thraw. Rwyf wedi bod yma gyda'r Arglwydd Arnulf ers peth amser.'

Gyda hynny, mae'n troi ar ei sawdl, a chychwyn am yr adeiladau ym mhen pellaf yr iard, gan alw arni i'w ddilyn. Cydia Nest yn llaw feddal Hywel unwaith eto, a brysio ar ei ôl.

*

'Amice. Amice, yw fy enw i.'

Gwena'r ferch yn gyfeillgar arnyn nhw a gwyro i lawr ar ei chwrcwd wrth ymyl Hywel. Sylla'r bychan arni'n ochelgar a glynu'n agosach fyth at goesau Nest gan barhau i sugno ei fawd. Yn araf, mae Nest yn troi yn ei hunfan ac edrych o'i chwmpas. Mae'r stafell yn gymharol fach, gyda gwely cul, a gwely gwellt ar y llawr. Mae bwrdd pren garw gyda phiser arno yn erbyn un wal, a dwy stôl. Ond nid cell ydyw, o leiaf.

Eistedda Nest yn drwm ar y gwely caled a gwylio Amice yn ymdrechu gyda Hywel unwaith eto. Dyma lle maen nhw i aros, felly. Mae Nest yn cau ei llygaid. Maen nhw'n ddiogel o fewn moelni'r waliau hyn, a rhaid bod yn ddiolchgar am hynny. Yn wahanol i filwyr ei hewythr, mae'r milwyr Normanaidd yn syllu arni'n feiddgar fel pe bai hi'n ddarn o gig, nid gyda'r parch sy'n perthyn i Dywysoges o linach Dinefwr. Mae'r gynddaredd sy'n llechu'n ddwfn yn ymwthio i'r wyneb wrth iddi fyseddu gwlân y blanced denau. Mae Hywel yn camu'n ansicr tuag at Amice.

Pwy ydy'r ddynes yma? Morwyn, neu geidwad carchar?

Damia, Rhydderch. Damia fe i uffern.

Does neb y gall Nest ymddiried ynddo. A'r unig un sy'n ei deall ydy'r stiward 'na, Gerald, a chreadur Arnulf ydy e, mae'n amlwg.

Mae'n codi'n araf, ac ymlusgo tuag at y piser a'r basn

ymolchi ar y bwrdd. Mae ei dillad, a oedd unwaith o'r ansawdd uchaf, yn frwnt ar ôl y siwrnai, a'i gwallt yn hongian yn flêr o amgylch ei hysgwyddau. Llosga dagrau styfnigrwydd yn ei llygad wrth iddi drochi ei dwylo yn y dŵr oer.

4

Castell Penfro, haf 1093

Saif Nest ar y rhagfur, ei dwylo'n cythru'r pyst, y pren yn arw'n erbyn ei chledrau. Mae Hywel wedi gadael ei hochr am ennyd prin i chwarae gyda'r torllwyth newydd o gŵn hela yng nghwmni Amice, sy'n araf yn ennill hyder Nest drwy ei charedigrwydd tuag at y bachgen bach.

Oddi tani, disgynna'r domen yn serth at y ffens sy'n ymgáu gwaelod y bryn, ac wedyn i'r creigiau ysgythrog sy'n codi o'r dŵr. Chwyrlïa'r gwynt drwy drwch ei gwallt du a chwipia ambell lywethen ar draws ei gruddiau. Crychdonna'r môr yn y gilfach gysgodol lle saif y castell, yr aroglau hallt yn llenwi ei ffroenau. Islaw, troella'r gwymon yn y dŵr llwydwyrdd. Mae Nest yn gwylio'r llongau'n siglo'n ysgafn, ei golwg yn troi at geg yr afon sy'n troelli fel sarff i ymuno â'r Cleddau. Yn ei dychymyg, mae hi'n wylan, yn codi fry ar ffrydiau'r awel, yn dilyn yr afon igam-ogam yr holl ffordd i'r foryd nes cyrraedd Aberdaugleddau, ac yna i'r môr, a hwnnw fel enaid anferth yn ymestyn at y gorwel pell, yn ymdonni fel pe bai ganddo guriad calon.

Tafla Nest ei phen yn ôl, tonnau ei gwallt tywyll yn tasgu i lawr ei chefn, ei chroen gwelw'n croesawu'r heulwen sy'n sbecian drwy'r cymylau. Anghofia am y milwyr sy'n gwmni iddi ar y muriau, ambell un ohonyn nhw'n taflu llygaid chwilfrydig i'w chyfeiriad.

'Gruffydd!'

Ffrwydra'i enw o'i llwnc, ei cholled yn byrlymu fel llifogydd. O ddyfnder ei henaid, mae'n sgrechian enw'i brawd coll yn wyllt.

'GRUFFYDD!'

Mae un o'r milwyr yn chwerthin arni, ac yn ysgwyd ei ben. Ond gweiddi mae Nest, drachefn a thrachefn nes o'r diwedd mae ei llais yn torri, ei hanadl yn gyflym, ysgyrion y pren yn llosgi ei dwylo. Cau ei llygaid wedyn, y dagrau'n crynhoi o dan ei hamrannau.

Synhwyra Nest y dyn wrth ei hochr cyn iddi agor ei llygaid. Mae e'n agos, bron iddi allu ei gyffwrdd, ei law ar y gwrthglawdd. Sylwai'n ddiolchgar ei fod yn syllu ar y dŵr, nid arni hi.

'Gerald.'

Mae'n araf droi tuag ati. 'Enw pwy oeddet ti'n sgrechian fel 'na?'

Mae'r dyn ifanc yn chwilfrydig, ei lygaid clir yn gwibio drosti. Mae blew yn tyfu ar ei ruddiau, a dyfala ei fod tua'r un oed â Goronwy. Goronwy, sydd erbyn hyn naill ai'n farw neu'n pydru mewn carchar Normanaidd. Bratha Nest ei gwefus, cyn troi unwaith eto i wynebu'r dŵr.

'Pwy yw Gruffydd, Nest?'

Mae'i chalon yn llamu. Roedd e wedi ei chlywed, felly. Dim rhyfedd, a hithau'n sgrechian fel 'na.

'Neb.' Mae'n troi oddi wrtho. 'Neb nawr, beth bynnag. Dim ond fi a Hywel sydd ar ôl, diolch i dy bobl di.'

Edrycha Gerald arni am hir, heb ymddiheuriad am droseddau'r Normaniaid.

'Pam oeddet ti'n gweiddi arno fe?'

Gwrida Nest, ond mae'n troi ato'n herfeiddiol.

'Does dim rhaid i mi egluro dim i ti.'

'Mae dy ddwylo di'n gwaedu!' ebycha Gerald yn sydyn, a chipio'i llaw. Teimla Nest yn boeth unwaith eto, gan edrych i lawr ar gledrau ei dwylo, a thynnu ei bysedd o'i afael.

'Gafael yn y pyst yn rhy galed wnes i, dyna i gyd.'

Mae e'n parhau i syllu arni'n dreiddgar, yn codi croen gŵydd arni. Yn araf mae Nest yn rhwbio'i dwylo gwaedlyd ar wlân budr ei ffrog.

'Beth yw dy hanes di, Gerald? Beth wyt ti'n ei wneud yma?'

Mae Gerald yn edrych arni'n syn, y cwestiwn yn annisgwyl. Crycha'i drwyn am funud, cyn codi ei ysgwyddau.

'Bachu cyfle, am wn i. Mae 'nhad yn gwnstabl castell Windsor, a bydd fy mrawd yn ei ddilyn, a'm brawd arall yn etifeddu gweddill tir y teulu. Cefais gyfle i ymuno â gosgordd Arnulf de Montgomery rai blynyddoedd yn ôl – a dyna be wnes i. Yn ei wasanaeth cefais gyfle i wneud bywyd i mi fy hun.'

'Drwy wasanaethu teulu creulon sy'n sathru dros bawb a chymryd beth sydd ddim yn eiddo iddyn nhw? Anrhydeddus iawn...'

Coda Gerald ei ysgwyddau eto, ddim i'w weld yn malio'r coegni yn ei llais.

'Mae fy Arglwydd yn uchelgeisiol, be sy'n bod gyda hynny? Bydd ei frodyr yn etifeddu tiroedd a chyfoeth y teulu. Fe yw'r pedwerydd mab, rhaid iddo wneud ei ffordd ei hun. Rwy'n deall hynny. Ac yma, mae'r tir yn ddigonol...'

'Nid eich tir chi yw e!' All Nest ddim cadw'r chwerwder o'i llais.

'Mi fydde'n well i ti newid dy feddwl am Arnulf de Montgomery, dywysoges. Byddi di'n rhan o'r teulu 'na un diwrnod. Mae'n bwriadu dy briodi, wedi'r cyfan.'

Chwyrlïa Nest tuag at Gerald, ei geiriau'n tagu yn ei llwnc.

'Celwyddgi!'

Mae'r llanc yn gwenu arni.

'Mae'n rhaid dy fod yn gwybod dy fod yn dlws iawn, Nest.'

Ni all Nest ddychwelyd ei wên, wrth i oerfel dreiddio drwyddi. Mae Gerald yn bwrw yn ei flaen.

'Ac yn fwy pwysig na hynny, mi rwyt yn dywysoges. Drwy dy briodi di, mi fydd gan dy ŵr hawl i reoli Deheubarth yn gyfreithlon. Ni fydd Arnulf yn caniatáu i unrhyw un arall fanteisio ar hynny!'

Fflachia llygaid Nest, ei gwefusau'n sych grimp.

'Nid felly mae'n gweithio yn ôl ein cyfraith ni!'

Mae Gerald yn gwenu arni eto. 'Wyt ti wir yn meddwl bod ots am hynny?' Mae'n troi i ymadael. 'Mae'n well i ti ddychwelyd at dy frawd, Nest. Mae'r Arglwydd de Montgomery'n hael yn gadael i ti grwydro, ond paid anghofio mai carcharor wyt ti mewn gwirionedd.'

Mae Nest yn ei wylio'n cerdded ymaith, ei thymer yn codi, er nad yw'n ddigon dewr i weiddi arno a'i gefn ati, dim ond sibrwd i'r gwynt.

'Carcharor efallai, ond carcharor gyda gwaed brenhinol! Pwy wyt ti, stiward, i'm ceryddu?'

*

Castell Penfro, Hydref 1093

Mae'r trawiad ar y drws yn daran. Straffagla Nest i eistedd, gan ddrysu Hywel, sy'n cysgu wrth ei hymyl, ac edrych o'i chwmpas mewn dychryn. Mae'r ystafell fechan yn dywyll, ond gall glywed sŵn y castell yn dechrau ystwyrian yn yr oriau cynnar. Mae amlinelliad corff Amice yn symud yn lletchwith ar ei gwely gwellt ar y llawr, a daw'r sŵn taro i'w byddaru eto, a llais cras tu hwnt i'r drws.

Llithra Nest o'r gwely caled gan wthio'i blanced wlân dros gorff Hywel, sy'n tyrchu oddi tani'n gysglyd. Tynna'i gwisg hendraul dros ei phen gyda help Amice, ei chorff yn crynu yn oerni'r bore. Mae gwynt main yn chwibanu dan y drws. Mae perchennog y llais tu allan yn ddiamynedd, ac yn gweiddi eto, cyn i'r drws ffrwydro ar agor gyda chlec, pelydryn o olau llwyd-wan yn llenwi'r ystafell. Mae Hywel yn deffro'n iawn y tro hwn, ac yn syllu'n fud ar yr ymwthiwr gyda llygaid mawr, crwn.

Un o filwyr Arnulf sydd yno. Brasgama dros y trothwy a chydio ym mraich Nest yn frwnt, ei anadl sur yn codi cyfog. Mae hi'n tynnu ei hun o'i afael, gwreichionyn o ddicter yn cydio ynddi. Mae'r milwr yn amneidio wrth Amice, sy'n nodio'n ofnus ac yn brysio o gwmpas y stafell lom yn casglu mantell iddi ei hunan ac un i Nest. Mae Hywel yn griddfan, a brysia Nest ato a'i godi. Daw rheg o geg y milwr ac mae'n gafael ynddi eto, cyn ei llusgo, a Hywel yn ei breichiau, allan i'r iard oer.

Mae'r ddaear oddi tanyn nhw'n galed; barrug cynta'r hydref yn disgleirio o dan draed. Byrlyma anadlu poeth y ceffylau wrth i'r anifeiliaid rwchial a stampio ymysg tincial gwisg arfog y marchogion. Gall Nest weld corff tal Arnulf yn eu plith, er nad yw'n edrych fel petai'n barod am siwrnai. A Gerald.

Mae e wedi ei gweld hi. Cerdda Arnulf tuag atyn nhw, ei lygaid crwydrol yn codi ysgryd arni. Daw Gerald yn frysiog ar alwad ei arglwydd. Mae Arnulf yn dweud rhywbeth yn ei Ffrangeg diarth a sylla Nest arnyn nhw'n chwilfrydig. Ni all hi ddeall pam, ond bron i Gerald edrych fel pe bai'n tosturio wrthi. Hynny, yn fwy na dim arall, sy'n gwneud i'w stumog droi.

Daw Arnulf yn agosach a gafael yn ei gên, ei fysedd yn pinsio'i chnawd meddal. Wrth iddo siarad, mae Gerald yn cyfieithu'n gyflym wrth ei ochr.

'Rwyt ti'n mynd ar siwrnai, dywysoges.' Gwibia llygaid Nest yn ôl ac ymlaen rhwng y ddau ddyn. 'Mae'n rhy beryglus i dy gadw di yma – gormod o demtasiwn – mae pob siawns bydd Cadwgan Frenin Powys, neu un o dy gydwladwyr cythreulig, yn ceisio dy gipio di. Ac nid wyf am fentro hynny...' Gwasga Arnulf ei gên yn galetach. 'Rwyf am dy yrru i rywle mwy... diogel.'

Mae Nest yn tynnu ei phen o afael garw Arnulf, a syllu ar Gerald. 'Gofynna iddo lle rwy'n mynd,' meddai mewn llais crynedig. Mae'r llanc yn gwrthod cyfarfod â'i llygaid, dim ond cyfieithu'r cwestiwn mewn llais difynegiant.

'Rwy'n dy anfon at lys fy nhad yn yr Amwythig – i ofal un o'i farwniaid, mae'n debyg. Gad iddyn nhw wneud gwraig Normanaidd ohonot ti!' chwardda Arnulf yn ddi-hiwmor. 'Ac unwaith yr wyt wedi cael gwared o dy Gymreictod felltith, ac yn ddigon hen i agor dy goesau i mi, fe anfonaf amdanat ti'n ôl.'

Mae Nest yn gwingo yn ei afael, ei chalon fel morthwyl, ac mae Arnulf yn chwerthin unwaith eto wrth weld ei hwyneb gwelw.

'Mi ddysgi di fod yn falch o'th ddyfodol, ferch.' Yn sydyn mae'n plygu ei ben a'i chusanu'n frwnt ar ei gwefusau, ei dafod trwchus yn ymwthio'n ffiaidd rhwng ei dannedd. Mae Nest yn ymaflyd yn ei erbyn, nes o'r diwedd iddo ei gollwng. 'Gwrthoda di fi eto, a fe wna'i dy chwipio.'

Mae wyneb Gerald yn ofidus, ond mae Nest yn ei anwybyddu, ei bol yn troi wedi cusan erchyll Arnulf. Rhyddhad fydd rhoi pellter rhyngddi a'r mochyn yna. O gornel ei llygaid mae'n ei weld yn rhoi gorchymyn i'r milwr a ddaeth i'w hebrwng o'i hystafell. Ac yn sylweddoli, yn rhy hwyr, beth sy'n digwydd.

Mae Nest yn tynnu Hywel i'w breichiau, ac mae'i brawd yn gwingo yn ei herbyn. Does dim diben. Mae'r milwr yn rhy gryf. Yn ddirybudd, mae'n rhwygo'r plentyn o'i gafael.

'Na!'

Mae hi'n ymosod ar y milwr, ei grafangu gyda'i hewinedd. Mae Hywel yn llefain yn ei freichiau. Tafla Nest ei hunan yn erbyn y milwr yn wyllt, gan geisio tynnu Hywel oddi wrtho a chicio'i goesau'n galed. Mae'r milwr yn ei gwthio hi'n frwnt, ond mae'n hyrddio'i hun arno eto gan weiddi nerth ei phen, yn crafu a phinsio'n gythreulig. Clyw sŵn Amice yn crio yn y pellter.

'Mi fydd hon yn hwyl yn y gwely,' chwardda Arnulf unwaith eto, cyn troi i gerdded i ffwrdd.

Mae breichiau cryf yn amgylchu Nest. Gerald. Mae'r llanc yn sodro'i hun rhyngddi a'r milwr, a'i llusgo i ffwrdd tuag at y ceffylau. Mae Nest yn ei daro, ei dyrnau yn erbyn ei frest, yn taer geisio gweld Hywel dros ei ysgwydd lydan. Mae'r bychan yn crio o ddifri nawr. Sgrechia Nest mewn rhwystredigaeth a stampio ar droed Gerald, nes iddo'i gwasgu ato'n dynnach.

'Dyna ddigon, Nest! Wneith hyn ddim helpu!'

Bloeddia hithau i'w wyneb mewn cynddaredd.

'Oeddet ti'n gwybod mai dyma oedd Arnulf yn ei fwriadu?'

Cydia Gerald yn ei harddyrnau i atal ei dyrnu, a'i gwthio'n galed at geffyl cyfagos.

'Gerald! Yr uffern i ti! Rhaid i Amice aros yma gydag e! Rwy'n crefu arnat ti, Gerald!' Ymbilia nawr. Hunllef.

Mae gwefusau Gerald yn llinell syth, ei wyneb yn welw, ond mae'n ysgwyd ei ben yn bendant.

'Na.'

'Fi yw'r unig un sydd ganddo ar ôl! Mae e'n dair oed, Gerald!'

Mae Gerald yn ei thaflu ar gefn y ceffyl, o flaen marchog solet. Gwinga Nest yn y cyfrwy nes gweld Amice yn cael ei halio o flaen un arall o ddynion Arnulf, dagrau'n ffrwd i lawr gruddiau'r forwyn.

Nodia Gerald ar y milwr.

'Aros!' mae'n sgrechian arno, bron yn syrthio oddi ar y ceffyl wrth iddi wyro i gipio'i law. 'Addawa i mi y bydd Hywel yn ddiogel! Bydd rhywun yn edrych ar ei ôl. Addawa!'

Edrycha Gerald arni'n hir, gyda llygaid claear, gwag. O'r diwedd, a gydag ymdrech, mae'n nodio. Mae ei chorff yn troi'n llipa. Coda'i phen ac edrych draw ar y plentyn bach penddu ym mreichiau'r milwr. Ei byd cyfan. Mae Hywel wedi peidio strancio ac yn syllu arni gyda'i lygaid glas prydferth. Mae Nest yn estyn ei dwylo tuag ato, y dagrau'n byrlymu o'r diwedd – a'i dallu.

Agorwyd y gatiau. Plycia'r milwr yr awenau. A'i chymryd hi ymaith.

5

Amwythig, Tachwedd 1095

Annwyl Gruffydd,

Mae'n ddwy flynedd ers Y Diwrnod Hwnnw. Y diwrnod y diffoddwyd y goleuni.

Collais bopeth. Ac roeddwn i wedi meddwl mod i wedi colli popeth yn barod.

Alla i ddim siarad am Hywel gyda neb. Mae'n brifo gormod. Dim ond gyda ti – ti, fy ffrind gorau – sydd efallai yn fyw. Diolch byth dy fod wedi ffoi. Mae yna obaith o hyd. Mae'n rhaid bod yn ddiolchgar i Ewythr Rhydderch am hynny.

Ond wna i ddim anghofio Hywel – byth. Ni fydd Amice chwaith, rwy'n tybio. Bydd y Diwrnod Hwnnw wedi'i losgnodi'n ei chof, fel y mae yn f'un i.

Alla i ddim ysgrifennu mwy heddiw.

Dwi'n bodoli yn y tywyllwch, ac alla i ddim gweld y ffordd allan.

*

Maenor Longden, Sir Amwythig, Tachwedd 1095

'Gysgaist ti'n well neithiwr, f'arglwyddes?'

Mae cwestiwn Amice yn ddistaw, dim ond i glustiau Nest. Mae Nest yn gwenu ar y forwyn yn wan, yr ateb yn glir yn y cylchoedd tywyll o dan ei llygaid.

'Yr un hunllef unwaith eto?'

Gwasga Nest ei gwefusau gyda'i gilydd, ac ysgwyd ei phen y mymryn lleiaf.

'Sssh, Amice. Gad fod.'

Dim ond y ddwy ohonyn nhw sydd yn y solar, yn eistedd ochr yn ochr wrth y ffenestr agored, po orau i weld eu brodwaith. Mae'r glaw'n cwympo'n drwm nawr, nentydd bychan yn rhedeg i lawr waliau'r faenor, a'r iard tu allan yn byllau i gyd. Pawb heblaw'r hwyaid dan do. Gorwedda'r cymylau'n dywyll ac yn isel dros y Gororau; y tir yn gysgodion aneglur yn y niwl. Croesawa Nest y rhythm swnllyd, gan roi ei brodwaith i un ochr ac ymestyn ei llaw allan drwy'r ffenest, y diferion yn tasgu ar ei chroen fel perlau bychan.

Fel y gwna yn aml, dychmyga ei bod yn aderyn, yn hedfan dros y Gororau ac i Gymru, i'r mynyddoedd creigiog, pell. Mae Gruffydd ap Cynan, brenin Gwynedd, wedi'i ryddhau o'i garchar o'r diwedd, ac wedi ymgynghreirio gyda Cadwgan ap Bleddyn o Bowys yn erbyn y Normaniaid. Dyna i chi fygythiad. Mae William Rufus, brenin Lloegr, yn benderfynol o'u llethu, ac wedi arwain ei fyddin yn eu cannoedd – marchogion, bwasaethwyr a milwyr troed – dros y ffin i'w herlid. Dychmyga Nest frenin y Saeson yn rhuo fel tarw yn ei arfwisg drom, tra llithra'r marchogion a'u cadfeirch yn y llaid corslyd.

Ers tua pythefnos, cyn i William Rufus ymadael ar ei ryfelgyrch, gwnaed Nest yn warden y goron. Fe ddaeth y brenin i gastell Amwythig gyda'i osgordd enfawr, ar ei ffordd o lethu gwrthryfel arall yn y Gogledd. Cofiai Nest y chwys ar ei dwylo wrth i'w gwarchodwr, y Barwn Corbet, ei harwain o flaen y brenin, a hithau'n ceisio cuddio'i bysedd crynedig ym mhlygiadau ei ffrog fenthyg, a oedd yn rhy hir iddi.

'Hon mae dy frawd, Arnulf, eisiau ei chymryd yn wraig,

ie?' cyfarthodd y brenin wrth bwnio bol chwyddedig Hugh de Montgomery, Arglwydd newydd yr Amwythig. Sodrodd Nest ei llygaid ar y llawr, ei dwylo'n ddyrnau, gan synhwyro golwg gwawdlyd y brenin, a'r sarhad yn ei lais. Gwingodd Hugh, a mwmian rhywbeth annealladwy.

'Wel, mi fydd rhaid iddo gael caniatâd gen i cyn ei phriodi!'

Cododd Nest ei phen y mymryn lleiaf. Roedd y brenin yn syllu arni'n feddylgar.

'Rwyf am i'r ferch fod yn ward brenhinol. Mae hi'n rhy bwysig i'w gadael o dan warcheidiaeth teulu de Montgomery!' Edrychodd o'i gwmpas, a galw ar ysgrifennydd oedd yn llercian gerllaw. 'Ysgrifennwch hyn i lawr!'

A heb unrhyw esboniad pellach, arweiniwyd hi allan ac yn ôl i Longden, ei chartref ers y siwrnai erchyll o Benfro.

'Nest!'

Mae llais llawn cyffro yn torri ar draws ei synfyfyrio. 'Nest, arhosa nes i ti glywed lle 'dyn ni'n mynd!'

Sybil. Sybil Corbet, yr hynaf o blant Robert Corbet, ei gwarchodwr ers i Nest gael ei throsglwyddo yma o ofal Arnulf de Montgomery ym Mhenfro. Roedd Sybil yn ddeunaw ac yn ferch tlws, hudolus a bywiog. Er i Nest fynd i'w chragen am fisoedd ar ôl cyrraedd cartre'r teulu Corbet, roedd Sybil wedi bod yn garedig ac yn amyneddgar gyda hi, ac erbyn hyn roedd cyfeillgarwch wedi blodeuo rhwng y ddwy ferch.

Gwichia Sybil wrth ruthro dros drothwy'r siambr, ei llygaid hyfryd yn disgleirio. 'Wel?' Mae'i llais yn ddiamynedd. 'Wyt ti am ddyfalu?'

Gwena Nest er gwaetha'i hunan. Mae natur heulog Sybil yn heintus.

'Dwêd wrtha i Sybil, i le ydyn ni'n mynd?'

Brysia Sybil draw ati, ei gwallt golau'n sgleinio a'i sgertiau'n siffrwd wrth iddi gerdded, llewys hir ei gŵn ffasiwn newydd yn treulio ar hyd y brwyn sych sydd dros y llawr.

'Y llys, Nest! Ar gyfer y Nadolig!'

Sodra'i hunan i lawr wrth ochr Nest, a gwgu ar y gwlypter sy'n ymdreiddio i'r clustogau lliwgar.

'Tyn y caeadau 'na, wir Dduw! Ma'r tywydd yn ofnadwy!'

Mae Amice yn codi i gau'r ffenestr, wrth i Sybil gydio yn nwylo Nest.

'Dim ond ni'n dwy! A 'nhad i'n danfon wrth gwrs!'

Gwena'r ferch o glust i glust, bochdyllau dwfn yn addurno'i hwyneb.

'Ti sydd wedi cael y gwahoddiad, oherwydd dy fod yn ward y brenin! Ond rydw i'n cael mynd yn gymar i ti!' Pwnia Nest â'i phenelin, ei llygaid yn dawnsio. 'Efallai byddai'n cyfarfod fy narpar ŵr o'r diwedd!'

Mae Sybil bum mlynedd yn hŷn na Nest, ac yn ysu i briodi. Gwena Nest gydag ymdrech, a cheisio anwybyddu'r gwingiad oer yn pigo'i chalon.

'O, tyrd, Nest! Cawn ymadael â'r Gororau diflas 'ma! Rwyt ti'n barod – mae dy Ffrangeg yn ddigon da erbyn hyn, ac efo dillad newydd byddi'n edrych fel gwraig Normanaidd urddasol!'

Coda Sybil ar ei thraed a throi yn ei hunfan, ei sgertiau'n chwyrlïo.

'Wir, alla i ddim aros! Cawn dy arddangos i'r byd, ein tywysoges ddieithr! Bydd pawb eisiau d'adnabod! Gei di weld, bydd 'na lif o geisiadau i dy briodi!'

Bratha Nest ei gwefus. Dyna sy'n ei phoeni. Mae hi'n ddiogel fan hyn, yng nghartre'r teulu Corbet. Gwir, maen nhw'n ddeiliaid teyrngar i deulu de Montgomery, ond er hynny mae Robert Corbet a'i wraig Adele yn bobl garedig, ac wedi ei derbyn i'w cartref gydag amynedd digwestiwn. Yma mae bywyd yn un o drefn deuluol ddistaw, lle gall fodoli'n ddisylw, yn anweladwy. Heblaw am yr ymweliad diweddar â chastell Hugh de Montgomery, mae bywyd wedi parhau yng nghwmni'r teulu heb fawr ddim yn digwydd ond ei gwersi – Ffrangeg, ysgrifennu, darllen, dawnsio a brodwaith – a chwmni brwdfrydig Sybil. Fel Nest, collodd Sybil ei mam rai blynyddoedd yn ôl, ond mae Adele, ail wraig Robert, yn addfwyn, a'u plant ifanc, Robert ac Alice yn tynnu sylw Nest oddi ar y meddyliau du sy'n bygwth ei llethu.

Cydia Sybil yn nwylo Nest gyda'i rhai bychan hithau – fel dwylo plentyn – a dawnsio o amgylch y siambr, y ddwy yn ildio i bwl o chwerthin wrth i Robert Corbet gamu drwy'r drws.

'Rwy'n gweld bod y newyddion wedi'ch cyrraedd, ferched!' meddai'n rhadlon. 'Ewch ati i baratoi – chithau hefyd, Amice. Mae'n siwrnai hir a bydd eisiau ymadael ben bore.'

Does dim angen dweud wrth Sybil ddwywaith, ac mae hi bron yn rhedeg o'r ystafell, Amice yn ei dilyn, ei gruddiau'n binc a'i llygaid yn disgleirio, cyn oedi ar y trothwy a galw ar Nest, sy'n dal i sefyll yn yr un man.

'Alli di ddim cuddio'n fan hyn am byth, Nest. Dyw harddwch fel d'un di ddim i fod dan glo.'

Arhosa Nest yn llonydd, ei meddyliau'n fwrlwm, nes sylwi bod ei gwarchodwr yn ei gwylio'n ofalus.

'Beth sy'n dy boeni di, Nest?'

Symuda Nest yn araf at y ffenestr, gan wthio'r caeadau ar agor unwaith eto, a syllu ar ganghennau moel y coed.

'Pam 'dych chi'n credu bod y brenin wedi fy ngwahodd i i Lundain? Nid gwahoddiad ydy e, nage? Gorchymyn?'

Daw Corbet i sefyll wrth ei hochr ac ochneidio'n dawel.

'Rwy'n dychmygu ei fod eisiau dy gadw o dan ei drwyn, ar ôl yr holl drafferth yng Nghymru.' Mae'n troi i'w hastudio. 'Mae rhyfelgyrch William Rufus yn fethiant. Ac mae salwch yn y gwersyll. Mae'r brenin am dynnu'r milwyr yn eu hôl... am y tro, beth bynnag.'

Mae Nest yn ddistaw wrth iddi bendroni am hyn. Arhosa Corbet am y cwestiwn anochel.

'Ydych chi'n meddwl efallai bod fy mrawd yn Llundain?'

'Dy frawd?' Mae wyneb Corbet yn syn. Dydy e ddim yn gwybod dim, felly.

'Hanner brawd. Goronwy. Bydd e'n ugain erbyn hyn. Cymerwyd e'n garcharor yn ystod y frwydr yn Aberhonddu – yr un lle lladdwyd fy nhad...'

Nodia Corbet yn araf, fel petai'n dehongli'r wybodaeth newydd yma. 'Os ydy dy frawd yng nghaethiwed y Brenin William, yna mae'n bosib ei fod o yn Llundain. Mae'n debygol, a dweud y gwir...'

Craffa Corbet ar wyneb difrifol y ferch ifanc wrth ei ymyl.

'Byddai'n ddoeth i ti beidio â sôn am dy frawd, Nest. Wyt ti'n deall?' Mae Robert yn gosod llaw dadol ar ei hysgwydd. 'Mae disgwyl i ti fod yn fenyw Normanaidd dda. Gwneud priodas dda. Rhoi'r cyfan y tu ôl i ti.'

Fflachia llygaid Nest.

'A ddylwn i esgus nad oedd fy mywyd yn bodoli? Esgus bod yn rhywun arall? Anghofio pawb a phopeth?'

Mae Corbet yn nodio'n ddwys. 'Yn union,' meddai'n syml. 'Byddwn yn dweud bod dy oroesiad yn dibynnu ar hynny.'

6

Llundain, Nadolig 1095

Mae'r gwynt yn filain; ei frathiad oer yn chwipio o'r afon a rownd y corneli. Piga'r dagrau yn llygaid Nest a llosga'i thrwyn wrth iddi ddilyn Robert Corbet allan o'u gwesty wrth ymyl yr afon ac i ganol y stryd brysur. Swatia yn ei chlogyn, un wedi ei fenthyg gan Sybil, yn falch o'r ffwr cynnes o amgylch y gwddw, a stampio'i thraed, ei bodiau fel blociau o rew. Mae Sybil ac Amice yn glos wrth ei hochr, eu trwynau'n binc gyda'r oerni, a'u llygaid yn ddisgwylgar.

Er y tymheredd, mae pobl yn tyrru i bob cyfeiriad, a'r twrw aflafar yn ymosod ar synhwyrau Nest. Ar yr awel mae aroglau pobi sy'n troelli'n ddanteithiol drwy'r aer miniog; oddi tano, arogleuon llai dymunol – cachu ceffyl, troeth, cyrff heb ymolchi a bwyd yn pydru. Byddai lawer gwaeth yn yr haf, meddylia. O'u hamgylch gwaedda'r lleisiau ar draws ei gilydd mewn amryw iaith, cyrff yn sgrialu i mewn ac allan o'r siopau sy'n leinio'r strydoedd: eurychau, cryddion, masnachwyr sidan a masnachwyr sbeis. Arweinia strydoedd cefn a llwybrau tywyll i ddrysle rhwng y siopau, gyda thrigolion Llundain yn diflannu o'r prif strydoedd ac ymdoddi i'r cysgodion. Atseinia clychau mynachdy i ymuno â'r twrw, ac arhosa Nest am eiliad, ei llaw yn dynn ym mraich Amice i rythu ar eglwys yn esgyn yn grand ymhlith yr adeiladau eraill. Mae'r holl bobl a'r stŵr yn llethol bron, ond does neb yn cymryd sylw ohoni; pawb â'i ben i lawr, wedi ymgolli yn eu busnes.

Nid oes yma le. Dim lle i feddwl. Dim lle i fod.

'Tyrd, Nest!'

Dychrynir hi o'i breuddwydio wrth glywed galwad Sybil sydd wedi cerdded o'i blaen, a brysia Nest i'w dal, yn troelli drwy'r dorf. Mae'n anhysbys yma, o leiaf, ac am hynny mae'n ddiolchgar.

Mae'r stryd o dan draed yn troi'n fwy llithrig wrth iddyn nhw gerdded i lawr at yr afon Tafwys; ehangder eang o ddŵr, ond un sy'n heigio â chychod. Cannoedd ohonyn nhw. Mae Nest yn dilyn Sybil gan ebychu wrth i'w throed lithro ar y grisiau sy'n arwain i lawr at y giât ddŵr. Chwytha'r gwynt yn gryf oddi ar wyneb yr afon, aroglau hallt pysgod yn gryf yn eu ffroenau.

Brasgama Corbet o'u blaenau gan alw un o'r cychod i'w hebrwng at lys y brenin. Sigla'n simsan o ochr i ochr wrth i Nest gamu arno i ymuno â Sybil ac Amice, tonnau bychan yn slapio'n erbyn yr ochrau pren. Cama Corbet i'r cwch, sy'n siglo unwaith eto.

'Windsor,' meddai'n swta.

Gwthia'r cychwr i ffwrdd o'r lan i ymuno ag ymchwydd y dorf ar y dŵr, pawb ar eu taith ar hyd yr afon enfawr.

*

Castell Windsor, Nadolig 1095

Mae'n teimlo fel pe bai hanner y wlad wedi ymgasglu yn Windsor ar gyfer y wledd Nadolig. Saif y castell fry uwchben yr afon Tafwys, ger coedwig hela anferthol sy'n orlawn o geirw a baeddod. Dewiswyd y safle gan dad y brenin, yr un a elwir yn William Goncwerwr. Mae'r lle'n orlawn, yr uchelwyr i gyd yn ymgymysgu yn eu dillad gorau; y dynion yn eu tiwnigau hir a moethus, eu gyddfau wedi eu haddurno â ffwr sabl, neu afanc neu lwynog, a'r gwragedd fel gloÿnnod byw yn eu sidanau lliwgar. I lawer ohonyn nhw, mae'n gyfle prin i fanteisio ar glust y brenin tra'i fod ar bridd Lloegr ac nid ar draws y môr yn ymladd ei frawd am Ddugaeth Normandi.

Gwylia Nest y miri yn ofalus o'r ymylon, gan geisio peidio â sathru ar yr hemiau sidan sy'n treulio o'i chwmpas. Dyna'r brenin, ei ffefrynnau'n gylch tynn o'i amgylch, ei ruddiau'n goch wrth iddo ruo chwerthin a'r gwin yn slabran i lawr ei diwnig moethus. Tybia Nest ei fod yn ei dridegau canol; dyn tal, golygus yn ei ffordd ei hun, gyda'i wallt hir a'i farf eurgoch. Ond yr argraff fwyaf yw un o ormodedd, ac mae 'na rywbeth milain yn ei lygaid. Mae Corbet, wrth ei phenelin, yn rhadlon, ond yn wyliadwrus hefyd; wedi'r cyfan, mae o'n ddeiliad i Hugh de Montgomery, ac nid oes gan y brenin feddwl uchel o'r teulu yna. Draenen yn ei ochr ydyn nhw, mwy na thebyg.

Glyna Nest yn agos yn erbyn ochr Sybil. Mae *hi* yn ei helfen wrth gwrs – yn orawenus yn ei ffrog newydd yn y ffasiwn diweddaraf, gyda gwddf uchel a gwregys i ddangos ei gwasg main. Disgleiria ei gwallt euraidd o flaen y fêl meinwe tryloyw ar ei phen, yn wrthgyferbyniad amlwg i ben gloywddu Nest.

Ymdrecha Nest i beidio â chrychu ei thrwyn wrth iddi arogli'r cyrff heb ymolchi yn gymysg ag aroglau cryf persawr. Bob hyn a hyn mae Sybil yn gwyro'n glos i sibrwd enw a sylwebaeth am hwn a'r llall, ei llygaid yn troelli i bob cyfeiriad.

Synhwyra Nest fod rhywun yn ei gwylio cyn iddi ei weld, ei chnawd yn groen gŵydd fel petai morgrug yn heidio drosti. Gwibia'i llygaid dros y dorf. Fan yna. Dieithryn. Yn ei harchwilio o bell, mor ddirnadol nes ei bod yn teimlo fel pe bai hi wedi ei dinoethi. Mae'r gwres yn blaguro'i hwyneb, ei bysedd yn chwilio am law Sybil, a'i thynnu'n agosach. Sibrwd, o dan ei gwynt.

'Pwy…?'

Mae Sybil yn dilyn ei golwg yn gynnil, syllu drwy amrannau hir i gyfeiriad y dieithryn, nes dal ei hanadl a'i gwasgu'n dynn.

'Y Tywysog Henry – Henry Beauclerc, maen nhw'n ei alw.' Troes Sybil ati, ei llygaid yn dawnsio. 'Brawd ieuengaf y brenin… wyt ti'n gweld y ffordd mae o'n syllu arnom ni!'

Dealla Nest. Wrth gwrs, y fe ydoedd. Mae hi wedi clywed amdano droeon yn Longden gyda'i chlustiau wrth ddrysau. Henry. Milwr o gryn enwogrwydd ar ôl ei orchestion yn Normandi. Wedi ymladd yn gyntaf ar ochr ei frawd hynaf, Robert Curthose, ac yn fwy diweddar ar ochr William Rufus. Meibion William Goncwerwr. Nadroedd yn y nyth.

'Sybil, mae e'n dod draw atom!'

Does dim amser i ddweud mwy. Yn sydyn dyma fe, ei ysgwyddau llydan yn llenwi'r bwlch o'u blaenau. Gostynga Nest a Sybil eu llygaid a moesymgrymu fel un. Wrth godi, teimla Nest fod rhywbeth dengar am ei wyneb, fel petai e'n medru gweld pob cyfrinach yn ei chalon. Dyma ddyn nad oedd yn methu dim.

Saif Robert Corbet yn syth fel saeth, cyn plygu'n isel.

'Eich Gras, y Tywysog Henry! Robert Corbet, Barwn Longden at eich gwasanaeth…'

Gwena Henry'n llyfn. Er ei fod yn fyrrach na'i frawd, y brenin, ac yn llai golygus, mae ganddo wyneb trawiadol. Dim rhyfedd ei fod yn swyno pawb.

'A, ie. Longden. Rwy'n eich cofio o'r rhyfelgyrch yng Nghymru. Ry'ch chi'n hebrwng y ddwy ferch harddaf yn y llys! Mae'n ddyledus arnaf i'w cyfarch…'

Ymfalchïa Sybil, ei gwên yn ddisglair wrth i Robert ei chyflwyno.

'Fy merch a'm cyntaf-anedig, Sybil, eich Gras.'

Mae Henry'n plygu ei ben yn osgeiddig dros law fechan Sybil.

'A gyda hi mae Nest o Ddeheubarth. Yn go ddiweddar gwnaed hi'n ward brenhinol. Mae hi wedi ymgartrefu gyda ni ers dros flwyddyn.'

Gwibia'r diddordeb yn llygaid craff y tywysog.

'Y Dywysoges Nest, rwy'n credu?'

Edrycha Nest yn syth i'w lygaid, yn ymwybodol o'r cynhesrwydd yn ei gruddiau.

'Ie, eich Gras.'

'Hmm. Mae 'mrawd wedi'ch crybwyll wrtha i.'

A Goronwy? Mae'r cwestiwn fel sgrech oddi fewn iddi, mae'n ysu i ofyn i'r dyn soffistigedig yma o'i blaen a ydy e yma yn rhywle, mewn cadwyni? Cymra anadl ddofn, gan gofio geiriau rhybuddiol Corbet. Mae Nest yn boeth, y chwys yn casglu o dan ei cheseiliau ac ar waelod ei chefn, a'r tywysog yn parhau i syllu arni. Oediad lletchwith. Pesycha Corbet yn ffals.

'Ni fydd ein brenin yn aros yn Lloegr am hir, eich Gras? Bydd yn dychwelyd i Normandi?'

Ciledrycha Henry draw at William Rufus, sy'n sefyll yn glos ac yn sibrwd yng nghlust ei hen ffefryn, yr arglwydd Robert FitzHamon.

'Bydd. Mae angen datrys y sefyllfa gyda'n brawd hynaf, Dug Robert. Wrth gwrs, mae'r brenin wedi bod yn ddigon prysur yn tawelu'r gwrthryfel yn y Gogledd eleni.' Rhytha Henry'n herfeiddiol ar Corbet, llygaid hwnnw'n llithro'n anghyfforddus o wyneb y tywysog. Gŵyr Nest pam fod

Corbet mor anesmwyth. Mae teulu ei benarglwydd, de Montgomery, yn gysylltiedig unwaith eto gyda gwrthryfel a chynllwynio yn erbyn y brenin. Buasai'n well ganddyn nhw weld y Dug Robert ar orsedd Lloegr, yn ogystal â'i weld yn rheoli Normandi.

Mae Henry'n bwrw yn ei flaen. 'Ac wrth gwrs bydd eisiau dod â'r Cymry dan reolaeth.'

Saetha gwefr drwy gorff Nest, ei haeliau'n codi wrth i'r geiriau faglu o'i thafod.

'Onid oedd rhyfelgyrch diweddaraf y brenin yn fethiant, eich Gras?'

Edrycha Henry arni'n graff.

'Methiant yn wir, f'arglwyddes. Roedd yn drychineb diawledig. Stormydd a llifogydd a salwch hefyd.' Mae'n ystumio. 'Ond mae 'mrawd yn benderfynol y bydd y tro nesa'n wahanol.'

Mae llygaid Henry'n befriog wrth iddo astudio'i hymateb, fel petai'n gwybod ei bod yn cwffio i feistroli ei thymer.

'Ond clywch, mae'r marsial yn ein galw i'n llefydd. Rhaid i mi ymuno â'r brenin ar y llwyfan. Mwynhewch y wledd, Baron Longden, arglwyddesau.'

Gyda hynny mae Henry'n ymdoddi i'r dorf, sy'n gwahanu i greu llwybr iddo. Sylla Nest ar ei ôl. Mae Sybil yn piffian wrth ei hochr, ei gruddiau'n binc gyda phleser.

'Welaist ti sut oedd yn edrych arnom ni, Nest?' Mae'n gostwng ei llais allan o glyw ei thad. 'Roedd ei lygaid yn llawn dyhead!'

Yn anffodus mae Corbet yn ei chlywed, ac yn gwgu arni'n llym. 'Dyna ddigon, Sybil! Mae'r tywysog Henry'n dyheu am bob merch sy'n syrthio wrth ei draed.'

Mae Sybil yn codi ei hysgwyddau cain. 'Rwy'n gwybod

hynny, 'nhad. Mae ganddo hanner dwsin o blant yn barod. Yn wir, dyna'i feistres draw fan 'na – Ansfride o rywle.' Edrycha Sybil yn slei ar Nest. 'Allwch chi ddim dweud yr un peth am y brenin! Does gan hwnnw ddim plant, ac nid yw'n debygol o gael rhai chwaith!' Mae'n amneidio'n awgrymog at William Rufus a Robert Fitzhamon, sy'n parhau i lynu wrth ochr y brenin.

Mae Corbet yn flin nawr, ac yn troi i siarsio'i ferch o dan ei wynt.

'Dal dy dafod, Sybil! Mi ddwedaf un peth am yr Arglwydd Henry; mae o'n cydnabod ei blant ac yn gwneud tro da gyda'u mamau. Nawr digon o'r fath sgwrs, ac i'n seddau ar unwaith.'

7

Llundain, Hydref 1097

Gruffydd.

Wyt ti'n ddiogel? Wyt ti wedi ymgartrefu yn rhywle, gyda theulu Gwyddelig efallai? Rwyt ti'n ddeuddeg nawr! Rwy'n dy ddychmygu mewn neuadd o Lychlynwyr, fel y rhai a ddaeth i fasnachu yn llys ein tad. Wyt ti'n clywed straeon ganddyn nhw o Gymru? Wyt ti'n clywed amdana i?

Ond mae gen i newyddion, Gruffydd.

Mae Goronwy yma. Yn garcharor. Ond mae e yma. Yn fyw. Ac rwy'n benderfynol o'i weld.

Rwyf ar fin gwneud penderfyniad, Gruffydd. Un mawr. Gydag ymhlygiadau arwyddocaol, rwy'n gobeithio. Wn i ddim sut fyddi di'n ymateb, ond alla i ddyfalu na fyddi di'n hapus iawn.

Beth sy'n rhaid i ti ddeall yw fy mod yn gwneud y dewis yma fy hun.

Dychmyga lys William Rufus, Gruffydd. Mae'n heidio gydag uchelwyr hunangeisiol, sebonllyd – yn crafu a chynffonna wrth ei fwrdd, a sborioni am friwsion. Rydw i'n un o'r briwsion yna, Gruffydd.

Fel y gwyddost yn iawn, yn ôl ein cyfraith ni, mae'n rhaid bod yn fachgen i etifeddu tir. Nid oes modd trosglwyddo'r hawl i diroedd ein tad drwydda i.

Nid felly yn ôl cyfraith y Normaniaid. Yn ôl eu cyfraith nhw, rydw i'n etifeddes. Bydd unrhyw un sy'n fy mhriodi yn etifeddu, drwydda i, yr hawl gyfreithlon i deyrnas Deheubarth. A byddai'r Cymry'n llai tebygol o wrthwynebu arglwydd Normanaidd gyda merch Rhys ap Tewdwr yn wraig.

Rwy'n deall nawr mai dyma'r peryg mwyaf i ti, ac i Hywel. Mae'ch bodolaeth yn rhwystro'r Normaniaid rhag meddiannu Deheubarth. Dyna pam mae'n rhaid i ti aros i ffwrdd. A dyna'r rheswm nad oedd Arnulf de Montgomery am ganiatáu i Hywel adael Penfro gyda fi.

Mae ef, Arnulf, yn dymuno fy mhriodi. Mae Rufus wedi gwrthod hyd yn hyn, ond rwy'n amau nad yw sicrhau caniatâd y brenin yn flaenoriaeth i'r teulu de Montgomery. Mae eu grym yn cynyddu a'u hegwyddorion yn llai nag erioed. Efallai dy fod wedi clywed am Robert de Belleme. Fe yw brawd hynaf Arnulf – ac mae'n byw yn Normandi y rhan fwyaf o'r amser, oherwydd fe sydd wedi etifeddu tiriogaeth anferthol y teulu yno. Priododd ef wraig o'r enw Agnes o Ponthieu, cymryd ei thir, a'i chaethiwo a'i thrin mor greulon nes iddi ffoi.

Nid Arnulf yw'r unig un sy'n fy chwennych chwaith, Gruffydd. Chwantu ar ôl fy ngwyneb, fy nghorff – a fy nhir. Mae'n gyfoglyd.

Mae sawl aeres arall yma mewn sefyllfa debyg. Yma, fel fi, yn disgleirio yn ein sidan, a'r hen uchelwyr yn barod i'n lleibio. Dim ond yn ddiweddar y priododd yr Iarll Meulan yr aeres Isabel de Vermandois o dan drwyn a heb ganiatâd y brenin. Mae'r Iarll yn bum deg. Mae hi'n bedair blynedd yn iau na fi – dim ond un ar ddeg. Dychmyga hi'n gorfod mynd i'w wely.

Wyt ti wedi clywed am Bernard de Neufmarché? Fe yw'r cythraul a laddodd ein tad. Mae ef wedi priodi wyres Gruffydd ap Llywelyn o linach frenhinol Brycheiniog. Maen nhw'n ei galw hi'n Agnes nawr. Dyna'r enw Normanaidd am Nest – maen nhw wedi cymryd ei henw yn ogystal â phopeth arall.

Rwy'n gwrthod derbyn yr un ffawd.

Rwy'n gwrthod rhoi'r hawl i unrhyw Norman feddiannu tiroedd ein tad – i adael i unrhyw un ddefnyddio fy statws i sathru dros y Deheubarth a'n pobl, a'u gyrru o'u cartrefi i wneud lle i fwy o gestyll a milwyr.

A chyn i ti fy atgoffa nad oes gen i bŵer, na theulu, na dim – rwy'n gwybod hynny, Gruffydd. Ond mae gen i gynllun.

Rhywsut, mae'n rhaid i mi oroesi – er mwyn dod o hyd i Hywel, ac i aros amdanat ti.

Felly paid â'm barnu, Gruffydd, am y llwybr rwyf ar fin ei ddewis. Paid â'm barnu am geisio fy nyfodol yn fy nwylo fy hun.

Dy chwaer,

Nest

⋆

Llundain, Ionawr 1096

Mae'r capel yn ddistaw. Mae Nest ar ei phen ei hun, a'r unig sŵn yw siffrwd ei sgertiau coch tywyll ar y teils oer, y muriau trwchus yn pylu'r twrw tu allan. Heddwch o ryw fath, o'r diwedd. Mae ei dychymyg yn crwydro tuag adref. Y môr, a'r awyr. Yn dawel, mae'n mentro at fwrdd o oleuni bychan, fflamau'r canhwyllau yn crynu'n y cysgodion. Mae'n cydio yn y tapr, cynnau ei chanhwyllau; tair ohonyn nhw, er cof am ei meirw. Cau ei llygaid, anadlu'n ddwfn yn y tywyllwch meddal.

Mae gwegian y drws, sŵn traed brysiog a sgertiau'n llusgo'n tarfu ar ei llonydd.

'Nest! Dyna ti!' Brysia Sybil tuag ati, ei llygaid yn gloywi. 'Dwi newydd fod efo'r Arglwydd Henry – cusanodd o fi! Dweud 'mod i'n brydferth. Mae o wedi gofyn i mi fynd ato, Nest – heno! Bydda i'n feistres i frawd y brenin!'

'Sybil!' Mae Nest yn cipio llaw ei ffrind a'i llusgo ymhellach i ddyfnder y capel.

'Paid â'm ceryddu, Nest! Mae hyn yn gyffrous dros ben! Ac os bydda i'n beichiogi, bydd Henry'n cydnabod y plentyn, a gofalu amdanaf. Edrycha ar Ansfride! Edith! Mae'n dweud y bydd yn cael gair gyda 'nhad…'

'Fel petai gan dy dad ddewis am y peth!' ysgydwa Nest ei

phen. 'Nid yw dy dad o unrhyw bwys yma, Sybil. Beth am dy obeithion ynglŷn â phriodi?'

'Mae gen i siawns o wneud priodas well drwy gysylltiad gyda'r Tywysog Henry. Ac os ga i fab ganddo, mi fydd hynny'n fy ngwarchod drwy fy oes.' Gwyra Sybil yn agosach at Nest, gan ostwng ei llais. 'Mae'n debyg mai Henry fydd etifedd y goron, ti'n sylweddoli hynny?'

'Does dim byd yn bod ar iechyd Rufus! Bydd yn debyg o fyw am flynyddoedd eto, a does dim i ddweud na fydd e'n priodi a chael etifedd!'

Rhytha Sybil ar Nest fel petai hi'n wirion bost, cyn gostwng ei llais yn is fyth.

'Roedd o'n sâl iawn ddwy flynedd yn ôl, cofia. Ar ei wely angau. A phwy oedd wrth ei ochr, ond Henry. A beth bynnag, dyw'r cwmni mae Rufus yn ei gadw yn ei wely ddim yn cenhedlu plant…'

Mae'n cymryd eiliad i Nest ddeall beth mae Sybil yn ei grybwyll, ac yna mae'n cofio'r ffordd mae'r brenin yn sibrwd yng nghlust ei ffefryn, FitzHamon. 'Mae siarad felly'n beryglus.' Mae ei llais yn fflat. 'Paid â dweud dim mwy.'

Mae Sybil yn gwenu arni'n slei. 'Pa ots fydd gen i heno, gyda Henry yn fy mreichiau?' Cydia yn llaw Nest. 'Mae'n gwneud i mi deimlo fel yr unig ferch yn y byd.'

'Rwyt ti'n ffŵl os wyt ti'n credu hynny.'

Rhoes Sybil ei phen i un ochr, ac ochneidio.

'Dydy gwrthod ddim yn ddewis, Nest. Pam na alli di fod yn hapus drosta i?'

Edrycha Nest o amgylch y capel, y sglein ar y meinciau pren a'r clustogau drud, y lliwiau'n aneglur yn y tywyllwch, ac mae Sybil yn agosáu ati, ac yn gwasgu ei braich.

'Tyrd i weddïo gyda fi, Nest – mae 'mol i mewn clymau!'

8

Llundain, Tachwedd 1097

Rwyf wedi gwneud beth oedd angen. Rwyf dan ei warchodaeth nawr. O bopeth a gollwyd, mae yna, o'r diwedd, rhyw gynnydd.

Rwy'n ddiogel. Am y tro.

*

Maenordy Woodcote, Amwythig, Nadolig 1096

Mae'n Nadolig distaw'r flwyddyn hon. Mae'r brenin yn Normandi ers misoedd, wedi gwneud cytundeb o'r diwedd gyda'i frawd, Robert Curthose. Mae hwnnw wedi mynd ar Groesgad, gwneud adduned i gario'r Groes i Jerwsalem a thra ei fod yno, gadael Dugaeth Normandi yn nwylo gafaelgar Rufus a'i gyfnewid am arian o goffrau Lloegr. Fel petai Rufus am ofalu am Normandi a'i dychwelyd hi pan ddaw Curthose yn ei ôl! Twpsyn.

Mae Sybil yn wên i gyd, yn cario'i bol gyda balchder o'i blaen, yn tyfu plentyn o hedyn Henry yn ei chroth a gaiff ei eni yn y gwanwyn. Mae dylanwad Henry'n tyfu hefyd; ers ymadawiad Curthose o Normandi, mae Rufus wedi dychwelyd tiroedd Henry iddo, ac nid y brawd di-dir ydyw mwyach.

Ac felly does dim llys brenhinol ar gyfer y Nadolig y flwyddyn hon, ac maen nhw wedi osgoi mynd i Gastell Amwythig hefyd, diolch byth. Does gan Nest ddim dyhead i fynd yn agos at unrhyw aelod o deulu De Montgomery.

Wrth iddi gyrraedd ei harddegau, mae'i chorff yn ei bradychu drwy aeddfedu, ei pharodrwydd nawr am fywyd priodasol yn ddiymwad.

Sylla Nest i'r fflamau sy'n llyfu'r aelwyd, y golau'n tasgu cysgodion ar dapestri'r waliau. Y tu allan mae'r lleuad yn olau a haen denau o eira'n disgleirio'n grisialau ar y tir, gan guddio budreddi llwm y gaeaf dan harddwch.

Mae Sybil yn symud ei dwylo bychan dros galedwch crwn ei bol, a phwyso'n ôl yn ei chadair. Er bod Nest yn gwybod nad oedd Robert Corbet yn hapus iawn pan gymrodd Henry Sybil i'w wely, mae'n ddigon craff i gydnabod bod cael ŵyr gyda gwaed brenhinol yn ei wythiennau o fantais i'r teulu.

'Mae sôn y bydd y brenin yn dychwelyd i Loegr yn y gwanwyn. Ac mae'n siŵr y bydd Henry gyda fo,' meddai Sybil yn obeithiol.

Mae Corbet yn troelli ei gwpan yn ei ddwylo cyn codi a cherdded at y piser o win ar y bwrdd. 'Dyna beth glywais innau,' meddai. Mae'r plant ieuengaf yn eu gwlâu, a dim ond Sybil, Corbet a'i wraig Adele, a Nest sy'n swatio o flaen y tân; y gweision wedi eu gyrru i ffwrdd er mwyn iddyn nhw gael siarad. 'Yn wir, mae'n bwriadu mynd â'i fyddin yn ôl dros y ffin yn y gwanwyn. Mae'r Cymry wedi cymryd mantais o'i absenoldeb yn Normandi.'

Llusga Nest ei sylw o'r fflamau wrth glywed geiriau Corbet, a cheisio ymateb yn ddidaro.

'Mae'n bwriadu rhyfelgyrch arall i Gymru felly?'

Mae Corbet yn syllu i ddyfnderoedd yr hylif gwaedgoch yn ei gwpan yn feddylgar.

'Does ganddo ddim dewis. Ma gwrthryfela'r Cymry wedi bod yn llwyddiannus i raddau... a ma 'na aflonyddwch ofnadwy wedi bod yn nhiroedd Arnulf de Montgomery yn y Deheubarth. Cadwgan ap Bleddyn sydd wedi ysbeilio'r gwarchodlu Normanaidd yng Nghaerfyrddin a Phenfro, a sawl safle arall hefyd.'

Tiroedd Arnulf? Na. Tiroedd ei thad. Tiroedd Gruffydd. Ni ddywed wrth Corbet, wrth gwrs. Does dim pwynt. Eistedda Corbet yn ôl yn ei gadair gan ystumio; mae ei gefn yn brifo eto.

'Gan ein bod yn sôn am Arnulf de Montgomery, gyda llaw, mae Rufus wedi'i wneud yn Iarll Penfro. Diolch i'w stiward, mae'n debyg… rhywbeth de Windsor?'

'Gerald de Windsor.' Mae ateb Nest yn ddistaw.

'Dyna'r un. Mae o'n ŵr dyfeisgar. Iddo fo dylai'r Arglwydd Arnulf ddiolch am yr Iarllaeth, medden nhw.'

Teimla Nest ei chalon yn trywanu. Sylwa fod ei bysedd yn crynu, ac mae'n eu plethu nhw yn ei chôl.

'Sut felly?'

'Wel, dyna stori.' Cymra Corbet lowciad o'r gwin. 'Roedd Penfro o dan reolaeth de Windsor, gydag Arnulf yn Normandi, pan roed Penfro dan warchae gan y Cymry. Roedd dynion de Windsor ar lwgu a phethau'n edrych yn llwm iawn – roedd rhai ohonyn nhw wedi encilio hyd yn oed! Ond wyddost ti beth wnaeth de Windsor?'

'Beth?' Dyw llais Nest yn ddim ond sibrwd.

Mae Corbet yn mwynhau ei hun nawr; anaml y mae sylw pawb arno.

'Taflodd bedwar carcas mochyn dros y rhagfur i ddangos i'r Cymry bod ganddyn nhw fwy na digon o fwyd ym Mhenfro i wrthsefyll y gwarchae. A wedyn, ysgrifennodd de Windsor lythyr at yr Arglwydd Arnulf yn dweud wrtho nad oedd angen iddo yrru milwyr ychwanegol am sawl mis. A phlannu'r llythyr er mwyn iddo gael ei ddarganfod gan esgob o eglwys

Tyddewi! Wel, wrth gwrs, aeth yr esgob â'r llythyr yn syth at y Cymry! Ond fe weithiodd y twyll – collon nhw eu hyder wedyn! Gadael y gwarchae!'

Synau o edmygedd gan Adele a Sybil, a Corbet yn chwerthin. Rhyddha Nest ei hanadl yn grynedig, yn ymwybodol o'r chwys oer rhwng ei bronnau. Does dim siawns fod Hywel wedi cael ei ryddhau gan y Cymry, felly. A hynny os oedd Hywel yn dal i fod ym Mhenfro o gwbl.

'Beth sy'n bod, Nest? Ti'n wyn fel y galchen!' Llais Sybil yn tincial. Darganfu Nest wên wan o rywle.

'Wedi blino, dyna'r oll. Mi af i'r gwely, esgusodwch fi.'

Mae'n codi ar ei thraed yn frysiog, gan fethu edrych ar yr un ohonyn nhw, mor gyfforddus a bodlon, tra bo bachgen ifanc yn y Deheubarth yn rhywle, heb neb yn y byd.

*

'Ddylen ni droi'n ôl, meistres?'

Mae gwefusau Amice yn las a'i dannedd yn clecian. Teimla Nest bigiad o euogrwydd am ei llusgo drwy'r oerfel. Mae'n tynnu ei chlogyn trwchus amdani'n glos ac ysgwyd ei phen.

'Dipyn ymhellach, Amice. Dydw i ddim yn barod i ddychwelyd eto.'

Troedia Nest ar hyd y caeau'n llafurus, ei bodiau'n rhewllyd, ei thrwyn a'i llygaid yn ffrydio. Llusga odre'i chlogyn yn swnllyd dros yr eira, sydd erbyn hyn wedi rhewi'n galed a llithrig. Teimla fel pe bai gof yn trawanu'i forthwyl yn erbyn ei phenglog. Ond mae angen lle i feddwl arni. Lle i deimlo. Anadla'n ddwfn a theimlo'r oerni'n sugno i lawr i'w hysgyfaint. Mae niwl yn rolio drwy'r Gororau, yn byseddu ei chroen gyda'i wlypter. Does neb o gwmpas; pawb yn swatio o flaen eu haelwyd, dim sŵn ond camau trymdroed Nest a straffaglu Amice y tu ôl iddi.

Tarfir ar y llonyddwch gan haid o hwyaid, eu hadenydd yn curo'n unsain ac arhosa Nest yn ei hunfan. Mae ei bysedd yn brifo ac mae'n plygu ei dwylo o dan ei cheseiliau i geisio'u cynhesu.

'Meistres?'

Mae Nest yn troi at ei morwyn, llygaid brown Amice yn ofidus.

'O, Amice. Sut alla i ddychwelyd i'r llys, chwarae rhan yr aeres Normanaidd?' Mae'n gallu teimlo'i llygaid yn llenwi. 'Ble mae e?'

Sudda ar ei gliniau yn yr eira, yr oerni'n treiddio drwy wlân trwchus ei ffrog, a gwlychu ei phais a'i chroen. Daw Amice ati a gostwng ar ei chwrcwd, ei hwyneb yn alarus.

'Chi'n cyfeirio at Hywel.' Nid cwestiwn ydyw.

Mae Nest yn codi ei phen, ei dagrau'n llifo o ddifri. Cydia Amice yn ei dwylo a dod â'i thalcen i bwyso yn erbyn ei meistres. Maen nhw'n aros felly, eu pennau yn erbyn ei gilydd, am funudau hir. O'r diwedd, mae Nest yn datod ei hun, sychu'r dagrau'n erwin. Mae croen ei dwylo'n goch a chignoeth.

'Beth 'ych chi'n credu sydd wedi digwydd iddo, meistres?' Mae llais Amice yn ddistaw.

Ysgydwa Nest ei phen, ei dannedd yn dal ei gwefus, blasu gwaed. 'Wn i ddim. Efallai fod ganddo waith yn y castell… neu fod Arnulf wedi ei yrru i ffwrdd…' Dydy hi ddim yn lleisio'i gofidion gwaethaf. Carcharor. Yn farw. Mae'i llwnc yn brifo. 'Efallai ei fod wedi cael ei fabwysiadu gan deulu Normanaidd…' Mae'n cymryd anadl ddofn, meistroli'r don o boen sy'n bygwth ei boddi. 'Mae'n rhaid i mi gredu ei fod e'n fyw, Amice.'

Mae Nest yn codi ar ei thraed yn drafferthus, ei sgertiau trwm yn glynu i'w choesau. 'Fe wnaeth de Windsor addewid i mi. Ac roedd e'n garedig i mi... dydy e ddim yn ddyn creulon, rwy'n sicr o hynny.'

Yn fud, estynna Amice am fraich ei meistres, a'i thywys yn ôl i gyfeiriad y maenordy.

9

Maenordy Woodcote, Amwythig, Mawrth 1097

Mae'r Tywysog Henry yma. Yn nhŷ Robert Corbet. Wedi marchogaeth gyda gosgordd fechan o Gastell Amwythig, lle mae'r ymgyrch ddiweddaraf i lethu'r Cymry ar fin cychwyn. Ymweliad byr i weld Sybil, sy'n drwm gyda'i blentyn ac ar fin cychwyn ei hesgorfa. Bydd Nest yn ymuno gyda hi, yn gwmni iddi drwy'r dyddiau hir mewn ystafell dywyll, drwy'r aros.

Gwena gwas y stabl yn swil ar Nest wrth ei gweld yn agosáu; mae hi yma'n aml. Mae hi'n ei wylio'n ddistaw wrth ei waith, yn bwydo gwellt i gadfeirch anferth Henry a'i ddynion a'u dychmygu'n carlamu ar draws maes brwydr, pwysau marchog ar eu cefnau, eu carnau'n taranu yn erbyn y ddaear, y gwrthdrawiad wrth gyfarfod y gelyn...

'Arglwyddes Nest.'

Mae'r llais llyfn yn dod o nunlle, a chwyrlïa Nest o gwmpas i'w wynebu. Henry. Mae'n paratoi i ymadael, ei gleddyf yn hongian o'i ochr chwith, menig dur yn addurno'i addyrnau. Mae'r gwrid yn llamu i'w gruddiau hi a synhwyra ei fod wedi bod yn ei gwylio ers peth amser.

'Cerdda gyda fi?' Mae Henry'n estyn ei law ati. Gŵyr Nest nad oes modd gwrthod. Mae'n llyncu'n anghyfforddus, ei bol yn corddi. Gwena Henry arni.

'Wna i ddim dy frathu di, dywysoges. Rwyf ar fin ymadael am yr ymgyrch 'ma dros y ffin, ac mae gen i awydd sgwrs gyda ti, dyna'r oll.'

Mae Nest yn aros yn ei hunfan am eiliad arall, cyn camu tuag ato. Mae curiad ei chalon mor swnllyd, mae'n sicr y gall Henry ei glywed. Mae Amice yn hofran yn ochelgar gerllaw, ac mae Henry'n amneidio'i ben tuag ati.

'Mae gen ti warchodwraig, does dim byd amhriodol.'

Nodia Nest. Mae Henry'n brasgamu i ffwrdd o'r stablau, Nest yn ei ddilyn gan deimlo fel plentyn ffôl. Maen nhw'n cerdded am sbel heb siarad, Nest yn chwilota'n ddybryd am rywbeth deallus i'w ddweud wrtho. Pam ei fod wedi gofyn am sgwrs gyda hi?

Ymwthia pelydrau gwan yr haul drwy'r cymylau pluog, gan gynhesu gwallt tywyll Nest. Mae arwyddion o fywyd newydd ym mhobman, y blodau gwyn yn byrlymu ar frigau'r ddraenen ddu a'r ŵyn yn brefu'n anghenus ar diroedd ffrwythlon Woodcote. Mae Nest yn oedi ger wal gerrig, wedi eu pentyrru'n berffaith gan ddwylo dyfal. Mae'r ddaear yn feddal o dan draed, aroglau'r pridd yn gryf yn ei ffroenau. Arhosa Henry wrth ei hochr, hithau'n syllu i'r pellter, yn ymwybodol o'i lygaid yn turio drwyddi.

'Rwyt ti o ddiddordeb i mi, Nest...'

Nawr mae hi'n ei wynebu.

'Yng nghwmni sawl merch arall, Eich Gras.'

Mae Henry'n chwerthin, ei lygaid yn dawnsio.

'Ti'n llygad dy le. Rwy'n mwynhau cwmni merched. Dydw i erioed wedi gwadu hynny.'

Nawr ei thro hi yw gwenu. Sylla Henry arni, unwaith eto, fel petai'n gweld trwy ei chroen i'r enaid tu mewn. Mae'r digrifwch yn cilio o'i lygaid, ei fynegiant yn brudd nawr a thyner. Mae hynny'n ei dychryn.

'Fe ddwedodd Sybil wrtha i na siaradaist ti air – dim yr un gair, am fisoedd – ar ôl dod i fyw at ei theulu.' Mae llwnc

Nest yn cau, y sylw gan Henry'n annisgwyl. 'A phan siaradaist o'r diwedd, roedd dy Ffrangeg yn berffaith, fel petaet ti wedi siarad yr iaith ar hyd dy oes.'

Mae anadl Nest yn fas. Daw Henry'n agosach fyth, ei lais yn isel.

'Rwyt ti wedi dioddef, rwy'n credu.'

'Eich Gras, rwy'n erfyn arnoch i beidio gofyn…'

Mae llygaid Nest yn gwibio i bob cyfeiriad, ei golwg yn glanio ym mhobman ond ar wyneb Henry.

'Rwyt ti wedi colli dy deulu.'

'Eich Gras. Henry.' Mae llais Nest yn fwy penderfynol nawr, a'i enw'n teimlo'n od ar ei thafod. 'Peidiwch.'

Mae ei wynt yn anwesu'i chroen, ei arfwisg mor agos nes bron ei fod yn cyffwrdd ynddi.

'Pa oed wyt ti nawr, Nest? Pedair ar ddeg? Nid plentyn wyt ti mwyach. Ers y tro diwethaf i mi dy weld, rwyt ti wedi blodeuo. I'r ferch harddaf i mi ei gweld erioed. A rwyf wedi gweld llawer…'

Mae ei lais yn drwchus, cryg. Daw Nest yn ymwybodol o'r chwys ar ei chledrau a'r gwaed yn curo'n ei chlustiau. Teimladau annisgwyl, diarth. Dymuna iddynt ddiflannu, ond eto i barhau. Mae'n edrych o'i chwmpas, gweld Amice bellter byr i ffwrdd yn eu gwylio gyda llygaid gofidus. Mae cân bronfraith y grug yn y perthi. Mae Nest yn crafangu am sgwrs ddiogel.

'Dydych chi ddim yn ddiethr i golled chwaith, Eich Gras.'

Mae Henry'n edrych arni a synhwyra Nest fod yr ennyd beryglus yn cilio, pellter addas yn tyfu rhyngddyn nhw eto.

'Wel. Gwir, mae'n debyg. Fi oedd gyda fy nhad ar ei wely angau, Duw gadwo'i enaid. Roedd o wedi breuddwydio am yrfa yn yr eglwys i mi, wyddost ti… y mab sbâr.' Mae Henry'n troi oddi wrthi, ei feddwl ar goll mewn amser pell yn ôl. 'Roedd o'n gynghreiriad efo dy dad dithau, ar un adeg.'

Mae Nest yn gwenu. 'Roedd ganddyn nhw gytundeb heddwch. Mae'n drueni nad yw eich brawd y brenin wedi parchu hwnnw.' Mae ôl chwerwder yn ei llais, sy'n gyfatebol yn ei lais yntau wrth iddo'i hateb.

'Nid yw William yn un am gadw'i addewid. Ac mae'n rhy hoff o ryfela.' Mae'r tywysog yn troi'n ôl ati. 'Mae'r ddau ohonyn nhw, Robert a William, wedi fy mradychu yn y gorffennol. Ac o ganlyniad ni allaf ymddiried mewn eraill yn rhwydd.'

Mae Henry'n agos eto. Gall Nest deimlo ei anadl – dydy e ddim yn ddyn tal, ei phen yn cyrraedd ei ysgwyddau llydan. Clyw ei hanadl hithau'n cyflymu unwaith eto wrth iddo gymryd ei llaw; fel pawen fychan yn ei faneg ddur.

Cymra Nest gam pwyllog oddi wrtho. 'Mae'n well i mi ddychwelyd at Sybil. Bydd hi'n chwilio amdana i…'

Mae Henry'n ei deall. Mae'n gollwng ei llaw'n anfoddog.

'Gad i mi dy weld di eto, Nest.'

'Amice!' Mae Nest yn galw am ei morwyn, cyn gostwng ei phen a moesymgrymu, troi'n frysiog i ffwrdd. 'Duw a'ch cadwo chi, Eich Gras.'

Mae'n galw dros ei hysgwydd, gan faglu dros ei ffrog wrth iddi frasgamu oddi wrtho, ei dwylo'n crynu, gan wybod yn sicr y bydd yn ei gwylio tan iddi ddiflannu o'i olwg.

*

Mae'r siambr yn gynnes – yn rhy gynnes. Tasga'r tân ei wres drwy'r ystafell, y tapestrïau trwchus ar y waliau'n atal y goleuni, heblaw am un pelydryn tenau sy'n ymestyn fel bys hir trwy grac yng nghaead y ffenestr. Mae Nest yn gwylio'r brychau o lwch yn dawnsio'n araf drwy'r aer myglyd. Troedia Amice yn ddistaw yn y cysgodion. Croth gynnes, dywyll yw'r siambr, i groesawu baban Sybil a Henry i'r byd. Mae Sybil yn agos iawn at ei hamser nawr, ei bol yn anferth ac yn hongian yn isel, ei chefn yn brifo. Mae'n llusgo llaw ar draws ei thalcen yn anniddig.

'Poen?'

Nodia Sybil yn ateb i lais Nest, cysgodion o dan ei llygaid yn barod. 'Dim gwaeth na phoen misol. Mae Adele yn dweud y bydd y poenau'n llawer mwy dwys cyn i'r plentyn 'ma gael ei eni.'

Yn sydyn mae Nest yn cofio genedigaeth Margred; ei mam yn trafferthu ar y stôl eni, ei gwallt du'n gwlwm chwyslyd, a Nest yn gwylio mewn braw y tu ôl i ysgwydd y fydwraig wrth i'w chwaer fach lithro'n llanast gwaedlyd i'r byd. Dim nawr. Mae'n cau ei llygaid yn erbyn yr atgofion.

'Wyt ti am ddweud wrtha i beth ddigwyddodd efo Henry, 'te?'

Mae cwestiwn Sybil yn sgytio Nest i'r presennol, ei llygaid yn hedfan ar agor.

'Paid ag edrych mor bryderus, Nest.' Mae Sybil yn symud tuag ati'n drwm droed. 'Duw a'm helpo fi, dwi'n anferthol. Rhwbia 'nghefn i, wnei di?'

Mae Nest yn gosod ei dwylo ar ysgwyddau ei ffrind, ei gwthio'n dyner i eistedd ar stôl, cyn gollwng ar ei phengliniau tu ôl iddi. Ochneidia Sybil wrth i ddwylo Nest fwytho gwaelod ei chefn.

'Rwy'n gwybod bod Henry'n dyheu amdanat ti, Nest. Rwyt ti'n destun sgwrs drwy'r amser.'

Ateba Nest ddim, ei bysedd yn suddo i'r cnawd meddal, y

siambr yn dawel heblaw ochneidiaid isel Sybil a chraclo'r tân yn yr aelwyd.

'Rwy'n gwrthod rhoi fy hun iddo, Sybil. Hyd yn oed gyda dy ganiatâd di.'

Mae Sybil yn troi i edrych arni, ei dwylo'n gorffwys ar fynydd ei bol.

'Pam ddim?'

'Dwyt ti ddim wir yn fy annog innau i fod yn feistres iddo hefyd?'

Mae Sybil yn codi ael olau.

'Hoffwn i wybod pam fod y syniad mor ffiaidd i ti.'

'Rwyt ti ar fin geni ei blentyn, yn un peth!' Mae Nest yn ddistaw am funud tan i'r geiriau fyrlymu i'r wyneb. 'Ac ar ben hynny, fi yw Tywysoges Deheubarth!'

Mae golwg Sybil yn anghrediniol.

'O, Nest, ti mor ddiniwed. A ffôl!'

Mae Nest yn tynnu oddi wrthi, y geiriau'n teimlo fel nodwyddau.

'Gwranda di, Nest.' Mae Sybil yn straffaglu ar ei thraed. 'Dwyt ti ddim yn dywysoges ar unman, mwyach. Does gen ti neb. Neb i d'amddiffyn, dim hawl i nunlle.'

Bratha Nest ei gwefus, ceisio cuddio'r anaf a wnaed iddi gan eiriau brwnt ei ffrind.

'Tydw i ddim am ffraeo gyda ti, Sybil. Yn enwedig nawr.'

Rhytha Sybil arni, ei llygaid glas yn anarferol ddifrifol. 'Siarada'n blaen am unwaith, Nest. Yn lle cuddio'r gwir fel ti'n wneud bob amser.'

Ysgydwa Nest ei phen yn flin. Doedd hynny ddim yn deg. 'Y gwir? Y gwir ydy mod i'n fwy na chorff, Sybil! Mae bod yn feistres i Henry o fantais i ti, ond pa urddas fydd gen i yn llygad fy mhobl os rhoddaf fy hun i frawd brenin y Saeson!'

'Dy bobl! Gwranda arnat dy hun, Nest! Ni yw dy bobl di nawr.' Anadla Sybil yn ddwfn drwy'i thrwyn wrth i boen ledaenu o'i chroth ac ar draws ei chefn. 'Iesu, ti'n wirion weithiau. Dy harddwch yw'r unig beth sydd gen ti yn arf, Nest. Ac ni fydd hynny'n parhau am byth.'

Mae tymer Nest yn cilio wrth i Sybil gydio yn ei llaw yn dynn, ei gwasgu'n galed tan i'r boen beidio. 'Nest. Bob tro mae rhywun yn sôn am briodi Arnulf de Montgomery, rwyt ti'n wyn fel y galchen. Wn i ddim beth ddigwyddodd i ti cyn i ti ddod i fyw atom, ond rwy'n dy nabod yn ddigon da i wybod dy fod yn benderfynol o osgoi bod yn wraig iddo. Byddai cymryd Henry i dy wely yn un ffordd o sicrhau hynny.'

Mae llygaid Nest yn hoelio ar wyneb Sybil, ei llais yn isel. 'Sut wyddost ti hynny?'

'Ni fyddai Iarll yn ceisio priodas gyda chyn-feistres i Henry, p'un ai ei bod hi o linach frenhinol neu beidio.'

Mae Nest yn dawedog wrth i ewinedd Sybil dyrchu i'w chnawd unwaith eto.

'Oni fyddi di'n genfigennus petai Henry yn cysgu gyda fi hefyd?'

Mae Sybil yn codi ei hysgwyddau. 'Mae cenfigen yn wastraff llwyr yn achos Henry, Nest. Dydw i ddim yn disgwyl ffyddlondeb ganddo, mae o'n mercheta'n fwy nag unrhyw ddyn arall! Roeddwn i'n gwybod hynny o'r cychwyn. Doedd yna fyth obaith bod yn fwy na meistres iddo; yn amlwg bydd rhaid iddo briodi rhywun o dras uchel ac am resymau gwleidyddol. Ond rwyf ar fin geni ei blentyn, ac mae hynny'n rhoi statws i mi.' Yn dyner, mae Sybil yn gosod ei llaw ar foch Nest. 'Rwyt ti fel chwaer i mi, Nest. Mi fyddai'n well gen i rannu Henry gyda ti na neb arall. Ac yn fwy pwysig, hoffwn dy weld yn hapus.'

Yn sydyn mae Sybil yn griddfan, gleiniau o chwys yn casglu ar ei thalcen. Mae'n edrych i fyw llygaid ei ffrind.

'Mae gen ti ddewis, Nest. Defnyddia'r arfau mae Duw wedi eu rhoi i ti. Ni fydd Rufus yn gadael llonydd i ti am byth.'

Sylla Nest ar Sybil, ei hwyneb tlws gyda'i bochau gwritgoch a'i gwallt yn dywyll efo chwys. Yn sydyn, mae ei ffrind yn plygu drosodd, y poen yn gwaethygu. Yn gryfach y tro hwn.

'Anfona am y fydwraig 'na, Nest. Nawr.'

*

Mehefin 1097

Daw brig yr hwyr â golau euraidd, yr haul yn suddo dros y gorwel a'r awyr yn stribedi gloyw; cymylau tanllyd yn gwywo i fod yn binc addfwyn blodau afal. Dawnsia'r coed yn yr awel gynnes sy'n byseddu wyneb Nest wrth iddi gerdded o'r stablau a ffroeni bodlon y ceffylau.

Dyna ddiwrnod arall wedi pasio, diwrnod arall o ddim byd. Diwrnod o aros. Er nad yw'n sicr am beth, chwaith.

Daw'r newyddion o Gymru mewn pytiau anfoddhaol. Llythyr bob hyn a hyn gan Robert Corbet, sy'n cael ei ddarllen yn uchel gan Adele i Sybil, wrth iddi fagu ei merch fach â'i gwallt plu cyw. Weithiau, clecs y gweision, straeon o sawl tafod o'r farchnad neu'r aml fasnachwr sy'n crwydro heibio'r tŷ a geir.

Cyn hir, bydd Nest a Sybil yn dychwelyd i lys y brenin.

Mae Nest yn edrych o'i hamgylch ar fryniau tonnog y wlad, eu gwyrddni wedi'i orchuddio gyda phelydrau aur y machlud. Lle roedd gynt yn lloches ddiogel yn ei chysgodi rhag ei gorffennol, teimla nawr fel carchar – cell yn ei mygu. Mae ganddi hiraeth; am y môr garw, a nadu'r gwylanod, a'r gorwel pell yn ymestyn i ymuno â'r awyr dymhestlog. Rhyddid. Adref.

Nid oes ganddi obaith dychwelyd i Gymru, wrth gwrs, er ei bod yn pendroni am y peth yn ddyddiol. Ond mae Llundain, hyd yn oed, gyda'i thwrw a'i thorfeydd, ac aroglau pydredig y pysgod wrth ddyfroedd llwyd y Tafwys, yn fwy dymunol na'r presennol. Yno, mae newyddion. Mae posibiliadau. Ac efallai, Goronwy.

Beth bynnag, mae Sybil yn bur eto ac yn barod i ddychwelyd i wely Henry, hithau hefyd yn anfodlon aros yng nghartref diflas ei thad. Fe aiff Nest gyda hi – nid oes ganddi unman arall i fynd – ac meddai Corbet yn ei lythyr diweddaraf fod Rufus yn benderfynol o gadw llygad ar Nest pan ddaw yn ôl i Lundain. Buan iawn y bydd hynny, mae'n debyg.

Methiant oedd yr ymgyrch i lethu'r Cymry unwaith eto. Methodd Rufus â'u denu i faes brwydr. Yn lle hynny, ymosodwyd arno'n gudd gan griwiau o Gymry'n llithro'n neidraidd i'w wersyll o dan glogyn canol nos i ladd ei filwyr, cipio'u ceffylau a sleifio i ffwrdd cyn toriad gwawr. Gwyddai'r Cymry na allen nhw lethu byddin Rufus, ac felly ni wastraffon nhw eu hymdrechion yn mentro. Roedd ffyrdd gwell.

Ond eto, erys y Normaniaid. Yn adeiladu eu cestyll ar hyd y gororau, ymledu fel inc wedi'i dollti ar femrwn, gwythiennau a ffrydiau'n fforchio ac ymlusgo i fewn i Gymru, ymdreiddio i'r dyffrynnoedd a'r trefi arfordirol, gorfodi'r brodorion i'r tir uchel, i'r fforestydd a'r mynyddoedd. Mae'r wlad ei hun yn gadarnle ond nid yw'n anhreiddiadwy. Mae Nest yn gwybod hyn – yn gwybod o brofiad chwerw.

Roedd llythyr diwethaf Corbet yn sôn am Gerald de Windsor. Mae crybwyll ei enw'n ddigon i'w haflonyddu'n lân. Mae stiward Penfro wedi bod wrthi eto, ysgrifenna Corbet, y tro hwn yn anrheithio tiroedd Abaty Tyddewi, yn enw ei Arglwydd, Arnulf de Montgomery, tra bu hwnnw'n creu trafferth yn Normandi.

Troedia ei hesgidiau meddal croen llo tuag at y maenordy, caeadau'r ffenestri wedi eu trochi yng nghysgodion y cyfnos. Mae chwa feddwol rhosyn cŵn ar yr awel, ei flodau gwelw'n cyrlio drwy'r gwrych. Heddwch tawel; ei gelwydd yn cuddio'r helbul yn ei chalon, ei henaid.

Sawl awr yn hwyrach, saif Nest yn gwylio Sybil yn cysgu, y fechan gyda'i cheg blagur rhosyn yn ei breichiau, ac mae'n canu'n addfwyn wrthi – caneuon ei chalon, straeon yr hen iaith. A meddylia am yr un bach arall, un gyda gwallt lliw adain brân, a llygaid fel môr canol haf.

10

Y Tŵr Gwyn, Llundain, Medi 1097

Gostynga Nest ei llygaid yn sydyn a moesymgrymu'n frysiog wrth i gamau'r Brenin Rufus arafu, ei chalon yn suddo wrth iddo oedi o'i blaen. A'i gwynt yn dal yn ei gwddf, mae'n cadw ei golwg yn isel, pob graen o'i hewyllys yn gobeithio y bydd yn symud yn ei flaen. Mae poen yn lledaenu'n ei gwddf plyg, ei golwg wedi sodro ar bwyntiau hir esgidiau'r brenin.

Mae Sybil wrth ei hochr, ar bigau'r drain, disgwylgar, ac Isabel de Vermandois yr ochr arall iddi; yn hunanfeddiannol ac yn hyderus er nad yw ond yn ddeuddeg oed. Mae llygaid y llys yn aml ar y tair ohonyn nhw, ond fyth mwy na nawr; pawb o bwys wedi ymgasglu yn Llundain ar gyfer gwledd Gŵyl Fihangel, a dim i'w wneud ond clepian.

Coda'i llygaid yn gyndyn. Mae wyneb Rufus yn writgoch, ei gorff llydan ben ac ysgwydd uwch ei phen hithau, ac wedi glynu wrth ei ochr, ei ffefryn, Robert FitzHamon.

'Weli di hi, FitzHamon?' Mae ei lais yn floedd, mor agos y gall Nest wynto'i anadl sur. Gwin. 'Saf i fyny'n syth, ferch!'

Mae wyneb Nest yn llosgi gyda chywilydd. Mae pawb yn rhythu arni. Rhai gyda chwilfrydedd agored, eraill yn glaswenu tu ôl i'w dwylo. Does dim byd yn well na gwylio'r brenin yn rhoi pryd o dafod i rywun arall. Mae Nest yn edrych arno'n gadarn. Mae poer yn ei farf coch. Staen ar ei hosanau sidan. Canolbwyntia ar hynny, meddai wrthi ei hun. Nid ar yr uchelwyr sydd wedi ymgasglu'n glos o'u cwmpas, prin yn cuddio'u difyrrwch.

'Wel? Be ddwedi di nawr, FitzHamon, hmm? Wastad yn brefu arna i i gymryd gwraig!'

Dim ateb gan FitzHamon, ei wyneb llyfn yn fwgwd. Mae'n hen law ar sut i drin Rufus.

'Y Dywysoges Albanaidd, meddet ti? Wel! Bydde'n well gen i rydio hon, yr un Gymraeg. Dwi'n fwy tebygol o gael mab ganddi hi na'r llall!'

Dduw annwyl. Mae dwylo Nest yn ddyrnau, ei bysedd yn crychu ym mhlygiadau ei gŵn. Mae hi wedi clywed y sïon am lys anfoesgar a thafod budur y brenin, ond mae hyn yn annioddefol. Mae Rufus yn chwifio'i fraich yn wyllt, y gwin yn ei law yn tywallt dros ffwr drud ei fantell.

Ydy'r brenin wir yn ystyried cymryd gwraig, ac yn fwy penodol, y hi? Mae sibrydion, wrth gwrs, fod yn well ganddo gwmni FitzHamon yn ei wely nag unrhyw ferch. Llithra golwg Nest ar draws y neuadd, lle mae'r dywysoges o'r Alban, Edith, yn sefyll. Dim ond yn ddiweddar mae hithau wedi dod yma; o ryw Abaty, ei phresenoldeb yn arwydd o'r gynghrair newydd rhwng Lloegr a'r Albanwyr. Roedd Rufus wedi defnyddio'i rym i gefnogi'r ymgyrch Albanaidd a sodro brawd Edith, Edgar, ar yr orsedd yno. Mae calon Nest yn llamu wrth i'r ferch hon syllu'n ôl arni, ei llygaid deallus yn llawn cydymdeimlad.

Sŵn chwerthin. 'Fyswn i'n ei chymryd hi, Eich Uchelder!' Llais o gefn y neuadd. Mwy o chwerthin. 'Un ffordd o feistroli'r Cymry, Arglwydd Frenin!' Llais arall.

Brwydra Nest i beidio cilio. Mae'n ysu am gael ymdoddi i'r dorf, yn lle sefyll o'u blaenau i roi sioe iddyn nhw fel hyn. Am gywilydd. Mae ei llygaid hi'n llosgi gyda dagrau. Damia fo.

Mae'r wên yn diflannu o wep Rufus, ac mae e'n syllu arni'n feddylgar, ei dafod yn crwydro i lyfu'r ôl gwin ar ei weflau, ei gorff yn simsanu.

'Ac eto, pam wyt ti yma, Nest ferch Rhys, yn fy llys, yn dy hardd wisg? Gelen, fel y lleill...'

Gelen? Na. Roedd hyn yn ormod. Coda Nest ei gên yn bendant, rhythu'n syth i'r llygaid meddw. 'Nid wyf yma o'm dewis fy hun, Arglwydd.'

Mae ei geiriau'n ddistaw, ond yn glir. Cilia'r chwerthin, y llys cyfan yn dal ei anadl. Ystyria Rufus hi am ennyd hir, ei lygaid yn gul.

'Rwyt ti'n hy, Nest ferch Rhys.' Mae'n agosáu unwaith eto, golwg filain arno. 'Paid anghofio bod dy frawd yn pydru mewn carchar yn fy nghastell i...'

Mae bol Nest yn troi, ei gwaed fel petai'n rhewi. Goronwy. Felly mae e'n fyw!

Mae Rufus yn dal i rythu arni. Fiw iddi ddangos ei theimladau iddo. Meddwyn, meddylia. Gobeithio bydd yn baglu dros yr esgidiau gwirion yna. Mae hi'n ceisio llonyddu'r cynnwrf yn ei chalon. Mae Goronwy'n fyw! Mae hynny'n achos dathlu. Ond mae Rufus yn sylwi ar ei gwên.

'Tynna'r wên oddi ar dy wyneb, ferch. Dyle de Montgomery fod wedi rhoi diwedd arnat ti, fel gweddill dy deulu.'

Mae'r lliw yn llifo o wyneb Nest, chwys yn berlau ar ei thalcen. Ond mae Rufus wedi diflasu. Mae'n chwifio ei law yn ddiystyriol.

'Rwyt ti'n rhoi cur pen i mi, Nest ferch Rhys. Dos o 'ngolwg i cyn i mi dy roi mewn lleiandy.'

*

Mae gwrthgloddiau uchel yn amgylchu'r Tŵr Gwyn. Mae Nest yn eu dringo'n benderfynol, y pren o dan draed yn wlyb ac yn seimlyd. Straffagla Sybil ar ei hôl yn grwgnach, y glaw mân yn bigau ysgafn ar eu hysgwyddau. O'u blaenau, dyfroedd llwydion y Tafwys, yn oer ac annymunol, ac y tu ôl iddyn nhw, muriau uchel y tŵr. Strwythur mawreddog o gerrig lliw hufen; wedi'u halio dros y môr o Caen. Symbol digwestiwn o nerth Normanaidd aruthrol. Daw sŵn morthwylio o ochr orllewinol y safle, lle mae adeiladu ar waith, wal newydd amddiffynnol i amgylchu'r tŵr.

Mae'r cymylau'n isel a thrwm, yn wrthgyferbyniad tywyll i waliau gwelw'r tŵr. Gormeswyr. Mae milwr ar bob ostyn, helmed haearn yn isel ar bob pen, gard y trwyn yn sicrhau anhysbysedd. Sylla Nest drwy'r llen law, sy'n darth dros yr afon. A rhai milltiroedd i'r gorllewin, tu hwnt i'r tro mawr yn yr afon, saif neuadd ysblennydd y brenin yn San Steffan. Y fwyaf o'i math pan orffennir hi, medden nhw.

Mae Sybil yn swatio yn ei chlogyn.

'O, Nest, gad i ni ddychwelyd tu mewn.' Crycha ei thrwyn bach pwt. 'Mae'n gas gen i wlychu.'

Anwybydda Nest ei ffrind. Piga'r dagrau yn ei llygaid; dagrau o ddicter, yn corddi oddi fewn iddi, fel anghenfil yn deffro o'i drwmgwsg. Pa hawl oedd gan William Rufus i siarad gyda hi felly? Llynca'r lwmpyn yn ei gwddf. Does dim ots ganddo ei bod hi'n ferch i Frenin, gwyddai hynny. Ond, roedd e wedi crybwyll Goronwy! O'r diwedd, rhyw gydnabyddiaeth ei fod yma, yn Llundain, yn garcharor! Mae'n troi at Sybil.

'Oes rhaid i mi wastad ddioddef sarhad felly?'

Mae Sybil yn edrych i lawr ar ei dwylo llyfn, gemau yn disgleirio ar ei bysedd. Anrhegion gan Henry. 'Nid dy sarhau di yn unig wnaeth o, Nest. Beth am Edith?'

Mae Nest yn cofio'r dywysoges Albanaidd. Gwir. Mae Sybil yn parhau i siarad.

'Ac fe wyddost fod tymer y brenin yn wael ar hyn o bryd, beth bynnag. Paid â cholli cwsg am y peth, wir i ti.'

Mae Nest yn ochneidio. Efallai. Mae gan Rufus sawl rheswm i gynddeiriogi yn ôl clecs y llys. Ei fethiant unwaith eto i ddod â'r Cymry o dan ei reolaeth. Dyna'r prif reswm roedd gweld Nest o'i flaen wedi ei wylltio, siŵr o fod. Er nad yw'n sicr fod yr ymgyrch yng Nghymru yn fethiant llwyr, chwaith. Clywodd sôn fod FitzHamon wrthi'n egnïol yn ailadeiladu cestyll yng Nghaerdydd a Bryste; amddiffynfeydd sefydlog i ailosod y cestyll pren. Mae hyd yn oed sôn bod castell Penfro'n cael ei ailadeiladu hefyd. Tybed ai Gerald fyddai'n goruchwylio'r gwaith? Efallai fod Hywel yn dal yno, yn gweithio fel adeiladwr…

Mae'n ysgwyd ei phen. Dim nawr. Yn fwriadol mae'n cyfeirio ei meddyliau'n ôl at Rufus. Nid dyma ddiwedd y stori i'r Cymry, gwyddai hynny. Nid oedd y brenin yn ddyn a oedd yn derbyn methiant.

Mae Sybil fel petai'n darllen ei meddwl.

'Dyw'r brenin ddim yn hoff o golli, Nest. Ac mae tymer y bobl yn codi'n ei erbyn.' Mae Sybil yn edrych o'i chwmpas yn frysiog, fel petai'n ofni fod clustiau gan y cloddiau. 'Cynhaeaf gwael eto. A'r holl fywydau coll yna'n adeiladu ei neuadd a'r bont newydd…'

Mae Nest yn gwrando'n ofalus. 'Nid yw'n frenin poblogaidd, yn sicr. Y trethi ar y bobl i dalu am y rhyfeloedd yn Normandi a'r ffraeo parhaus gyda'r Eglwys.'

Nodia Sybil yn bendant, cyn agosáu at Nest, a gostwng ei llais ymhellach. 'Mae Archesgob Caergaint wedi dewis gadael, fel alltud.'

Mae wyneb yr afon yn arw a thymhestlog. Fel meddyliau Nest. Mae'n teimlo'r gwynt yn codi a'i dwylo'n oer ar y muriau.

'Mae'n rhaid i mi geisio gweld Goronwy.'

Pletha Sybil ei bysedd gyda'i gilydd, cyn wynebu Nest yn ddifrifol.

'Rwy'n dy gynghori di i beidio. Wir, nawr. Mae'r brenin yn elyn peryglus.' Mae Sybil yn plygu llaw Nest o amgylch ei braich wrth iddyn nhw gychwyn troedio'r muriau. 'Paid denu mwy o'i sylw. Ond gwnaeth ffŵl ohono'i hun yn cecru gyda ti fel 'na. Mae'n bechod nad oedd Henry yno.'

Coda Nest ei haeliau. 'Beth all Henry wneud?'

'Mae gan Henry fwy o ddylanwad nag wyt ti'n sylweddoli, Nest.'

'Efallai. Ond ydy hynny'n ddigon, Sybil? Mae dy ddyfodol di'n ddiogel. Ond beth sy'n mynd i ddigwydd i mi?'

*

Hydref 1097, Llundain

Heddiw, cwrddais i â rhywun fel fi. Y dywysoges Albanaidd.

Edith.

Mae'n dair blynedd yn hŷn na fi – dwy ar bymtheg, ac mor ddeallus, Gruffydd. Peniog. Dydy hi ddim yn hardd, ac mae hi'n gwisgo'n syml iawn – sy'n gweddu iddi. Ond mae ei llygaid yn graff, a'i hosgo'n frenhinol.

Daw Edith o dras hynafol Eingl-Sacsonaidd, ac mae llinach frenhinol yr Alban a Lloegr yn ei gwythiennau. Dygwyd hi o'i gwlad yn blentyn, a chafodd ei dwyn i fyny mewn Abaty yn Lloegr. Mae hi'n grefyddol iawn. Dywedodd hi fod ei modryb, yr Abades, wedi ceisio ei gorfodi i fod yn lleian pan oedd hi'n chwech oed. Wyddost ti beth wnaeth hi, Gruffydd? Rhwygodd hi'r fêl o'i phen, a sathru drosti gan ei gwrthod yn blaen.

Roeddwn i'n ei hoffi'n syth.

Ond pam ydw i'n ysgrifennu am Edith? Efallai oherwydd ei bod hi'n deall fy sefyllfa cystal â neb arall, Gruffydd. Lladdwyd ei thad, y brenin, yn yr un flwyddyn ag y lladdwyd ein tad ni. Bu farw ei mam yn fuan wedyn.

Dydy ein sefyllfa ddim yn unigryw. Mae eraill fel ni, Gruffydd, ac mae hynny'n cynnig cysur. Ac yn ei ffordd ei hun, nid yw Edith wedi gadael i bawb droedio drosti. Mae hi'n gryf.

Efallai nad oes rhaid i ferched ifanc dderbyn yr hyn sy'n digwydd i ni. Efallai fod modd i ni ddewis, wedi'r cyfan.

11

Y Tŵr Gwyn, Llundain, Hydref 1097

'Mae e ar ei ben ei hunan, Arglwyddes.'

Mae llais Amice yn isel wrth iddi ymddangos wrth ysgwydd Nest yn eu siambr.

'Gad i ni fynd, felly.'

Mae sŵn eu traed yn dawel wrth i Nest ddilyn Amice drwy'r castell tywyll, y torchau yn eu bracedi yn taflu cylchoedd o oleuni ar hyd y muriau. Llusga Nest gwfwl ei chlogyn dros ei phen i guddio'i gwallt. Mae'r castell wrthi'n noswylio, y gwlypter llwm tu allan yn gwthio'r trigolion oddi fewn i swatio yng nghysgodion yr aelwyd. Mae sgertiau Nest yn siffrwd ymysg y brwyn o dan draed, sy'n rhyddhau aroglau melys perlysiau. Mae'i chalon yn pwnio yn erbyn ei hasennau. Sodra'i llygaid ar Amice, y forwyn yn arwain y ffordd ar hyd y cynteddau. Does fawr o amser. Cyn hir, bydd Rufus a'i ddynion yn ymadael am Normandi. Mae'n rhaid gwneud hyn nawr. Heno.

Maen nhw'n cyrraedd drws y siambr, yr hoelion addurnol yn batrwm tywyll drwy'r pren. Y drws heb neb yn ei amddiffyn, diolch byth. Nodia Nest ar Amice, wyneb y forwyn yn ddim ond cysgod. Mae Amice yn ymateb gyda gwên, cyn ymdoddi i'r tywyllwch fel ysbryd. Llynca Nest, ei chledrau'n slic. Cymryd anadl ddofn. Paratoi. Dyma'i dewis.

Mae Nest yn codi llaw, sylwi ar ei bysedd gwelw'n crynu. Ymestyn am y drws. Does dim troi'n ôl. Curo'n ysgafn, ei migwrn yn crafu'r pren. Rhwng curiad calon, clyw ôl traed distaw yn dyfod tu hwnt i'r drws.

Mae'n agor yn araf. Nid yw Nest yn adnabod y wyneb sy'n ateb y drws, ac mae'r anadl yn dianc ohoni'n grynedig. Wedyn, daw llais o grombil y siambr.

'Pwy sy'n galw mor hwyr, ddyn?'

Ei was yw hwn. Wrth gwrs. Ni fyddai Henry heb osgordd. Pan ddwedodd Amice ei fod ar ei ben ei hun, roedd hi'n golygu heb gwmni un o'i gariadon. Heb Sybil. Cliria Nest ei llwnc yn lletchwith, yn barod i gyhoeddi'i hun. Mae'r gwas yn gwenu'n wybodus, wedi hen arfer ag ymwelwyr min nos ei arglwydd. Mae'n camu i un ochr. Ac yna mae Nest yn ei weld.

Mae Henry yn llewys ei grys, ei ysgwyddau a'i gefn yn lletach yng ngolau meddal y canhwyllau. Dawnsia fflamau'r tân y tu ôl iddo, gan loywi'r tapestrïau swmpus sy'n hongian ar y wal.

'Wel, wel. Nest ferch Rhys.'

Mae Henry'n gwneud arwydd at y gwas, a hwnnw'n deall ei feistr ar unwaith, gan foesymgrymu a saethu drwy'r drws fel pysgodyn, a'i dynnu ynghau ar ei ôl. Mae llygaid tywyll Henry'n pefrio, golau'r tân yn tasgu ar ei wallt du, gan beri iddo ddisgleirio'n goch tywyll. Mae'n symud tuag ati, ei lygaid llawn chwant wedi cloi arni.

'Doeddwn i ddim yn dy ddisgwyl.'

Mae Nest yn llyncu'n swnllyd. Nawr ei bod hi yma, mae ei hyder fel petai am ddiflannu.

'Roeddwn i'n wirion i ddod yma... dylwn i fynd, Uchelder.'

Mae Henry'n camu'n bwrpasol tuag ati. Mae'n agos nawr, clyw Nest ei aroglau, ei gorff fel petai'n llenwi'r ystafell foethus, yn tagu goleuni'r tân. Mae'n cyffwrdd yn ei hwyneb gyda'i ddwylo mawr, ei fawd yn anwesu'i boch. Mae gwefr yn gwibio drwy gorff Nest, ias yn treiddio fel hylif oer i lawr asgwrn ei chefn. Gwena Henry'n ddiog.

'Paid gadael, Nest. Rwyf wedi hir ddisgwyl dy gwmni.'

Mae Henry'n synhwyro ei phryder, efallai. Mae'n ei rhyddhau, gan gamu tuag at y bwrdd o bren sgleiniog, a'r gwydrau drud arno. Tollta'r gwin i'r gwydrau, a gwylia Nest yr hylif lliw garned yn troelli'n araf a'u llenwi. Mae Henry'n cynnig un iddi, cynnig llwncdestun cyn cymryd llymaid ei hun. Mae tafod Nest yn gwibio dros ei gwefus, ei cheg yn sych, a chymryd llond ceg; y diod yn llosgi ei llwnc a chynhesu'r tu fewn iddi. Cydia yn y gwydr yn dynn yn ei dwylo, gan chwilio'n wyllt am rywbeth i'w ddweud. Ond Henry sy'n siarad gyntaf.

'Clywais fod fy mrawd wedi rhoi pryd o dafod i ti o flaen y llys...'

Mae Nest yn gwrido wrth gofio. 'Do.'

Mae Henry'n gosod ei wydr i lawr. 'Nid yw'n gwybod beth i'w wneud gyda ti. Dy roi'n wraig i de Montgomery a gadael i hwnnw gynyddu ei rym yn ddilychwin? Caniatáu i ti fod yn wraig i farwn arall crafanglyd... dy briodi ei hun? Neu'r lleiandy efallai.'

Ffrydia ofn sydyn drwy gorff Nest, ac mae'n symud tuag at Henry.

'Ni allaf fynd i leiandy, Uchelder!' Clyw ei llais yn codi mewn panig.

Ystyria ef hi, ei ben ar un ochr.

'Henry ydw i yma, Nest.'

'Henry, 'te.'

'Mae tynged waeth na lleiandy, yn sicr. Yr Eglwys oedd fy ngalwedigaeth ar un adeg, wyddost ti?'

Ysgydwa Nest ei phen yn daer. 'Mae fy Nuw i yn y môr a'r awyr. Nid o fewn waliau cerrig. Allwn i ddim dioddef bod yn gaeth...'

Gwena Henry. Yn sydyn mae hi'n ymddangos mor ifanc. Mae ei llygaid anferth, siâp almonau, yn syllu arno'n wyliadwrus; glas mor drawiadol a threiddgar, eu tebyg na welodd erioed. Mae curiad ei chalon yn amlwg o dan groen gwelw ei llwnc, a'i gwallt yn donnau du, trwm o amgylch ei hysgwyddau. Fe atgoffir Henry o ewig ifanc; peth hardd, bregus. Un symudiad anghywir, a bydd hi'n ffoi.

'Arglwydd... Henry... Mae'n rhaid i mi weld fy mrawd. Goronwy. Mae e yma yn Llundain, yn garcharor.'

Mae Henry'n dawel. Yn sydyn mae'n camu tuag ati, cymryd y gwydr o'i bysedd oer a'i osod ar y bwrdd. Gyda dwylo profiadol mae'n datod y clogyn o'i gwddf, a'i wylio'n syrthio i'r llawr yn blygiadau trwm. Rhewa Nest yn y man, gan syllu ar ei thraed.

'Mae dy frawd yn garcharor yng Nghastell Windsor, Nest fach. Oeddet ti'n gobeithio y byddwn yn dy helpu di? Trefnu ymweliad gyda fo?'

Teimla Nest anadl Henry'n gynnes ar ei gwallt, ac wedyn ei ddwylo; ysgafn, yn anwesu. Mae'n codi ei hwyneb i fyny ato, ei llygaid yn disgleirio.

'Ydych chi'n gweld bai arnaf?'

Gwena Henry.

'Rwy'n d'edmygu di am ofyn.' Mae'r chwant yn ei lais yn ddigamsyniol. 'Ti yw'r ferch fwyaf coeth i mi osod llygaid arni erioed, fy nhywysoges fach...' Symuda ei ddwylo at ei hysgwyddau, anwesu hyd ei breichiau nes cyrraedd ei dwylo, a'u codi at ei wefusau. 'Rwyt ti'n sicr mai dyma yw dy ddymuniad, Nest?'

Mae hi'n fud, y geiriau'n gaeth yn ei llwnc, prin ei bod yn medru anadlu. Dim troi'n ôl. Mae llais Henry'n dyner.

'Ni fynnaf i ti ddifaru'r dewis hwn.'

Dewis. Ie. Ei dewis. Mae'n cymryd anadl ddofn, edrych arno'n gadarn.

'Ni fydda i'n difaru. Ond mae gen i un amod – fy mod i'n cael ymweld â'm brawd.'

Dyna'r cyfan sydd ei angen arno. Mae'n nodio unwaith, gollwng ei dwylo, ei freichiau'n amgylchu ei gwasg main a phlygu ei ben tuag ati. Eu gwefusau'n cyffwrdd, ei gusan yn galed, yn brofiadol, ei chorff yn ymateb iddo ac yn symud yn agosach, yn betrusgar i ddechrau. Mae Henry'n symud ei ddwylo'n hyderus drosti, ei wefusau ar groen meddal ei gwddf. Mae ei ddyhead amdani'n tanio rhywbeth yng nghorff Nest, ac yn araf mae'n ymateb yn reddfol, yn dynwared symudiadau Henry, a sylweddoli'n ddisymwth fod yna iaith newydd y gallai ddysgu siarad. Gwthia Nest ei chorff yn ei erbyn, y weithred o annog yw ei phŵer newydd. Mae cusanau Henry'n dwysáu.

Mae'n anadlu yn erbyn ei chlust. 'Dwyt ti'n bendant ddim yn perthyn i leiandy...'

Cilwena Nest, ei dwylo'n crwydro'i gorff â chwilfrydedd agored. Does dim angen ateb. Mae hi'n rhyddhau ei hun o'i afael, ei hanadl yn drwm. Yna, mae Henry'n cymryd ei llaw, a'i thywys tuag at y gwely moethus.

*

Erbyn i Henry ymadael am Normandi gyda byddin William Rufus, ar ôl gwledd Sant Marthin, mae bronnau Nest yn dyner, ac aroglau coginio'n ei gwneud yn sâl. Mae'n gwybod ei bod wedi gwneud yr hyn oedd angen, a bod plentyn Henry wedi ei hadu yn ei chroth.

*

Castell Windsor, Chwefror 1098

Mae symudiad yng nghornel y gell, a theimla Nest ei chalon yn taranu wrth i'w llygaid addasu i'r tywyllwch. Yr unig olau yw'r ysgyren fain a ddaw o'r hollt bwa saeth yn y mur, sy'n disgleirio ar y gwellt budur ar hyd y llawr. Craffa Nest i'r gornel, a chlywed traed y creadur sy'n agosáu'n llusgo'n araf, ei anadl yn rhugno'n swnllyd.

O'r diwedd mae'n ddigon agos iddi ei weld, ac mae'r ebychiad yn dianc ohoni cyn iddi fedru ei atal. Dieithryn sydd yno, ei wallt a'i farf yn hir a chlymog, ei ruddiau'n bantiog; yr unig beth byw yw'r ddau lygad tywyll sy'n syllu'n ôl arni.

'Fe ddois ti o'r diwedd...' Mae llais y dyn yn sych ac yn fregus, ac mae'n straen iddi allu ei glywed.

Mae Nest yn gosod ei llaw'n amddiffynnol dros yr awgrym o chwydd o dan ei ffrog, cywilydd yn gymysg ag ofn yn corddi drwyddi.

'Goronwy...'

Sut allai'r hen ddyn ysgerbydol yma fod yr un un ag a farchogodd i frwydro gyda'u tad? Mae e bymtheg mlynedd yn hŷn na hi, o leiaf – plentyn a aned yn rhan o fywyd arall ei thad, y bywyd cyn i Gwladus briodi Rhys ap Tewdwr, y bywyd cyn i Nest ddod i'r byd. O reidrwydd felly, dim ond deg ar hugain ydyw, ond mae'n edrych fel meudwy. Mae Nest yn camu'n agosach ato, gan geisio galw'n ôl ei hatgofion ohono'n frwd a golygus, ei wallt yn fyr uwch ei glustiau, ei wyneb yn lân a llyfn.

'Goronwy, mae'n ddrwg gen i mod i heb ddod ynghynt.'

Mae aroglau cachu a throeth yn taro'i thrwyn o'r bwced yn y gornel, yn gymysg â'r aroglau sur o gorff main Goronwy.

'Maen nhw 'di gadael i ti fyw, felly,' meddai ei brawd yn chwerw, ei olwg yn teithio dros ei dillad moethus, yn oedi ar ei gwasg, fel petai'n gweld y baban pitw sy'n tyfu oddi fewn iddi. Nodia Nest yn fud, ei llygaid wedi'u hoelio arno, er bod rhan ohoni'n dyheu am gael dianc oddi wrth yr arswyd o'i blaen. 'Beth am y lleill?'

Mae'r dagrau'n llosgi tu ôl i amrannau Nest, ei brest yn dynn. 'Wn i ddim.'

Eistedda Goronwy'n swp ar lawr ei gell, ei goesau tenau'n plygu oddi tano fel petaen nhw'n frigau.

'Beth ddigwyddodd?'

Ysgydwa Nest ei phen, gan ofni y byddai agor ei cheg yn achosi iddi chwydu. Bratha'i gwefus mor galed nes iddi flasu gwaed. Mae Goronwy'n chwerthin yn isel.

'Ydw i mor ffiaidd â hynny, chwaer fach?'

Mae Nest yn sugno'r anadl i'w hysgyfaint o'r diwedd, ei phen yn troi, yn brwydro'n erbyn y cyfog sy'n bygwth yn ei gwddf.

'Mae'n galed dy weld fel hyn, Goronwy. Rwyt ti'n dioddef…'

Mae pwl o besychu yn atal ateb parod Goronwy, y sŵn yn ddychrynllyd ac yn ysgytwol drwy ei gorff tenau. Mae Nest yn cau ei llygaid. O'r diwedd mae'n tawelu.

'Mi fydde'n well gen i petaen nhw'n torri fy mhen i na 'nghaethiwo i fel hyn. Dim gwell nag anifail.' Mae Goronwy'n codi ar ei draed yn boenus ac yn hercio tuag ati, gan ymestyn bys cyhuddol, ei ewinedd yn hir ac yn fudr. 'Yng ngwely pa un wyt ti?'

Ni all Nest edrych arno.

'Neu wyt ti'n wraig i un ohonyn nhw? Rwyt ti o ryw ddefnydd iddyn nhw, yn amlwg…' Yn sydyn mae Goronwy'n poeri i'r gwellt ger ei thraed. Plyga Nest ei breichiau o amgylch ei chorff yn amddiffynnol.

'Rhaid i mi geisio goroesi, Goronwy. Dim ots sut.' Edrycha o'i chwmpas, does neb o fewn clyw, y milwr a ddaeth â hi yma yn loetran tu allan i ddrws y tŵr. 'Roeddwn i am i ti wybod, Goronwy… mae yna obaith. Mae Gruffydd wedi dianc… mi aeth Rhydderch â fe i Iwerddon. Un diwrnod efallai bydd yn dychwelyd.'

Mae Goronwy'n chwerthin yn wawdlyd, y sŵn yn codi croen gŵydd arni.

'Wyt ti wir yn credu hynny, Nest fach?'

Mae Nest yn syllu arno'n drist. 'Mae'n rhaid i mi.'

Mae hi'n agosáu at Goronwy gan geisio anwybyddu'r aroglau ffiaidd sy'n tarthu o'i gorff nychlyd. 'Rwy'n credu bod Hywel yn dal i fod yn fyw hefyd. Ym Mhenfro, efallai. Wyt ti wedi clywed unrhyw beth?'

'Beth, yn fan hyn?' Mae Goronwy'n chwerthin yn gras eto. 'Go brin!'

Mae llygaid Nest yn llenwi. 'A fydde'n well gen ti mod i heb oroesi, Goronwy? Mod i'n garcharor fel ti?'

Mae'r chwerthin yn tawelu, rhyw feddalu yn y llygaid coll.

'Amser ymadael, Arglwyddes Nest!' Mae cyfarth y milwr y tu allan i'r gell yn rhoi braw iddi.

'Ond…'

Edrycha Nest o'i chwmpas yn chwilfrydig wrth i'r milwr ddod ati a gafael yn ei braich yn gadarn. 'Ar orchymyn y Tywysog Henry, Arglwyddes. Mae'n bryd ymadael.'

Does dim dewis ond nodio'n ufudd, ei llygaid wedi'u hoelio ar Goronwy.

'Cofia pwy wyt ti, Nest ferch Rhys...'

Mae'r llais bregus yn ei dilyn wrth i'r milwr ei thywys ymaith i fyny'r grisiau, ei phen yn troi'n ôl tuag at y carcharor yn y cysgodion. 'Rwyt ti'n fwy na hwran Normanaidd, cofia di hynny!'

Ac yna mae golau dydd yn ei dallu, smotiau duon o flaen ei llygaid wrth iddi gymryd anadl ddofn o awyr iach, a'r drws yn clepian ynghau y tu ôl iddi, a sŵn allwedd yn troi.

*

Maenordy Charlecote, Swydd Warwig, Gorffennaf 1098

Mae aroglau melys llaeth yn llenwi ffroenau Nest wrth iddi blygu ei phen dros ei baban, ei fochau crwn wedi gwasgu yn erbyn ei chroen, ei geg yn gweithio'n gyflym wrth iddo sugno'n gryf ar ei bron. Mae'r bodlonrwydd yn lledaenu drwyddi wrth iddi wrando ar y bychan yn bwydo'n ffyrnig, ei fysedd yn cydio'n dynn yn ei gwallt.

Wrth i Nest bwyso yn erbyn pen y gwely, mae'n pendroni ar ei statws newydd. Mam i blentyn y Tywysog Henry. Plentyn anghyfreithlon, yn wir, ond ei blentyn er hynny, a Henry wedi ei gydnabod felly yn ei lythyr diweddaraf o Normandi. Gyrrodd follt o sidan glas iddi gyda'r llythyr, i wneud dillad newydd, a chwpanau arian drud. Cyfoeth nad oedd yn perthyn iddi gynt, yn sicr.

Mae Sybil yn codi o'i sêt ger y ffenestr, lle eistedda hi ac Isabel de Vermandois gyda'u brodwaith. Maen nhw'n aros ym maenordy yr Iarll Meulan, gŵr Isabel; un o'r nifer o ystadau sydd yn berchen iddo. Mae'r Iarll yn ffrind a chynghorwr dibynadwy i Henry, ac yn brwydro yn Normandi gydag ef, tra bod Isabel yn aros yn Lloegr. Mae'n dŷ moethus – llawer mwy moethus na maenordai Robert Corbet – gyda'i ddodrefn drud, a digonedd o weision, a bu Nest a Sybil yn falch o dderbyn gwahoddiad Isabel i aros yno gyda hi dros yr haf, yn bell o wres Llundain a pherygl blynyddol y pla. Does dim llys yn y brifddinas ar hyn o bryd beth bynnag, gyda'r brenin yn Normandi, ac i Nest roedd yn llawer mwy pleserus i dreulio cyfnod diwedd ei beichiogrwydd, a genedigaeth ei baban, yng nghanol tiroedd ffrwythlon yr Iarll.

'Anfona am y llaethfam, Nest!' Mae Sybil yn crychu ei thrwyn twt. 'Dydy gwragedd uchelwyr Normanaidd ddim yn bwydo'u babanod eu hunain, siŵr!'

Ysgydwa Nest ei phen yn bendant. 'Ond dydyn ni ddim yn wragedd i uchelwyr, Sybil. A dydw i ddim yn Norman.' Mae Sybil yn rhythu arni, sy'n codi gwên ar Nest. 'Beth bynnag, fi ddaeth ag e i'r byd. Fi fydd yn ei gynnal.'

Edrycha Sybil ac Isabel ar ei gilydd a thincial chwerthin. 'Mae gen ti syniadau od, Nest! Ni fydd Henry eisiau i ti ddychwelyd i'w wely yn arogli o laeth!'

Mae Nest yn codi ei hysgwyddau. 'Does gen i fawr o ots am hynny. Gei di'r fraint yna, Sybil. Byddai'n well gen i gael llonydd.'

Mae Isabel de Vermandois yn codi ael berffaith, cyn edrych ar y gemwaith sy'n disgleirio ar ei bysedd. 'Does gennych chi ddim syniad pa mor lwcus ydych chi, yn rhannu gwely gyda dyn fel y Tywysog Henry! Does dim rhaid i chi garu gyda hen ddyn, fel fi!' Mae hi'n chwerthin yn ysgafn, cyn dangos ei modrwyau i Sybil. 'Ond mae'n fy nhrin yn dda, chwarae teg. Does gen ti ddim awydd rhannu gwely Henry eto, Nest?'

'Dydw i ddim yn hiraethu amdano, os dyna wyt ti'n ofyn.'

'Wyt ti wir yn hapus iddo anghofio amdanat?'

'Efallai.' Mae Nest yn plygu eto dros ei baban, yn anwesu ei groen meddal, a sibrwd yn ei glust. 'Ti a fi sy'n bwysig nawr.'

⋆

Awst 1098

Gruffydd,

Mae gen i fab. Ei enw yw Harri, ar ôl ei dad, er nad yw wedi ei gyfarfod eto. Efallai dy fod wedi dyfalu, ond ei dad yw'r Tywysog Henry.

Brwydrais i ddod ag e i'r byd yn ddiogel; teimlais fy nghorff yn hollti'n ddau, fel petai fy mywyd yn llithro o'r byd, er mwyn dod â'r bachgen bach yma iddo. Rwy'n deall nawr, Gruffydd. Rwy'n deall bod merched yn ymladd – yn brwydro – yr un mor ffyrnig â dynion. Ein maes y gad sy'n wahanol, dyna'r oll.

Mae Harri'n fodlon, ac yn llond ei groen. Mae ei wallt yn ddu, fel ein gwallt ni.

Dyma beth roeddwn wedi gobeithio. Bydd Arnulf de Montgomery yn rhoi'r gorau i geisio fy mhriodi. A rwy'n fam i blentyn Henry; byddaf yn derbyn ei nawdd am byth.

Ond paid meddwl fy mod i wedi anghofio am yr un arall, Gruffydd. Wna i byth.

Mae hynny'n addewid.

⋆

San Steffan, Sulgwyn, Mehefin 1099

Mae Nest yn syfrdan. Mae hi'n codi ei phen i rythu'n gegagored ar nenfwd anferthol palas newydd y brenin. Mae William Rufus yn brolio mai hi yw'r neuadd fwyaf yn y byd, a gallai Nest ei gredu. Mae'r gofod y mae hi'n sefyll ynddo'n ogofaidd, wedi ei rannu'n dair gan golofnau cain sy'n ymestyn ymhell uwch ei phen. Mae canhwyllau'n serennu ymhobman, ac mae tapestrïau swmpus yn hongian dros bob modfedd o'r waliau, bron, yn darlunio golygfeydd lliwgar crefyddol a bydol. Mae'r argraff yn aruthrol. Yn hwyrach heddiw, bydd y lle'n orlawn o uchelwyr yn gwledda ar wahoddiad y brenin; pawb sy'n rhywun wedi ei orchymyn yma i ryfeddu at gampwaith godidog William Rufus. Nawr, fodd bynnag, yn gynnar yn y bore, mae'r neuadd yn weddol wag, oni bai am y gweision a'r morynion sy'n sgrialu yma a thraw ym mhen pella'r ystafell.

Ac yna mae cyffyrddiad ysgafn ar ei phenelin, ac mae hi'n troi i'w weld yn sefyll yno. Henry, y tywysog, wedi dychwelyd o ryfelgyrch diweddaraf y brenin yn Normandi.

'Arglwydd!'

Mae Henry'n gwenu, gan ymddangos yn falch o fod wedi rhoi braw iddi.

'Mae'n drawiadol, yn dydy?'

Ysgydwa Nest ei phen, a golwg anghrediniol arni.

'Dydw i erioed wedi gweld unrhyw le tebyg!'

Mae Henry'n dilyn ei golwg o amgylch y neuadd odidog.

'Does neb wedi gweld ei thebyg! Ond mae 'mrawd yn dal i gwyno nad ydy hi'n ddigon mawr.' Mae ei lygaid yn gorffwys ar Nest unwaith eto. 'Ond beth wyt ti'n ei wneud yma, ar ben dy hunan?'

Gwrida Nest. 'Eisiau gweld oeddwn i. Cyn i bawb arall gyrraedd...' Mae hi'n oedi am eiliad. 'Dewch i gyfarfod ein mab, Arglwydd? Mae e yma gyda mi, yng ngofal Amice.'

A oedd hi'n ei ddychmygu, neu a wibiodd diflastod dros wyneb Henry?

'Wrth gwrs... ond efallai nes ymlaen.'

'Mae e bron yn flwydd oed!' mae'n bloeddio mewn siom.

Yn sydyn daw twrw o gyfeiriad y drysau enfawr. Mae'r

brenin yn brasgamu tuag atyn nhw, yn ogoneddus yn ei ddillad sidan, gyda sawl gŵr llys yn dynn wrth ei sodlau.

'Henry!' Mae Rufus yn cyfarth ar ei frawd ieuengaf, ei lais yn atseinio drwy'r neuadd. 'Pam bo raid i mi redeg o gwmpas y lle yn chwilio amdanat!'

Mae Nest yn suddo i foesymgrymu, ond nid cyn iddi sylwi ar ddirywiad y brenin – ei gorff yn drymach o lawer na'r tro diwethaf iddi ei weld, a'i groen yn writgoch, ei bryd yn dioddef gan flynyddoedd o ormodedd.

'Nest ferch Rhys,' meddai'r brenin yn goeglyd, wrth wneud arwydd iddi godi. 'Dylwn i fod wedi dyfalu dy fod yn brysur yn ailgydio yn dy garwriaethau, frawd bach. Rwyt ti wedi cenhedlu crwt arall efo hon, yn dwyt?'

Teimla Nest ei hun yn cynhyrfu, ond dim ond gwenu mae Henry, gan godi ei ysgwyddau fel be pai'n ymddiheuro. Mae'r brenin yn ystyried Nest drwy lygaid cul. 'Dwyt ti ddim y wobr yr oeddet ti'n arfer bod, Nest ferch Rhys. Does fawr o ddyfodol i ti nawr! Tyrd, Henry!'

A gyda hynny mae'r brenin yn bwrw golwg olaf arni, cyn troi ar ei sawdl, Henry a gwŷr y llys yn ei ddilyn, gan adael Nest yn crynu ar ei phen ei hunan o dan nenfwd ysblennydd y neuadd.

*

Mae'n hwyr pan ddaw Henry o'r diwedd i gyfarfod ei fab, a Nest yn paratoi am ei gwely. Gall arogli'r gwin ar ei wynt, a synhwyro'r chwant yn ei lygaid wrth iddo weld ei gwallt du'n ddiorchudd ac yn disgleirio mewn plethen drwchus. Gan anwybyddu'r dyhead amlwg yn ei wyneb, mae Nest yn codi Harri o'r crud wrth ei gwely, a'i gyflwyno i'w dad brenhinol.

Edrycha Henry'n dirion ar ei fab bychan, sy'n swatio'n glos yng ngwar Nest, ei lygaid ynghau.

'Felly dyma Harri bach.'

Gwena Nest, ei breichiau'n tynhau o amgylch ei mab.

'Mae e'n hyfryd, yn dydy? Ac mae e bron yn cerdded!'

Mae Henry'n gwenu'n oddefgar.

'Mae'n ddigon o sioe. Bydd yn fachgen golygus iawn mewn rhai blynyddoedd.' Mae'n codi ael yn awgrymog. 'Wyt ti am ei ddychwelyd i'w wely? A 'nghroesawu i adre'n iawn?'

Mae'r wên ar wefusau Nest yn rhewi wrth iddi sylweddoli bod diddordeb Henry yn eu mab yn arwynebol. Yn sydyn mae hi'n llyncu'n galed.

'Maddeuwch i mi Henry… ond na.'

'Na? Dwyt ti ddim am garu'r tywysog nawr ei fod wedi rhoi mab i ti?'

Mae Nest yn ymwybodol o'r gwres yn codi i'w hwyneb, ond mae hi'n dal ei olwg yn herfeiddiol. O'r diwedd mae llygaid caled Henry'n meddalu, ac mae'r tywysog yn chwerthin yn isel.

'Rwy wastad wedi edmygu dy ysbryd di, Nest.'

Ochneidia Nest mewn rhyddhad. Mae Henry'n bwrw golwg arall ar ei blentyn. 'Mae gen i ddigon o gariadon, Nest, paid â phoeni! Ond os wyt ti'n newid dy feddwl…'

Mae'n troi i ymadael, ei law yn estyn am ddolen haearn y drws.

'Henry, aros.'

'Ie?'

'Mae'n Harri ni'n arbennig, Henry. Mae ganddo waed brenhinol ar y ddwy ochr, gan y ddau ohonom!'

Mae Henry'n dawel, ei gefn tuag ati, ei law yn hofran uwch y ddolen. Yna, yn araf bach, mae'n troi i'w hwynebu, ei bryd yn annirnad.

‘O, rwy’n gwybod hynny. Ac mi fydd o fantais i mi rhyw ddydd. Ond gofala, Nest. Mae’n beryglus bod yn rhy frenhinol. Dylet ti, o bawb, wybod hynny.’

Mae’r rhybudd yn llais y tywysog yn codi ias, a’r noson honno mae hi’n gorwedd yn effro ymhell ar ôl i bawb arall syrthio i gysgu, yn pendroni.

RHAN II

12

Awst 1100

Gruffydd.

Mae William Rufus, Brenin y Saeson, wedi marw.

Saethwyd ar ddamwain wrth hela yn y Fforest Newydd. Saeth drwy'i frest, drwy law'r saethydd Walter Tirel. Mae sibrydion nad damwain ydoedd...

Mae'r wlad mewn cythrwfl. Roedd Henry'n hela gyda fe y diwrnod y bu farw. Gadawyd corff Rufus yn y fan a'r lle, a marchogodd Henry i Gaer-wynt fel petai'r diafol ar ei sodlau i gipio'r trysorlys brenhinol, a wedyn i Lundain, lle coronwyd ef.

Henry I, Brenin Lloegr.

Ac mae Harri bach, fy mab, yn awr yn fab i frenin. Nid yw'n dywysog, nac yn etifedd, cofia. Mae cyfraith y Saeson yn wahanol i'n cyfraith ni.

Mae Henry'n wleidyddwr craff, mae'n rhaid cydnabod, Gruffydd. Mae e newydd briodi – y Frenhines Edith Matilda – neu'n fwy cywir, y dywysoges Edith o'r Alban, fel oedd hi gynt. Wyt ti'n cofio fi'n sôn amdani? Dydy hi ddim yn cael cadw ei henw Eingl-Sacsonaidd – enw Normanaidd iddi nawr! Er, wrth gwrs, y rheswm y dewisodd Henry hi'n wraig yn y lle cyntaf oedd i gryfhau ei hawl i goron Lloegr yn rhinwedd hynafiaeth frenhinol Edith.

Ta waeth. Nid oes gan Henry gefnogaeth yr holl uchelwyr; yn wir, mae sawl un am gefnogi ei frawd hynaf, Robert Curthose, sydd nawr yn dychwelyd ar frys o'i Groesgad, yn barod i gymryd Normandi'n ôl o dan ei reolaeth, a gwneud cais am orsedd Lloegr hefyd.

Bydd rhyfel, Gruffydd.

Rwy'n sicr bydd y newyddion wedi dy gyrraedd yn Iwerddon erbyn hyn.

Rwyt ti'n bymtheg nawr. Oes gen ti gefnogaeth yno? Wyt ti'n filwr? Nawr, wnei di ddod?

*

Caer-wynt, Pasg 1102

Daw'r Pasg â gobaith y flwyddyn yma. Diolch byth. Mae'n dilyn cynhaeaf gwael arall, y cnydau wedi'u difetha a phydru'n wlyb yn y pridd, ac wedyn, gaeaf llwm – y gwyntoedd chwerw'n chwipio drwy agennau, gwerinwyr yn stwffio brethyn i golynau'r drysau a rhwng cloriau'r ffenestri. Bu cannoedd yn canfod eu hanifeiliaid yn farw yn y bore; eu coesau'n stiff a'u llygaid yn syllu ar ddim. Treuliodd Nest sawl noswaith dywyll yn gafael yn ei mab, a'i gwtsio'n glos, gan feddwl am Gruffydd, ymhell ar draws y môr haearn, ac am Hywel, bachgen deuddeg oed erbyn hyn, sy'n fyw yn rhywle. Mi fyddai'n siŵr o wybod ym mêr ei hesgyrn petai e ddim wedi goroesi. Yn byddai?

Dyw ail flwyddyn teyrnasiad Henry ddim wedi bod llawer haws na'r gyntaf, o'r hyn y gall Nest ei ddirnad. Mae'r brenin yn teithio ar hyd a lled y wlad yn ceisio rheoli ei uchelwyr afreolus. O leiaf mae bygythiad ei frawd, Robert Curthose, wedi lleihau. Dychwelodd hwnnw o'i groesgad a lawnsio goresgyniad ar Loegr cyn glaw'r hydref. Un o gefnogwyr pennaf Curthose yw neb llai na Robert de Belleme, brawd hynaf Arnulf de Montgomery, sydd nawr yn Iarll Amwythig ar ôl marwolaeth sydyn ei frawd Hugh. Ond er i Curthose a'i fyddin lanio ar draethau Lloegr, ni ddilynodd y frwydr yr oedd Nest wedi ei darogan. Llwyddodd Henry a'i gynghorwyr i sicrhau heddwch bregus gyda Curthose; y brodyr yn cytuno i gadw eu tiroedd eu hunain, a rhoi'r gorau i'w hawl dros diroedd y llall.

Ac felly mae Curthose wedi'i heddychu. Am y tro, o leiaf, er nad yw hynny'n wir am de Belleme. Bob dydd daw sibrydion bod yr Iarll pwerus yn plotio gwrthryfel. Si am gastell newydd a adeiladwyd yn Bridgnorth, heb ganiatâd y brenin. Adroddiad bod hurfilwyr yn heidio i diroedd de Montgomery. Ydy Arnulf yn rhan o'r gwrthryfel, yn cynllunio'n erbyn Henry o'i gastell ym Mhenfro? A beth am Gerald? Mae dychymyg Nest yn crwydro'n anniddig wrth iddi geisio llywio'i meddyliau i ddyfroedd tawelach.

Mae bywyd wedi newid, yn sicr. Mae llys Henry'n un gwahanol iawn i un William Rufus, diolch i'w wraig, y Frenhines Edith Matilda. Mae'n llys sy'n cefnogi trafodaeth ddwys am grefydd, athroniaeth a llenyddiaeth; llys lle mae croeso i ferched o deuluoedd bonheddig gael safleoedd pwysig yn foneddigesau preswyl i'r frenhines. Yn wir, mae Henry wedi mynnu bod Nest a Sybil yn cael safle yng ngosgordd y frenhines, er tybia Nest na fyddai Edith Matilda wedi dewis byw yng nghanol cariadon a chyn-gariadon ei gŵr anfoesol.

Ac felly dyma nhw, Nest a Sybil, yng Nghaer-wynt gyda theulu brenhinol Lloegr ar ŵyl y Pasg.

Mae Nest yn canolbwyntio ar wead gwyrdd tywyll ei ffrog wrth i'w thraed gamu'n urddasol, un ar ôl y llall, drwy ddrysau'r gadeirlan, Sybil wrth ei hochr. Mae'r ddwy yn ddiolchgar o loches crand yr adeilad ar ôl oriau yn sefyll tu allan yn canu emynau, yn cadw gwylnos ers i belydrau tanllyd y wawr dreiddio'r awyr. O'r diwedd mae'r orymdaith yn symud tu fewn i ddathlu dychweliad y Cymun, a thry Nest at Sybil wrth i'w bol rymblan yn swnllyd.

'Bydda i'n barod am y wledd!'

Nodia Sybil yn frwd. Mi fyddan nhw i gyd, ar ôl cyfnod hir y Grawys a'r oriau undonog maen nhw wedi'u treulio yn y gadeirlan yn barod yr wythnos hon. Dyna yw'r peth gwaethaf am fod yng ngwasanaeth y Frenhines Matilda, ym marn Nest: rhaid bod yn gynffon iddi i bobman, ac mae hi'n ddynes dduwiol iawn. Treuliwyd Dydd Gwener y Groglith yn galaru'n droednoeth ar eu pengliniau ar lawr oer y gadeirlan, llais soniarus yr esgob yn atseinio'n y tywyllwch.

Mae hwyliau heddiw, mewn cyferbyniad, yn llawen, ac mae Sybil yn pwyso'n glos yn erbyn Nest wrth iddyn nhw ddilyn y frenhines, hithau'n cario ei baban newydd, Matilda fach arall. Mae'r Normaniaid yn caru'r enw yna. Mae'r frenhines wedi gwneud ei dyletswydd, ac er nad y mab delfrydol yw Matilda, mae gwên y frenhines yn llydan wrth iddi ddwyn ei babi yn falch drwy wactod ogofaidd yr eglwys. Mae ganddi etifedd o'r diwedd i ymuno â sawl plentyn anghyfreithlon Henry sy'n poblogi'r feithrinfa frenhinol. Bydd bywyd yn haws i'r frenhines, mae Nest yn sicr, pan welith ei phlentyn ei hun yno nawr.

Mae golwg Nest yn sgubo at y nenfwd wrth iddyn nhw gerdded drwy'r eglwys a chyrraedd y groesfa a'r tŵr sgwâr enfawr. Mae'r gadeirlan yn esgyn i fyny, golau disglair yr haul yn gorlifo drwy'r bwâu crwn hardd, gan oliwio'r garreg lwydwyn a'r nenfwd euraidd. Gwêl yr esgob, William Giffard, yn ysblennydd yn ei urddwisg, wrth i'r brenin a'r frenhines eistedd ar flaen y gynulleidfa, gweddill y llys yn estyn eu gyddfau ac ymryson â'i gilydd am y safleoedd gorau.

Dawnsia fflamau cannoedd o ganhwyllau ar hyd y waliau, yn dal golau'r murluniau lliwgar ac edau aur y clustogau sydd wedi'u gwasgaru ar hyd y seddau. Anadla Nest yn ddwfn gan arogli'r cymylau o fwg persawrus sy'n troelli i lawr ystlys yr eglwys. Mae lleisiau persain y mynachod yn esgyn drwy'r gadeirlan, yn canu yn Lladin; y gerddoriaeth yn orfoleddus. Ymlawenhawn! Atgyfododd Ef!

Mae'n rhaid cyfaddef bod y gadeirlan yn gampwaith o bensaernïaeth Normanaidd, meddylia Nest. Symbol ysblennydd a swmpus o'u grym. Mae'n aruthrol o ran maint, dim ond wedi'i gorffen yn ddiweddar, er y dechreuwyd ei hadeiladu yn ystod teyrnasiad tad Henry, y William cyntaf. Yn amlwg, mae'r Normaniaid wedi dymchwel yr hen eglwysi Sacsonaidd; yr hen eglwys gadeiriol, a'r un fwyaf diweddar, gan eu hyrddio i'r ddaear fel petaen nhw am eu dileu o hanes. Dim ond eu hanes *nhw* sy'n bwysig nawr. Mae cyrff y brenhinoedd Sacsonaidd wedi eu codi o'u beddau gwreiddiol; nawr maen nhw'n gorwedd o dan y lloriau hyn – y Brenin Alfred, y Brenin Canute a'r Frenhines Emma – i ymuno â'r diweddar William Rufus a gladdwyd o dan groes y tŵr. Onid ydyn nhw'n sylweddoli y dylid gadael llonydd i'r meirw?

Nid oes y fath anrhydedd i'w thad, wrth gwrs. Mae Rhys ap Tewdwr yn pydru mewn bedd anhysbys, di-nod. Mae dicter yn cydio yng nghalon Nest wrth iddi feddwl amdano, y tad na all alaru amdano'n gyhoeddus. Yn fud, mae'n anfon gweddi gyfrin er cof am ei rhieni, cyn llusgo'i sylw yn ôl i'r bregeth a cheisio canolbwyntio ar y geiriau cyfarwydd, er nad yw'n deall eu hystyr.

Mae llygaid Nest yn crwydro, gan gyfarfod rhai llwydlas Isabel de Vermandois am eiliad, sy'n gwneud ystum o ddiflastod, y gynulleidfa o fwy o ddiddordeb iddi na grwnan diddiwedd yr esgob. Nawr mae'r brenin yn derbyn y Cymun. Y Frenhines Edith Matilda fydd nesaf, ac wedyn yr uchelwyr. Daw tro Nest o'r diwedd, ac mae'n gwthio ymlaen gyda'r gweddill i gymryd ei thwrn.

Yn sydyn mae lleisiau uchel y tu ôl iddi'n amharu ar y gwasanaeth. Mae Nest yn troi'n gyflym, cyfnewid golwg ddryslyd â Sybil. Mae Henry'n edrych dros ei ysgwydd, ei wyneb yn sur. Mae'n drosedd i dorri ar draws yr achos sanctaidd hwn. Mae ysgarmes wrth y drws, mwy o'r gynulleidfa'n troi i syllu, gyddfau'n ymestyn.

'Arglwydd Frenin, neges frys!'

Mae Henry'n wyliadwrus ar unwaith, yn gadael ochr ei wraig i symud at y negesydd, y dorf yn gwasgaru i wneud llwybr iddo. Mae milwr yn lifrai'r Brenin yn hyrddio drwy'r gynulleidfa, ei lygaid wedi sodro ar Henry. Sylla Edith Matilda ar ôl ei gŵr, ei llygaid yn fawr.

Mae'r milwr yn cyrraedd ochr Henry, yn penlinio am eiliad cyn siarad yn frysiog yng nghlust ei frenin, pen Henry'n blyg tuag ato, ei fryd yn dywyll. Mae pawb yn rhythu nawr, hyd yn oed yr Esgob Giffard.

'Gwaed Duw!'

Ffrwydra'r rheg o geg Henry. Mae'r frenhines yn cau ei llygaid; cywilyddus yw clywed y fath gabledd yn nhŷ'r Arglwydd.

Brasgama Henry tuag at y drysau, yn galw enwau ei uchelwyr mwyaf ffyddlon; Iarll de Meulan, Richard de Redvers, Roger o Salisbury. Gydag urddas, ei hwyneb yn welw, mae'r frenhines yn gosod ei baban ym mreichiau anfodlon Isabel de Vermandois, cyn ymddiheuro i'r esgob, a dilyn yn sgil Henry.

*

Mae'r Brenin Henry yn ymneilltuo am oriau gyda'i gynghorwyr. Mae gwledd y Pasg felly'n hwyr, a'i hwyliau afieithus arferol wedi eu difetha; Henry'n taflu cipolygon tywyll ar ei ddeiliaid, a'r frenhines yn pigo ar ei bwyd. Mae Nest yn eu gwylio, ei bol yn troi'n aflonydd.

'Tybed beth sydd wedi digwydd?'

'Pwy a ŵyr?' Mae Sybil yn codi ei hysgwyddau, yr ystum yn gain wrth iddi osod tamaid o alarch yn ei cheg gan fwmian yn bleserus. Does neb wedi bwyta cig drwy'r Grawys, ond mae'r byrddau nawr yn gwegian dan bwysau cigoedd o bob math.

Mae Nest yn troi ei sylw yn ôl at wyneb llym y brenin. 'Wyt ti'n meddwl bydd Henry'n anfon amdanat ti heno?'

Mae Sybil yn ysgwyd ei phen. 'Wn i ddim. Dydy o ddim yn debygol o ddweud wrtha i beth sy'n bod, beth bynnag. Dydyn ni ddim yn sgwrsio llawer.'

Mae Nest yn gwenu. Bu Henry'n fwyaf ymroddedig yn ei dasg o dadogi etifedd ers ei briodas, ond mae'n parhau i anfon am Sybil pan fydd ei frenhines yn gwaedu, ac yn ddiweddar ers ei chyfyngder a genedigaeth y dywysoges Matilda. Mae wedi gofyn am Nest unwaith neu ddwywaith hefyd, ond gwnaeth hi esgus, ac mae'n debyg fod Henry wedi derbyn bod eu carwriaeth ar ben. Mae yna rywbeth yn ei hatal hi rhag dychwelyd i'w freichiau; rhywbeth ynghlwm â'i wraig, y dywysoges Albanaidd, a pharch Nest tuag ati.

Daw mwy o wybodaeth gan Isabel de Vermandois yn nes ymlaen yn ystafell solar y frenhines, wedi clywed yr hanes gan ei gŵr, yr Iarll Meulan. Gostynga Isabel ei llais yn llechwraidd, wrth iddi esgus astudio'i brodwaith. Nid yw'r frenhines yn oddefgar o hel clecs.

'De Belleme yw achos y trafferth, wrth gwrs…'

Mae edau aur brethyn yr allor yn ei dwylo'n disgleirio yng

ngolau'r tân. Pan orffennir ef, bydd yn anrheg gan y frenhines i gadeirlan Caer-wynt.

'Roedd de Belleme a'i frawd Arnulf wedi gwrthod dod i'r llys i ateb cyhuddiadau'r brenin o fradwriaeth.' Oeda Isabel yn ddramatig. 'Maen nhw wedi symud nôl i'w cestyll. Eu paratoi am ryfel. Ac wedi ffurfio cynghrair–' edrycha'n fwriadol ar Nest '– gyda'r Cymry. Rhyw Cadwgan, wyt ti'n ei nabod o? Mae o wedi ymuno gyda de Belleme yn erbyn y brenin.'

Yn sydyn mae Nest yn teimlo'n boeth, a'r poer yn casglu yn ei cheg.

'Mae Cadwgan yn rheoli teyrnas helaeth Powys gyda'i frodyr. Un cyfrwys ydyw.' Sylla i lawr ar y nodwydd a'r edau yn ei dwylo, ar ei bysedd hir, main. 'Mae de Belleme mewn gwrthryfel agored felly.'

Mae Sybil yn codi ei phen o'i brodwaith, ei llygaid yn llawn pryder. 'De Belleme yw Iarll Amwythig, arglwydd dyledog 'Nhad. Gobeithio wir nad ydy o'n gymysg yn hyn i gyd.'

Mae Nest yn gosod ei llaw'n gysurlon ar un ei ffrind.

'Mae Henry'n sicr o dy deyrngarwch, Sybil. Gelli siarad ar ran dy dad os bydd angen.'

Mae Isabel yn rolio'i llygaid yn ddiystyriol. Nid yw tynged Robert Corbet o unrhyw bwys iddi.

'Mae'r brenin yn casáu de Belleme, wrth gwrs. Ac mae 'na fwy…'

Mae Isabel yn closio atyn nhw, gan ymhyfrydu yn y sylw. Dalia Nest lygaid craff y frenhines ar draws y siambr; mae hithau'n eu gwylio'n ofalus. Mae Nest yn codi'r sidan i ddangos ei gwaith i Sybil, ei llygaid yn llithro tuag at Isabel, sy'n gostwng ei llais yn is fyth.

'Mae Arnulf, y brawd de Montgomery ieuengaf, wedi ffurfio cynghrair hefyd… gyda'r Gwyddelod!'

Ceisia Nest amgyffred geiriau Isabel, y gwaed yn powndio fel drwm yn ei chlustiau.

'Arnulf de Montgomery… a'r Gwyddelod?'

Mae Isabel yn mwynhau ei hun.

'Gyrrodd un o'i ddynion, Gerald de Windsor, dros y môr i lys Uchel Frenin Iwerddon i drafod ar ei ran!'

'Y Brenin Muirchertach ua Briain,' sibryda Nest, ei bol yn troi. Ai yn ei lys ef oedd Gruffydd?

' Ie, hwnnw! Gofynnodd de Windsor am gynghrair; drwy briodas Arnulf a merch y brenin, a chefnogaeth filwrol, a llongau hefyd. A rhoddwyd y ddau beth iddo!'

'Mae Arnulf yn briod?'

'Ydy! I'r Dywysoges Lafracoth!'

Eistedda Nest yn ôl, ei dwylo'n crynu. Mae'n gwasgu ei bysedd at ei gilydd. A oedd Arnulf yn Iwerddon felly? A fyddai'n gweld Gruffydd – a'i nabod fel mab Rhys ap Tewdwr?

Mae Sybil yn ei phwnio hi'n ysgafn.

'Beth sy'n bod? Mae'r ffaith ei fod yn briod yn newyddion da, yn dydy? O leiaf bydd yn rhoi'r gorau i'w geisiadau i dy briodi di!'

Gwena Nest yn wan, yn ymwybodol o'i chledrau slic a'r chwys o dan ddeunydd ei dillad.

'Collodd Arnulf ddiddordeb ynof i pan rois i enedigaeth i fab Henry, Sybil. Fel yr oeddwn wedi gobeithio.'

Yn sydyn mae llais y frenhines yn torri ar draws eu sgwrs. 'Dyna ddigon ar y clebran, arglwyddesau! Arglwyddes Nest, a wnei di estyn dy delyn a'n diddanu gyda thôn?'

Mae Nest yn codi ar ei thraed i ufuddhau, ond nid cyn sibrwd wrth y ferch ifanc wrth ei hochr.

'Ond Isabel, ydy dy ŵr wedi dweud beth yw bwriad Henry nawr?'

Gwena Isabel, ei llygaid yn dawnsio.

'O, do. Mae o am chwalu de Belleme, a'r teulu de Montgomery oll yn llwyr.'

13

Saif Nest wrth ochr y Frenhines Edith Matilda, yn uchel i fyny ar y rhagfur. Mae mantell y dywysoges Albanaidd yn hedfan yn yr awel, cylched o aur urddasol ar ei thalcen. Gwnaed hi i fod yn frenhines, meddylia Nest, gan ddwyn cipolwg arni, a dilyn trywydd ei llygaid i lawr at waelod y muriau.

O'u blaenau, mae lluoedd y brenin yn ymgasglu. Chwifia'r baneri'n llachar, pob un yn dwyn arwyddlun lliwgar ei harglwydd. Mae pebyll yn ymestyn am filltiroedd tu hwnt i furiau Caer-wynt, mwg o'r tanau coginio yn troelli ac ymledu i'r awyr, marwydos chwilboeth yn hisian wrth i'r milwyr ddiffodd y tanau ac ymgynnull yn frysiog. Yn uwch na phob baner arall, un goch lachar Henry gyda'i llewod aur.

Arweinir cadfeirch anferthol yr arglwyddi Normanaidd drwy'r gatiau i ffurfio trefniant rhyfel, eu carnau'n stampio, yn pawennu'r ddaear, yn lluchio'u pennau enfawr i bob cyfeiriad. Mae'r milwyr yn anhysbys o dan eu helmedau, yr haul yn disgleirio ar eu harfwisgoedd. Clyw Nest y morthwylio ar yr efail, y sŵn yn ddiddiwedd ers dyddiau, y gof yn ffurfio llafnau miniog… a marwol.

Islaw, mae'r milwyr yn sgrialu, mor fach o fan hyn – chwilod disglair – yn barod i ffurfio rhengoedd, pob un yn ei le. Llwythir y wagenni gydag arfau a darpariaethau, eu holwynion pren yn gwichian.

Mae atsain y tu ôl iddyn nhw, ac mae Nest a'r frenhines yn troi ar eu hunion. Henry sydd yno, yn enbyd yn ei arfwisg, ei gleddyf yn hongian ar ei glun. Mae ganddo enw am fod yn filwr aruthrol, wrth gwrs. Cofia Nest y straeon amdano'n taflu dyn o ben tŵr yn ystod un frwydr yn Normandi. Mae wedi byw bywyd yn brwydro, fel sawl un arall – mae'r Normaniaid yn anadlu brwydro, yn ffynnu arno.

Mae teimlad annifyr yn corddi Nest wrth weld Henry'n barod i ryfela. Tad ei phlentyn ydy e, does dim gwadu'r peth. Ond gelyn ei phobl. Ysgydwa'i phen. Na, Nest. Mae'n marchogaeth yn erbyn de Belleme. Nid dy bobl di, tro 'ma.

Plyga Henry ei ben dros law y Frenhines Edith Matilda, ei chodi i'w wefusau.

'Dychwela gyda d'osgordd a'n merch i Lundain, f'anwylyd.'

Mae'r frenhines yn nodio'n ddwys.

'Byddaf yn dal y ddinas yn dy enw, Henry.'

Mae llygaid Henry'n llithro i gyfeiriad Nest, ac mae hi'n moesymgrymu'n frysiog.

'Rwy'n gweddïo y bydd de Belleme yn ildio cyn hir, Eich Uchelder.'

'Hmm.' Mae ei lygaid yn wag, ei ddiddorddeb ynddi wedi pylu. Troes yn ôl at ei wraig. 'Mi yrraf air am fy nghynnydd. Mi fydda i'n llethu'r cythraul de Belleme, a phawb sy'n ei gefnogi. Dyma'r tro olaf i'r teulu yna godi yn fy erbyn.'

*

Hydref 1102

Mae'r dail wedi troi yn barod wrth i mi ysgrifennu atat; lliwiau fflamau'r tân, melyn, llosg-oren a browngoch. Carped o gyfoeth o dan draed. Mae'r harddwch yn gwrth-ddweud y cryndod oddi tano – oherwydd, Gruffydd, mae'r deyrnas 'ma'n chwalu.

Ymgynullodd y Brenin Henry fyddin helaeth i fynd ar drywydd de Belleme, fel byddai helgi'n hela baedd, ei fwriad i'w orfodi i ildio. Syrthiodd cestyll de Belleme – Arundel a Tickhill – i Henry. Galwodd Iorwerth ap Bleddyn ato – efallai dy fod yn cofio mai hwnnw yw brawd ieuengaf Cadwgan. Un cyfrwys yw Henry, strategydd heb ei ail. Addawodd diroedd Cadwgan i Iorwerth yn gyfnewid am gefnogaeth Iorwerth yn erbyn de Belleme. Cytunodd hwnnw ac anrheithio tiroedd de Belleme yn y Gororau'n ddidrugaredd. Wedyn, syrthiodd tref bwysig Bridgnorth i Henry.

O'r diwedd, daeth pethau i ben. Dim ond pythefnos yn ôl, dynesodd Henry at gastell Amwythig. Doedd unman i de Belleme guddio. Marchogodd allan i gyfarfod y brenin, cyffesodd ei fradwriaeth cyn ildio allweddi'r dref iddo.

A beth am Arnulf? Nid oedd e yn Amwythig pan ildiodd de Belleme. Dywedodd y frenhines wrtha i fod Henry wedi ysgrifennu ato a chynnig dewis: naill ai ildio ei holl diroedd yng Nghymru a Lloegr ac ymadael am Normandi, neu dalu gwrogaeth i Henry.

Dewisodd Arnulf alltudiaeth.

Ac felly mae tiroedd ein tad, a oedd yn nwylo Arnulf, nawr yn nwylo'r brenin.

Beth i'w wneud, Gruffydd? Ddylwn i erfyn iddo amdanyn nhw ar dy ran?

Rydw i wedi bod yn byw mewn pryder y misoedd diwethaf. Poeni bod Arnulf neu Gerald de Windsor wedi dy ddarganfod yn Iwerddon. Wyt ti yn llys Muirchertach fel rwy'n dychmygu?

Nid oes unrhyw un y gallaf ymddiried ynddo i gymryd y neges hon, i geisio dod o hyd iti. Fyddi di'n gallu ei darllen hyd yn oed?

Mae fy mab yn tyfu'n gyflym. Mae'n bedair oed. Mor dlws, Gruffydd. A rwyf i'n bedair ar bymtheg – wedi dianc rhag dyfodol fel gwraig i Arnulf. Does neb arall wedi ceisio fy mhriodi, a does gen i ddim perthynas gyda Henry mwyach. Fe es i ato er mwyn goroesi, a does dim angen i mi rannu ei wely nawr. Rwy'n mynd yn hŷn ac yn gwylio'r aeresau ifanc yng ngwasanaeth y frenhines yn priodi a gadael y llys. Yr wyf yn angof. Fel petawn yn disgwyl am rywbeth – unrhyw beth – i newid trywydd fy mywyd.

Fe wnes i addewid, flynyddoedd yn ôl, y byddwn yn dod o hyd i Hywel. Addawais y byddwn yn dychwelyd i diroedd llinach frenhinol Dinefwr.

Ond Gruffydd, sut yn y byd mae cyflawni'r addewid hwnnw?

*

Llundain, Hydref 1102

Mae calon Nest yn llamu wrth iddi gyrraedd siambr dderbyn Henry ac oedi ar drothwy'r ystafell, sy'n wag nawr heblaw am Henry ar ei orsedd, a'r ysgrifennydd sy'n sgriblan wrth ei ochr. Mae golau dydd yn cilio, a'r brenin ar derfyn diwrnod prysur o lywodraethu. Mae'n ddyddiau ers i Nest ofyn am wrandawiad ffurfiol gan Henry, ac o'r diwedd mae wedi cytuno i'w gweld.

'Beth sydd, Arglwyddes Nest?'

Mae llais Henry'n ddiamynedd, ac mae Nest yn camu tuag ato'n betrusgar wrth iddo anfon yr ysgrifennydd ymaith.

'Os nad wyt ti yma i ddweud wrtha i dy fod am ddychwelyd i gynhesu 'ngwely i ar ôl fy ngwrthod cyn hired, does gen i fawr o ddiddordeb.'

Dydy e ddim yn falch i'w gweld hi, yn amlwg. Mae rhychau dwfn ar ei dalcen, ei wedd fel petai'n cario pwysau'r byd ar ei ysgwyddau llydan. Mae gwrthryfel Robert de Belleme ac Arnulf wedi gwneud difrod. Mae Nest yn ymbalfalu am ddewrder i ddweud yr hyn a ddymuna, er iddi wybod yn iawn y dylai dewi gyda Henry mewn tymer fel hyn. Ond pryd arall os nad nawr?

'Roeddwn i am ofyn i chi beth ddaw o Benfro nawr fod Arnulf de Montgomery wedi ei alltudio?'

Mae llais Nest yn atsain yn y siambr dawel. Mae Henry'n codi un ael, cyn syllu i fyw ei llygaid. Mae Nest yn llyncu'n galed, ei dwylo'n ddyrnau yn nefnydd ei ffrog.

'Roeddech chi wedi addo'r tir i Iorwerth ap Bleddyn, ond rwy'n clywed eich bod am dorri'ch addewid…' Mae'r geiriau'n disgyn yn fyrbwyll o'i thafod.

'A pha hawl sydd gen ti i gwestiynu fy mhenderfyniadau?'

Mae llais Henry'n beryglus o isel. Llyfn fel sidan. Mi fyddai'n well ganddi petai'n gweiddi arni.

'Fe ddois i i ofyn…' Anadl ddofn. Mae'r cwestiwn yn ofer, ond rhaid ei ofyn, er hynny. 'Teyrnas fy nhad oedd Deheubarth, eich Uchelder. Teyrnas llinach Dinefwr. Fy nheulu i.'

Dim gair gan Henry wrth iddo ystyried yn ofalus.

'Dim ond meddwl oeddwn i… bod cyfle yma i'w dychwelyd i etifedd cyfreithlon.'

'Sut hynny, Arglwyddes Nest?'

Mae'r chwys yn ludiog yng ngheseiliau Nest.

'Ein mab? Gallai Harri reoli yno?'

'Diddorol. A phwy wyt ti'n awgrymu allai gadw cyfraith a threfn yno nes i Harri ddod i oed?'

Mae gwrid yn fflachio yn wyneb Nest wrth glywed y coegni yn ei lais, ac mae'n brathu ei thafod. Mae Henry'n codi ar ei draed.

'Dwyt ti ddim yn awgrymu y dylwn i osod rheolaeth Deheubarth yn dy ddwylo di, wyt ti, Nest? Dydy cyfraith y Cymry ddim yn caniatáu i ti etifeddu tir dy dad.'

Mae tymer Nest yn codi, y geiriau'n ffrwydro cyn iddi fedru eu hatal.

'Ond cyfraith Normanaidd sy'n berthnasol yng Nghymru pan mae hynny'n gyfleus?'

Mae llygaid Henry'n fflachio; mae hi wedi mynd yn rhy

bell. Yn fygythiol mae'n camu tuag ati, ac mae'n ei weld am y tro cyntaf mewn ffordd wahanol. Nid llygaid edmygol cariad sy'n treiddio drwyddi nawr, ond llygaid caled, creulon, peryglus.

'Fi sy'n berchen ar diroedd Deheubarth, Arglwyddes Nest. Fi. Ac mi wna i benderfyniad ynglŷn â beth sy'n digwydd yno.'

Gostynga Nest ei phen, moesymgrymu'n frysiog. Mae dadlau'n ofer. Yn sydyn mae bysedd cryfion Henry yn gafael yn ei gên, yn ei gorfodi i edrych arno eto.

'Neu oes yna etifedd gwrywaidd nad ydw i'n ymwybodol ohono?'

Mae Nest yn tagu ar ei gwynt, y geiriau'n ergyd. Ydy ei meddyliau hi mor eglur â hynny? Gŵyr yn reddfol na ddylai sôn am Gruffydd.

'Wel, mae Goronwy yn parhau i bydru yn eich carchar!'

Mae Henry'n dawel, ei gynddaredd yn diflannu'n sydyn.

'Does neb wedi dweud wrthyt ti, Nest annwyl? Mae Goronwy wedi marw.'

Mae'r llawr yn simsanu o dan draed Nest, fel petai wedi ei wneud allan o ddŵr. Mae Henry'n sefyll o'i blaen – mor llonydd, mor fawreddog. Mor oeraidd. Ymbalfala Nest am eiriau, ei cheg yn sych.

'Sut...?'

Mae Henry'n ochneidio. Does ganddo ddim amser i bethau mor ddibwys.

'Twymyn, yn ôl pob sôn. Rhai misoedd yn ôl.'

'Dwi'n synnu ei fod wedi goroesi mor hir, yn gaeth dan y fath amodau!' Mae ei llais yn crynu, yr ystafell yn troi.

'Dos allan i gymryd awyr iach Nest, rwyt ti'n wyn fel y galchen.'

Ond saif Nest fel petai wedi'i gwreiddio i'r fan a'r lle. Mae'r brenin yn ysgwyd ei ben.

'Cofia di hyn, Nest. Fi fydd yn penodi rhywun ffyddlon, o fy newis fy hun, i fod yn geidwad Penfro. Nid tywysoges o Gymraes – boed hi'n fam i fy mab neu beidio. Rwy'n gwrthod mentro gwrthryfel eto.'

Mae ei lais yn dod o bell, ond teimla Nest ei law yn gafael yn ei phenelin a'i llywio tuag at y drws, gan alw un o'r gweision.

'Wnewch chi hebrwng yr Arglwyddes Nest allan? Mae angen awyr iach arni.'

*

Mae Goronwy yn farw.

Wedi marw yn ei garchar, heb weld golau dydd yn y naw mlynedd ers iddo gael ei garcharu.

Oes ganddo ryddid nawr, Gruffydd?

14

San Steffan, Llys Henry I, Gorffennaf 1103

Mae Harri'n sgrechian yn hapus, ffrwyn feddal y ferlen yn goglais cledr ei law, cleddyf pren yn hongian yn llac wrth ei wregys. Chwardda Nest arno'n fodlon cyn gosod mwy o wellt yn ei law a'i gyfeirio i fwydo'r ceffyl eto, bysedd y bachgen bach yn ymestyn i siâp seren.

'Fe gei di dro'n ei farchogaeth wedyn,' addawa Nest i'w mab yn oddefgar, hwnnw'n ymestyn o'i goesau cadarn i fwytho mwng y ferlen. Mae'n un cryf yn barod, meddylia Nest, gyda phryd ei dad, yn debyg i'w hanner brawd Robert, yr hynaf o blant Henry, sydd eisoes yn dair ar ddeg.

Cydia Nest yn llaw Harri a'i arwain at y ceffyl nesaf, gwas y stabl yn gwenu arni; mae Nest a'i mab yn ymwelwyr aml. Mae Harri'n ffodus, meddylia, i gael ei ddwyn i fyny yn y feithrinfa frenhinol, yn gyfochr â sawl un o blant cariadon lu Henry; plant Sybil, Ansfride, Edith, ac wrth gwrs y dywysoges fechan, Matilda, sydd eisoes yn dechrau cerdded. Bydd un bach arall i ymuno â nhw ddiwedd haf, gan fod y frenhines yn drwm gyda'i hail blentyn, a phawb yn gobeithio am etifedd gwrywaidd i'r Brenin Henry.

Mae snwffian addfwyn yr anifeiliaid yn ei chysuro, fel y maen nhw wedi gwneud ar hyd ei hoes. Siarada Harri'n fywiog gyda'r gaseg winau. Yn bump oed, mae e'n hŷn o lawer nawr na Hywel pan adawodd Nest Benfro. Byddai e'n ddeuddeg erbyn hyn. Mae annifyrrwch yn cnoi cydwybod Nest wrth iddi sylweddoli bod ei hatgofion o'i brodyr wedi dechrau uno, eu hwynebau'n annelwig, yn wlanog ac yn gymysg ag wyneb ei mab.

'Helpa fi, Mam!'

Mae Harri'n ceisio dringo ar gefn y gaseg, ei goesau yn dal yn rhy fyr er y bloc mowntio. Ymestynna hithau ei breichiau i'w godi, gan deimlo'i bwysau soled yn ei herbyn.

'Byddi di'n rhy drwm i mi cyn hir, Harri!'

Gwena'r bachgen arni wrth iddo eistedd ar gefn y gaseg winau, yr anifail yn troi llygaid addfwyn tuag ati. Mae Harri'n chwifio ei gleddyf pren yn frwdfrydig.

'Rwy'n filwr fel 'nhad!'

Mae Nest yn chwerthin arno'n dirion.

'A dy daid, Harri! Y brenin Rhys ap Tewdwr o linach Dinefwr! Rwyt ti'n hanu o waed Hywel Dda, a Rhodri Mawr ei hun!'

Mae Harri'n nodio'n ddifrifol; mae wedi arfer â Nest yn adrodd eu hachau iddo.

'I'r gad!'

Mae hi'n synhwyro rhywun yn syllu arni cyn i Harri ei phrocio gyda'i gledd. Try Nest yn ansicr, ei phen ar ogwydd wrth i'r ffigwr ddynesu o ryw bellter.

Mae e'n dalach nag y mae hi'n ei gofio. Hŷn. Wrth gwrs ei fod e. Mae'r llygaid yr un fath; yn dryloyw a chlaear fel dŵr, ei wallt golau'n grychdonnau. Mae ei wyneb yn farfog, gwahanol – ond y fe ydyw. Mae'n gwenu arni'n drwsgl, yn nesáu'n betrusgar, ac arhosa Nest yn y fan, ei llaw ar glun feddal Harri, y bachgen yn gwylio hefyd.

'Tywysoges Nest.'

Mae'r llais fel dŵr rhewllyd yn ystreulio i lawr ei chefn. Y llais, yn fwy na dim arall, yn ei dwyn yn ôl; yn ôl i Benfro, yn ôl i'r Diwrnod Hwnnw. Yn ôl i golli popeth.

'Gerald.' Mae ei llais yn cracio. Cliria ei llwnc cyn mentro eto. 'Gerald.' Yn gryfach y tro hwn.

Daw cysgod o wên i'w wyneb, sy'n cynhesu tamaid ar y llygaid oeraidd. Mae'n dod yn agosach ati, ei olwg yn llawn edmygedd.

'Rydych chi wedi tyfu, Arglwyddes.'

Nodia hithau, yn hunanymwybodol yn sydyn. Mae e yma; tystiolaeth cnawd a gwaed o'r bywyd yr oedd hi'n ei fyw o'r blaen.

'Rydych chi'n edrych fel gwraig Normanaidd.' Edrycha Nest i lawr ar ei ffrog las tywyll, a'r gwregys drud am ei gwasg. Mae'n siŵr ei bod hi. 'Yr harddaf a welais erioed.'

Mae'r geiriau'n hongian rhyngddyn nhw, fel edau'n crogi'n yr aer. Yn sydyn mae Nest yn cofio Harri, sy'n llithro'n swnllyd o gefn y gaseg a sefyll o flaen ei fam, a rhythu'n hy ar y dieithryn o'i flaen.

'Dyma'ch bachgen chi?'

Gwena Nest a gwasgu ysgwyddau Harri.

'Dyma Harri FitzHenry. Harri, dyma Gerald de Windsor. Mae e'n... ffrind.' Ei geiriau'n treulio i ddim. Ffrind?

Mae Gerald yn gostwng ar ei gwrcwd, yn gwenu ar y bachgen.

'Braf dy gyfarfod di, Harri.' Mae'n edrych i fyny at Nest, ei lygaid yn crychu yn yr haul. 'Mae'n hogyn nobl, Arglwyddes.'

O nunlle mae poen yn llifo drwyddi, y poen sy'n gysylltiedig â'r un arall.

'Gerald...'

Mae Gerald yn codi ar ei draed, ei lygaid yn archwilio'i hwyneb ac yn adnabod y taerineb yn ei llais. Yn frysiog try

Nest i alw gwas y stabl a gyrru Harri at y meirch tu draw. Mae hi'n aros nes i'w mab brysuro oddi yno cyn troi'n ôl at Gerald.

'Beth am fy mrawd, Gerald? Pa newyddion am Hywel?'

Mae cysgod yn lliwio'i wyneb. Yn daer mae Nest yn gafael yn ei lewys. Mae hi'n firain, yn fwy hyfryd nag y mae Gerald yn ei chofio.

'Arglwyddes, mae'n rhaid i mi fynd.'

Mae Harri'n ei galw hi o ochr draw'r stablau.

'Mae'n rhaid i ni siarad, Gerald.'

Mae Gerald yn nodio'n ffurfiol, ei wyneb yn welw, cyn gwyro'i ben a throi oddi wrthi, a brasgamu'n frysiog ar draws yr iard.

'Mam!'

Mae dwylo Nest yn ddyrnau, ac mae'n crychu defnydd ei gwisg yn galed, cyn ochneidio a throi tuag at ei mab. Mae ei chalon yn llamu, ei phen yn troi. Mae gweld Gerald yma wedi ei drysu. Rhywsut, mae'n gwybod bod popeth ar fin newid. Mae llaw tynged wrth ei gwaith eto.

*

Eistedda Nest yn llonydd, ei chefn mor syth â saeth, yn syllu i ganol y fflamau. Mae'r noswaith yn fwyn, ond gall Amice weld bod ei meistres yn crynu. Ni symuda Nest fodfedd wrth i'r forwyn symud o gwmpas y stafell, gosod piser o win ar y bwrdd yn ysgafn a thywallt yr hylif tywyll i wydr.

'Meistres?'

Dim gair. Edrycha Amice ar Nest yn bryderus, ac estyn y gwydr tuag ati. Mae Nest yn troi o'r diwedd, ei llygaid asur yn wag ac amddifad o fywyd. Cymer y gwin gan ei morwyn gan syllu ar y gwydr fel petai'n beth estron.

'Dydy e ddim yn gwybod dim am dynged Hywel.'

Mae ei llais yn isel a difynegiant. Sylla Amice arni mewn penbleth.

'Meistres?'

'Gerald. De Windsor. Mae e yma, yn y llys. Yn fy osgoi, efallai, wn i ddim. Ond cefais hyd iddo ar ôl swper, a gofyn am Hywel.'

Daw dealltwriaeth i wyneb Amice.

'Dywedodd ei fod wedi gosod Hywel gyda theulu Normanaidd ar ôl i ni adael Penfro, ond nid yw'n gwybod beth ddigwyddodd iddo wedyn.'

Mae Amice yn cymryd y gwydr llawn yn ôl o ddwylo Nest a'i ddodi ar y bwrdd, cyn gafael yn ysgwyddau ei meistres yn dyner a'i throi i wynebu'r tân. Mae'n estyn crib o asgwrn caboledig yn ei llaw, a thynnu'r dannedd drwy donnau duon gwallt Nest, ei dwylo'n symud yn rhythmig.

'Ond mae hyn yn newyddion da! Onid dyma oedden ni'n ei obeithio, meistres?'

Ochneidia Nest, cyn codi ei hysgwyddau.

'Dyma'r gorau y gallwn fod wedi gobeithio amdano… ond eto rwy'n teimlo dim.' Sylla i lawr ar ei dwylo, ei llais yn cracio. 'Dim atebion, wedi'r holl flynyddoedd o boeni a phendroni a dychmygu'r gwaethaf.'

Mae Amice yn yn rhoi'r gorau i gribo am eiliad, cyn mynd i estyn siôl o'r gist bren yng nghornel y siambr a'i gosod yn dyner o amgylch Nest, y gwallt tywyll yn syrthio'n dwmpath dros y brethyn. Yna mae'r forwyn yn dechrau cribo drachefn.

'Gofynnodd Gerald i mi siarad gyda'r brenin ar ei ran.'

Mae'r cribo'n oedi unwaith eto.

'I ba bwrpas, feistres?'

'Mae e am ddeisebu'r brenin i ddychwelyd iddo'r stiwardiaeth ym Mhenfro. Collodd e'r swydd pan aeth tiroedd Arnulf yn fforffed, oherwydd ei ran yn y gwrthryfel. Rhyw filwr o'r enw Saer sy'n stiward yno nawr.'

Mae llais Nest yn ddidaro, er fod atgof ei sgwrs efo Henry am warchodaeth Penfro'n dal i gorddi. Mae'n codi ar ei thraed, yn cychwyn brasgamu ar hyd yr ystafell.

'Mae'n debyg fod Gerald yn bwriadu gofyn am bardwn y brenin ac am iddo gael ei adfer i'w hen swydd.'

'Wyt ti am ei helpu?'

Mae Nest yn taflu ei dwylo i'r awyr.

'Pa ddylanwad sydd gen i? Rwyt ti'n gwybod pa ymateb ges i'r tro diwethaf! Dydw i ddim wedi rhannu gwely Henry ers blynyddoedd – ac anaml rwy'n ei weld, beth bynnag! Mae e'n treulio mwy o amser yn ymladd Curthose yn Normandi nag y mae e yma!'

Mae Amice yn camu at y gwely ac yn troi'r lliain yn ôl, yn barod i'w meistres.

'Rwyt ti'n agos i'r frenhines, arglwyddes. Efallai bydd hi'n fwy parod ei chymwynas.'

'Ond pam ddylwn i ei helpu?' Mae llais Nest yn codi nawr, lliw yn dychwelyd i'w gruddiau. 'Roedd e'n garedig i mi unwaith, yn wir, ond wnaeth e ddim byd pan gipiwyd Hywel o'm breichiau!'

Mae Amice yn codi ei hysgwyddau'n ofidus.

'Ufuddhau i'w Arglwydd oedd hynny, meistres...'

'Pa!' Ebycha Nest, troi ar ei sawdl a syllu'n filian i'r marwydos. 'Wn i ddim, Amice. Os achubodd e Hywel rhag tynged waeth, yna rwyf yn ei ddyled. Ond ei air yw'r oll sydd gennyf. Alla i ymddiried ynddo?'

Sylla Amice arni'n fud, y geiriau'n hongian yn y siambr fel brychau llwch yn yr heulwen.

⋆

Awst 1103

Mae gweld Gerald eto wedi dod â phopeth yn ôl. Mae'r hunllefau wedi dychwelyd, am y tro cyntaf ers blynyddoedd. Rwy'n clywed llais Hywel yn fy ngalw; ar draws y moroedd, dros y mynyddoedd ac rwy'n gweld ei wyneb yn fy mreuddwydion.

Rwy'n gweld dy wyneb dithau hefyd.

Rwy'n gwrando'n astud. Clustfeinio. Gofyn cwestiynau. Yn ofalus, wrth gwrs. Ond mae'n rhaid i mi wybod beth sy'n digwydd yn ôl adref yn Neheubarth.

Yn y blynyddoedd diwethaf, mae'r tywysogion wedi prysuro i ehangu eu tiroedd yng Nghymru. Gruffydd ap Cynan yn y Gogledd yn ddistaw'n ymledu o Ynys Môn a thrwy Wynedd. Yn y canolbarth, Cadwgan ap Bleddyn sydd unwaith eto'n rheoli Powys gyfan. Ei frawd Iorwerth, ar ôl cefnogi Henry yn ei ymgyrch yn erbyn Robert de Belleme, sydd wedi colli. Rhoddodd Henry y tiroedd a addawodd i Iorwerth i eraill, a nawr mae Iorwerth wedi ei gloi mewn carchar Seisnig yn Amwythig. Dyna'r tâl am fradychu ei frodyr! Yn y De, mae Hywel ap Goronwy, Arglwydd Buellt, yn ymestyn ei fysedd a thyfu ei rym yng Ngŵyr, Cydweli ac Ystrad Tywi. Dydy Saer, stiward Penfro, yn cyflawni dim. Mae yna yng Nghymru ddifrod a distryw, yn erbyn y Normaniaid y tro hwn.

A beth am Ewythr Rhydderch? Ble mae e, y dyddiau hyn?

Pe bawn i ond yn medru dweud hyn i gyd yn dy wyneb, sibrwd yn dy glust. Ond ni fydd y neges hon yn dy gyrraedd; ni fyddi'n gwybod.

A wnaeth Gerald dy weld di, pan oedd yn Iwerddon? Fe glywodd e fi'n gweiddi dy enw unwaith, ond fe ddwedais wrtho dy fod ti wedi marw, fel gweddill ein teulu. Dydw i ddim wedi datgelu dy fodolaeth wrth neb; mae dy ddiogelwch yn ddibynnol ar fod yn anhysbys. Ond alla i ddim peidio â phoeni bod rhywun wedi dy ddarganfod, bod rhywun wedi dod o hyd i etifedd Rhys ap Tewdwr.

Rwyf am ddod o hyd i beth sydd wedi digwydd i'r ddau ohonoch chi, Gruffydd. Gerald yw'r allwedd. Mae'r ffaith ei fod e yma, yn yr un lle â fi, yn arwydd.

Rhywsut, mae fy nhynged i'n gysylltiedig â fe.

15

San Steffan, Hydref 1103

Mae Henry'n codi ei ben wrth i Nest gamu i'r siambr. Mae e'n edrych yn wahanol; ei wallt a'i farf yn hirach nag arfer. Mae'r blynyddoedd diwethaf o groesi'n ôl ac ymlaen dros y Sianel i Normandi i ymladd ei frawd wedi cael effaith arno; mae'n ymddangos wedi ymlâdd. Ac adref yn Lloegr, mae cynhaeaf gwael eto, a chlefyd ofnadwy ar y gwartheg drwy'r wlad. Nid yw'n hawdd rheoli, mae Nest yn deall hynny.

Eistedda'r Frenhines Edith Matilda wrth ei ochr, ei llaw'n gorffwys yn ysgafn ar fraich ei gŵr. Dylai Nest fod wedi dyfalu y byddai hi'n bresennol. Mae statws Edith Matilda'n bwysicach nag erioed ers iddi roi genedigaeth i'r Tywysog William ddeufis yn ôl. Mae'r frenhines yn gwenu'n raslon arni wrth i Nest foesymgrymu a nesáu at y llwyfan lle eistedda'r ddau ar eu gorseddau addurnedig. Diolch byth fod Henry wedi caniatáu gwrandawiad iddi yn ei siambr dderbyn breifat, ac nid yn gyhoeddus o flaen pawb yn ei neuadd fawr.

Mae Nest wedi dewis ei gwisg yn ofalus. Ei gŵn, wedi ei fenthyg gan Sybil, a'r ffiledi arian yn ei gwallt gan Isabel de Vermandois. Mae gwead coch tywyll y ffrog yn feddal ac yn foethus, ac yn glynu i'w chorff, y gwregys yn dangos ei gwasg main, edafedd aur yn addurno'r llewys hir. Plethwyd ei gwallt du'n ddwy raff sgleinog o dan ei *couvre-chef*, sy'n syrthio bron at ei chluniau. Nid yw ei hymdrech yn ofer, ac o dan ei hamrannau mae hi'n sylwi ar olwg edmygus Henry.

Cofia ddefnyddio beth sydd gen ti yn dy arfogaeth, sibrydodd Sybil wrthi'n gynharach, a'r tro hwn, gwrandawodd Nest. Mae llygaid Henry'n crwydro eto; mae e wedi gwneud ei ddyletswydd wedi'r cyfan, ac mae ganddo etifedd gwrywaidd i'w ddilyn o'r diwedd.

Mae tân yn llosgi'n ffyrnig yn yr aelwyd, y fantell wedi'i cherfio a'i phaentio'n lliwgar. Mae'r faner frenhinol yn hongian o'r nenfwd, gyda llu o faneri eraill llachar. Llithra golau euraidd yr hydref drwy'r ffenestri uchel, crymion; y stribedi o heulwen yn glanio ar wead y tapestrïau a'r carthenni swmpus, gan wneud i'r edau ddisgleirio.

Pletha Nest ei dwylo y tu ôl i'w chefn, yn ymwybodol o'i nerfusrwydd. Yr eironi. Yn bymtheg oed roedd hi'n hen law ar gynnal sgwrs gyda Henry yn ei ystafell wely, ond nawr, yn ugain oed ac yn sefyll o flaen ei orsedd, mae ei thafod wedi clymu, y geiriau ar goll.

Mae Edith Matilda'n gwenu arni'n galonogol, ac mae Nest yn ddiolchgar ei bod hi yno. Mae'r frenhines yn hoff ohoni, ac er nad ydyn nhw erioed wedi trafod y tebygrwydd yn eu cefndiroedd, mae rhyw gwlwm nas yngenir yn bodoli rhyngddyn nhw.

'Rwyt ti wedi erfyn am gyfarfod ffurfiol gyda ni i gyflwyno deiseb ar ran Gerald de Windsor, yr Arglwyddes Nest?'

Nodia Nest yn fud, gan gnoi ei gwefus. Oedd hi wir am siarad ar ei ran?

Coda Henry ei ael.

'Wel? Gad i ni glywed, yr Arglwyddes Nest.'

Mae llygaid Nest wedi sodro ar y llawr, ei meddyliau'n carlamu. Gwnaed y penderfyniad. Rhy hwyr i newid dy feddwl nawr. Mae'n anadlu'n ddwfn cyn codi ei phen, yn camu'n agosach at y brenin ac yn edrych yn syth i'w wyneb – y dyn yma sy'n dad i'w mab. Gall weld pryd a gwedd ei bachgen yn ei dad; siâp yr ên, y llygaid brown, yr ysgwyddau llydan. Rhaid anghofio'r goron a siarad yn blaen.

'Mae Gerald de Windsor wedi gofyn i mi gyfryngu ar ei ran.' Oeda am eiliad, cyn bwrw yn ei blaen. 'Ac rwy'n gwneud hynny'n falch.' Anadl ddofn arall. 'Mae de Windsor am i mi gyflwyno ymgais i chwi ddychwelyd stiwardiaeth Penfro iddo, swydd a ddaliodd yn falch ac yn fwyaf diwyd am flynyddoedd lawer.'

Mae Henry'n taro cipolwg ar ei wraig, cyn ystyried Nest yn ofalus.

'Ac felly dyma ni eto, Nest. Er nad wyt ti'n gofyn er mwyn dy hun, y tro hwn.'

'A siarad yn blaen, eich Uchelder, mae Saer yn gwneud llanast o reoli Penfro yn eich enw. Mae'r tiroedd yn cael eu camreoli. Rydych chi angen dyn da – dyn cymwys. Mae gan de Windsor brofiad helaeth o reoli Penfro. Mae sôn ar hyd y wlad am ei gyflawniadau. Mawr oedd yr edmygedd a'r parch tuag ato. Gall e wneud hynny eto. Mae ganddo berthynas yn barod gyda'r Cymry.'

Mae Henry'n pwyso'n ôl yn ei orsedd a dal ei law i fyny i'w hatal.

'Fe aeth de Windsor i Iwerddon i drefnu priodas Arnulf de Montgomery, Nest. Mae ei Arglwydd yn fradwr ac yn alltud. Pam ddylwn i roi goruchwyliaeth Penfro iddo? Safle strategol bwysig – mae arnaf angen rhywun y gallaf ymddiried ynddo.'

'Mi wn i.' Edrycha Nest ar y frenhines, ac yna yn ôl at Henry. 'Credaf ei fod e'n deyrngar, Uchelder. Dymuna brofi ei hun i chi. Bydd yn talu gwrogaeth i chi.'

'Bydd, myn Duw!' Mae Henry yn edrych arni'n hir, cyn bachu'i fys at un o'i weision. 'Dewch â de Windsor i mi.'

Llynca Nest yn galed, ei chalon yn llamu. Mae Edith Matilda'n edrych arni'n chwilfrydig.

'Pam wyt ti'n gwneud hyn, Nest?' hola. Mae ei llais yn ddistaw, yn garedig.

Edrycha Nest ar ei thraed, ac yna'n ôl at y frenhines, ac wedyn Henry, cyn codi ei hysgwyddau.

'Roedd e'n garedig wrthyf i unwaith, pan oeddwn i wir angen caredigrwydd. Rwy'n credu ei fod e'n ddyn anrhydeddus.'

Daw sŵn ôl traed cyflym i'r siambr, ac yna mae Gerald yn sefyll wrth ei hochr, a gall synhwyro ei foesymgrymiad isel, ei gipolwg ati gyda'r llygaid claear yna. Mae Henry'n craffu arno, cyn siarad o'r diwedd.

'Mae'r Arglwyddes Nest yn siarad ar dy ran gyda chanmoliaeth uchel, de Windsor.'

Mae Nest yn syllu ar ei thraed unwaith eto wrth i'r brenin fwrw ymlaen.

'Rwyf am ddeall pam na ddilynaist dy feistr i alltudiaeth. Rwyt i'w weld yn ddyn ffyddlon; fe ymddiriedodd ef ynot ti fel ei lysgennad. Felly pam na ddilynaist ef?'

Mae Nest yn ymwybodol o Gerald yn sythu, ei ysgwyddau'n sgwâr, ei goesau ar led. Mae'n codi ei ên yn bendant, ei lais yn ddiysgog.

'Gallwn fod wedi mynd gyda fe. Gofynnodd i mi fynd. Dewisais i beidio.'

'Pam?'

Try Nest ei phen tuag at Gerald. Mae hithau am wybod yr ateb i gwestiwn Henry hefyd.

'Sawl rheswm, Uchelder. Y prif un oedd na allwn addo fy ngwasanaeth i Robert de Belleme. Roeddwn yn ffyddlon i Arnulf, ond mae de Belleme yn feistr gwahanol iawn. Yn ail, rwyf wedi byw yn Ne Cymru ers dros ddegawd. Does dim i mi yn Normandi.'

Cama Gerald ymlaen, ei lais yn eiddgar. 'Fi yw'r mab ieuengaf. Mae gen i gyfle yma i adeiladu bywyd gwerth ei gael, gyda'ch caniatâd. Rhoes fy nhad ei wasanaeth i'ch tad chi. Mae fy nheyrngarwch ynghlwm yn Iarllaeth Penfro – a chi yw Arglwydd Penfro nawr.'

Mae Henry'n codi ar ei draed a gostwng o'r llwyfan, ac yn cerdded yn araf tuag at y tân. Yno gorwedda helgi gyda choler llawn gemau yn ddiog, ac anwesa'r brenin ei glustiau'n ddifeddwl, ei gefn tuag atyn nhw. Mae Edith Matilda'n eistedd fel delw, ei hwyneb yn fwgwd. Mae'r siambr yn ddistaw. Clyw Nest y gard yn newid y tu allan, milwyr newydd yn cymryd eu safleoedd, ac yn sydyn galwad aflafar y gwyddau wrth iddyn nhw hedfan ar eu taith bell.

O'r diwedd, mae Henry'n troi yn ôl tuag atyn nhw.

'Mi roddaf diroedd i ti, de Windsor.' Mae ysgwyddau Gerald yn gostwng mewn rhyddhad gweladwy. 'Mae 'na hen lys yn agos at Penfro, rwy'n credu?'

Coda Nest ei phen.

'Caer Rhiw?'

'Carew – oes!' Mae llais Gerald yn llawn cyffro wrth iddo dorri ar draws Nest.

Nodia Henry. 'Y fan honno. Fe roddaf Carew i ti – gyda chaniatâd i ti atgyfnerthu'r amddiffyniadau yno.'

Mae Nest yn rhythu ar Henry'n wyllt. Ei hen gartref! Mae'r brenin yn parhau i siarad â Gerald, fel petai hi ddim yno.

'Rwyf wedi gorchymyn i Richard FitzBaldwin atgyfnerthu castell Rhyd y Gors a gyrru Hywel ap Goronwy o diroedd Deheubarth. Dos di i'w gefnogi. Os wyt ti'n profi dy hun, mi wna'i adfer stiwardiaeth Penfro i ti.'

Moesymgryma Gerald yn isel, ei falchder yn disgleirio o'i wyneb, a dechrau symud yn ôl o bresenoldeb y Brenin.

'Un peth arall, de Windsor–'

Arhosa Gerald yn stond.

'Rwyf am gyflwyno anrhydedd fawr arall arnat ti. Byddi di'n llywodraethu'r tiroedd ar fy rhan. Ar ben hynny, yr wyf am roddi i ti Nest, ferch Rhys ap Tewdwr, yn wraig. Daw hi â Chaer Rhiw i ti fel ei rhodd priodas.'

Mae gwefr yn saethu drwy gorff Nest wrth iddi rhythu'n gegagored ar Henry. Synhwyra Gerald wrth ei hochr yn gynnwrf i gyd, wrth iddo suddo i'w benliniau o flaen Henry.

'Eich Uchelder! Diolch! Fe roddaf fy mywyd i'ch gwasanaeth!'

Mae Henry yn ei ystyried yn llym.

'Fel y byddwn yn ei ddisgwyl, de Windsor. Rwyt ti'n ddyledus i mi am bopeth – a phopeth rwy'n ei gyflwyno i ti nawr, gallaf ei gymryd i ffwrdd yn hawdd iawn. Paid anghofio hynny.'

Mae stumog Nest yn corddi, gwres yn llifo i'w gruddiau. Mae Henry'n nodio arni hi a Gerald, ei ddyfarniad yn derfynol, cyn chwifio'i law i'w hanfon ymaith. Ymadawa Gerald yn ysgafndroed, siŵr o fod yn disgwyl amdani tu allan. Ond ni all Nest symud, dim ond aros yn ei hunfan, ei dwylo'n crynu.

Mae Edith Matilda'n codi i ymuno â'i gŵr.

'Rwyt ti'n anfodlon, yr Arglwyddes Nest?' Mae llais y frenhines yn ysgafn.

Bratha Nest ei gwefus. Blasu gwaed. Chwilio'n wyllt am y geiriau. Cama'n agosach at Henry, i ymbilio. Mae'n methu edrych ar y frenhines.

'Henry… Eich Uchelder… rwy'n ferch i frenin! Mae de

Windsor yn… mae'n hanu o dras isel. Nid yw'n uchelwr. Ni allaf ei briodi!'

Mae Henry'n gosod ei ben ar un ochr, yn gwenu arni'n ddiog. 'Aha! Felly mae ganddi uchelgais!'

Mae Nest yn ysgwyd ei phen yn chwerw. 'Allwch chi ddim rhoi llys fy nhad iddo!'

'Dyma'r ydwyf yn ei orchymyn, Nest. A beth bynnag, rhoddaf Gaer Rhiw i ti, i ddod gyda thi i dy briodas. Dy agweddi. Roeddwn wedi meddwl y bydde hynny'n dy blesio.'

Edrycha Henry'n ddisgwylgar arni, fel petai am iddi ymgreinio ar y llawr o'i flaen a diolch iddo.

'Beth am ein mab? Fe gaf fynd ag e gyda mi?'

Daw Henry'n agosach, cyn cymryd ei braich a'i thywys draw at ddrws y siambr. Rhoes ei law anferth ar ei grudd. Teimla Nest olwg iasoer y frenhines yn serio drwyddi. Mae Henry'n gostwng ei lais.

'Rwyf wedi pendroni'n hir beth i'w wneud gyda ti, Nest. Creadures mor hardd.' Mae'n anwesu ei grudd yn ysgafn. 'Ond gwranda. Rwy'n caniatáu i ti ddychwelyd yn ôl i dy gartref. Rwy'n caniatáu i ti gymryd ein mab gyda ti.'

Saif Nest yn llonydd, llonydd. Ni all ddychmygu caru gyda'r dyn hwn yn awr, eu cyrff ynghlwm a'r chwys yn diferu. Mae Henry'n mynd yn ei flaen.

'Rwy'n gofyn am dy ffyddlondeb… hynny yw, rwy'n ei orchymyn.' Mae'n llusgo ei law i lawr dros ei hysgwydd, dros ddefnydd moethus ei ffrog, i afael yn galed yn ei braich. 'Rwy'n gwybod mai dim ond unwaith sydd yn rhaid i mi ddweud hyn, Nest.'

Mae Nest yn aros, ei hanadl yn fas ac yn gyflym.

'Rwyf wedi meddwl yn galed. Nid oes gen ti unrhyw rym drwy fod yn briod â de Windsor. Mae o'n iselradd; ni all gamddefnyddio dy linach i hybu ei rym fel byddai eraill o dras uwch. Yn ogystal, byddi'n ddiogel o afael tywysogion Cymru a hoffai dy wneud yn wraig.' Mae Henry'n gwasgu ei chroen yn galetach fyth, ei chnawd yn briwio. 'Rydw i am i ti a de Windsor warchod fy muddiannau. Unrhyw anffyddlondeb a bydda i'n cymryd ein mab o dy ofal, Nest. Bydd yn dychwelyd yma ata i mewn chwinciad.'

Gyda hynny mae Henry'n ei rhyddhau, a bagla Nest wrth y trothwy, y gwaed yn curo'n ei chlustiau. Heb edrych arno, rhuthra o'r ystafell, yn ysu i'w rhoi ei hun ymhell o olwg y brenin.

*

Mae Gerald yn disgwyl amdani tu allan i'r siambr, ac yn symud tuag ati'n awyddus, ond mae Nest yn hedfan heibio iddo gan daflu esgusodion dros ei hysgwydd, drwy'r rhodfeydd llwydolau a heibio'r torchau'n fflamio yn eu bracedi, drwy'r drysau trymion gyda'u rhwyllwaith haearn, cywrain, ac allan i olau dydd, yr awel fain yn anwesu ei chroen. Mae'r cymylau'n crynhoi'n isel gan rwystro pelydrau'r haul, ac yn bygwth tywyllwch.

Mae'r gwynt yn chwipio o'r afon. Mae dŵr yn eu hamgylchu ar bob ochr yma ar Ynys Thorney, lle saif palas San Steffan, yr afon Tybwrn yn llifo'n gyflym ac yn gwaedu i ddyfroedd dur y Tafwys, ac Abaty Sant Pedr yn sefyll yn falch yng nghanol yr ynys.

Mae'r awel yn cipio'i fêl wrth i'r cymylau chwyddedig agosáu, yn chwistrellu niwl o law mân ar ei gŵn coch; mân ddiferion ar y deunydd fel gemau. Yn sydyn mae'r glaw'n trymhau. Brysia Nest at loches y stablau. Gwarchodfa. Dim ond nawr mae hi'n peidio rhedeg, yn symud yn ddistaw ymhlith yr anifeiliaid, yn grwnan yn dawel. Mae caseg fagu yn ei stâl, ac mae Nest yn symud ei llaw'n llyfn i lawr ei thrwyn a'r ffroenau meddal. Pwysa ei thalcen yn erbyn cnawd y ceffyl; crwn a chynnes a chysurlon.

Bydd yn dychwelyd adref. Adref. Yn ôl i Gaer Rhiw, ar ôl yr holl flynyddoedd o fyw ymhell. Blynyddoedd o bendroni sut a phryd y byddai'n llwyddo i groesi'r Hafren a'r mynyddoedd, a gweld môr Iwerddon unwaith eto. Bydd yn dychwelyd i Gaer Rhiw wahanol, wrth gwrs. Cartref heb Rhys. Heb Gwladus. Heb Goronwy. Heb Gruffydd, a Hywel a Margred. Ydy'r llys wedi bod yn wag yr holl flynyddoedd yma, tybed?

Ond adref, er hynny. Gall chwilio am Hywel. Gall ddod â Harri'n ôl at ei etifeddiaeth. Bydd ganddi ŵr. Gŵr Normanaidd. Ochneidia'n ddistaw. Ond dim carchar yw priodas. Mae hi'n golygu rhywbeth yn Neheubarth. Golygu rhywbeth i'r bobl. Maen nhw'n ei hadnabod; neu mi oedden nhw, unwaith. A dydy Gerald ddim yn hen ddyn, mae'n garedig... mae hi wedi byw digon i ddeall y byddai Henry wedi medru trefnu priodas lawer gwaeth iddi. Byddai wedi medru ei hanfon yn bell i ffwrdd.

O'i safle tu allan, mae Gerald yn gwylio Nest yn anwesu ystlys y gaseg gan sibrwd yn isel, llywethau o wallt du'n dianc o'i fêl. Mae e'n symud tuag ati'n ofalus, gan synhwyro ei fod yn troedio llwybr bregus, a Nest fel anifail gwyllt, yn anodd ei dal.

O'r diwedd mae o fewn tafliad carreg iddi, yn ei dychryn o'i synfyfyrio, ei hwyneb hardd yn troi tuag ato, ei llygaid yn anferth. Ni ddywed hi ddim byd, dim ond dal ei olwg am funud, cyn troi'n ôl at fwytho'r anifail.

‘Wyt ti am ddweud unrhyw beth, Nest?’

Ochneidia hithau, yr anadl yn sisial drwy heddwch y stabl.

‘Oeddet ti’n gwybod mai dyna oedd Henry’n ei fwriadu pan ofynnaist i mi siarad ar dy ran?’

Ysgydwa Gerald ei ben yn bendant.

‘Dim syniad, Nest.’ Mae’n estyn ei law i gydio ynddi’n dyner. ‘Ond dweda wrtha i… wyt ti’n falch?’

Edrycha hithau i lawr ar eu dwylo, ei bysedd hirion yn gorffwys yn ei law ef, a dweud dim.

‘Nest?’

O’r diwedd mae hi’n codi ei phen.

‘Mae’n ysgytwad i mi, Gerald. Doeddwn i ddim yn ei ddisgwyl… Mae’n rhaid i ti ddeall, yr holl flynyddoedd yma… rwyf wedi dy gysylltu di â’r fath boen, a cholled.’

Symuda Nest yn lluniaidd oddi wrtho, ei dwylo’n anwesu croen yr anifeiliaid wrth iddi eu pasio, a chofleidio ei breichiau amdani hi ei hun wrth gerdded tuag at ddrws y stabl.

‘Aros.’ Mae Gerald yn dynn ar ei sodlau.

Mae hi’n ufuddhau, y gwynt yn chwipio’r gwallt du yn erbyn ei gruddiau, ei llygaid yn disgleirio.

‘Fe af â thi adref, Nest. Yn ôl i diroedd dy deulu. Mi fydda i’n dad i Harri… mi fyddi’n hapus…’

Treulia ei lais yn ddim a chollir ei eiriau yn sŵn y glaw, sy’n drymach nawr, yn curo to’r stabl fel drwm a throi’r iard tu hwnt i Nest yn llaid. Mae hi’n gwenu arno; gwên oeraidd, chwerw.

‘Dwi’n deall pa fanteision ddaw’r briodas yma i ti, os mai rheoli Deheubarth yw dy obaith, Gerald. Os wyt ti’n bwriadu rheoli tiroedd fy nhad.’ Bu bron iddi ddweud brawd. Mae hi’n brathu ei thafod.

Mae Gerald yn gwrando arni'n ansicr, heb arfer clywed y caledwch yn ei llais.

'Trefniant gwleidyddol, dyna'r cwbl, ydy'r briodas yma, Gerald. Paid esgus ei fod yn fwy na hynny. Nid plentyn ydw i, mwyach.'

Gyda hynny troes hi oddi wrtho, gan blygu ei phen yn erbyn y glaw wrth fentro o loches y stablau ac allan i'r elfennau.

*

Gaeaf 1103

Dydyn nhw ddim wedi siarad ers hynny, er i Nest weld Gerald sawl tro ar draws y neuadd fawr, neu ger y stablau, ei lygaid yn ei dilyn yn hiraethus. Mae hi'n cadw ati ei hun a'i dyletswyddau yn stafelloedd y frenhines, y palas yn fywiog gyda pharatoadau ar gyfer llys y Nadolig.

'A fydd Gerald yn dad i mi?' gofynna ei mab bychan, ei lygaid yn dywyll fel eirin tagu.

Mae Nest yn cydio yn ei ysgwyddau, yn mwytho cwrlyn du oddi ar ei dalcen. 'Na fydd, Harri,' ateba'n bendant. 'Dy dad yw Brenin Lloegr. Ac roedd dy daid yn Frenin Deheubarth. Paid anghofio dy dras, byth.'

Mae Harri'n chwifio ei gleddyf pren.

'Ond bydd Gerald yn ŵr i mi, a bydd ein plant yn frodyr a chwiorydd i ti.'

Coda Harri ei ysgwyddau'n ddi-hid. 'Mae gen i lawer o'r rheiny yn barod.'

Ac felly mae'r dyddiau'n mynd yn fyrrach, y tywyllwch ymgripiol yn llyncu'r oriau, a throi'r glaw yn niwl rhewllyd. Mae iâ yn ffurfio mewn platiau mawr ar wyneb y Tafwys, gan wichian a griddfan, plu o anadl yn gymylau o gegau, a gruddiau'n goch. Daw Gerald o hyd iddi o'r diwedd, i gynnig ei ffarwél.

'Mae'r brenin wedi rhoi maenor i mi, Nest! Yn Moulsworth. Mi af i ymweld â fy mrawd yn Windsor, lle mae'n gwnstabl a cheidwad coedwig y brenin, ac wedyn i'r gorllewin i arolygu fy nhir newydd, ac ymlaen dros yr Hafren i Gaerdydd, ac wedyn adref.'

'Rwyt ti'n galw Deheubarth yn gartref?'

Nodia Gerald. 'Mae'n fwy o gartref i mi nag unman arall, Nest. Mi weithia i'n galed dros y misoedd nesaf, i wneud Caer Rhiw yn lle cyfforddus i fyw ynddo unwaith eto.' Bratha Nest ei gwefus, ond mae Gerald yn parhau, ei lais yn llawn brwdfrydedd. 'Fe adeiladaf gastell sy'n deilwng o dy linach. Ac yn y gwanwyn mi ddychwelaf… i hawlio fy mhriodferch!'

Mae Nest yn ei wylio'n marchogaeth ymaith, ei wyneb yn llawn eiddgarwch bachgennaidd. 'A fyddi di'n gweld ei golli?' gofynna Sybil yn ddireidus, ei bochdyllau'n dyfnhau. 'Dydw i ddim yn ei nabod ddigon i'w golli,' yw ateb Nest, er nad yw hi'n casáu'r syniad o'i weld e eto.

Mae hi'n troi at ei ffrind, a gwasgu ei braich. 'Ond mi fydda i'n gweld dy golli di, Sybil. Rwyt wedi bod yn deulu i mi y blynyddoedd hyn.'

Gwena Sybil yn drist. 'A finnau tithau. Er gallwn ysgrifennu. Ysgrifenna lythyr ata i yn lle'r holl lythyrau 'na rwyt ti'n eu hysgrifennu ac wedyn yn eu llosgi.'

Rhytha Nest arni, cyn prysuro'i hun yn gosod boliau o frethyn a sidan allan er mwyn archwiliad y frenhines, yn ymwybodol o olwg dreiddgar Sybil yn ei dilyn. I feddwl ei bod wedi sylwi! Roedd Nest wedi ceisio bod mor ofalus gyda'r llythyrau.

'At bwy wyt ti'n ysgrifennu, Nest? Beth wyt ti wedi bod yn ysgrifennu, yr holl flynyddoedd 'ma?'

Distawrwydd. Llonyddwch. Y sidan yn hylifol rhwng ei bysedd. Mae Nest yn edrych i fyny at Sybil o'r diwedd, ei llygaid yn disgleirio.

'Mae gen i frawd arall.'

Daw anadl Sybil allan yn chwithrwd.

'Wn i ddim ble mae e, nac os yw'n fyw neu'n farw, ond un diwrnod rwy'n gobeithio dod o hyd iddo.'

Mae Sybil yn gegagored, ei llygaid yn grwn.

'Doedd gen i ddim syniad. Ddwedaist ti fod dy deulu i gyd wedi marw.'

'Dydw i erioed wedi siarad amdano gyda neb, dim ond Amice. Rwy'n ymddiried ynot ti i beidio dweud dim wrth neb – yn enwedig Henry... Sybil, cofia beth ddigwyddodd i Goronwy!'

Mae ei llais yn isel a thaer, fel petai hi'n difaru datgelu ei chyfrinach yn barod. Nodia Sybil, ei hwyneb yn llawn tosturi.

'Wna i ddim dweud wrth neb. Rwy'n addo. Ond, Nest... mae'n rhaid dy fod ti'n sylweddoli, os ydy dy frawd yn fyw, mae'n debyg fod Henry'n gwybod amdano'n barod.'

16

Gwanwyn 1104

Rwy'n ysgrifennu'r llythyr hwn yn llonyddwch fy siambr wely, ym maenordy Saesnig fy nyweddi. Yfory ni fydd llonyddwch o'r fath, ac ni fydd y siambr hon bellach yn eiddo i mi'n unig.

Yfory, Gruffydd, mi fydda i'n wraig briod. Diwrnod yr wyf wedi meddwl amdano, mewn rhyw fodd, cyhyd ag y gallaf gofio. Yn gyntaf, roeddwn yn eiddo ein tad. Wedyn yn eiddo de Montgomery, ac ar ôl hynny, yn eiddo'r Goron. Ni fydda i'n ward brenhinol mwyach. Rwyf wedi goroesi hynny. Nid abwyd fydda i mwyach, i'w ddolian yn y llys. Nid rhywun sy'n masnachu ei chorff er mwyn goroesi. O fory ymlaen, mi fyddai'n eiddo i Gerald de Windsor.

Yfory, bydd Gerald yn etifeddu Caer Rhiw. Ei derbyn fel fy agweddi; fy rhodd briodasol. Dim ots beth mae ein cyfraith ni'n ei ddweud. Cyfraith y Normaniaid sy'n trechu. Nid yw'n syndod; drwy wneud priodasau manteisiol, gallan nhw feddiannu bron unrhyw le. Ac felly rwy'n rhoi i Gerald rai o diroedd ein tad, yn rhoi dilysrwydd i'w safle yn y Deheubarth – canolfan o le i adeiladu ei rym. Rwyf wedi rhoi'r tiroedd iddo, sy'n perthyn yn haeddiannol i ti.

Mae Gerald wrth ei fodd, wrth gwrs. Y bachgen di-dir, a fydd nawr yn ŵr i dywysoges. Perchennog ar gastell. Gwarchodwr mab y brenin. Roedd o'n was i fradwr, a nawr rwy'n ei wneud yn gyfoethog a phwerus.

Roeddwn i'n gwybod y byddai'r diwrnod hyn yn dod, wrth gwrs. Gwybod y byddwn i, un dydd, yn gorfod priodi. Ac mae gwŷr gwaeth i'w cael, rwy'n sicr. Mae Gerald yn ddyn ifanc, mae'n olygus, ac mae e wedi dangos caredigrwydd tuag ata i. Fe ddylwn i fod yn ddiolchgar, meddai Amice. Ond nid felly rwy'n teimlo. Rwy'n teimlo'n gymysglyd ac yn rhyfedd.

Ond rwyf am ddychwelyd gartref, Gruffydd. Wedi'r blynyddoedd hir hyn o boeni na fyddwn i byth yn dychwelyd – na fyddwn byth eto'n syllu ar yr awyr dymhestlog, ar foroedd gwyllt ein plentyndod.

A fydda i'n dod o hyd i Hywel? Beth os wna i? Alla i ddim dychmygu'r peth. Mi fydd yn dair ar ddeg nawr. Bachgen ar drothwy dod yn ddyn. Mab Rhys Ap Tewdwr. A fydd e'n fy nghroesawu yn ôl? Y chwaer a ymadawodd a throi ei chefn arno?

*

Moulsford, Gwanwyn 1104

Disgynna Nest yn ysgafn oddi ar ei cheffyl a phasio'r awenau i was y stabl, ei chyhyrau'n stiff wedi tridiau o deithio. Sylla o'i chwmpas, ac yna i fyny ar y maenordy. Clyw Amice y tu ôl iddi yn straffaglu'n swnllyd oddi ar ei cheffyl hithau, cyn brysio at y wagen wedi'i llwytho â'u pethau a siarsio Harri, sy'n barod wedi dod o hyd i ffon ac yn ei chwifio'n wyllt gan wasgaru ieir yr iard i bob cyfeiriad.

'Paid mynd yn bell, Harri,' rhybuddia Nest wrth i'w mab wibio heibio i archwilio'u hamgylchedd.

Teimla lygaid Gerald yn ei gwylio wrth iddi droi yn eu hunfan. Felly dyma Moulsford. Mae neuadd fawr ffrâm goed a adeiladwyd yn yr hen arddull Sacsonaidd yn eistedd yn urddasol o'i blaen, ei safle'n cynnig golygfa odidog o'r afon Tafwys. Mae'r iard o flaen y faenor yn fawr, gyda sawl adeilad llai yn ei hamgylchu, a thyddynnod y taeogion ychydig ymhellach i ffwrdd, eu cnydau wedi eu plannu o flaen y tai, a moch ac ieir mewn corlannau tu ôl iddyn nhw. Sylla rhai o'r taeogion ar eu harglwyddes newydd, a gwena Nest arnyn nhw'n rhadlon.

Tywynna haul y gwanwyn a chynhesu top ei phen drwy ei fêl. Mae Harri'n chwarae gyda phlentyn un o'r taeogion, a Gerald yn goruchwylio'r ceffylau'n symud i'r stabl a dadlwytho'r wagen. Cerdda Nest yn araf tuag at y neuadd.

Mae'r maenordy wedi ei hamgylchynu gan goedwig sefydlog, coed ffawydd yn blaguro o'u cwmpas, eu dail newydd yn olau ac yn eiddil. Yn yr haf dychmyga y bydd yna ganopi grom yn llochesu'r faenor. Drwy'r coed gall Nest weld eglwys syml. Debyg mai dyna lle y bydd hi'n priodi Gerald. Mae clystyrau o flodau gwyn bach fel ewyn ar risgl tywyll y ddraenen ddu, yr adar yn brysur ymysg y brigau, yn adeiladu eu nythod, eu trydar yn ymuno â brefu'r ŵyn.

Mae Nest yn troi o brysurdeb yr iard, Amice yn awr yn cega ar un o'r taeogion, ac yn gwthio un o ddrysau trwm y neuadd, gan aros nes i'w llygaid addasu i'r tywyllwch y tu fewn. Mae'n fyglyd, gweddillion tân yn marw yn yr aelwyd yng nghanol yr ystafell. Treulia'i golwg yn araf i fyny at drawstiau'r to. Mae rhai ohonyn nhw'n pydru, edau arian gweoedd pry cop yn crogi'n y corneli. Llusga gŵn Nest ar hyd y llawr wrth iddi gamu ar draws y neuadd, a tharo un o'r tapestrïau'n hongian ar y waliau. Mae cwmwl o lwch yn codi'n araf i'r awyr, yn hofran am eiliad, cyn gostwng, aroglau llwydni yn ei ffroenau. Aroglau amser a fu.

Mae llenni wedi eu tynnu ar draws pen pella'r neuadd, yn rhannu'r ystafell i greu siambr wely. Cydia Nest yn y defnydd trwm a syllu ar y gwely, ac mae'n cau ei llygaid. Cofia ddwylo Henry ar ei chorff, ei anadl boeth ar ei chroen. Flynyddoedd yn ôl, erbyn hyn. Sut deimlad fydd hi i rannu gwely gyda Gerald? Ei gruddiau'n cynhesu, gollynga'r llen, cuddio'r siambr gysgu unwaith eto, a throi ar ei sawdl, gan adael distawrwydd y neuadd wag ar ei hôl.

*

Cerdda Nest yn araf i lawr at yr afon. Dyma'r afon Tafwys, y syllodd hi arni o furiau uchel San Steffan – yr un afon, ond nid yw'n debyg o gwbl. Yn hytrach na'r ehangder hwnnw o lwyd duriog, wedi'i ddotio â chychod, dyma lan afon sy'n byrlymu â bywyd gwyllt. Gwerni a choed helyg sy'n tyfu ar y glannau ac yn siffrwd yn yr awel, y dail gwyrdd golau'n hidlo goleuni brith yr haul ar wyneb y dŵr, a chlystyrau o felyn y gors a briallu'n taenu'r gwair.

Yn sydyn gwela Harri, ar ei gwrcwd yn ymyl y dŵr, Gerald wrth ei ochr, ei law ar ysgwydd y bachgen. Mae'r ddau yn troi i wenu arni.

'Mam! Grifft! Bydd yma frogaod!'

Mae Gerald yn codi ar ei draed yn drwsgl, yn brwsio'r gwair o'i diwnig.

'Beth wyt ti'n ei feddwl?' gofynna Gerald.

Mae Nest yn syllu arno am eiliad, ei wyneb diwyd, ei lygaid yn disgleirio, yn gadael iddo gymryd ei braich.

'Mae 'na dir âr da yma, Nest, a digon ar gyfer porfa hefyd. Mae'r neuadd mewn tipyn o gyflwr gwael, rhyw hen feili wedi bod yma, ond ni welaf ddiben gwneud gormod o waith ar yr adeilad presennol, rwy'n bwriadu ei hailadeiladu beth bynnag.'

'Wyt ti?'

'Ydw, mewn carreg. Fflint, morter calch. Rhyw limrig ar

gyfer y ffenestri os gallaf ei gael am bris gweddus. Efallai hyd yn oed adeiladu ffos o amgylch y tŷ...'

Mae hi'n ei wylio'n chwilfrydig, y dyn hwn y bydd hi'n ei briodi, ond nad yw eto'n ei nabod. Mae'n ystumio'n frwdfrydig wrth iddo sôn am ei brosiect adeiladu, ei lygaid, fel arfer mor glaear, yn gynnes.

'Fe fyddwn ni wedi glanhau'r lle mewn pryd ar gyfer y briodas,' meddai'n frysiog. 'Dyma fydd ein canolfan yn Lloegr, Nest. Cartref i'n teulu! Perffaith fel sylfaen os yw'r brenin yn Woodstock, neu Lundain hyd yn oed.'

Nodia hithau'n fud. Wrth gwrs. Dyma fydd ei bywyd nawr. Teulu. Gerald yw ei theulu. Nid hi a Harri mwyach. Mae hi'n codi ei llygaid i edrych arno. Mae'n edrych fel petai'n bryderus i'w phlesio. Fel ei mab pan mae e'n dangos rhywbeth mae e wedi ei greu iddi. Mae hi'n nodio eto.

'Rwy'n ei hoffi, Gerald.'

Hollta wyneb Gerald yn wên lydan, ac mae'n cydio yn ei llaw.

'Aros nes i ti weld beth rwy wedi'i gyflawni yng Nghaer Rhiw!'

*

Fe'i gwnaed. Mae hi'n briod. Nest o Ddeheubarth, Nest ferch Rhys, a nawr, Nest de Windsor. Yn ofalus mae'n tynnu ei choron o flodau gwyllt, ei hysblander wedi gwywo. 'Helpa fi ddiosg y gŵn 'ma, Amice,' meddai'n isel. Roedd wedi gwisgo sidan glas heddiw, tanbaid fel ei llygaid, ac o dan olwg edmygol Gerald, roedd hi'n teimlo fel brenhines. Mae synau aflafar y gwledda wedi tawelu nawr, teulu Gerald yn glyd yn eu llety, y taeogion yn eu cartrefi, a Harri'n ei wely bach, yn llawn ac wedi blino'n lân, ei gyrls chwyslyd wedi'u llyfnu oddi ar ei dalcen. Mae llygaid Nest yn drwm, a chur pen ganddi, ond mae gwaith i'w wneud, ac mae'n rhaid cysegru'r briodas.

Wedi ei hamwisgo yn ei gŵn nos gwyn, plyga ei phen i dderbyn cusan dyner Amice ar ei thalcen, a gwylio'i morwyn yn tynnu'r llenni i un ochr ac ymadael, cannwyll yn ei llaw. Mae golau'r siambr wely yn wan, y gwledda wedi mynd ymlaen yn hwyr, a'r awyr wedi tywyllu rai oriau'n ôl. O ochr arall y llen drom, daw synau'r gweision yn gwthio'r byrddau trestl yn ôl yn erbyn y waliau, cyn estyn eu blancedi i gysgu ar lawr y neuadd.

Llusgir y llen ar agor unwaith eto. Y tro hwn Gerald sydd yno, yn symud i lonyddwch trwchus eu siambr yn ddistaw, ei wyneb yn y cysgodion. Mae Nest yn codi, cromliniau lluniaidd ei chorff wedi eu hamlinellu drwy ddeunydd tenau'r gŵn nos, gloywder ei gwallt yn dal golau'r gannwyll.

'Nest...'

Mae llais Gerald yn gryg. Mae'n symud at y bwrdd i dywallt gwin iddyn nhw, ac mae hi'n sylweddoli'n sydyn fod ei ddwylo'n crynu, yr hylif yn tasgu'n siglog i'r cwpan. Mae'n cynnig y diod iddi, a symuda hithau tuag ato a'i gymryd o'i fysedd heb air. Mae awydd yn llosgi ynddo, sy'n ei grymuso; gall weld curiad ei galon yn dychlamu'n ei wddf.

Mae Gerald yn llowcio cyn gosod ei gwpan ar y gist a symud tuag ati, hithau'n llonydd, llonydd wrth iddo ddod yn agosach, bron â'i chyffwrdd, ei lygaid yn treulio dros gyfuchliniau ei chorff, ac yna'n ôl i'w hwyneb.

'Gerald...'

Mae'n gwyro tuag ati, yn arogli persawr y lafant mae hi'n ei ddefnyddio i olchi ei gwallt, a phwyso ei wefusau yn erbyn ei gwddf. Yn sydyn mae'n tynnu'n ôl, ei lygaid yn llosgi drwyddi'n y cysgodion.

'Sut brofiad oedd gorwedd gyda'r brenin?'

Mae Nest yn rhythu arno, ei eiriau'n trawsnewid yr awyrgylch yn syth.

'Wyt ti wir yn gofyn hynny i mi ar noson ein priodas, Gerald?'

Mae ei wyneb mewn tywyllwch, ei anadl yn fas ac yn gyflym. Fflachia annifyrrwch drwyddi. Mae'r ddau'n ddistaw am foment hir, nes o'r diwedd mae Gerald yn siarad, ei lais yn biwis.

'Dydw i ddim yn hoffi meddwl am y peth.'

Ysgydwa Nest ei phen.

'Mae flynyddoedd yn ôl. Paid â bod yn blentynnaidd, Gerald.'

Dim ateb, a'i gŵr newydd yn gwneud dim ond syllu'n bwdlyd i'r tywyllwch. Saetha ton o siomedigaeth drwyddi, yr awyrgylch yn lletchwith nawr. O'i blaen saif ei gorff ifanc – main a chyhyrog drwy ei grys. Yn sydyn mae hi'n cofio geiriau Sybil, defnyddia hynny a roddodd Duw i ti. Mae gen ti ddewis. Cofia sut iddi sleifio'n hy fin nos i siambr Henry er mwyn ei ddenu, ac mae'r atgof yn rhoi hyder iddi.

Yn araf, symuda ei dwylo i lawr ei chorff, y gŵn yn llithro dros ei gwasg, ei chluniau. Synhwyra fod anadl Gerald yn cyflymu wrth iddo ei gwylio. Mae Nest yn symud ei dwylo'n is, yn casglu hem ei phais. Mewn un symudiad hylifol, mae'n ei thynnu dros ei phen, ei gwallt yn cwympo dros ei hysgwyddau, gloywddu yn erbyn ymoleuedd perlog ei chroen.

Yn y foment honno, mae Nest yn nabod ei phŵer. Nabod grym ei harddwch. Cam bychan yn agosach ato, ei chroen noeth yn crafu lliain ei grys. Mae'n gosod cledr ei llaw ar ei frest, teimlo curiad ei galon o dan ei bysedd. Mae'r chwant yn llosgi'n ei lygaid, ei freichiau'n tynhau o'i chwmpas. Mor hir ers i rywun ei chyffwrdd fel hyn, ac yn sydyn mae hi'n daer amdano, yn ysu am ei gyffyrddiad.

Coda Nest ei dwylo i gwpanu ei wyneb, i'w dynnu tuag ati, ei ddenu tu fewn iddi, torri syched – hiraeth – a fu'n gorwedd yn segur am flynyddoedd lawer.

*

Dim ond arhosiad byr ydyw ym Moulsford; ymweliad digon hir i Gerald gynllunio dyluniadau'r maenordy newydd, ac i apwyntio seiri meini a choed a gyrru'r taeogion i weithio. Maen nhw'n gadael gyda Gerald yn addo y bydd yn dychwelyd mewn deufis i oruchwylio'r gwaith adeiladu. Mae'n benderfynol ac yn effeithlon, sy'n gwneud argraff ar Nest, ac mae ei gŵr newydd i'w weld yn fodlon iawn wrth iddyn nhw ymadael.

Mae'r siwrnai'n mynd i gymryd tua wythnos, ac i Nest mae bron yn anghrediniol ei bod yn dychwelyd i Dde Cymru ar ôl cyhyd. Mae ei chalon yn esgyn wrth iddyn nhw gyrraedd tir cyfarwydd Deheubarth o'r diwedd, ac wrth i'r haul fachlud dros y bryniau, mae fel petai rhaeadr aur yn gorchuddio'r tir. Mantell i guddio'r briwiau anweledig – briwiau tir creithiog, llosgedig. Gwlad, fel ei henaid hithau, sydd wedi ei cael ei hanafu i'r byw.

17

Caer Rhiw, Deheubarth, Gorffennaf 1104

Ymrithia wyneb Arnulf de Montgomery o'i blaen, trwch blewyn o'i hun hi, a llenwi ei golwg. Clyw aroglau ei anadl, yn boeth ac yn sur – gwynt pydredd – a gwêl weddillion bwyd yn ei ddannedd. Mae Nest yn cilio oddi wrtho, yn ceisio creu gwagle rhyngddyn nhw, ond mae ei thraed wedi'u gwreiddio i'r ddaear. Mae ei dwylo'n crafu'n ddiwerth yn erbyn ei frest, ei wthio ymaith, ond mae Arnulf yn chwerthin yn greulon, ei lais yn atseinio'n ei hymennydd. Mae hi'n lluchio'i phen i'r naill ochr, gan geisio osgoi ei gusan. Mae llaw fechan yn plwcio ar ei llawes – wrth edrych i lawr gwêl ben tywyll Hywel, ei wyneb angylaidd yn erfyn arni. Ei wyneb yn newid – nid Hywel – ei mab, Harri, ydyw. Paid â gadael iddo 'nghymryd i, Mam! Ac wedyn mae Arnulf yn trawsnewid i Gerald, a hwnnw'n tynnu i ffwrdd, tynnu llaw Harri hefyd, ei gymryd oddi wrthi...

Synhwyra Nest ei hwyneb yn gwasgu'n fyglyd i liain y gwely. Gall deimlo'r defnydd yn ei cheg, ei thafod yn sych. Yn araf try Nest ar ei hochr, ei chalon yn taro'n erbyn ei hasennau wrth gofio'r hen hunllef. Mae gwagle yn y gwely wrth ei hochr; mae Gerald wedi ymadael, felly. Coda Nest ei hunan yn araf i eistedd, ei gwallt yn drwm ac yn damp ar gefn ei gwddf.

Ar unwaith mae'r cyfog cyfarwydd yn sgubo drosti, a gorwedda Nest yn ôl ar ei chefn eto, gan gau ei llygaid, a chroesawu'r düwch – chwennych cwsg ac anghofio.

*

Teflir adenydd y gwylanod ar gerrynt y gwynt, eu dolefain yn druenus. Eu hwylo mor unig. Mae ehangder y tywod yn ymestyn o'i blaen, yn cofleidio'r cyfuchliniau gwyrdd sy'n esgyn i lawr y twyni; i lawr i'r crychdonnau o dywod caled y mae'n cerdded arnyn nhw, fel esgyrn o dan ei thraed. Mae'r tywod yn oer rhwng bodiau ei thraed, nentydd main o ddŵr hallt yn gwaedu rhwng y bryniau bach, ac allan i'r môr. Nadroedd arian ymysg y pyllau, yn disgleirio, y tywod yn gartref i'r cerrig gleision a'r llymeirch a'r crancod, a gwenoliaid y môr yn hofran, cyn plymio'n drwm o'r awyr i wledda.

Sylla Nest ar hyd yr arfordir creigiog, gan ddychmygu'r cilfachau a'r ogofeydd a'r bae tu hwnt. Ymhellach i'r dwyrain mae Llansteffan, ac ar y pentir uwch y traeth mae adfail sy'n codi fel dannedd miniog o'r ddaear, olion llys ei thad, y pren yn pydru'n awr, yn dadfeilio...

Mae hi'n falch na all Rhys weld y lle yn y fath gyflwr.

Try hi yn lle hynny i edrych ar draws y dŵr, y llanw ymhell allan. Mae gwaelod ei gŵn yn wlyb domen a thrwm, tywod yn ei orchuddio. Plyga i godi'r hem a'i bachu drwy ei gwregys, ei llaw arall yn ymestyn i dynnu ei phenwisg, teimlo'r gwynt yn chwipio'i gwallt hir du, y clymau tonnog yn hedfan fel baner.

Ar y ffordd yma roedden nhw wedi ymweld ag eglwys fechan Sant Usyllt, lle gostyngodd Nest ar ei gliniau a phlygu ei phen er cof am ei rhieni, ei brodyr a'r chwaer fach a ddaeth i'r byd am gyfnod mor fyr. Mae'n teimlo'n agos atyn nhw yma.

Mae'n codi ei phen wrth glywed y gwichian, a gwenu wrth weld Amice yn goglais Harri ac yntau'n esgus ei tharo gyda darn hir o wymon. Mae Amice yn ei hel i ffwrdd gan chwerthin cyn ymuno â Nest i gerdded ar hyd y traeth. Daw Harri'n rhedeg yn ôl atyn nhw, sylwi ar goesau noeth Nest a'i gŵn wedi bachu yn ei gwregys, a'i gwallt yn chwythu'n wyllt. Mae'n gwenu arni. 'Ti'n bert, Mam,' meddai, cyn rhwygo i ffwrdd i gwrso'r llanw.

'Mae'n tyfu'n gyflym,' meddai Amice. Nodia Nest. Nid yw Gerald yn gwybod eu bod nhw yma, hwnnw'n disgwyl iddi eistedd yn dawel yng Nghaer Rhiw ac aros am enedigaeth eu plentyn cyntaf, yn lle marchogaeth o gwmpas y deyrnas lle gallai gael ei herwgipio. Gwna Nest ystum. Dim diolch. Beth bynnag, nid oes angen iddo wybod. Mae Gerald ym Mhenfro, yn gynyddol yn cymryd drosodd ei hen ddyletswyddau yno, cymryd y baich oddi ar ysgwyddau meddw Saer. Unrhyw ddiwrnod nawr caiff Gerald ei adfer, a bydd y Brenin Henry'n ei wneud yn geidwad Penfro, mae Nest yn siŵr o hynny.

'Mae'r breuddwydion yn dy boeni eto...' Mae llais Amice yn torri ar draws ei meddyliau.

Ochneidia Nest.

'Mae beichiogrwydd yn eu gwaethygu, rwy'n cofio teimlo'r un peth pan o'n i'n cario Harri.'

Mae Amice yn gwasgu braich ei meistres yn gysurlon. Oeda Nest am eiliad, a throi at ei morwyn.

'Wyt ti wedi clywed unrhyw beth?'

Edrycha Amice o'u cwmpas yn bryderus. Does neb arall ar gyfyl y traeth, ond gostynga ei llais, er hynny.

'Gofynnais yn y farchnad ddoe. Yn gynnil, wrth gwrs, ond dwi'n nabod y Cymry lleol yn dda erbyn hyn, gwybod pwy sy'n ddibynadwy. Chefais i ddim atebion, ond maen nhw'n gwybod lle i ddod os oes ganddyn nhw newyddion.'

Sudda calon Nest. Dim byd, eto. Dim siw na miw o le aeth Hywel. Sgwaria ei hysgwyddau'n bendant.

'Mae'n rhaid i ni barhau i obeithio. Mae'n rhaid fod rhywun yn cofio rhywbeth am beth ddigwyddodd iddo.'

*

Hydref 1104

Annwyl Sybil,

Mae'n hen bryd i mi ysgrifennu atat, ac mae'n ddrwg gen i nad ydw i wedi gwneud cyn nawr.

Mae wedi cymryd amser i mi arfer gyda 'mywyd newydd fel gwraig Gerald. Dydw i ddim yn gweld llawer ohono, cofia. Mae e'n brysur yn ceisio cadw rheolaeth ar y tiroedd sydd dan ei gyfrifoldeb, yn ceisio sefydlu ei awdurdod, ac yn dangos i Henry ei fod e'n deyrngar ac yn ddibynadwy.

Rydym yn gyfforddus iawn. Mae'n braf cael bod yn feistres ar fy nghartref fy hunan, gyda gweision a morynion, ar ôl cyn hired yn bodoli fel gwestai, neu yng ngwasanaeth rhywun. Mae gen i ryw fath o ryddid ac annibyniaeth, er fy mod i'n byw o fewn terfynau arglwyddes Normanaidd, sy'n gorfod ufuddhau i'w gŵr.

Mae byw yma – bod adref – yn anodd. Mae'r atgofion am fy mywyd a 'nheulu yn fyw unwaith eto, ac yn llethol, weithiau. Mewn ffordd, hoffwn eu hanghofio, ond mi fyddai hynny'n fradychiad. Mae'n ddyletswydd arna i, er mor boenus ydyw, i gofio.

Roeddwn i wedi disgwyl croeso cynnes gan bobl Deheubarth; merch eu brenin wedi dychwelyd adref o'r diwedd! Ond dydy hynny ddim wedi digwydd. Mae'r bobl yn ddrwgdybus ohona i – rwy'n wraig i arglwydd Normanaidd, ac yn fam i fab anghyfreithlon Brenin Lloegr. Alli di ddim gweld bai arnyn nhw. Ond mae'n brifo, er hynny.

Rwy'n colli ein cyfeillgarwch, Sybil. Diolch byth fod Amice gyda fi. Gad i mi wybod sut wyt ti, a beth sy'n digwydd yn y llys.

Nest

*

Castell Penfro, Rhagfyr 1104

Mae'r nos yn oer pan agora Nest ei llygaid, ei synhwyrau'n effro ar unwaith. Mae'r babi'n symud oddi fewn iddi, breichiau a choesau'n dirdynnu ei bol, ei chroen yn estyn gymaint, mae hi ofn iddo dorri. Arhosa'n llonydd o dan ei gorchudd ffwr, gan adael i'w llygaid addasu i'r tywyllwch, ei hanadl yn gymylau yn y siambr oer. Y tu allan mae barrug trwm, sydd prin yn meirioli yn ystod y dydd – blanced wen ddisglair yn troi popeth yn dlws. Mae'r awyr yn glir, wedi ei thaenu â sêr sy'n disgleirio'n llachar yn y düwch dwys.

Mae ganddi boen tebyg i'w phoen misol yng nghrombil ei chroth, a gorwedda'n ddistaw, ei llaw ar fynydd ei bol, gan ei deimlo'n cywasgu a chaledu, cyn pasio. Ac felly mae'n cychwyn, meddylia. Coda ar ei heistedd yn araf, gan geisio peidio deffro Amice, sy'n cysgu'n sownd wrth ei hochr. Mae Gerald wedi bod yn absennol o'i gwely ers peth amser – wedi esgusodi'i hun o'i thrymder aflonydd a dewis cysgu yn hytrach yn y neuadd gyda'i ddynion.

Mae Nest yn cydio mewn mantell drwchus a'i lapio o amgylch ei chorff cyn symud yn agosach i'r aelwyd, y tân yn ddim ond marwydos. Oeda wrth deimlo poen arall, gwan ond yn cryfhau, sy'n gafael yn ei chroth unwaith eto ac yn llosgi ar draws gwaelod ei chefn. Nid oes ofn arni, ac mae'n gadael i'r poen olchi drosti fel ton, yn amharod i ddeffro unrhyw un eto ac amharu ar eu heddwch.

Try ei meddwl tuag at ei gŵr. Y fe – *fe* – sydd wedi mynnu eu bod nhw yma, ym Mhenfro ers sawl wythnos, yn nyfnderoedd y gaeaf i ddisgwyl genedigaeth eu plentyn. O'r diwedd gwnaed Gerald yn Geidwad Castell Penfro, wedi'i adfer i lywodraethu'r lle hwn ar ran y brenin, ac mae ei falchder yn y statws hwn yn bwrw popeth arall i'r cysgod. Cofia eu sgwrs ddoe; hithau'n erfyn arno i gael dychwelyd i Gaer Rhiw ar ôl noson arall o hunllefau. 'Na, Nest.' Roedd Gerald yn bendant. 'Nid yw ond yn iawn ac yn briodol i'm mab a'm hetifedd gael ei eni yma.'

Canolfan milwrol yw'r castell, wedi'r cyfan, ac un nerthol nawr, ei amddiffynfeydd wedi eu cynyddu a'u gwella – a'r llety hefyd – ers dyddiau Arnulf de Montgomery ac ers i'w hewythr Rhydderch ddarparu Nest a Hywel fel carcharorion yma. Er hynny, mae hi'n casáu'r lle. Mae ei hatgofion, a'i hunllefau, yn waeth yma – yn ei mygu – a phrin y gall hi symud heb glywed llais main Hywel yn galw amdani. Daria Gerald. Mae ton o ddicter yn byrlymu drwyddi a symuda'n ôl tuag at y gwely, a dodi ei llaw'n ysgafn ar ysgwydd Amice. Mae'r forwyn yn deffro ar unwaith.

'Mae'r esgor yn dechrau, Amice.' Nodia Amice, ei llygaid yn grwn ac mae'n sgrialu o'i nyth cynnes. Cydia yn llaw Nest.

'Ry'ch chi'n oer, feistres. Mi yrra i'r gweision i gynnal y tân a nôl y fydwraig.'

Ysgydwa Nest ei phen. 'Mae amser eto am y fydwraig. Mi fydda i wrthi am oriau. Ond cer i nôl Gerald, Amice. Mae'n rhaid i mi ei weld e.'

Brasgama Nest ar draws y stafell wrth iddi aros amdano, yn ôl ac ymlaen, yn oedi bob hyn a hyn i adael i'r poen ysgubo drwyddi. Ymddangosa Gerald yn nhrothwy'r drws o'r diwedd, ei wallt yn anniben a'i wyneb yn welw.

'Wyt ti'n iawn?'

Nodia Nest i gyfeiriad Amice, sy'n hofran yn bryderus.

'Gad ni am funud, Amice.'

Cliria Gerald ei lwnc.

'Ddo i ddim i'r ystafell, Nest. Gwaith merched ydy hyn yn awr. Ymwelaf pan fydd ein mab wedi ei eni.'

Fflach o dymer.

'Gwaith merched o ddiawl, Gerald!'

Mae ei gŵr yn troedio i fewn i'r siambr yn ansicr, ei wyneb yn sur.

'Beth sy'n bod?'

Arhosa Nest am funud cyn ateb, ei llaw yn crafangu'r bwrdd wrth ei hymyl, ei migyrnau'n troi'n wyn. Mae Gerald yn ei gwylio hi'n anesmwyth, yn ysu am fod unrhyw le ond y fan hyn.

'Ti sydd wedi mynnu mod i yma i eni'n plentyn. Yma, lle fedra i ddim dianc rhag f'atgofion am Hywel. Felly, dwed wrtha i nawr, cyn i mi ddod â phlentyn diniwed arall i'r byd yma, beth ddigwyddodd iddo?'

Mae cysgod yn pasio ar draws ei wyneb, cyn iddo daflu ei ddwylo i fyny, ei ddiffyg amynedd yn amlwg, a rolio'i lygaid. Gall Nest weld ei wyneb yn cau yn ei herbyn.

'Nest, rwy'n deall dy fod yn meddwl amdano. Ond sawl gwaith sy'n rhaid i mi ddweud wrthyt ti – dwi'n gwybod dim. Mae dros ddegawd yn ôl! Gosodwyd ef gyda theulu... dydw i ddim yn cofio'r enw. Ar ôl hynny – wn i ddim. Mi wn i fod hyn yn anodd, ond mae'n bosib ei fod wedi marw yn ei blentyndod!'

Mae dagrau o ddicter yn llosgi yng nghorneli ei llygaid.

'Tyngaist lw – addewaist – y byddet ti'n edrych ar ei ôl. Fe wnes i ei adael e yn d'ofal di!'

Mae Gerald yn edrych i ffwrdd.

'Paid â rhoi'r baich yna arna i. Nid fy nghyfrifoldeb i oedd e!'

Mae Nest yn cau ei llygaid wrth i boen arall olchi drosti, ac yn anadlu'n ddwfn. Paid â'i ymladd. Gadael iddo fynd.

'Pam ddoist ti â mi yma? Ni ddylai fod yn syndod mai colli Hywel yw'r unig beth alla i feddwl amdano!'

Mae Gerald yn rhegi'n ddiamynedd.

'Unwaith mae fy etifedd wedi ei eni, cei ddychwelyd i Gaer Rhiw, dim ots gen i.'

'A tithau'n aros yma ym Mhenfro?'

'Ie.' Mae ei lais yn swta. 'Mae gwaith i'w wneud yma. A beth bynnag, rwyt ti'n parhau i wneud dy gwmni'n annifyr i mi! Rwy wedi ceisio gwneud cartref i ti yma. Adeiladu lle cyfforddus i ti yn hen lys dy deulu. Rwyt ti'n cario ein plentyn. Ond y cyfan rwyt ti'n ei wneud ydy achwyn am y diawl brawd 'na!'

Bratha Nest ei gwefus, gan gasáu'r dagrau sy'n crynhoi yn ei llygaid.

'Mae'n ddrwg gen i.'

Edrycha Gerald arni'n llym.

'Dylet ti fod yn ddiolchgar, Nest – rwyt ti'n hynod ffodus.' Mae ei eiriau'n llwyddo i godi cywilydd arni, ac yn sydyn mae'n dyheu iddo osod ei freichiau o'i hamgylch. Yn lle hynny, mae'n ei tharo hi'n ysgafn ar ei hysgwydd, fel y gwna gyda'i gŵn hela. 'Mi adawa i ti i dy waith.'

A gyda hynny mae'n gadael, ac mae hi ar ei phen ei hun eto, a'i phlentyn yn brwydro i ganfod ei ffordd i'r byd.

*

Nytha'r pen esmwyth yng nghamedd ei braich wrth i'w mab bychan fwydo'n swnllyd. Edrycha Nest ar Amice yn falch, llygaid y forwyn yn disgleirio'n wlyb wrth iddi ymestyn ei llaw'n dyner i wthio gwallt chwyslyd Nest y tu ôl i'w chlust.

'Gad i fi nôl mwy o ddŵr i ti gael ymolchi unwaith mae'r bychan yn cysgu.'

Gwena Nest yn wan.

'Oes rhywun wedi dweud wrth Gerald bod ganddo fab?'

'Wrth gwrs, feistres. Bydd yma toc.'

Tynnir sylw Nest yn ôl at y baban yn snwffian am ei bron. Mae ei wallt yn oleuach nag un Harri, ei groen newydd sbon yn goch a chrychlyd yn erbyn ei chroen gwelw hithau. Mae'n boenau drosti, dolur ym mhob rhan o'i chorff, ei llygaid yn drwm. Ond mab arall! Gosoda ei bys ar gledr feddal y llaw fechan, a gwylio'r bysedd bach serennog yn lapio'n dynn o'i amgylch.

Mae'n codi ei phen wrth glywed y drws yn crafu drwy'r brwyn ar hyd y llawr, Gerald yn gwyro'i ben wrth gamu dros y trothwy, ei wyneb yn ddisgwylgar wrth iddo nesáu at y gwely. Encilia ei morwynion gan ddeall, a gadael i'w harglwydd gyfarch ei etifedd.

'Dyma dy fab, Gerald.'

Llusga Gerald stôl gyfagos tuag at ymyl y gwely, gan graffu ar y creadur bychan sy'n pendwmpian ar fron ei fam, ei wyneb crych yn gwgu. Yn ofalus mae Nest yn codi ei sypyn gwerthfawr a'i osod ym mreichiau ei dad, ei chyhyrau'n sgrechian gyda'r symudiad. Sylla Gerald ar y baban mewn rhyfeddod a gafael ynddo fel pe bai ar fin torri.

'Fe wnest ti'n dda, Nest.' Mae ei lais yn gryg.

Pwysa hithau'n ôl yn erbyn pen y gwely gyda boddhad blinedig – ei gwaith pwysicaf, am y tro, wedi ei gwblhau.

'Fe hoffwn ei enwi'n Rhys – ar ôl fy nhad?'

Llusga Gerald ei lygaid o wyneb y babi a rhythu arni, y meddalwch yn diflannu o'i lygaid. O'r diwedd mae'n chwerthin yn swta.

'Na, cariad.' Mae ei lais yn fflat, er y gair tyner. Teimla Nest y lwmp yn ei llwnc yn tynhau a thewychu. 'Rwyf wedi penderfynu'n barod. William fydd ei enw – ar ôl tad y brenin. Norman yw e, wedi'r cyfan!'

Try Nest ei hwyneb ymaith, yn methu dioddef iddo weld y dagrau'n ffurfio. Ond nid yw Gerald yn edrych arni, ei sylw wedi'i feddiannu gan y baban yn ei freichiau.

'William FitzGerald, mab ceidwad castell Penfro, ac Arglwydd Caer Rhiw! Dyna enw i ymfalchïo ynddo, ynte, fy mab i?'

Mae'n codi ar ei draed a gosod y bwndel bychan ym mreichiau Nest, a throi at Amice, hithau'n brysio'n agosach.

'Ydych chi wedi danfon am y llaethfam?'

Sylla Nest arno mewn braw.

'Hoffwn ei fwydo fy hun...'

Twtia Gerald. 'Wrth gwrs ddim. Rwyt ti'n wraig i arglwydd Normanaidd! Bydd yn rhaid i ti ailgydio yn dy ddyletswyddau cyn gynted ag y byddi wedi d'eglwysa. Mi wna i benodi llaethfam addas fy hun, bydd un yma cyn diwedd y dydd.'

Oeda ar drothwy'r drws, gan edrych yn ôl arni.

'Fe gei di enwi'r merched, Nest.'

Mae hi'n ei wylio'n ymadael, gan dynnu'r drws ynghau ar ei ôl. Mae Amice yn hofran gerllaw gyda dŵr, amlinelliad y forwyn yn troi'n niwlog wrth i Nest ei gwylio'n nesáu, ei dagrau poeth yn crynhoi ac yn llosgi.

18

Gorffennaf 1105

Mae wedi bod yn amser hir ers i mi ysgrifennu atat, Gruffydd. A llawer wedi digwydd. Rydw i wedi dychwelyd adref, yn ôl i Gaer Rhiw, ac yma rwy'n byw gyda fy meibion – Harri a William, ac efallai plentyn arall yn fy nghroth, mae'n rhy gynnar i fod yn sicr.

Mae Caer Rhiw yn wahanol nawr; fy ngŵr Gerald wrth ei fodd yn adeiladu amddiffynfeydd a chryfhau ffosydd a muriau er mwyn cau y Cymry allan. Mae'n ddyn pell ei welediad yn y maes hwnnw, ac wedi codi adeilad carreg, tal yn lle'r hen borthdy pren, gyda neuadd fawr garreg hefyd.

Er hynny, mae rhai pethau'n aros yr un fath. Wyt ti'n cofio'r hen goeden dderw? Mae Harri nawr yn saith mlwydd oed, yn hoff o'i dringo, fel wnaethost ti droeon.

Mae bywyd yn gythryblus yma, Gruffydd, a rhyfel wedi dod i Ddeheubarth unwaith eto gyda'r Cymry'n gwrthryfela. Yn ôl Gerald, mae De Cymru'n dir hyfforddi; dyma lle mae milwyr yn cael blas gwaed ac yn dod yn farchogion go iawn cyn iddyn nhw fynd i ryfel yn Normandi. Mae'n falch o hynny. Gweithreda Gerald o gastell Penfro yn bennaf, ac mae'n brysur yn ceisio tawelu Hywel ap Goronwy o Frycheiniog, sy'n ysbeilio ac anrheithio tiroedd y Normaniaid. Dydyn ni ddim yn ei weld yn aml, er mai dim ond pum milltir, fel y gwyddost, sydd rhwng Caer Rhiw a Phenfro. Daw e weithiau i ymweld â'n baban William, ac a bod yn deg iddo, mae'n llysdad caredig i Harri.

A finnau? Tlws ydw i, Gruffydd. Gwobr i Gerald ei harddangos i'r Normaniaid eraill i brofi ei hawl dros yr ardal hon. Daw yma i hau ei had, gan obeithio rhoi mab arall yn fy mol. Milwr arall i'r Normaniaid.

Ond dydw i ddim yn cwyno, Gruffydd. Deall di hynny. Rwyf yn ôl yma, ac mae hynny'n ddigon. Ac rwy'n parhau i chwilio am ein brawd bach Hywel, i ledaenu'r gair amdano, i ofyn cwestiynau, ac er nad oes golwg ohono eto, rwy'n gwrthod rhoi'r gorau iddi.

Tybed beth fydd yn digwydd fan hyn? Mae grym haearn y Normaniaid yn parhau i reoli. Mae'r Brenin Henry ymhell dros y môr yn Normandi am ran helaeth o'r flwyddyn, ac felly mae e angen arglwyddi y gall ymddiried ynddyn nhw i ddal ei diroedd yng Nghymru ar ei ran. Ond mae Cadwgan ym Mhowys yn rheoli ei deyrnas helaeth, ei frodyr yn nychu yng ngharchar y Brenin Henry, a'i feibion yn tyfu'n ddynion. Ac mae'r beirdd yn canu am Gruffydd ap Cynan yn y Gogledd, ei diroedd a'i rym yn cynyddu'n raddol.

Rwy'n meddwl amdanat ti'n aml, yma yn ein hen gartref. Ein bywyd hapus, cyn y diwrnod ofnadwy hwnnw pan farchogodd Rhydderch drwy'r gatiau gyda'i newyddion a chwalu popeth. Oes gen ti blant? Gwraig? Oes gen ti dir a bywyd ar yr Ynys Werdd? Wyt ti'n meddwl amdana i, am Hywel, am ddychwelyd? Ydy Iwerddon yn fwy o gartref i ti erbyn hyn na Deheubarth a gwlad dy dad?

Mae'n rhaid i mi gyfadde fy mod yn ymdrechu i roi popeth y tu ôl i mi. Er mwyn fy mhriodas, ac er mwyn fy mhlant. Ond Gruffydd, mae'n rhwygo fy nghalon yn ddwy, ac weithiau rwy'n casáu fy hunan am wneud hynny. Dydw i ddim yn gwybod a yw'n bosib byw bywyd fel hyn; bywyd sy'n mynnu mod i'n gwadu ein llinach, a'n tras.

⋆

Caer Rhiw, Medi 1106

Mae pelydrau haul diwedd Medi yn disgleirio trwy'r ffenestr, y caeadau'n lledagored i groesawu'r goleuni euraidd. Disgynna'r llwch i'r llawr yn frychau breuddwydiol, ac mae'r gwres yn treiddio trwy ddeunydd gŵn Nest, a'i chynhesu, wrth iddi sefyll wrth y ffrâm wau.

Mae'r neuadd fawr yn llawn gweithgarwch, ei morwynion yn clebran dros sŵn y gwehyddu a'r gweision yn brysio yma a thraw. Ymysg y prysurdeb mae Amice yn chwerthin, llaw fechan William yn dynn yn ei gafael wrth iddyn nhw ddilyn mab ieuengaf Nest, Maurice, sy'n cropian yn benderfynol rhwng y trestlau ar ei berwyl ei hun.

'Cer â nhw i chwarae ger yr afon,' meddai Nest, wrth halio'r babi o'r llawr a phlannu cusan ar dop ei ben. 'Ni fydd llawer o brynhawniau ar ôl fel hyn.' Nodia Amice yn heulog, ei gruddiau crwn yn binc wrth iddi wneud am y drws gyda meibion ei meistres.

Mae'n galw dros ei hysgwydd wrth ymadael.

'Dyna'r Arglwydd yn ôl o batrôl,' ac mae Nest yn oedi ei gwehyddu wrth glywed y carnau a'r cŵn yn cyfarth wrth i Gerald a'i ddynion farchogaeth drwy'r porthdy.

'Gorffennwch chithau fan hyn,' gorchmynna i'w morwynion, gan adael y ffrâm wau a brwsio'r llwch o'i sgertiau wrth i'w gŵr frasgamu i'r neuadd a thaflu ei fenig yn ddi-hid i ddwylo gwas.

'Gwelais i Amice gyda'r babanod – ei dwylo'n llawn! A ble mae Harri?'

'Yn ymarfer yn y maes saethu gyda'i fwa newydd.'

Nodia Gerald yn feddylgar, cyn suddo i'w gadair o flaen y tân gan rwgnach.

'Mae'n hen bryd i'r hogyn fynd i gartref arall, Nest. Amser i dorri llinynnau'r ffedog er mwyn iddo gael hyfforddiant addas i'w statws.'

Mae calon Nest yn suddo. Gwyddai fod yr amser yma'n dod.

Gwyddai wrth weld coesau hir Harri a'i freichiau lletchwith, a'i amharodrwydd i ddod i'w chofleidio'n agored. Ei chyntafanedig. Cliria'i llwnc.

'Efallai dylwn i ysgrifennu at Henry?' Tywylla wyneb Gerald, ac mae Nest yn prysuro i gywiro ei hun. 'Ei Uchelder y Brenin, rwy'n ei olygu.'

'Wyt ti wir yn meddwl bydd gan y brenin ddiddordeb mewn llythyr gen ti? Mae'n brwydro am ei deyrnas yn Normandi, Nest!' Mae ei eiriau'n hallt, a theimla Nest y lliw yn ffrydio'i bochau.

'Doeddwn i ddim ond yn meddwl efallai y byddai'n dymuno penderfynu ble mae Harri'n mynd i gael hyfforddiant.'

Mae Gerald yn ysgwyd ei ben. 'Does dim angen ei boeni gyda'r fath beth. Rwyt ti am ei gadw e'n agos, yn dwyt? Mae digon o deuluoedd Normanaidd ffyddlon i ddewis ohonyn nhw yma. Fe wna i feddwl am y peth.'

'Fy mab i yw Harri, Gerald.'

Bratha Nest ei gwefus wrth i Harri redeg fel corwynt i'r neuadd, ei wyneb, gyda'i onglau miniog newydd, yn awyddus. 'F'arglwydd!' Mae'n cyfarch Gerald gyda gwên, cyn troi a gwyro'i ben tuag ati hi a chamu i osgoi'r llaw sy'n ceisio mwytho'i wallt. 'Pa newyddion o'r patrôl?'

Gwena Gerald ar y bachgen cyn clapio llaw ar ei ysgwydd a'i wthio at stôl ger y tân. Yn ddi-hid mae'n cynnig y cwpan gwag i Nest, ei law arall yn mwytho'r ci hela wrth ei goesau. Mae Nest yn llenwi'r cwpan trwy ddannedd wedi'u cau'n dynn, yr hylif tywyll yn sblasio'n swnllyd. Pwysa Gerald yn ôl yn ei gadair, gan edrych arni drwy lygaid cul, tra ei fod yn siarad gyda Harri.

'Newyddion da bore 'ma, 'machgen i! Arweinydd

y gwrthryfelwyr, Hywel ap Goronwy, wedi'i ladd o'r diwedd!'

'Trwy law pwy?' Mae Harri'n gyffro i gyd. Mae Nest yn dawel wrth ymuno gyda nhw ac eistedd o flaen y tân. Mae Gerald yn gwenu'n fleiddgar.

'Bradychwyd e gan un o'i gynghreiriad ei hun, a lladdwyd e gan ddynion Richard FitzBaldwin yn Rhyd y Gors. Bydd hynny'n rhoi diwedd ar yr ysbeilio, o leiaf. Gadewch nhw'n ddigon hir ac fe fyddan nhw'n dinistrio ei gilydd, y Cymry. Dim teyrngarwch. Os yw'r Cymry'n tynnu llw, Harri, ni fyddan nhw'n meddwl dwywaith cyn ei dorri...'

'Rwyt ti'n sarhaus, Gerald.' Mae geiriau'i gŵr wedi codi gwrychyn; ni all Nest ddioddef ei glywed yn rhefru yn erbyn ei phobl. Mae Harri'n cymryd cipolwg ar ei fam, heb golli geiriau coeglyd ei lystad, ond mae Gerald yn anwybyddu'r ddau ohonyn nhw.

'Dydyn nhw byth yn driw i un meistr am hir. A bob amser yn ymladd ymysg ei gilydd. Edrychwch ar Owain ap Cadwgan ym Mhowys.' Troes Gerald at Nest. 'Mae'n gefnder o fath i ti, yn dydy?'

Nodia Nest yn araf. 'Mae'n berthynas. Ar ochr fy mam. Rwy'n ei gofio'n blentyn.'

'Beth amdano, Arglwydd?' Mae Harri'n glustiau i gyd.

'Mae'n un i wylio, 'ngwas i. Yr hynaf o feibion Cadwgan, Tywysog Powys, ac yn benboethyn. Llofruddiodd e ddau o'i gefndryd rai misoedd yn ôl, am eu bod yn fygythiad i reolaeth Cadwgan ym Mhowys, mae'n debyg.'

Rhytha Harri arno, ei lygaid yn fawr.

'Mae gan Cadwgan synnwyr o leiaf, mae ganddo wraig Normanaidd ac nid yw'n un i aflonyddu ar bethau'n ormodol. Na chwaith i ddod i ben yng ngharchar y Brenin

Henry, fel ei frawd. Ond yr Owain ifanc 'ma, ar y llaw arall...'

Mae Gerald yn troi ei gwpan yn ei ddwylo ac yn syllu'n fyfyriol i fflamau'r tân.

'Rwy wedi bod yn meddwl ers beth amser am adeiladu castell yn Emlyn, ger y ffin â Phowys. Mae angen rhywfaint o amddiffynfa yno. A rwy wastad wedi bod eisiau adeiladu castell fy hun!'

Mae chwant yn ei lygaid, a bron bod Nest yn gallu gweld y syniadau'n byrlymu'n ei ben.

'Rwyt ti'n uchelgeisiol, Gerald. Paid â gadael i dy ddyheadau dy arwain i drafferthion. Bydd Cadwgan yn gweld castell ar ei ffin fel bygythiad, mor agos at ei deyrnas.'

Edrycha Gerald arni, wedyn codi ei ysgwyddau'n ddi-hid. 'Efallai mai dyna'r argraff rwy eisiau ei greu, Nest annwyl. Dyle dy bobl fod wedi hen arfer gyda phresenoldeb y Normaniaid erbyn hyn. Rydym ni yma i aros.'

19

Penfro, Mawrth 1107

Tynna Nest gwfl ei mantell dros ei phenwisg, y glaw mân yn fysedd ysgafn ar ei gruddiau. Troella'r gwylanod uwchben muriau allanol y castell, gan ychwanegu at dwrw diwrnod y farchnad. Mae Nest yn codi ei sgertiau'n glir oddi wrth faw'r iard, y gwlân yn drwm a thamp yn barod. Gwasga'n glos at Amice er mwyn ei chlywed dros leisiau'r masnachwyr yn galw am eu nwyddau, y ddwy ohonyn nhw'n gwehyddu drwy'r wasgfa o gyrff rhwng y stondinau a sefydlwyd o fewn y waliau. Mae'r gatiau ar agor led y pen heddiw, y farchnad yn ymestyn yn bell tu hwnt i'r rhagfur ac ar hyd y stryd fawr gyda'i phlotiau bwrdais ar hyd bob ochr. Brasgama milwyr Gerald ar batrôl ar ben y gwrthglawdd, ac mae mwy ohonyn nhw'n symud ymhlith y dorf, yn cadw trefn.

Mae Nest ac Amice yn oedi wrth stondin crochenydd, gan gamu'n frysiog o'r neilltu wrth i bedlar basio gyda'i drol. Chwytha awel gref o'r dŵr, gan ddwyn aroglau hallt pysgod o'r stondinau ar hyd y glannau. Mae Nest yn codi llaw at ei cheg, yr aroglau yn codi cyfog cydnabyddus beichiogrwydd cynnar ynddi. Mae'n sylwi ar ddyn tal, gwallt golau wrth iddo basio gyda chyfaill yn parablu mewn iaith ddieithr i'r Ffrangeg Normanaidd sydd o'u cwmpas.

'Mae 'na fwyfwy o Ffleminiaid yma bob dydd, Amice. A'r rheiny'n cael masnachu o fewn y rhagfur, er nad yw'r Cymry.' Mae'n ysgwyd ei phen ar annhegwch y peth.

‘Mi wn. Welais i filwyr yn hel rhai o’r Cymry allan gynna.’

Gwena Nest yn gwrtais ar y crochenydd cyn dychwelyd y fowlen i’r stondin, a chymryd cipolwg ar yr awyr dywyll.

‘Mae ’na dywydd garw ar y ffordd, ac rwy’n flinedig, Amice. Cer i nôl y rhubanau gwallt ’na a dod o hyd i mi ger y stondin frethyn. Ceith Lleucu ddod gyda mi.’ Mae’n amneidio’i phen tuag at y forwyn ifanc sy’n llusgo tu ôl iddyn nhw, llwyth o fasgedi yn ei breichiau. Nodia Amice, cyn diflannu i’r dorf.

‘Ty’d ’laen,’ arthia Nest wrth Lleucu, a dilyna hithau ei meistres, fel cwningen gynhyrfus, at stondin y masnachwr brethyn, sy’n cyfarch Nest gyda brwdfrydedd, ac yn dadwneud ei folltau o frethyn lliwgar iddi allu eu hystyried.

‘Dim ond y gorau ar gyfer Arglwyddes de Windsor.’

Rheda Nest ei bysedd ar hyd y deunydd tra ei bod yn edmygu’r gwead. ‘Mae’r ansawdd yn dda,’ meddai, gan wyro’i phen o dan ganopi’r stondin wrth iddo chwythu fel hwyl yn y gwynt, y glaw’n trymhau. Yn ddirybudd, mae rhywun yn taro yn erbyn ei phenelin.

‘Ti sy ’na Amice! Bydda’n ofalus!’

Mae Amice yn gwthio darn o ruban i fasged Lleucu cyn tynnu Nest i ffwrdd o’r stondin, allan o glyw’r masnachwr. Mae ei hwyneb yn welw.

‘Mae’n rhaid i ni fynd, meistres.’

‘Beth sy’n bod?’

Ysgydwa Amice ei phen. ‘Dim fan hyn.’ Clampia’i gwefusau ynghau. Try Nest yn ôl at y masnachwr, sy’n eu gwylio â diddordeb.

‘Diolch, fe gymera i’r brethyn coch. Rhowch e i Lleucu.’

Mae Nest yn craffu ar Amice wrth iddyn nhw adael cysgod y stondin frethyn.

'Beth sydd wedi digwydd?'

Gwthia Amice ymlaen yn bwrpasol, gan hanner llusgo Nest drwy dorf y farchnad, heibio'r milwyr ar y bont godi ac i fyny at y beili mewnol. 'Paid ymateb nawr,' meddai wrth Nest, prin yn sibrwd wrth iddyn nhw afael yn dynn yn ei gilydd, eu pennau i lawr yn erbyn y glaw. Nodia Nest ei chytundeb, ei sgertiau gwlyb yn glynu i'w choesau.

'Dy frawd. Mae newyddion.'

Mae Nest yn baglu'n ddirybudd, ei phengliniau'n crymu. Teimla Amice yn tynhau ei gafael amdani, yn cymryd ei phwysau.

'Hywel?'

'Arglwyddes. Gofal. Cofia'r baban.'

Mae'r tŵr yn ymrithio o'u blaenau ac arafa Nest gan droi i wynebu Amice, y lliw wedi diflannu o'i hwyneb.

'Dweda wrtha i ar unwaith.'

Mae Amice yn edrych o'i chwmpas yn ddichellgar.

'Mynach. Roedd e wedi bod yn chwilio amdana i yn y farchnad. Mae'n gwybod mod i wedi bod yn holi am dy deulu.' Oeda, gan edrych o'i chwmpas unwaith eto. 'Dywedodd ei fod yma'n arbennig i ddod o hyd i ti, i rannu newyddion. Roedd yn gwrthod dweud wrtha i beth ydoedd. Dweud bod rhaid ei gyfarfod. Yn yr eglwys, wedi i'r haul fachlud, ar ôl y gosber. Dywedodd na ddylet ti ddweud wrth yr Arglwydd.'

Rhyddha Nest ei hanadl yn un ffrwd a gwasgu cnawd Amice gyda bysedd crynedig.

'Wyt ti'n meddwl ei fod e'n dweud y gwir?'

Coda Amice ei hysgwyddau. 'Wn i ddim. Dywedodd ei fod yn deyrngar i linach Dinefwr, a'i fod wedi gwasanaethu'n fynach ifanc o dan Rhygyfarch ap Sulien yn Abaty Tŷ Ddewi.

Dywedodd ei fod yn galaru wrth weld pobl Deheubarth wedi eu bychanu yn bobl israddol ar eu tiroedd eu hunain. Dyna'r oll.'

Llynca Nest, ei cheg yn sych, cyn troi at ddrysau'r tŵr.

'Yna gad i hynny fod yn ddigon.'

*

Mae eglwys bren Niclas Sant yn nythu o fewn waliau castell Penfro, yn llonydd ac yn ddistaw. Yr unig sŵn yw siffrwd traed Nest ynghyd â rhai Amice wrth iddyn nhw symud fel ysbrydion ar hyd corff yr eglwys a thuag at y gangell. Sudda Nest i'w phengliniau o flaen yr allor, er i'w llygaid wibio i bob cyfeiriad.

Mae'r eglwys yn gysgodion i gyd heblaw am fflamau bychan y canhwyllbren yn ei dwylo. Ceisia ganolbwyntio ar weddïo, am gael cario'i phedwerydd plentyn a dod ag ef neu hi'n ddiogel i'r byd. Mae ei gwefusau'n sych ac mae'n blasu gwaed ar ei thafod. Teimla Amice yn crynu wrth ei hochr.

Mae sŵn yn pery iddi droi'n lletchwith ar ei phengliniau a straffaglu ar ei thraed. Daw corff i'r golwg o'r cysgodion, cwfl am ei ben yn cuddio'i wyneb. Cura calon Nest fel morthwyl, mor uchel y mae'n sicr fod y dyn yn medru ei chlywed, a gwela'r canhwyllau'n simsanu yn y gwynt sy'n dod o gyfeiriad y drws. Mae hi'n gwasgu ei dannedd at ei gilydd, yn ceisio dal y gannwyll yn llonydd.

'Y Dywysoges Nest.'

Mae ei lais yn feddal, bron yn sibrwd. Symuda Nest yn araf tuag ato, ei hanadl yn dychlamu'n ei llwnc.

'Pwy y'ch chi?'

Daw'r dyn yn agosach eto, cyn codi llaw welw i wthio'r

cwfl oddi ar ei wyneb, y deunydd yn syrthio'n blygiadau ar ei ysgwyddau. Coda hithau ei channwyll a chraffu arno yn y tywyllwch. Mae'n wyneb ifanc, ei lygaid du yn disgleirio yng ngolau'r gannwyll, ei donsur yn loyw.

'Fy enw yw Meurig. Rwy'n fynach o Dŷ Ddewi.'

'Pam y'ch chi yma?'

'Rwyf wedi bod yn teithio am fisoedd lawer – symud o le i le, wyddoch chi, rhannu gair Duw. Mi fues i'n ymweld â'r meudwy Caradog – ac yntau unwaith yn uchelwr yn llys eich tad.'

'Rwy'n ei gofio!'

'Clywais bethau ar fy nhaith, dywysoges. Pethau na allwn i eu hanwybyddu. Allwn i ddim dychwelyd i'm cell yn Nhŷ Ddewi heb ddod â'r newyddion i chi gyntaf.'

Mae ei wyneb yn aneglur, ei eiriau yn bwyllog a thawel, yn hongian yn y gwagle tywyll rhyngddyn nhw.

'Mae Hywel ap Rhys ap Tewdwr – eich brawd – yn Rhyd y Gors.'

Mae beichiad distaw'n dianc o lwnc Nest.

'Castell Richard FitzBaldwin?'

'Ie. Nid yw eich brawd wedi bod yno erioed, ond cafodd ei symud i Ryd y Gors. Yn weddol ddiweddar.'

'Ar orchymyn pwy? Ac o le?' Mae ei llais yn crynu.

'Wn i ddim.'

'Ydy e'n garcharor?'

Ysgydwa Meurig ei ben. 'O fath. Ond dydw i ddim yn siŵr ei fod e'n gwybod pwy yw e.'

Mae'n plygu ei ben gan foesymgrymu'n ddwfn.

'Mae'n rhaid i mi fynd nawr. A chithau hefyd, f'Arglwyddes.'

Cydia Nest yn ei law.

'Sut alla i wybod eich bod yn dweud y gwir, Meurig?'

'Bu 'nhad yng ngwasanaeth teulu Rhys ap Tewdwr. Lladdwyd ef ym mrwydr Mynydd Carn, a finnau ond yn blentyn ifanc. Priododd fy mam eto, gyda Norman, a chefais fy ngyrru i Dŷ Ddewi. Mae fy mywyd ers hynny wedi cael ei ddiofrydu i Dduw. Nid oedd fy nghydwybod yn caniatáu i mi ddychwelyd i'm cartref heb ddweud wrthych. Ewyllys Duw ydyw.' Mae'r mynach yn gwasgu ei llaw'n ôl. 'Gwarchodwch yr wybodaeth 'ma'n ofalus – mae'n beryglus.'

Mae llygaid Nest yn llosgi wrth i Meurig dynnu ei law o'i gafael.

'Hir oes i linach Dinefwr, dywysoges.'

Mae'n ymgrymu unwaith eto wrth ffarwelio â hi, cyn tynnu ei gwfl yn ôl dros ei ben, ei wyneb unwaith eto dan gysgod y fantell. Mae'n camu'n ôl, yn ymdoddi i'r tywyllwch cyn troi a cherdded yn chwim i lawr corff yr eglwys. Clyw Nest y drws trwm yn gwichian wrth iddo gau.

Llyfa Nest ei gwefusau craciog a chydio yn y sêt yn dynn, y pren caboledig yn llyfn o dan ei bysedd, ei phengliniau'n gwegian.

'Mae Hywel yn fyw. Yn fyw, Amice.'

Yn sydyn sudda i'w phengliniau, yn llefain o ddifrif nawr. Cydia Amice ynddi'n dynn, dagrau yn powlio i lawr ei gruddiau, y ddwy ar lawr yr eglwys fechan. O'r diwedd, sycha Nest ei bochau gyda chefn ei llaw a syllu ar ei morwyn.

'Mae'n rhaid i ni ddod o hyd i ffordd i ymweld â Rhyd y Gors.'

*

Mawrth 1107

Gruffydd.

Mae Hywel yn fyw. Rwy'n gwybod, o'r diwedd, ei fod yn fyw, a lle cedwir ef.

Am bedair blynedd ar ddeg, rwyf wedi breuddwydio amdano, ac eto mae 'nyhead i'w weld gyda fy llygaid fy hun yn teimlo mor amhosib ag erioed.

Mae e yng nghastell Rhyd y Gors. Does gen i ddim syniad pam, na beth sydd wedi digwydd iddo. Dywedodd Gerald fod Hywel wedi cael ei osod gyda theulu Normanaidd pan oedd yn fachgen bach, ac efallai mai'r teulu hwnnw sydd wedi symud yno. Mae gen i gymaint o gwestiynau, Gruffydd, a neb i'w hateb. Dyw'r castell ond rhyw ddeg milltir ar hugain i ffwrdd – pellter y gallwn ei farchogaeth mewn deuddydd. Ond bydd rhaid i mi ddyfeisio esgus i fynd yno.

Dywedodd y mynach wrthyf am beidio â dweud wrth Gerald am fy nghanfyddiad. Dydw i ddim yn deall pam; efallai oherwydd fod Gerald yn Normanwr ac felly na ddylwn i ymddiried ynddo. Neu oes mwy o reswm na hynny?

Tyngodd Gerald lw wrtha i, droeon, na wyddai ddim am leoliad Hywel, fod ein brawd wedi ei osod yng ngofal teulu Normanaidd na wyddai ddim amdanyn nhw, ac ar ôl hynny na welodd ef byth eto.

Mae'n rhaid i mi gredu ei fod yn dweud y gwir, Gruffydd. Ni fyddai'n dweud celwydd wrtha i am rywbeth mor ddifrifol. Ond eto, byddaf yn gwrando ar rybudd y mynach. Ni ddywedaf wrth fy ngŵr. Byddaf yn cadw'r gyfrinach hon, fel sawl cyfrinach arall, yn agos at fy nghalon.

20

Caer Rhiw, Mai 1107

Brysia Nest yn fuddugoliaethus ar draws yr iard a heibio'r gegin, y bragdy a'r becws, yn chwifio'r llythyr yn ei llaw. Coda Amice o'i chwrcwd a chraffu drwy'r heulwen ddisglair ar ei meistres. Ger ei thraed tafla William damaid o wlân i'r gath sinsir, sy'n llamu arno'n frwdfrydig, wrth i Maurice wichian yn gyffrous a throtian yn simsan ar ôl ei frawd mawr.

'Mae gan FitzBaldwin wraig!'

Edrycha Amice ar Nest mewn penbleth.

'Richard FitzBaldwin! Mae e newydd briodi merch rhyw farwn o rywle, dod â hi yma am y tro cyntaf. Wyt ti'n gweld? Dyma reswm i ymweld â nhw!'

Ystyria Amice ei meistres yn ansicr wrth i lygaid Nest befrio. 'Mae Gerald yn sôn amdano yn ei adroddiad. Mae *e'n* brysur yn goruchwylio'i gastell newydd – Cenarth Bychan. Ar stepen drws Cadwgan.' Mae gwefusau Nest yn teneuo yn llinell fain. Y lleiaf a ddwedir ar y pwnc hwnnw, gorau oll. 'Beth bynnag, ni fydd Gerald yn dod ar gyfyl Caer Rhiw am sbel. Cyfle i ti a finnau, a gosgordd fechan, i deithio i Ryd y Gors, a dweud mai dod i groesawu'r briodferch newydd ydyn ni!'

'A fyddai'r Arglwydd Gerald yn caniatáu hynny?' gofynna Amice yn amheus, a hanner llygad ar y plant.

Mae Nest yn benderfynol, ei llygaid glas yn danbaid gyda thân nad yw Amice wedi ei weld ers amser maith.

'Dydw i ddim yn bwriadu gofyn caniatâd. Dim ond

gwneud fy nyletswydd fel gwraig Normanaidd ydw i. Byddaf yn rhoi gwybod i Gerald ein bod wedi mynd, pan fyddwn ar ein taith.'

Ni ddywed Amice ddim, ond mae'n cnoi ei gwefus cyn cymryd y gwlân gan William a'i rolio eto. Plyga Nest i godi Maurice a'i oglais cyn ei foddi mewn cusanau.

'Oni fydd FitzBaldwin yn meddwl bod ein ymweliad yn rhyfedd? Dydyn ni ddim yn ymweld â nhw fel arfer...'

Sytha Nest, gan gofleidio Maurice, ei hwyneb yn ddigynnwrf. 'Fe fyddai'n anarferol i mi ymweld â FitzBaldwin heb Gerald petai e'n ddibriod. Ond mae ymweld â'i wraig newydd yn gwbl wahanol. Beth bynnag, gad i mi boeni am hynny, Amice. Paid anghofio, fe swynais i frenin unwaith.'

*

Rhyd y Gors, Mai 1107

Mae rhywbeth wedi digwydd i Nest. Mae 'na newid ynddi – yn y ffordd mae'n eistedd ar ei cheffyl, yn dal ac yn syth yn y cyfrwy, wedi ei haddurno yn ei gwychder. Dydy ei gwedd allanol yn dangos dim o'r cythrwfl mae'n ei deimlo o dan yr wyneb. Mae hi ac Amice wedi aros mewn llety ar y ffordd, a bellach dim ond ychydig filltiroedd yw'r daith i Ryd y Gors, draw ar lannau gyferbyn â'r Afon Tywi. Ni allai Amice gysgu o gwbl neithiwr, ac mae'n anodd ganddi lonyddu ei dwylo anniddig wrth ysgwyd yr awenau. Nid felly Nest. Mae hi'n ymddangos yn ddiysgog, ac yn marchogaeth ymlaen yn fwriadol ar eu taith.

Mae Nest yn nabod yr ardal hon, wrth gwrs. Y tu hwnt i'r anheddle yng Nghaerfyrddin, mae'r afon yn ymdroelli ei ffordd tua'r De at yr aber fforchiog a hen adfail llys ei thad yn

Llansteffan, un o hoff lefydd ei phlentyndod ifanc, er mai prin ei bod yn cofio bod yno nawr. Rhaid peidio hel breuddwydion, siarsia Nest ei hun. Rhaid canolbwyntio ar y daith wrth law. Y bore 'ma, o'u llety, anfonodd hi neges at Gerald, yn dweud wrtho am eu ymweliad â Rhyd y Gors. Cwrteisi yn unig; erbyn i'r neges gyrraedd Gerald yng Nghenarth Bychan, mi fydd hithau ac Amice wedi hen gyrraedd pen eu siwrnai.

Sylla Amice o'i hamgylch yn ochelgar, a llywio'i chaseg yn agosach at geffyl Nest. Mae ganddyn nhw osgordd fechan, wrth gwrs; milwyr dibynadwy pob un, ond mae hi wastad yn poeni am herwgipiad pan maen nhw'n teithio heb Gerald, ac yntau'n eu rhybuddio o'r perygl penodol hwnnw'n aml.

'Paid bod mor bryderus, Amice,' gwawdia Nest, wrth rolio ei llygaid ar bryd ofnus ei morwyn. Serch ei difaterwch, byddai Nest yn wobr werth ei chipio, a gall Amice ddeall pryder Gerald. Mae harddwch ei meistres yn enwog, ac mae iddi waed brenhinol o linach hynafol. Efallai nad yw'r Normaniaid yn gwerthfawrogi gwir arwyddocâd hynny, ond mae'r Cymry yn sicr yn gwneud hynny.

'Oes gen ti gynllwyn?' Mae llais Amice yn isel wrth iddi giledrych ar Nest, sy'n codi ei hysgwyddau'n urddasol.

'Dim mewn gwirionedd. Bydd rhaid i ni edrych o gwmpas yn ofalus. Gall Hywel fod yn unrhyw le. Rhaid chwilio am lanc tua dwy ar bymtheg gyda gwallt du a llygaid glas treiddgar.' Bratha Nest ei gwefus. Dwy ar bymtheg. Y darlun ysgythrwyd i'w chof yw'r bachgen bach, ei law yn ei llaw hithau. 'Alla i fyth anghofio'r llygaid 'na, roedd e'n fachgen mor hardd.'

'Beth os down ni o hyd iddo? Beth wnawn ni wedyn?'

Sylla Nest yn syth o'i blaen, y sgwrs rhyngddyn nhw'n tawelu wrth i Ryd y Gors ddod i'r golwg. Mae'r adeilad pren yn sefyll yn falch ar glogwyn serth sy'n disgyn i lawr at yr Afon Tywi. Maen nhw'n arafu'r ceffylau er mwyn eu llywio trwy'r gors tuag at yr hen rydle er mwyn croesi'r afon. Mae un o'r milwyr yn ymestyn ei ddwylo ac yn cymryd yr awenau o ddwylo Nest i'w hebrwng ar draws y rhydle. Ciledrycha Nest ar Amice, y mwgwd digyffro'n llithro; yr ofn, am eiliad fechan, yn amlwg yn ei llygaid.

'Wn i ddim.'

*

Daw galwad i lawr o'r porthdy, ac mae gosgordd Nest yn oedi o flaen y ffos ddofn sy'n amgylchu'r castell. Nodia Nest i'w milwyr cyn marchogaeth yn hyderus at y gatiau ac ateb mewn llais clir.

'Nest, Arglwyddes de Windsor! Yma i ymweld â'r Arglwyddes FitzBaldwin!'

Maen nhw'n aros i'r gatiau trwm siglo'n agored cyn marchogaeth ymlaen i'r beili. Mae wyneb Nest yn fwgwd unwaith eto, ei bol yn grwn a balch o'i blaen wrth iddi ostwng o'i cheffyl yn ystwyth. Gwibia'i llygaid o'i hamgylch, ei golwg yn craffu'n guddiedig ar bob gwas, pob milwr, tra ei bod yn chwilio am un wyneb cyfarwydd.

Daw arglwyddes newydd Rhyd y Gors allan o'r neuadd yn frysiog; peth fechan, fain ydy hi, ei hwyneb ifanc yn gynnwrf braidd wrth weld ei hymwelydd annisgwyl. Bagla dros ei sgertiau wrth agosáu.

'Arglwyddes de Windsor! Nid oeddem yn eich disgwyl!' Gwasga'i dwylo gyda'i gilydd yn bryderus. 'Mae fy ngŵr allan yn hela a debyg y bydd i ffwrdd am y noson.'

Gwena Nest arni'n raslon. Er eu bod yr un oed, ymddangosa

Nest yn fwy bydol na Hawise FitzBaldwin. Cama'n ei blaen a chydio yn nwylo cain Hawise.

'Arglwyddes FitzBaldwin! Y chi ddois i ymweld â hi! Meddyliais mai da fyddai eich croesawu i'ch cartref newydd, rydym yn gymdogion o fath nawr.'

Sylla Amice ar ei meistres; ei Ffrangeg a'i gwisg a'i chwrteisi'n ddilychwin. Miliwn o filltiroedd o'r ferch wyllt droednoeth ar y traeth. Ni all Hawise guddio'i hedmygedd wrth gyfarch cyn-feistres Brenin y Saeson, hithau'n gaboledig a disglair o'i blaen.

'Mae croeso cynnes i chi. Dewch i mewn.' Mae hi'n galw ar filwr agos. 'Ewch â'r ceffylau i'r stablau.'

Mae pen Nest yn troi i'r chwith ac i'r dde wrth iddyn nhw gamu i'r neuadd, sydd yn ganolbwynt bywyd y castell, fel pob neuadd Normanaidd. Mae llond llaw o weision yn prysuro i fewn ac allan yn gosod y byrddau hir ar hyd y neuadd, yn barod ar gyfer prif bryd o fwyd y diwrnod. Mae stiward y castell yn rhoi cyfarwyddiadau i ddau filwr sy'n sefyll wrth y tân, a chaplan y teulu yn moesymgrymu i Nest a Hawise wrth iddyn nhw ddod trwy'r drysau mawr. Mae'n anodd i Nest weld wynebau'r gweision, y rheiny'n cadw'u llygaid yn isel fel y gwna gweision da.

Eistedda Nest ar wahoddiad Hawise, a gwneud ei hun yn gyfforddus. 'Amice, a fyddet di'n mynd i'r gegin i mi? Paratoi'r tintur rwy'n hoff ohono?' Mae'n edrych yn llawn arwyddocâd ar ei morwyn.

'O, galla i drefnu hynny!' Mae Hawise yn ffwndrus.

'Na, na. Peidiwch â phoeni. Mae Amice yn gwybod sut rwy'n ei hoffi, mae'r beichiogrwydd wedi pery i mi golli blas ar bob math o fwydydd!'

Mae Amice yn nodio gan ddeall yn syth cyn diflannu o'r

neuadd. Pwysa Nest ymlaen er mwyn tynnu sylw Hawise. 'Mae'n siŵr na ddylwn i farchogaeth am lawer hirach! Ond roeddwn yn edrych ymlaen cymaint at eich cyfarfod... dyw'r bywyd cymdeithasol yma ddim fel yr oeddwn wedi arfer ag e yn llys y brenin!'

Goleua llygaid Hawise. 'Dim ond unwaith y bûm i i'r llys brenhinol. Roeddech chi'n foneddiges breswyl i'r frenhines, yn doeddech chi? Sut un yw hi?'

'O, mae hi'n hyfryd. Gwraig ddysgedig a charedig dros ben,' meddai Nest yn ddidwyll. Ymhen dipyn mae Amice wedi dychwelyd, gan basio'r ddiod i'w meistres heb air ac ysgwyd ei phen y mymryn lleiaf, yn anweladwy i bawb ond Nest. Yn ddirybudd, coda Nest ar ei thraed, Hawise yn brysio i godi yn sgil ei gwestai.

'Fyddech chi mor garedig a mynd â ni am dro ar hyd y palisâd?'

Edrycha Hawise yn ansicr.

'Oni ddylech chi orffwys...?'

'Byddwn yn hoff o gael awyr iach, ac efallai y gallwch chi ddangos yr amddiffynfeydd i mi? Mae gan fy ngŵr ddiddordeb...'

Mae Nest yn cychwyn am y drws, ei hwyneb yn benderfynol. Nodia Hawise yn llywaeth, cyn rhuthro ar ôl ei hymwelydd.

*

Cwyd Nest ar ei phenelin yn y gwely a disgwyl i Amice chwythu'r gannwyll, cyn palfalu yn y tywyllwch a dringo i fewn wrth ei hochr, ei chorff cynnes yn swatio wrth ymyl Nest.

'Beth nawr?' Mae sibrwd y forwyn yn torri'r llonyddwch.

'Wn i ddim,' ochneidia Nest yn dawel. 'Dim siw na miw ohono hyd yn hyn. Does neb yn garcharor yma ar hyn o bryd chwaith – gofynnais i Hawise, a does ganddi ddim rheswm i ddweud celwydd wrtha i. Mae'n gwŷr ni yn gynghreiriaid, wedi'r cyfan. Mae'n debyg y bydd FitzBaldwin yn dychwelyd yfory, ac rwy'n credu ein bod yn lwcus ei fod wedi bod i ffwrdd yn hela – rwy'n amau y bydd yn fwy craff na'i wraig ac yn amheus ohonom yn gofyn cwestiynau.'

Rolia Amice ar ei chefn gan syllu tua'r nenfwd, sy'n anweledig yn nüwch y nos.

'Wyt ti'n credu bod Meurig yn dweud y gwir?'

Mae Nest yn ddistaw am ennyd hir.

'Ydw. Rwy'n sicr o hynny. Alla i ddim gadael y lle 'ma heb wybod mwy, Amice. Yfory bydd rhaid i ti wneud mwy o ymchwilio ar fy rhan. Chwilio ym mhobman. Gofynna i bawb. Esgus dy fod yn edrych am hen ffrind.'

Daw llaw Amice yn gynnes o dan liain y gwely a chydio ynddi'n dyner.

'Ni fyddwn yn gadael heb droi pob carreg. Rwy'n addo.'

*

Pwysa Nest ei thalcen yn erbyn ystlys ei cheffyl, y cur pen yn morthwylio'n ei phenglog. Mae'n amser ymadael, ac Amice wedi bod wrthi ers y wawr yn hel clecs gyda'r morwynion a cheisio datrys dirgelwch Hywel. Mae'n rhaid i Nest fod yn fwy cynnil, ond dydy Hawise ddim wedi dangos unrhyw arwydd ei bod yn gwybod dim amdano chwaith.

Does dim golwg ohono. Yn unman. Cymra anadl ddofn ac arogli'r cysur cyfarwydd; lledr a chroen y meirch. Ffroena'i cheffyl yn ei herbyn yn addfwyn, ac agora Nest ei llygaid i anwesu'i drwyn.

Mae'n neidio mewn braw wrth glywed y sŵn tu ôl iddi, a throi i weld gwas y stabl yn symud heibio'n araf gan lusgo'i draed. Ni ddywed air wrthi, dim ond chwithrwd yn ddistaw i gornel y stabl, cŵyr yn ei law i drin y cyfrwyau.

Sylla Nest arno am beth amser. Mae yna rywbeth od amdano... ei gefn ymhlyg, yn brysur wrth ei waith. Nid yw'r gwas wedi sylwi arni hi. Mae ei symudiadau'n herciog, yn araf, fel hen ddyn, er mai llanc ifanc ydyw.

Mae Nest yn camu'n agosach, heibio stalau'r ceffylau, ei sgertiau'n llusgo drwy'r gwellt. Mae gwallt y gwas yn glymau anniben. Ond mae'n ddu.

Llynca Nest y poer sy'n casglu'n ei cheg wrth i'r chwys gasglu o dan ei cheseiliau. Mae ei chalon yn taranu. Sylwa'n sydyn ar y ffordd mae'r llanc yn gafael yn ei gadach wrth iddo rwbio'r cŵyr i'r lledr, rhwbio cylchoedd nes i'r cyfrwy sgleinio. Dim mynegfys. Stwmpyn, lle y bu bys unwaith. Dalia Nest ei gwynt. Edrycha ar y llaw arall. Hwnnw hefyd. Tri bys, a bawd. Mynegfys ar goll.

Coda'r cyfog yn boeth yn ei gwddf.

Yn sydyn bagla Nest a tharo'n erbyn stâl ceffyl, ei gwregys wedi bachu yn y pren. Oeda'r llanc ei waith, y symudiadau rhythmig yn peidio. Tynna Nest ei gwregys yn rhydd. Clirio'i llwnc. Mae'r llanc yn sefyll i fyny'n syth, yn araf droi tuag ati.

Ebycha Nest, yr anadl yn rhwygo'n swnllyd o'i chorff.

Yn lle llygaid mae dau dwll gwag. Yn drychiadau a chreithiau, lle y bu glesni.

Ffrydia'r dagrau i lawr ei bochau. Hyd yn oed heb ei lygaid mae Nest yn nabod ei wyneb.

'Hywel ap Rhys.'

Mae'r llanc yn llonydd, ei gorff eiddil yn dynn fel llinyn telyn, yn syllu i'w chyfeiriad gyda'i socedi di-weld.

'Maen nhw'n fy ngalw i'n John.'

Ysgydwa Nest ei phen yn fud, gan gamu'n agosach eto; yn araf, ei mwyn peidio â'i ddychryn, ei chalon yn torri. Troes Hywel ei wyneb tuag ati.

'Ond nid John wyt ti. Nid John yw d'enw di, nage?'

Mae hi'n sefyll o'i flaen. Daw ei anadl yn fas ac yn gyflym – gall Nest weld ei afal breuant yn symud yn ei wddf. Estynna ar draws y gofod rhyngddyn nhw a chymryd ei ddwylo yn ei rhai hi. Nid yw'n tynnu oddi wrthi. Mae'n troi ei ddwylo drosodd, yn gweld y creithiau lle torrwyd ei fysedd ymaith. Mae hi wedi clywed am y math hwn o artaith; ffordd i rwystro dyn rhag gafael mewn cleddyf. Mae Nest yn codi'r dwylo anafus a'u gosod ar ei hwyneb. Mae'n cau ei llygaid.

'Hywel, fi sy 'ma. Nest.'

Daw sŵn tagu o'i wddf. Yn ysgafn, ei gyffyrddiad fel pluen, mae'r llanc yn rhedeg ei fysedd dros ei chroen, yn dilyn ôl ei thrwyn, ei llygaid, ei gên. Mae e'n cyffwrdd yn ei phenwisg, y gwallt yn dianc oddi tano, yn symud yn ôl dros ei gruddiau. Gall deimlo nentydd tawel ei dagrau.

'Roeddwn i'n meddwl mai dim ond atgof oeddet ti...'

Mae'r poen yn gwywo drwy Nest fel petai'n saeth. Yn brifo cymaint. Teimla fel sgrechian. Yn sydyn, mae'n tynnu Hywel tuag ati, gan daflu ei breichiau o'i amgylch. Maen nhw bron yr un taldra. Am enaid hir, saif ei brawd yn llonydd, llonydd, ei freichiau'n hongian wrth ei ochr. Nes o'r diwedd, yn ofalus, mae'n lapio ei ddwylo o amgylch ei gwasg.

'Rwyt ti'n disgwyl babi!'

'Ydw.'

Yn dyner arweinia Nest law Hywel dros gromlin ei bol.

'Sut ddoist ti o hyd i mi?'

'Mae'n stori hir. Ydyn nhw'n dy drin di'n deg yma?'

Ysgydwa Hywel ei ben.

'Yn well nag o'r blaen...'

'Ble oeddet ti o'r blaen?' Gostynga Nest ei llais, codi ei bodiau ac yn dyner anwesu'r creithiau lle bu'r llygaid hardd. Mae Hywel yn gwingo oddi wrthi. Cydia Nest yn ei ddwylo eto a'u codi at ei gwefusau. 'Pwy wnaeth hyn i ti, Hywel?'

Yn sydyn daw lleisiau o'r tu allan i'r stabl. Sŵn cŵn hela. Ceffylau. FitzBaldwin yn ôl. Daria.

'Hywel, pwy?'

Coda Hywel ei ysgwyddau. 'Wn i ddim enwau'r milwyr a ddaliodd fi lawr a fy nallu. Er fod eu hwynebau wedi ysgythru ar fy nghof. Dydw i ddim yn cofio llawer, ond doedd e ddim yn hir ar ôl i ti adael. Mi wylion nhw'r arteithio.'

'Pwy?'

Mae calon Nest yn ei cheg, a theimla'i phengliniau'n gwanhau. Mae sŵn rhuo'n ei chlustiau. Mae'n gwybod yr ateb cyn i'r geiriau adael ei wefusau.

'Arnulf de Montgomery. A Gerald de Windsor.'

*

Mae Amice yn brysio tuag ati.

'Meistres, mae FitzBaldwin wedi dychwelyd... meistres, beth sydd wedi digwydd?'

Mae hi'n gweld Hywel yn sefyll gyferbyn Nest, ac mae'n gwybod yn syth, ei hanadl yn dianc o'i gwefusau mewn hisiad hir. Mae Nest yn troi at ei brawd.

'Hywel, wyt ti'n cofio Amice?'

Nodia Hywel yn fud, ei wyneb yn galch fel un ei chwaer. 'Roedd hi'n garedig wrthon ni…'

'Allwn ni ddim ei adael e yma, Amice.' Mae llygaid Nest yn wyllt.

'Mae'n rhaid i ni. Am nawr. Allwn ni ddim gadael i FitzBaldwin wybod y cysylltiad.'

Nodia Hywel. 'Mae hi'n iawn, Nest.'

Mae sŵn lleisiau dynion yn agosáu. Ysgydwa Nest ei phen, cyn gafael yn dynn yn ysgwyddau ei brawd bach, ei dagrau'n ei dallu. Mae hi'n ei gofleidio am ennyd, cyn cymryd ei wyneb yn ei dwylo.

'Gwranda, Hywel, byddaf yn dychwelyd amdanat. Does dim diwrnod wedi mynd heibio nad ydw i wedi meddwl amdanat ti, yr holl flynyddoedd hyn.'

Gyda hynny mae'n troi ar ei sawdl, a'i adael yn llonydd yng nghanol y ceffylau, y cadach cwyr yn ei law, ei ben wedi troi i gyfeiriad y gwagle lle safai ei chwaer dim ond eiliadau ynghynt.

*

Nid yw Nest yn gwybod sut iddi lwyddo i ddilyn Amice o'r stablau ac esgyn ar ei cheffyl sy'n sefyll yn barod amdani. Na chwaith sut iddi lwyddo i gyfarch FitzBaldwin yn briodol, sy'n synnu wrth ei gweld yn ei gartref.

'Ry'ch chi'n edrych yn welw iawn, Arglwyddes,' meddai FitzBaldwin wrthi. 'A ddylech chi deithio heddiw?'

'Wedi blino, dyna'r oll,' meddai'n wan. 'Mae'ch gwraig wedi rhoi croeso cynnes i ni ond efallai fod y daith wedi bod yn ormod. Mi fydda i'n iawn unwaith i mi gyrraedd fy nghartref.'

Rhywsut mae'n eistedd i fyny'n syth wrth i'r ceffylau duthio trwy'r gatiau, ei gosgordd fechan o'i hamgylch. Rhywsut mae'n dal yr awenau'n dynn yn ei dwylo a sadio'i hun yn y cyfrwy. Mae gatiau mawr y porthdy yn cau y tu ôl iddyn nhw, a'i milwyr yn eu harwain drwy'r gors unwaith eto, i ffwrdd o gastell FitzBaldwin. I ffwrdd oddi wrth Hywel.

Unwaith mae hi'n sicr eu bod yn ddigon pell o Ryd y Gors, mae Nest fel petai'n cwympo yn y cyfrwy, gwyro dros gefn gwddf llyfn ei march, y dagrau poeth yn diferu ar ei flew. Daeth o hyd iddo. Fel yr oedd wedi dychmygu dro ar ôl tro, yr holl flynyddoedd hir.

Ond nid fel hyn.

21

Mai 1107

Ysgrifennaf y llythyr hwn wrth olau cannwyll ar sgrap o femrwn wedi ei achub o'r sbwriel. Mae'r llety 'ma'n fudr, a'n dillad yn llychlyd wedi'r siwrnai, ond rhaid i mi roi trefn ar fy meddyliau cyn i ni gyrraedd adref.

Mae fy nheimladau'n drech na mi, fy nghalon yn torri ond eto'n orfoleddus ar yr un pryd, os elli di gredu bod hynny'n bosib. Ac rwyf wedi cael fy mradychu.

Gruffydd, mi ddois o hyd iddo. I Hywel. Mae ein brawd bach yn fyw.

Ond rwy'n wylo wrth ysgrifennu, Gruffydd, oherwydd mae ein brawd wedi ei anafu'n ddifrifol – wedi cael ei arteithio – a gwnaed y weithred farbaraidd hon pan nad oedd yn ddim ond plentyn bach iawn. Fe larpion nhw ei lygaid hardd allan, a gadael creithiau ar eu hôl. Maen nhw wedi torri ei fynegfysedd i ffwrdd, fel na fydd byth yn medru dal cleddyf. Rwyt ti, fel fi, yn sicr o fod wedi clywed am anafiadau tebyg – rhai erchyll, bwriadol – anafiadau i rwystro dyn rhag hawlio ei dref tad.

Boed iddyn nhw bydru yn uffern.

Ond Gruffydd, mae 'na rhywbeth arall. Rhywbeth sy'n hollti fy nhu mewn yn ddau ac yn gwneud i'r bustl godi yn fy llwnc.

Gwnaed y drosedd hon yn erbyn ein brawd ar orchymyn Arnulf de Montgomery. Ac yn dyst roedd ei stiward. Gerald de Windsor. Fy ngŵr.

Pan rwygwyd Hywel o'm breichiau, addawodd Gerald y byddai'n sicrhau na fyddai unrhyw niwed yn dod iddo. Tynnodd lw na wyddai am dynged Hywel, dim ond ei fod wedi ei fabwysiadu gan deulu Normanaidd. Dywedodd, wrth i mi lafurio i ddod â'n mab i'r byd, ei fod e'n tybio bod ein brawd wedi marw yn ei blentyndod.

Celwyddau oll.

Bradwr. Llwfrgi. Anwar.

Sut alla i ddychwelyd at y dyn a wnaeth hyn?

Ac eto, ni allaf anfon y llythyr hwn. Bydd rhaid i mi ei losgi. Ni allaf ddweud wrthyt fod Gerald yn rhannol gyfrifol am yr hyn sydd wedi digwydd i Hywel. Petawn i'n medru dweud wrthyt ti, byddet ti eisiau ei ladd e. Ac wedyn ni fyddai gan fy mhlant dad, a bydden nhw'n fy nghasáu i, ac ni allwn i ddioddef hynny chwaith, Gruffydd.

Ble wyt ti? Rwy'n erfyn i Dduw nad oes tynged ofnadwy wedi digwydd i tithau hefyd.

Wn i ddim beth i'w wneud.

⋆

Caer Rhiw, Mai 1107

Mae Gerald yno'n disgwyl amdani. Ni all Nest edrych i'w wyneb pan ddaw ei gŵr i'w cyfarch.

Disgynna o'i cheffyl heb help, gan anwybyddu ei law alltud, a mynd yn syth at ei phlant, gan ysgubo William a Maurice i'w breichiau a'u boddi mewn cusanau, a thynnu Harri i gofleidiad ffyrnig. Mae e wedi bod gyda Gerald yn goruchwylio'r adeiladu yng Nghenarth Bychan, a hithau heb weld ei mab hynaf ers wythnosau.

'Wedi tyfu eto, fy mab!' Mae Nest yn mwytho'i wallt du yn ysgafn, a gwena yntau arni gan dynnu i ffwrdd. 'Rwyt ti'n edrych wedi blino, Mam.'

'Ydw. Angen 'molchi a gorffwys.'

Unwaith mae'r cyfarchion i gyd wedi'u lleisio a'i bod hi ar ei phen ei hun yn ei siambr, mae Nest yn ystyried am y canfed tro yr hyn sy'n rhaid dyfod rhyngddi hi a'i gŵr, tra ei bod yn ceisio anwybyddu cipolygon pryderus Amice.

Mae Nest yn eistedd ger y ffenestr pan ddaw Gerald i mewn, yn syllu ond yn gweld dim. Llifa'r heulwen drosti, y cynhesrwydd yn anwesu cefn ei dwylo, er iddi wybod eu bod yn oer i'w cyffwrdd. Oer, fel ei chalon. Gwinga'r baban y tu fewn iddi.

Mae hi'n ymwybodol ohono'n craffu arni, a'r distawrwydd annifyr yn eu siambr, ond am Amice sy'n prysuro'i hun yn hongian ffrogiau Nest ar y polyn dillad.

'Wnei di'n gadael ni, Amice?' Mae llais Nest yn ddigyffro.

Symuda Amice tuag at y drws heb air, ei gau'n dawel y tu ôl iddi. O'r diwedd rhydd Nest ganiatâd iddi hi'i hun edrych ar y dyn a'i priododd, sydd bellach yn teimlo fel dieithryn.

'Sut oedd yr ymweliad â'r Arglwyddes FitzBaldwin?'

Mae cwestiwn Gerald yn ddidaro, ac yn sydyn mae'r cynddaredd y tu mewn iddi – y bwystfil oedd wedi'i dawelu ers blynyddoedd – yn deffro'n rhuo. Llosga wyneb Nest yn goch, wrth iddi neidio ar ei thraed.

'Sut oedd yr ymweliad?'

Mae Gerald yn gwingo'n anghyfforddus. Cama Nest yn agosach ato.

'Sut oedd yr ymweliad? Canfod fy mrawd, rwyt ti'n ei olygu? Y brawd wnest ti addo ei amddiffyn? Y bachgen sy'n anafus ac yn anffurfiedig ar ôl i ti sefyll yn ôl a'i wylio'n cael ei arteithio? Y brawd na wyddost ti ddim amdano?'

Mae Gerald yn welw, ond yn llonydd ac yn gadarn, ei ddwylo'n ddyrnau wrth iddi sgrechian, ei phoer yn tasgu drosto, ei chorff yn crynu'n ei gwylltineb.

'Sut wyt ti'n meiddio fy ngwynebu i, Gerald? Sut wyt ti'n meiddio sefyll o fy mlaen a gofyn hynny i mi?' Mae Nest yn ei wthio gyda'i holl nerth, nes iddo faglu'n ôl, gan fwrw i mewn i'r bwrdd y tu ôl iddo. Mae'r piser gwin yn gwegian, cyn syrthio i'r llawr a chwalu'n deilchion, yr hylif fel gwaed yn hidlo ymhlith y brwyn.

'Nest, er mwyn Duw! Mi fydd pawb yn clywed!'

Mae hi'n syllu arno, ei hanadl yn chwim a'i llais yn cracio.

'Roedd yr ymweliad yn dorcalonnus, Gerald.'

Mae llygaid claear Gerald yn wag.

'Mae'n ddrwg gen i, Nest,' meddai o'r diwedd.

'Paid â meiddio ymddiheuro nawr! Rwyt ti'n sefyll ar safle llys fy nhad, yn cyfaddef dy fod wedi arteithio plentyn diniwed – plentyn tair oed, a'i anafu am byth!' Ysgydwa Nest ei phen, y dagrau'n ei dallu. 'Prin ei fod e'n hŷn na'n William bach ni nawr! Sut elli di fyw gyda hynny? Sut ellaist ti 'mhriodi i, yn gwybod dy fod wedi gwneud y fath beth?'

'Nid fi arteithiodd e, Nest!'

'Pa wahaniaeth wna hynny?'

'Roedd rhaid ufuddhau i'r gorchymyn, Nest. Roeddwn yn ifanc fy hun, cofia! Prin yn ddyn.'

'Ti oedd stiward Penfro! Digon hen i arwain byddin Arnulf pan oedd e ymaith!'

'Rwy wedi ymddiheuro...'

'Roedd e'n fabi!'

Bratha Gerald ei wefus a cheisio gafael yn ei wraig, cyn newid ei feddwl, ei law'n disgyn wrth ei ochr yn ddiwerth. Mae Nest yn gostwng ar ei gliniau, y tân oddi fewn iddi wedi ei ddiffodd; ac yn ei sgil, gwacter sâl a thristwch mor ddwys, mae'n bygwth ei hysigo.

Synhwyra ef yn agosáu ati, ei gorff fodfedd oddi wrthi, ei anadl ar dop ei phen.

'Nest, creda fi: nid wy'n falch o beth ddigwyddodd i dy frawd-'

'Hywel yw ei enw.'

Ochneidia Gerald. 'O beth ddigwyddodd i Hywel. Dwi wir yn edifarhau.'

Mae Nest yn codi ei phen i edrych i fyny arno.

'Mae'n rhaid i ti ddweud popeth wrtha i, nawr. Y gwir.'

Mae distawrwydd hir yn llenwi'r siambr. Gall Nest glywed synau prysur y castell y tu hwnt i'r drws. Mae Gerald yn syllu ar ei draed, a'i lais, pan ddaw o'r diwedd, yn isel.

'Mae e wedi byw fel gwas ar hyd ei oes...ym Mhenfro.'

Mae'r anghrediniaeth yn lledaenu dros wyneb Nest.

'Roedd e'n byw lawr yn y gegin gyda'r cogydd pan oedd e'n fachgen. Doedd e ddim yn cael mynd tu allan. Rhois i waith iddo fe pan oedd e'n ddigon hen. Roedd ganddo gartref, Nest. Ni chafodd ei gam-drin.'

Yn araf mae Nest yn codi ar ei thraed, ei symudiadau'n araf a thrwsgl, ei hwyneb yn dirdynnu â phoen.

'Ni chafodd ei gam-drin? Dwyt ti'n twyllo neb ond ti dy hun os wyt ti'n credu hynny.'

Mae Gerald yn fud.

'A beth wedyn? Cadw Hywel ym Mhenfro nes ein bod ni'n briod a bod dy drosedd erchyll mewn perygl o gael ei darganfod? Ac yna ei anfon i ffwrdd?'

Dim gair.

Chwipia Nest y dagrau o'i hwyneb gyda chefn ei llaw. 'Wnest di fygwth y gweision a'r morynion i gadw dy gyfrinach erchyll?'

Unwaith eto mae Gerald yn syllu ar ei draed. Mae Nest yn symud yn ôl at y ffenestr, yn syllu allan, cyn troi at ei gŵr.

'Gwranda di, Gerald. Er mai ti yw tad fy mhlant, dyna'r oll wyt ti nawr. Mae unrhyw gariad oedd gen i tuag atat yn farw.'

'Nest…'

'Creda fi, wna i byth orwedd gyda ti eto. Rwy'n wraig i ti mewn enw yn unig. Y plentyn yma yn fy nghroth fydd ein plentyn olaf.'

Mae Gerald yn estyn amdani.

'Nest, tyrd. Rwy'n deall dy fod yn brifo.'

Tynna Nest ei braich oddi wrtho'n frwnt.

'Petaet ti wir yn edifarhau, mi fyddet ti wedi dweud y gwir wrtha i. Roedd hi'n ddyledus arnat i ddweud y gwir wrtha i pan briodaist ti fi.' Sylla'n hir i'w wyneb. 'Rydw i wedi bod yn chwilio am fy mrawd ers pan oeddwn i'n ddeg oed.' Mae ei llais yn torri. 'Alla i byth ymddiried ynot ti eto.'

Mae Gerald yn rhwbio'i wyneb yn ei ddwylo'n frwnt. Edrycha'n hagar, sylwa Nest yn sydyn. 'Allai ddim newid beth ddigwyddodd i Hywel. Ond o leiaf rwyt ti'n gwybod nawr. Does dim rhaid i mi deimlo'n euog o ran hynny mwyach.'

'Ydw i fod i deimlo'n well?' Mae hi'n rhythu'n galed arno. 'Rhaid i ti anfon am Hywel a chaniatáu iddo fyw yma. Gyda fi. Fel mae ei enedigaeth yn mynnu. Dim gwas fydd e bellach. Caiff adnabod ei neiaint, ei deulu.'

Mae Gerald yn ysgwyd ei ben.

'Amhosib. Mae FitzBaldwin yn berchen arno nawr.'

Sylla Nest arno'n anghrediniol wrth i Gerald fynd yn ei flaen.

'Ac yn fwy na hynny, rwy'n dy wahardd rhag mynd yno eto, Nest. Fy ngwraig feichiog yn marchogaeth o amgylch y deyrnas, gan ymweld â lle y mynn hi! Byddi di'n aros yma, neu rywle arall os mai dyna yw fy ngorchymyn.'

Treiddia'r atgasedd trwy Nest eto, yn troelli fel gwenwyn yn bwydo'i henaid.

'Pa hawl sydd gen ti fy nhrin i fel hyn?'

Cama Gerald oddi wrthi, cyn oedi wrth ddrws ei siambr.

'Hawl gŵr, Nest. Nid oes angen dy faddeuant arna i. Galla i fyw'n ddigon rhwydd hebddo.'

Mae cynddaredd gwyllt ar fin cydio ynddi eto, ond daw cic galed o grombil bol Nest i'w hatal rhag ffrwydro ar ôl Gerald. Mae'n crafangu am gefn cadair gyfagos wrth i'r cyhyrau dynhau yn ei chroth, ei golwg wedi'i hoelio ar y drws caeedig a geiriau garw ei gŵr yn atseinio yn ei chlustiau.

RHAN III

22

Din Geraint, llys Cadwgan ap Bleddyn, Ceredigion, Nadolig 1109

Teflir y tri wyneb o amgylch y tân i'r cysgodion wrth i'r fflamau yng nghanol y neuadd ddawnsio, yn llyfu a thasgu i fyny i'r trawstiau. Mae'r mwg yn troelli'n ddiog trwy'r twll yn y to, cyn dianc allan i ddüwch y nos. Sylla Owain ap Cadwgan, etifedd teyrnas Powys, yn oriog i ganol y fflamau, y gwreichion yn gwneud i'w lygaid losgi. Mae'r awr yn hwyr ac unig olion gwledd y Nadolig yw'r esgyrn wedi'u gwasgaru drwy'r brwyn ar lawr, y cŵn hela wedi'u cnoi'n lân. Mae cyrff llipa'r gwesteion yn gorweddian ar hyd y meinciau ac yn erbyn y waliau, y medd a chân y pencerdd wedi suo'r llys i drwmgwsg. Y tu allan mae'r ddaear yn galed, y barrug yn ddisglair a'r awyr yn llawn sêr ar wasgar.

Treiddia'r cynhesrwydd trwy ledr meddal esgidiau Owain, ei goesau hir yn ymestyn o'i flaen, pen ei gi hela'n gorffwys ar ei draed. Pefria'r golau'n ei wallt cwta, sy'n fflachio'n goch ac euraid, ei ben wedi ei eillio'n foel at ei glustiau.

'Mae angen dysgu gwers i'r cythraul Normanaidd 'na...'

Herciwyd Cadwgan o'i freuddwydio i syllu'n galed ar ei fab hynaf. Does dim angen gofyn pwy yw testun y sgwrs. Mae Owain wedi bod yn diawlio Gerald de Windsor drwy'r nos.

Mae brawd Owain, Morgan, yn troi llygaid hylifol tuag ato, cyn estyn am y piser medd wrth ei draed ac ail-lenwi eu cwpanau i gyd.

'Coc uchelgeisiol ydy de Windsor, yn sicr.'

Ysgyrnyga Owain gan gymryd llynciad o'r medd. 'Y castell 'na mae o 'di adeiladu yng Nghenarth Bychan – bron ar ein pennau! Mae'r tir hwnnw'n perthyn yn haeddiannol i Bowys – nid Deheubarth. A pha hawl sydd ganddo i unrhyw ddarn ohono, beth bynnag?'

Ochneidia Cadwgan, yr anadl yn boenus yn ei frest.

'Ei briodas â Nest ferch Rhys sy'n rhoi'r hawl iddo. A bendith brenin y Saeson. Beth bynnag, ers pryd mae angen hawl ddilys ar y Normaniaid i unrhyw beth?'

Mae Owain yn neidio ar ei draed ac ymestyn cic at y ci, sy'n chwyrnu arno cyn llercian rhag tymer ei feistr.

'Dwi 'di cael llond bol arno. A pha hawl sydd gan de Windsor iddi hi?'

'Pwy?'

'Nest, y llo! Mae hi'n berthynas – o linach frenhinol hynafol! Ond iddyn nhw dydy hi'n ddim ond hen butain eu brenin a gwraig rhyw sbrigyn o stiward!'

Ymleda'r gwrid dros ruddiau brych Owain, y llygaid gwyrdd yn wenfflam. Mae'n troi at Cadwgan, yn taro'i ddwrn i gledr ei law.

'Mae'r beirdd ledled Cymru yn canu am ei harddwch. Dylai hi fod yn wraig i mi! Meddyliwch am y frenhinlin gallen ni ei sefydlu!'

Ysgydwa Cadwgan ei ben, wedi hen arfer â thantro'i gyntafanedig. 'Wel, does dim llawer allwn ni ei wneud am hynny ond breuddwydio.' Mae'n lledaenu ei ddwylo garw. 'Mae'r sefyllfa yn fy mhlesio i cyn lleied â ti, fy mab – mae'n gas gen i de Windsor. Yn enwedig ers iddo sefydlu'r wladfa Ffleminaidd yn y Rhos, a gyrru'r Cymry i gyd o'u cartrefi a'u trin fel cachu ar ei esgid.' Oeda Cadwgan i besychu'n sych. 'Y sawl a ddwg wy a ddwg fwy, 'machgen i… ac mae de Windsor wedi dwyn sawl wy.'

Sathra Owain ar rai o farwydos y tân a gwgu.

Coda Morgan un ael dywyll cyn llyncu'r medd yn swnllyd. 'Dydy de Windsor ddim gwaeth na ti mewn sawl ffordd, Owain. Does neb yn masnachu caethweision cymaint â ti – boed nhw'n Gymry, Gwyddelod, Ffleming neu rai eraill.'

'Cau dy geg, Morgan. Mae gen i'r hawl. Does gan de Windsor ddim dealltwriaeth o'n tiroedd hynafol, ein traddodiadau! Dydy o'n ddim – dim tras fonheddig, dim gwaed uchelwr! Ysbeilio'i gwaed pur hi efo'i waed ei hun…'

'A, eistedda i lawr, hogyn. Ti'n benboethyn.' Edrycha Cadwgan yn ddolurus ar ei fab. 'Mae gen ti lawer i'w ddysgu os wyt am reoli ar f'ôl i.'

Wfftia Owain.

'Maen nhw'n fy ngalw'n Llew Powys yn barod, 'nhad. Rwy'n ddyn mae dynion eraill yn ei ddilyn – does neb yn gydradd â fi am frwydro!' Eistedda'n drwm ar ei stôl. 'Dim fel chi, a'ch gwraig Normanaidd! Waeth i chi heb ag ymgynghreirio efo'r gelyn!'

Mae Owain yn disgwyl ateb gan ei dad, ond arhosa Cadwgan yn dawel, a gwrthod ymateb i wawdio'i fab hynaf.

'Rhaid i chi beidio llyfu tîn, 'nhad! Edrychwch be ddigwyddodd i ewythr Iorwerth ar ôl iddo gefnogi'r Normaniaid! Eu diolch oedd ei gloi o mewn carchar yn Lloegr!'

'Gwir, ond mi wnes i elwa o hynny, yn do?'

Gosoda Morgan law gadarn rhwng ei frawd a'i dad, y ddau'n rhythu'n ddig ar ei gilydd.

'Dyna ddigon. Wastad yng ngyddfau'ch gilydd…'

‘Rwyf am ymweld â Chenarth Bychan.’ Mae Owain yn bendant.

Ysgydwa Cadwgan ei ben. ‘Rwy’n dy wahardd. Fy nheyrnas i yw hon, Owain.’

‘R’ych chi’n fodlon gadael iddo wneud be fynno fo ar ein ffiniau?’

‘Nac ydw. Ond dydw i ddim am i ti greu cynnwrf chwaith. Does gen i ddim awydd chwilio am frwydr – mae gen i ddigon i boeni amdano fel mae hi, heb orfod llnau’r llanast rwyt ti’n ei greu.’ Mae Cadwgan yn codi ar ei draed yn araf, tynnu’i glogyn yn dynn o’i amgylch. ‘Rwyf am fy ngwely.’

Sylla Owain ar ei ôl yn sarrug. ‘Hen ferch wan ’di o, Morgan.’

Rolia Morgan ei lygaid. ‘Paid â bod mor galed arno, frawd. Mae’n tad yn parhau i fod yn dywysog mwya pwerus Cymru, ac nid yw’n hynny drwy bod yn wan. Weithiau byddai’n ddoeth i ti dalu sylw i’w gyngor.’

Gwna Owain ystum, ei fysedd yn chwarae â’i fwstás coch.

‘Os ti’n deud. Ond rwy’n mynd i ymweld â de Windsor. A gei di ddod efo fi.’

*

Rhagfyr 1109

Anwylaf Sybil,

Cyfarchion yr ŵyl i ti yno yn San Steffan. Rwy’n gobeithio dy fod yn mwynhau’r llys Nadolig gymaint ag arfer.

Sut mae’r plant? Pe bawn yn medru eu gweld! A sut mae Henry? Ydych chi’n parhau i fod yn agos? Mae’n rhaid ei fod yn falch fod trafodaethau priodas y dywysoges Matilda fach i Frenin y Rhufeiniaid wedi’u cwblhau a bod popeth wedi’i setlo.

Pryd bydd hi'n ymadael am ei bywyd newydd? Bydd yn galed i'r frenhines golli ei hunig ferch i fyw dramor. Ond dyna yw bywyd brenhinol, am wn i.

A beth am briodas i ti – oes unrhyw drefniant ynglŷn â hynny?

Mae 'mhlant i'n fy nghadw'n brysur. Mae Harri'n gymaint o ddyn ifanc nawr – un ar ddeg! Mae'n cymryd ar ôl ei dad y brenin. Mae e'n ymwybodol iawn o'i safle ac yn barod iawn i ddysgu sut i fod yn uchelwr. Mae William a Maurice yn egni i gyd, ac o'r diwedd, mae gen i ferch fach, Angharad. Yn barod mae'n f'atgoffa o Mam. Mi adawodd Gerald i mi ei henwi, yn ôl ei addewid.

Rydym yma yng Nghenarth Bychan, castell newydd Gerald, i ddathlu gwledd y Nadolig gyda'n gilydd. Dyma'r tro cynta i mi aros yma, oherwydd mae'r ymweliadau rhwng Gerald a finnau yn brin. I ddweud y gwir, rydw i a Gerald wedi byw ar wahân ers peth amser, ac er ein bod yn ymddangos fel pâr priod pan fo angen, er mwyn pobl eraill mae hynny. Mae yna reswm am hyn – rhywbeth rhyngom sydd yn rhy fawr i'w egluro mewn llythyr. Ond creda fi pan ddweda i fod Gerald wedi dinistrio popeth, ac nid oes ffordd yn ôl.

Mae Gerald yn amhoblogaidd ymysg y Cymry ar hyn o bryd, oherwydd iddo sefydlu gwladfa o Ffleminiaid yn Rhos, ar orchymyn Henry. Mae ganddo fyddin o hurfilwyr o Fflandrys, ac maen nhw'n ddidrugaredd a chreulon. Ac felly mae fy ngŵr angen ei dywysoges o Gymraes wrth ei ochr, er mwyn profi ei hawl i reoli'r ardal hon ac i gadw'r Cymry rhag gwrthryfela.

Mae'r castell yma yn ei blesio – mae adeiladau cerrig yn brin, ac mae'r lle 'ma'n cynrychioli popeth y mae Gerald wedi ei chwennych erioed. Mae'n ei osod yn gyfartal â'r arglwyddi yn yr ardal; mae'n dirfeddiannwr nawr, ac nid drwydda i. Nid stiward yn unig yw Gerald mwyach. Ef yw arglwydd Cenarth Bychan.

Ond beth amdana i, Sybil? Oes rhaid i mi wrando wrth iddo ymhyfrydu yn ei lwyddiant ei hun, a darganfod rhyw fodd o faddau iddo? Alla i ddim, wir i ti. Petaet ti'n gwybod y gwir, byddet ti'n deall pam na allaf ddioddef ei gwmni. Ond mae'n rhy beryglus i mi ddatgelu'r gwir, ac mae Gerald yn gwybod hynny.

Rwy'n gaeth o hyd, Sybil, er nad oes carchar.

Ysgrifenna ata i'n fuan gyda dy newyddion.

Dy ffrind,

Nest

*

Cenarth Bychan, Emlyn, Ceredigion, diwedd Rhagfyr 1109

Ffrwydra Harri i'r ystafell ar yr un pryd ag y mae Nest yn clywed y waedd o'r porthdy. Mae bochau'i mab yn writgoch, ei lygaid yn pefrio â chyffro.

'Llond llaw o Gymry dan faner Powys wrth y giât!'

Gosoda Nest ei brodwaith i'r ochr ar unwaith a chyfnewid edrychiad ag Amice.

'Ydy Gerald yn gwybod?'

Mae Harri'n nodio'n frwdfrydig cyn troi ar ei sawdl a rhedeg allan unwaith eto. Mae Nest yn dilyn ei mab, ei llygaid yn addasu'n araf i'r awyr lwyd y tu allan, y cymylau'n drwm ac yn isel. Mae pluen eira unig yn troelli ar ei thraws, ac mae'n difaru peidio â gafael yn ei chlogyn gaeaf wrth frysio tuag at y porthdy. Gall weld Gerald i fyny ar y palisâd yn gweiddi rhywbeth ar ei ymwelwyr cyn iddo ostwng o'r muriau'n heini a chroesi'r beili tuag ati. Mae ei ddynion yn paratoi i agor y gatiau trwm, a chraffa Nest yn chwilfrydig ar ei gŵr.

'Pwy sy 'na?'

'Owain ap Cadwgan.'

Mae chwilfrydedd Nest yn cynyddu. 'Oeddet ti'n ei ddisgwyl e?'

'Nac oeddwn.' Mae ateb Gerald yn swta, ac mae'n rhythu'n

ddig arni. 'Mae'n dweud ei fod e'n ymweld gan ei fod yn dylwyth i ti. Beth ddiawl ydy'r gwir reswm, wn i ddim. Cer yn ôl i'r gorthwr a gwna'n siŵr fod y plant o'r neilltu. Sa i'n ymddiried ynddo fe.'

Mae Nest yn ufuddhau, gan gyfarth cyfarwyddiadau tuag at Amice, sy'n gyrru'r plant o'r neuadd, Angharad yn ei breichiau. Mae Nest yn cymryd ei safle ar y llwyfan yn barod i groesawu'r ymwelwyr, ei chalon yn llamu. Bydd rhaid iddyn nhw adael eu harfau tu allan i'r neuadd, fel pob gwestai, o leiaf.

Mae'r dyn sy'n dilyn Gerald i'r neuadd yn edrych o'i gwmpas â diddordeb amlwg cyn iddo ddod i sefyll o'i blaen. Teimla Nest ei lygad yn crwydro dros ei hwyneb a'i chorff gyda chwant agored – yn yr un ffordd yr oedd cymaint o ddynion yn glafoerio arni. Mae hi'n syllu'n ôl yn ddiysgog, wedi hen arfer â'r fath sylw. Daw Gerald i sefyll wrth ei hochr, a gall Nest synhwyro'r tensiwn yn rheiddio ohono wrth iddo ei chyflwyno i'r ymwelwyr, ei lais yn iasoer.

Mae gwên hyderus ar wyneb golygus Owain. Mae ei groen wedi'i eillio'n llyfn heblaw am ei fwstás, y gwallt coch yn fyr yn ffasiwn y Cymry, cefn ei ddwylo'n olau a'r brychni wedi gwasgaru drostyn nhw. Dim ond hogyn yw e, meddylia Nest. Ugain ar y mwyaf.

'Nest ferch Rhys.' Mae ei lais yn ddwfn, melys.

Mae Owain yn camu ar y llwyfan gan gymryd ei llaw a phlygu ei ben drosto, y llygaid gwyrdd yn crychu'n y corneli wrth iddo edrych arni. 'Nid yw'r beirdd yn gor-ddweud dy harddwch.'

Mae gafael Gerald ar y Gymraeg yn ddigon iddo ddeall geiriau Owain a gall Nest synhwyro'r tyndra yng nghorff ei gŵr. Gwena Owain yn ddiog wrth iddo droi'n ôl i edrych dros ei ysgwydd ar ei gymdogion. Sioe ydy hyn, sylwa Nest ar unwaith.

'Croeso i Genarth Bychan, Owain ap Cadwgan,' ateba Nest yn ysgafn, ei thôn yn cuddio'r cwestiynau sy'n hedfan drwy ei meddwl, ei chalon yn curo fel gordd.

'Rwyt ti wedi adeiladu dipyn o gastell yma i ti dy hun, de Windsor,' meddai Owain yn araf yn ei Ffrangeg diog, gan droi ar ei sawdl ac edmygu'r neuadd. 'Trawiadol iawn.'

Ni ddywed Gerald ddim gair, ei wefusau'n llinell dynn.

'Roeddwn i yn llys Nadolig fy nhad yn Nin Geraint,' meddai Owain, 'a chlywais fod y Dywysoges Nest mor agos. Roedd yn rhaid i mi ymweld, gan ein bod yn dylwyth.'

Mae Owain yn gwenu arni eto, ei olwg yn dreiddgar.

'Yna, rydych chi'n ein hanrhydeddu â'ch presenoldeb,' meddai Nest yn llyfn, gan wneud arwydd i'r gweision gynnig diodydd i bawb a dŵr i ymolchi. Mae Gerald yn derbyn ei gwpan yn dawel, gan lygadu Owain a'i ddynion yn ochelgar.

Yn sydyn, mae Owain yn sylwi ar Harri, sydd wedi sleifio'n ôl i'r neuadd, ac sy'n syllu arno'n gegagored.

'Dyma Harri FitzHenry, dwi'n cymryd?'

Mae Nest yn closio at ei mab, ac yn gosod llaw warchodol ar ei ysgwydd.

'Ie, f'arglwydd,' meddai Harri'n awyddus. 'Rwy wedi clywed amdanoch chi, Tywysog Owain!'

Chwardda Owain yn falch wrth glywed hyn. 'Dwi'n siŵr dy fod di, lanc!'

'Wnewch chi aros dros nos gyda ni?' Mae Nest yn ofalus i fod yn gwrtais, gan anwybyddu'r gwg ar wyneb ei gŵr.

'Rwyt ti'n fwyaf croesawgar, gyfnither.' Mae'r cyfarwyddwyd yn llithro o dafod Owain, a gall Nest synhwyro Gerald yn britho. 'Ond dim diolch. Dim ond eisiau… dy gyfarch. Lluniaeth a thaith gerdded fer ar hyd y rhagfuriau efallai? Ac wedyn mi awn ar ein ffordd.'

Ciledrycha Nest ar Gerald. Doedd dim modd gwrthod cais mor rhadlon, er fod y ddau ohonyn nhw'n amau cymhelliad Owain. Mae Nest yn cytuno'n gymwynasgar, cyn arwain y ffordd o'r neuadd.

*

Mae Owain yn syllu i lawr y clogwyn serth sy'n gostwng yn syth i'r afon Teifi droellog, y dŵr yn llifo'n ddwfn ac yn araf.

'Ceir eogiaid gorau Cymru'n y dyfroedd yna!'

Mae Nest yn cytuno'n gwrtais. Wna Owain ddim ymgais i guddio'r ffordd mae'n archwilio amddiffynfeydd Cenarth Bychan, gan wenu'n fleiddgar ar Gerald. Mae'n cerdded wrth ochr Nest, cyn cymryd ei llaw a'i swatio yng nghamedd ei fraich. Mae ei gorff yn solid yn ei herbyn, gwlân ei glogyn a lledr ei diwnig yn brwsio'n erbyn ei mantell. Gall Nest deimlo llygaid Gerald yn llosgi i'w chefn wrth iddo gerdded y tu ôl iddyn nhw.

Maen nhw'n oedi unwaith eto i Owain edmygu'r muriau allanol, a chiledrycha Nest arno'n wybodus.

'Rwyt ti'n ceisio pryfocio fy ngŵr, Owain ap Cadwgan.'

Mae Owain yn chwerthin yn ysgafn. 'Ydy o mor blaen â hynny?'

'Ydy. A ddylet ti ddim. Mae Gerald yn elyn peryglus.'

Mae wyneb Owain yn sobri, y golau'n diflannu o'r llygaid gwyrdd. 'Mi fentra i nad yw mor beryglus â fi, fy nhywysoges hardd.'

Mae ei olwg difriol yn gwneud i Nest deimlo'n anghyfforddus, ac mae'n cerdded yn ei blaen, gan siarad bron yn ddifeddwl. 'Dydy Din Geraint ddim yn bell o gwbl. Mi wnes i rybuddio Gerald rhag adeiladu mor agos i'r ffin.'

Nodia Owain. 'Mi ddylai fod wedi gwrando ar dy gyngor. Gellir dadlau bod dy ŵr yn fygythiad i reolaeth 'nhad. Cenarth Bychan... y Ffleminiaid yn Rhos...'

Llynca Nest. 'Nid oedd e'n bwriadu cythruddo.'

'Rwyt ti'n ei amddiffyn? Ar ôl popeth sydd wedi digwydd i ti a dy deulu?'

Oeda Nest yn ei hunfan. 'Nid yw Gerald yn gyfrifol am beth ddigwyddodd i fi, nac i fy nheulu.' Mae'n baglu dros ei geiriau, wyneb clwyfedig Hywel yn fflachio i'w meddwl. 'Beth bynnag, dydw i ddim yn amddiffyn neb, dim ond siarad y gwir fel y gwela i e. A Gerald yw fy ngŵr i, tad fy mhlant.'

Mae hi'n ceisio atal ei hun, ei thafod yn glymau, y tywysog wrth ei hochr yn gwneud iddi deimlo'n ffwndrus. Rhytha Owain arni'n dreiddgar, gan ei hatgoffa'n sydyn o'r Brenin Henry.

'Dwi'n deall, Nest.'

Mae'n symud yn ei flaen ar hyd y gwrthglawdd, Nest yn syllu ar ei ôl, a thrawa Gerald, sy'n eu dilyn yn agos, i fewn iddi, ei wyneb yn lasgoch.

'Am beth oeddech chi'n siarad?'

Troes Nest at ei gŵr gan ysgwyd ei phen.

'Dim o bwys. Dwedais wrtho am beidio gwneud gelyn ohonot ti.'

Mae Gerald yn gwgu. 'Wel, mae'r cythraul wedi tarfu ar fy nghroeso ddigon. Mae'n amser iddo fynd.'

Gwylia Nest ei gŵr yn brasgamu ar ôl eu gwestai, ei meddyliau'n byrlymu, yr ymweliad wedi ei chynhyrfu. Mae'n gwybod yn reddfol bod rhywbeth amheus am ddyfodiad Owain, ond ar ei llw, ni all ddychmygu beth.

23

Cenarth Bychan, diwedd Rhagfyr 1109

Ni ŵyr Nest beth sy'n ei deffro. Mae'n codi'n araf ar ei heistedd, gan aros i'w llygaid addasu i'r tywyllwch, y gorchudd ffwr afanc yn gollwng at ei gwasg. Anadla Gerald yn dawel wrth ei hymyl yn y gwely mawr; gall weld amlinelliad ei ysgwydd a'i glun wrth iddo orwedd ar ei ochr. Am eiliad arhosa Nest yn llonydd, llonydd, a gwylio'i hanadl yn ffurfio cwmwl o'i blaen.

Mae popeth yn ddistaw. Rhy ddistaw.

Llusga'i thraed yn agosach at ei chorff, ei phengliniau'n domen o dan y gorchudd, cyn troi'n araf, bodiau'i thraed yn mentro o gynhesrwydd y ffwr i'r aer oer. Ochneidia Gerald, a dalia Nest ei gwynt, gan syllu arno am foment hir. Paid â'i ddeffro. Cyfnewidiasant eiriau chwerw heno wedi i Owain adael, geiriau nas dywedwyd cynt, ond sydd wedi hongian rhyngddyn nhw am fisoedd. Mae Nest ar bigau'r drain i adael Cenarth Bychan a'i safle amlwg ar ffin Powys, awydd dychwelyd i ddiogelwch Caer Rhiw yng nghrombil y Deheubarth. Mae gonestrwydd plaen Owain a'i dreiddgarwch wedi ei dadwisgo o'i harfwisg Normanaidd, a'i hatgoffa am fywyd arall, bywyd prin ei bod yn ei adnabod bellach.

Er hynny, teimla'n well rhywsut ers cweryla gyda Gerald, ac efallai'i fod e'n teimlo felly hefyd; mae'r gwahanfur rhewllyd a godwyd rhyngddyn nhw ers dod o hyd i Hywel yn teimlo fel petai wedi dadmer dipyn. Ond eto, mae'r llais bach yn ei phen yn holi, pa fath o berthynas all oroesi pan na allith hi fyth faddau iddo?

Llithra Nest o'r gwely'n bwyllog a gwrando'n astud. Mae'i chalon yn curo'n uchel, fel petai'n boddi pob sŵn arall. Mae'n rhaid iddi gymryd cipolwg ar y plant, a gŵyr na fydd yn cysgu eto nes iddi wneud hynny. Mae'n codi ei gŵn o'r fan lle y taflodd ef yn gynharach, a'i dynnu dros ei phais. Stwffia'i thraed i'w hesgidiau meddal, a throedio'n ofalus ar hyd y llawr, gan oedi pan mae'r pren yn gwichian. Dim ond tu draw i'r llenni trwchus mae'r plant; Angharad yn gynnes ym mreichiau Amice, a'r lleill yn swatio gyda'i gilydd mewn un gwely. Dim ond eiliad fydd hi, ac yna gall ddychwelyd i gynhesrwydd y gorchuddion.

Mae'r sŵn o'r tu allan yn ei stopio'n stond. Gwaedd. Un arall. Cymraeg.

'Gerald!'

Mae e'n effro ar unwaith, ei wallt yn anniben, yn rhythu arni yn y tywyllwch.

'Be sydd?'

Dalia Nest ei llaw i fyny, gwrando'n astud eto. Gwaedd arall, yn agosach y tro hwn, yn dod o'r beili, ac yna dyrnod ddigamsyniol. Saeth. Neidia Gerald ar ei draed gan estyn am ei gleddyf wrth ochr y gwely. Yn frysiog mae Nest yn croesi'r siambr, rhwygo'r llen drom ar agor. Mae'r plant yn cysgu'n sownd.

Mae wyneb Gerald yn welw wrth iddo dynhau rhwymau'i goesau'n fyrbwyll, cyn brasgamu tuag at y drws.

'Arhosa fan hyn.'

Bagla Nest draw at y twll saethau yn y wal gerrig, gan anwybyddu mwmian cysglyd ei phlant.

'Dduw mawr, Gerald! Mae'r lle ar dân!'

Does dim amheuaeth; mae'n gweld dychlamiadau oren yn llyfu to gwellt y bragdy, a'r fflamau'n dringo'r palisâd pren. Daw Gerald ar frys at ei hochr, a'i gwthio o'r ffordd er mwyn gweld.

'Y bragdy, Gerald… y gatiau hefyd!'

Rhega Gerald. Mae'r glep yn eu dychryn, y trwst ar ddrws y gorthwr yn fyddarol. Mae Amice yn codi ar ei heistedd ar unwaith, ei llygaid yn anferth, a'r baban Angharad yn sgrechian. Tynna Gerald ei gleddyf wrth i ddrws y siambr ffrwydro ar agor ac i un o'i filwyr syrthio trwy'r drws, gwaed yn llifo o anaf yn ei goes. Sylla Nest arno mewn dychryn cyn rhedeg at ei phlant, a thynnu Maurice a William i'w breichiau.

Mae Gerald wrth y drws o fewn eiliad, yn cydio yng nghrys mael y milwr, a'i halio ar ei draed.

'Be uffar sy'n digwydd, ddyn?'

'Arglwydd, y cythraul Cymro 'na…'

Teimla Nest y lliw yn gwaedu o'i hwyneb.

'Mae 'na haid ohonyn nhw, ugain efallai, mae'n rhaid eu bod nhw wedi dringo i fyny'r clogwyn a gwneud bwlch yn y waliau, ma'n nhw 'di rhoi'r lle ar dân!'

Edrycha Gerald yn wyllt ar ei deulu cyn tynnu'r milwr ymhellach i'r stafell a thu ôl i ddiogelwch y drws pren trwm, a'i fario.

'Dim ond garsiwn o ugain sydd gennon ni'n hunain! Faint sy wedi'u lladd?'

Rolia lygaid y milwr yn ôl yn ei ben, ei bengliniau'n gwegian wrth iddo riddfan mewn poen.

'Faint, damia chdi!'

Mae'r dyn yn chwys domen, ei wefusau'n cracio a'i helmed yn gam.

'Rhan fwyaf, arglwydd...'

'Uffern dân!'

Y tu allan, sgrechian, clecian y fflamau. Tasga'r golau drwy'r tyllau saethau. Griddfana'r dyn eto, ac mae Gerald yn ei ollwng, yn gadael iddo suddo'n swp. Hercia Gerald yn ôl at yr agoriad saethau, a rhythu allan. 'Y diawl uffar.'

Gan adael ei bechgyn, brasgama Nest i sefyll gyda'i gŵr. Mae'r awyr yn belydrau o liw, y fflamau'n llyfu'n rhwydd drwy bren y gwrthglawdd, gan adael tyllau rhwth ac adfeilion ar ei ôl, ac aroglau mwg yn treiddio i'r stafell. Clyw floeddiau'r gweision. Saeth yn dod o unman, ffigwr tywyll yn y beili'n sgrechian cyn syrthio i'r llawr. Dim golwg o Owain a'i ddynion. Arbenigwyr ymosodiad lladradaidd.

'Lle ma'n nhw?'

Sibryda Nest drwy wefusau sych. Yn sydyn mae Gerald yn gafael yn ei hysgwydd yn frwnt, a'i throi i'w wynebu.

'Dweda wrtha i nad oedd gen ti ddim i'w wneud â hyn.'

Rhytha hithau arno.

'Sut elli di feddwl hynny? Mae'n plant ni yma!'

Ysgydwa Gerald ei ben, ei eiriau'n aneglur, cyn troi'n ôl i edrych drwy'r twll.

'Arglwydd, beth sy'n digwydd?' Llais main Harri, ei wallt tywyll yn mynd i bob cyfeiriad. Ymddangosa mor ifanc, ac mae Nest yn gosod ei braich amdano. Mae Gerald yn anwybyddu ei lysfab.

'Y bastard. Mae'n dinistrio'r castell!'

Gollynga Nest ei gafael ar Harri a throi tuag at ei gŵr.

'Mae'n rhaid i ti ddianc, Gerald.'

Dim ond edrych yn hurt arni mae Gerald.

'Mae'n rhaid i ti anfon am help!'

Yn ddiamynedd mae Nest yn ei dywys tuag at gornel y

gorthwr, at yr agoriad sy'n arwain i fyny'r cyntedd bach tywyll at y gwardrob.

'Does dim llawer o amser! Mae'n rhaid i ti fynd!'

Mae Gerald yn anghrediniol.

'Wna i ddim dy adael di a'r plant yma, Nest!'

'Mae'n rhaid i ti! Os ei di tu allan, bydd Owain yn dy ladd. Pa ddefnydd wyt ti i ni wedyn?'

Gall Nest weld ei feddyliau'n gwibio'n orffwyll dros ei wyneb. Mae'r plant yn crio. Mae'n ei wthio'n benderfynol i fyny'r cyntedd cul.

'Alla i ddim, Nest! Alla i ddim dy adael di yma efo'r plant a neb i'ch amddiffyn!'

'Gerald, er mwyn Duw!' Mae Nest yn gafael yn ei freichiau'n galed, ei llais yn ffyrnig. 'Rydym yn ddiogel yn y gorthwr am sbel. Dringa allan i lawr y llithrfa, fydd neb yn dy weld. Cymra geffyl a marchogaeth fel y gwynt am Nanhyfer. Dyrchafa'r garsiwn yno a tyrd yn ôl gyda milwyr wrth dy gefn!'

Caea Gerald ei lygaid. Mae'r anobaith yn glir yn ei wyneb ac mae'n rhegi eto dan ei wynt.

'Wnaiff Owain ddim fy niweidio. Rwy'n dylwyth iddo, cofia.'

'Beth am y plant?'

'Bydda i'n eu hamddiffyn gyda phopeth sydd gen i. Maen nhw'n hanner Cymry, Gerald. Eisiau dysgu gwers i ti mae Owain, rwy'n siŵr o hynny.'

Mae Gerald yn oedi.

'Brysia, Gerald, rwy'n erfyn arnat ti!'

Try Gerald oddi wrthi, baglu ar hyd y cyntedd tywyll, a gwthio'r clawr oddi ar y gwardrob. Troi unwaith eto, un golwg olaf arni, ei wyneb yn welw, y llygaid claear yn llosgi. Ystum o ffieidd-dod wrth syllu i lawr y twll crwn i ddüwch y llithrfa. Yna, mae'n gosod ei draed yn y twll, a gostwng i lawr yn araf, hithau'n ei glywed yn crafu yn erbyn y garreg lefn, yn mynd o'r golwg, dim ond ei fysedd dros ymyl y sedd. Mae e'n diflannu. Rhed Nest at agoriad y gwardrob, a syllu i lawr i'r twnnel seimllyd. Dim byd ond düwch.

*

'Mam?'

Try Nest yn araf, ei chledrau'n slic. Craffa wyneb cul Harri rownd y gornel ac i fyny arni, y gannwyll wêr yn ei law'n goleuo'r cyntedd oerddu.

'Mam?' Ei lais yn fain.

Mae Nest yn llyncu'r bustl sy'n codi'n ei llwnc, gwyro i wthio'r clawr yn ôl dros y gwardrob cyn symud tuag at fflam siglog y gannwyll.

Maen nhw lle gadawodd hi nhw ar y gwely, ei phobl, y mwyaf gwerthfawr oll. Maen nhw'n syllu arni gyda llygaid ofnus, pob gobaith wedi hoelio arni. Cymra Nest Angharad o freichiau Amice, gan dynnu nerth o'i meddalwch cynnes, y ferch fach yn lapio'i dwrn o amgylch rhaff dywyll gwallt ei mam.

'Ble mae'r Arglwydd Gerald, feistres?' Mae llais Amice yn crynu.

Eistedda Nest yn araf wrth ochr ei meibion, William a Maurice yn anarferol o lonydd.

'Mae'ch tad wedi dianc,' meddai, ei llais yn isel, gan orfodi'i hun i ymddangos yn ddigynnwrf. 'Mae e wedi mynd i godi'r garsiwn yn Nanhyfer, a bydd yn dychwelyd yma gyda mwy o filwyr. Fe fydd popeth yn iawn.'

'Ni fydd hynny am oriau!' Mae llais Harri'n anghrediniol.

'Mae e wir wedi'n gadael ni?' Lleddfa Nest ei sŵn wrth syllu arno'n galed.

'Nid oedd dewis ganddo, Harri.'

Mae Angharad yn sodro'i bawd yn ei cheg a phwyso'n erbyn ei mam. Mwytha Nest walltiau ei bechgyn bychan, a thynnu'r blancedi amdanynt yn dyner. Ysgydwa Harri ei ben arni'n ddig, cyn cerdded draw at y twll saethau, a syllu allan dros adfeilion golosgedig Cenarth Bychan. Daw lleisiau diarth i glyw Nest, ac mae aroglau mwg yn sleifio i'r siambr.

Eistedda Amice wrth ochr ei meistres, ei gwefusau'n ddi-liw.

'Beth wnawn ni, Arglwyddes?'

'Aros.'

*

Nid oes rhaid aros yn hir. Mae'r dyrnu yn fyddarol, yr hen dderw'n crymu wrth ddal yn herfeiddiol yn erbyn yr ergydion. Mae llygaid Nest wedi'u hoelio ar y drws, fel petai'n erfyn am fwy o amser cyn iddi orfod wynebu'r dyn y tu hwnt iddo, Owain ap Cadwgan, Llew Powys.

Mae Nest yn gosod Angharad ym mreichiau Amice, gan anwybyddu griddfan y plant a llygaid ymbilgar ei morwyn, ac yn sefyll yn stond, yr ofn sy'n bygwth ei thagu'n gymysg â chynnwrf gwyllt. Sut feiddiai Owain ddod yma i'w chartref a dychryn ei phlant?

Daw'r trawiad unwaith eto, yn uwch y tro hwn, y twrw'n atseinio'n ei phenglog a chymysgu gyda lleisiau aflafar ei phlant. Mae'r trawst sy'n bario'r drws yn dirdynnu ac ysgyrioni. Mae'n mynd i ildio. Mae Nest yn symud yn araf tuag at y drws, fel petai mewn breuddwyd, ei chalon yn carlamu. Does nunlle i ffoi.

Ffrwydra'r drws ar agor, y trawst yn ildio o'r diwedd. Mae'r dyn sydd yno wedi'i fframio gan y goelcerth, y fflamau'n llewyrch, aroglau'r mwg yn tywallt i'r gorthwr fel afon yn byrlymu dros y glannau. Saif Owain yn stond, ei goesau ar led, cleddyf gwaedlyd yn hongian o'i law.

Mae'r plant ac Amice yn pesychu, y mwg yn gwneud i'w llygaid ddyfrio ond mae Nest fel petai wedi rhewi, ei chorff fel cerflun rhwng ei phlant a'r tywysog. Daw ei hanadl yn gyflym ac yn fas. Gwena Owain yn ddiog arni, ei diwnig lledr yn barddu, ei law yn llithrig â gwaed. Mae'r syniad dychrynllyd yn ei tharo mai gwaed Gerald ydyw. Gall deimlo'i hanadl yn cyflymu eto. Mae'r plant yn crio.

'Nest ferch Rhys,' fflachia'i ddannedd gwyn, cyn troi'n araf, gan godi ei gleddyf, 'Ble mae de Windsor?'

Nid gwaed Gerald felly. Gwna Nest ei gorau i ymddangos yn ddigynnwrf, ei dwylo'n ddyrnau tynn, anwybyddu'r pigion sy'n brathu dan ei hamrannau.

'Mae e wedi ymadael. I nôl ychwaneg o filwyr. Dwyt ti ddim eisiau bod yma pan fydd e'n dychwelyd, Owain.'

Mae aeliau euraidd Owain yn diflannu i fflamau'i wallt.

'Mae wedi achub ei hun a dy adael i mi? Dwi'n amau hynny...'

Mae Nest yn dal ei gwynt, ei chorff yn llonydd, ei meddyliau'n rasio. Mae Owain yn ei hystyried yn ofalus, fel petai'n pendroni beth i'w wneud gyda hi. Yna'n ddirybudd, mae'n brasgamu heibio iddi ac yn rhwygo tapestri oddi ar y wal a chicio cist bren, y caead yn syrthio'n dwrw i'r llawr. Mae corff milwr Gerald yn dal i orwedd yn swp yn erbyn y wal, ac mae Owain yn cicio hwnnw hefyd, cyn camu drosto. Mae

Nest yn sleifio golwg ar ei phlant, sy'n swatio gydag Amice, y dagrau'n powlio i lawr gruddiau'r forwyn. Sylla Harri ar ei fam gyda'r llygaid mawr tywyll 'na, ac mae Nest yn nodio'n gadarn, heb feiddio symud yn agosach; mi fydd popeth yn iawn.

Mae Owain yn rhwygo'r llenni'n ffyrnig ac mae'r polyn yn syrthio'n drystiog i'r llawr. Yna mae'n symud at y gwely, ac yn trywanu'i gleddyf i'r twmpath o ffwr yn wyllt. Closia'r plant yn agosach at ei gilydd, gan wylio'r ymwthiwr, eu hwynebau'n llwyd. Gwaedda Owain mewn rhwystredigaeth, cyn diflannu i fyny'r cyntedd tywyll i'r gwardrob. Yn orffwyll mae Nest yn edrych o'i hamgylch, chwilio am ryw fath o arf, unrhyw beth. Y milwr marw yn erbyn y wal! Rhuthra tuag ato, gostwng ar ei chwrcwd, ei dwylo'n symud yn wyllt o amgylch ei wregys, yn dadweinio'i gleddyf yn lletchwith. Mae'n drymach nag y mae hi'n ei ddisgwyl.

'Mam!'

Coda'i phen wrth glywed gwaedd Harri, gweld Owain yn brasgamu tuag ati, yn sefyll drosti mewn eiliad, ei law'n cydio'n ei braich, ei halio ar ei thraed. Mae Nest yn sgrechian cyn anelu'r cleddyf tuag ato'n drwsgl.

Cama Owain yn daclus o'i ffordd, gan chwerthin arni. Mae'n cydio'n frwnt yn ei garddwrn a'i droi'n boenus nes iddi sgrechian eto a gollwng y cleddyf. Ac yna gwêl Nest Harri, gyda chyflymdra gwenci, yn llamu tuag atyn nhw.

'Peidiwch â symud!'

Mae llais Owain yn daran. Mae Harri'n stopio yn y fan a'r lle, a gwêl Nest y dagrau'n cronni yn ei lygaid.

Mae Owain yn plygu drosti, yn gafael yn ei gên, ei fysedd yn llithrig, aroglau metelaidd yn llenwi ffroenau Nest. Mae'r chwant yn ei lygaid yn ddigamsyniol. Mae hi'n tynnu oddi wrtho, ei chalon yn dychlamu, ond mae Owain yn tynhau ei afael arni, ei law ar groen tyner ei gwddf, yn symud i lawr at goler ei ffrog, ei fysedd yn cloi o amgylch y defnydd.

Mae fflach o fellt yn goleuo'r ystafell, hollt taran yn ei dilyn. Try Owain ei ben yn araf at y drws agored. Llen o ddŵr yn sisian ar y fflamau. Ymbilia Nest ar y glaw i ddiffodd y tân.

'F'eiddo i wyt ti nawr, Nest. Bydd yn ferch dda. I mi rwyt ti'n perthyn.'

Syweddola Nest ei fod yn edrych tuag at y gwely, ei wynt yn rhathu'n gyflym. Mae ei fwriad yn glir.

'Na. Dim o flaen fy mhlant, Owain.' Clyw'r ymbil yn ei llais, gan gasáu ei hun. Mae hi'n tynnu oddi wrtho eto, ond mae ei ddwylo'n grafangau am groen meddal ei breichiau. Symuda ei fysedd i ddüwch ei gwallt.

'Rwyt ti'n gwisgo dy wallt fel gwraig Normanaidd...'

Ac yna Harri. Mae'i mab yn rhuthro tuag atyn nhw, yn dyrnu Owain yn wyllt.

'Gad fod i Mam! Rwy'n fab i frenin!'

Mae Owain yn troi ac yn chwerthin, yna'n ergydio Harri a'i lorio'n ddiymdrech. Mae Nest yn sgrechian ac yn bwrw ei frest yn enbyd.

'Mi af gyda thi! Paid cyffwrdd â fy mhlant! Wyrion Rhys ap Tewdwr ydyn nhw!'

Daw gwaedd o'r drws. Un o ddynion Owain, ei wallt tywyll yn wlyb, parddu'n staen dros ei wyneb. 'Tyrd 'laen, Owain! Ma'n nhw i gyd wedi marw! Dwi 'di hel y ceffylau'n barod i fynd!'

Mae Owain yn rhyddhau ei afael arni wrth weld ei frawd.

'Tyrd i nôl y plant 'ma, Morgan. Maen nhw'n dod gyda ni.'

Rhytha Morgan. 'Ti'n wallgo?'

Pletha Owain ei wefusau'n dynn, gwythïen yn dychlamu'n ei arlais.

'Gwna fo, Morgan.'

Gyda hynny, hergydia Owain Nest o gysgodfan tŵr Cenarth Bychan, ei phlant yn ei dilyn, ac allan i'r glaw sy'n brudd ar y tân mudlosg, y mwg yn cilio dros adfeilion balchder Gerald.

24

'I le nawr, Arglwydd?'

'Yn ôl dros yr afon, yn ôl i Bowys!'

Llithra carnau'r ceffyl ar y glannau, y glaw'n corddi'r ddaear yn llaid. Mae Nest yn gafael yn dynn yn nhiwnig Owain, ei breichiau o amgylch ei ganol cul, ei gŵn yn glynu i'w chorff fel gelen. Mae hi'n troi yn y cyfrwy, yn craffu i weld ei phlant ac Amice, pob un yn marchogaeth ar wahân gydag un o ddynion Owain. Gall glywed eu lleisiau main yn egwan dros guriad y glaw, a hwnnw'n syrthio'n ddalennau, yn ei gwneud hi'n amhosib i weld mwy nag amlinellau niwlog. Sylla Nest i fyny ar wyneb serth y clogwyn du, creigiog, Cenarth Bychan ar ei ben, y gorthwr yn warchodwr unig ymysg yr adfeilion llosgedig, lle'r oedd y palisâd.

'Mae'r afon yn chwyddo, Arglwydd!'

'Rhaid i ni groesi fan hyn!'

Mae'r march yn amharod i fentro i'r afon, ac mae Owain yn cicio'r ceffyl yn galed i'w annog i blymio i'r dŵr rhewllyd. Ebycha Nest mewn braw, yr oerfel yn llyfu defnydd ei sgertiau ac yn boddi'i thraed a'i migyrnau. Gall deimlo cyhyrau Owain yn galed o dan ei bysedd, ei gorff yn gwyro'i ffordd yma a thraw wrth iddo lywio'r anifail oddi tanyn nhw'n gywrain ar draws yr afon. Mae rhuo pell y daran yn dweud wrthi fod y storm yn pasio ac mae hi'n gwyro'n reddfol yn erbyn cefn ei chipiwr, yr oerfel yn treiddio i fêr ei hesgyrn. Clyw Owain yn gweiddi gorchmynion, ei lais ar goll dros dwrw'r afon a dyrnu'r glaw.

Sigla'r ceffyl oddi tani, ei chluniau'n tynhau o amgylch corff llydan yr anifail wrth iddo straffaglu ar y glannau gyferbyn. Yn ôl ym Mhowys felly. Tiriogaeth y Cymry.

Mae hi'n dychmygu Gerald, yn marchogaeth ar frys drwy'r tywyllwch. A fyddai wedi cyrraedd Nanhyfer erbyn hyn? Mae'n rhaid iddo ddod yn ôl, a dydy criw Owain ddim yn symud yn gyflym gyda baich y plant a hithau. Mae hi'n cau ei llygaid, ei boch yn taro'n erbyn cefn gwlyb Owain, ei gwallt yn rhaffau clymog o gwmpas ei hysgwyddau. Maen nhw'n symud i goedwig ddudew, Owain yn arwain ei ddynion yn hyderus ar hyd y llwybr cul, y glaw'n ysgafnach yma, yn diferu o frigau dryslyd du sy'n ymwthio ar eu traws fel bysedd ysgerbydol.

'Ti'n wallgo, Owain – o ddifri'n wallgo – ei chymryd hi a'i phlant fel hyn.'

Agora Nest ei llygaid. Mae milwr penddu Owain yn marchogaeth yn gyfochrog iddyn nhw, ei lygaid tywyll yn byllau o ofid, ei William bach hi'n swp yn y cyfrwy o'i flaen, yn ddistaw ac yn ofnus.

'William!' Does neb yn talu sylw.

'Paid â bod yn hen wreigan, Morgan! Dyna wers iddo am adael ei deulu. Mae'n rhaid ei fod o'n credu na fyddwn i'n meiddio'u cymryd!'

'Efallai nad oedd o'n credu byddet ti mor ffôl â gwneud! Ac i le awn ni â nhw?'

'Dim Din Geraint, rhy agos, mi eith de Windsor i edrych amdanom yno. Awn am Gaerwedros.'

'Awn ni ddim yn bell yn y tywydd 'ma, Owain!'

'Ma 'na gaban hela lle cawn aros heno. Ddaw'r Normaniaid ddim o hyd i ni'n y goedwig. Fyddan nhw'n methu gweld heibio trwynau'r helmedau dwl 'na.'

Ysgydwa Morgan ei ben yn ddig.

'Fyddwn i byth wedi dod gyda ti ar yr antur hurt 'ma pe bawn i'n gwybod mai dyma oedd dy fwriad, frawd! Ni fydd de Windsor yn diodde hyn! Y sarhad gwaethaf!'

Mae Owain yn gwgu ar ei frawd.

'Mae'n haeddu eu colli nhw. Mae dynion yn fy nilyn i, Morgan, oherwydd mod i'n mentro peryglon na feiddia eraill.' Mae'n edrych dros ei ysgwydd ar Nest. 'Awn â hi i Gaerwedros, a'i gwneud yn eiddo i mi.'

Mae ias yn llifo i lawr cefn Nest. Saetha olwg i lawr ar y ddaear yn symud oddi tanyn nhw. Beth fyddai'n digwydd petai hi'n tafla'i hun oddi ar y ceffyl? Ond yna cymra gipolwg ar William, gweld ei wefusau yn sibrwd 'Mama'.

O rywle mae'n dod o hyd i wên gysurlon. Rhaid peidio â cholli'i nerth, mae'r plant yn dibynnu arni. Mi fydd popeth yn iawn, cariad, galwa wrtho'n dawel. Mi fydd popeth yn iawn.

*

Sylla Nest i lawr ar ei phlant a lapio'r ffwr yn dynnach o amgylch eu cyrff llipa. Mae eu hwynebau'n lluddedig, eu llygad caeedig yn friwiau, cysgodion porffor yn blodeuo ar eu croen eiddil. Mae Amice yn estyn am law ei meistres o'r lle mae'n eistedd yn siglo Angharad. Nofia lleisiau aflafar Owain a'i ddynion drwy'r llen, hwythau'n atseinio'u cyrn yfed o gwmpas y tân, yn feddw ar eu dewrder a'u llwyddiant. Mae'r caban hela'n gyfyng, dim ond yr un ystafell wedi'i rhannu'n ddwy gan y llenni gwlân sy'n gwahanu'r lluest gysgu rhag gweddill yr adeilad. Mae'n lloches, meddylia Nest. Lle iddyn nhw gysgodi a sychu, y tân yn eu cynhesu. Am nawr, mae'n ddigon.

'Wyt ti'n meddwl y daw'r Arglwydd Gerald i'n hachub?'

Coda Nest ei hysgwyddau'n flinedig. 'Mae'n rhaid iddo. Ond mae'n anodd dweud pa mor bell ry'n ni wedi teithio, a Duw a ŵyr sut ddaw e o hyd i ni.'

Gostynga Amice ei llais. 'Os oes un peth am yr Arglwydd Gerald, feistres, mae e'n ddyfeisgar...'

Daw bloedd o chwerthin o'r tu ôl i'r llen, band o ddilynwyr ifanc Owain yn cymeradwyo'u meistr ac yn creu twrw. Mae llygaid Amice yn ofnus wrth iddi dynhau ei gafael ar Nest.

'Meistres, dwi'n ofni beth fydd e'n ei wneud i ti.'

Llynca Nest. 'Nid oes gen i unrhyw amheuaeth ei fod e am geisio codi cymaint o gywilydd ar Gerald â phosib, ac ar yr un pryd, fy meddiannu yn y ffordd mae cymaint o ddynion yn dychmygu'i wneud.'

'Beth wnawn ni?'

Mae wyneb Nest yn welw wrth iddi edrych ar ei phlant. 'Fe wnawn ni beth sy'n rhaid, i sicrhau ein bod yn goroesi, Amice.'

*

Gruffydd,
Mae rhywbeth erchyll wedi digwydd. Rydym wedi cael ein cipio; fi, y plant ac Amice. Gan Owain ap Cadwgan, tywysog Powys. Daeth e yng nghanol y nos gyda'i ddynion a rhoi castell Gerald ar dân a llofruddio'r gwarchodlu oll. Roeddwn i wedi rhybuddio Gerald rhag adeiladu mor agos i'r ffin a chodi gwrychyn tywysogion Powys! Llwyddais i berswadio Gerald i ddianc; fe fydden nhw'n sicr wedi ei ladd, ond nawr mae Owain wedi ein dwyn ni i ganol ei deyrnas a does dim golwg o Gerald. Dyma yw canlyniad ei uchelgais.

Mae arna i ofn, Gruffydd.

Mae'n deimlad rhyfedd bod ymhlith y Cymry eto. Fel petawn

i wedi dod adref. Rwy'n dyfalu bod Owain yn breuddwydio am fy ngwneud i'n wraig iddo... ac mae yna ran ohonof yn gwybod mai dyma beth fyddai fy ffawd, petai ein tad wedi byw. Cynghrair priodasol rhwng Deheubarth a Phowys, a fy meibion yn dywysogion Cymreig, nid Normaniaid.

Ond dim ond breuddwyd ydy honno, Gruffydd. Nid dyma yw fy mywyd. Dydy fy mhlant ddim yn Gymry, ac maen nhw mewn perygl yma. Ac ni fyddai Gerald yn caniatáu i'w blant – ei etifedd – aros yma! Yn bendant bydd y Brenin Henry'n erlid Owain pan glyw'r newyddion i'w fab gael ei gipio! Gall hyn arwain at ryfel, Gruffydd...

Does gen i ddim arfau, does dim modd i ddianc. Mae popeth yn teimlo'n anobeithiol.

*

Castell Caerwedros, Ceredigion, teyrnas Powys, Rhagfyr 1109

Neidia Amice o ffordd dwylo palfalus un o filwyr Owain, y llefrith yn y jwg yn sblasio i'r llawr. Mae ei gruddiau'n fflamio'n goch wrth i'w alwadau gwawdlyd – *ast Normanaidd!* – ei dilyn. Rhydd y jwg i lawr ar y bwrdd yn swnllyd, dagrau'n pigo ei llygaid, a fflamia dicter Nest, sy'n neidio ar ei thraed.

'Gadewch iddi fod, rhag eich cywilydd!'

Mae'r milwyr yn chwerthin arni, sy'n codi gwrychyn Nest yn fwy byth, ac mae hi'n brasgamu tuag atyn nhw, ei phlant yn ei gwylio'n gegagored wrth iddi gyrraedd y dynion ger y tân, pob un â medd yn ei gorn yfed, ambell un yn sgleinio ei fwa hir. Mae'r wên ar wep y llanc ifanc, prin ddigon hen i dyfu barf, yn diflannu, a nodia Nest yn falch. O leia bod statws ganddi o hyd.

'Gad lonydd iddi. Y ferch honno oedd fy unig ffrind pan ges

i'n rhwygo oddi wrth yr hyn oedd ar ôl o 'nheulu a fy nwyn i Loegr. Mae hi'n fwy ffyddlon i mi nag i unrhyw arglwydd Normanaidd.'

Mae'r llanc yn gwrido, gan fwmian dan ei wynt, ond nid yw Nest am aros i wrando ar y twpsyn. Dychwela at ei phlant, sy'n edrych yn iachach nawr eu bod wedi cael eu bwydo, a'r daith hir drosodd. Ar ôl treulio rhai oriau yn y caban hela, yr oedden nhw'n ôl ar gefn y ceffylau, yn teithio dros dirwedd anghyfarwydd – ymhellach i'r Gogledd ac ymhellach o'r Deheubarth. A Gerald.

Eistedda Nest ar y fainc, y croen dafad sy'n ei gorchuddio yn gynnes oddi tani, a chodi Angharad i'w chôl. Mae Owain wedi diflannu i rywle, gan adael Nest yn y neuadd hon, yn pendroni beth mae e wedi ei gynllunio ar eu cyfer. Nid yw Owain wedi niweidio'r plant – eto o leiaf – ac nid yw wedi ymdrechu i'w threisio hithau chwaith, ac mae'r dwrn oer sy'n gafael yn ei chalon fel pe bai'n llacio ychydig am y tro cyntaf ers iddyn nhw gael eu cipio.

Anwesa Nest wallt meddal Angharad wrth edrych o'i chwmpas. Mae'r neuadd yn ei hatgoffa o lys ei thad, y lle tân wedi'i balu yng nghanol y llawr a'r mwg yn troelli'n uchel at dwll yn y to gwellt. Mae Harri, William a Maurice yn brysur yn y gornel yn chwarae gyda chath drilliw a'i thorllwyth o gathod bach, a chadwa Nest hanner llygad ar fyddin teulu Owain yn segur gerllaw. Nawr, gyda'i phlant yn ddiogel, a'i bol yn llawn, mae amser i bendroni eu tynged. Mae'n gwybod eu bod yng Nghaerwedros, ond a oes gan Owain gynlluniau i fynd â nhw ymhellach? Siŵr o fod. Ac os felly, mae'n fwy a mwy annhebygol y bydd Gerald yn dod o hyd iddyn nhw.

Chwipia gwynt main i'r ystafell wrth i'r drws glepian yn

agored, a daw Morgan i'r golwg, llwch o eira yn taenu ar draws ei ysgwyddau ac yn ei gyrliau tywyll. Mae'n cyfarch y dynion eraill, cyn taflu cipolwg i'w cyfeiriad, ei lygaid yn ddifrifol.

Mae llais isel Amice yn torri ar draws ei meddyliau. 'Am beth wyt ti'n pendroni, feistres?'

Ochneidia Nest. 'Rwy'n credu ei bod hi'n amser mynd at Owain, Amice.'

Mae braw yn llygaid tywyll y forwyn wrth iddi ddeall geiriau Nest. 'Ti'n bwriadu rhoi dy hun iddo o'th wirfodd?'

'Mae gen i fargen i'w tharo.' Mae llais Nest yn benderfynol a diysgog. 'Does dim gwahaniaeth i pan es i at Henry, Amice. Byddaf yn defnyddio'r hyn sydd gen i – yr oll sydd gen i.'

'Ond... roedden ni'n gwybod bod y Brenin Henry'n garedig.'

Ysgydwa Nest ei phen wrth weld y gofid ar wyneb Amice.

'Mae'n mynd i ddigwydd, Amice. O leiaf fel hyn fe fydd ar fy nhelerau i.'

'Beth os clyw'r Arglwydd Gerald am hyn?'

Mae Nest yn codi ar ei thraed wrth weld Morgan yn symud tuag ati. 'Mae'r Arglwydd Gerald wedi gwneud ei ddewisiadau ei hun, a bydd yn rhaid iddo fod yn atebol amdanyn nhw ar ei wely angau. Nid oes ots gen i beth fydd e'n feddwl. Dydy e ddim yma i achub ein plant, nag yw e? Fi sydd â'r cyfrifoldeb hynny.'

'Dewch gyda fi, Arglwyddes.' Mae Morgan wrth ei hochr, ei law'n amneidio tuag at y drws. Nodia hithau, gan geisio anwybyddu digalondid Amice.

'Edrycha ar ôl y plant, Amice.'

*

Mae'r plu eira'n chwyrlïo y tu allan i'r neuadd, a thynna Nest ei chlogyn amdani wrth ddilyn Morgan ar hyd y llwybr dan orchudd, un ochr yn agored i'r elfennau garw. Mae Morgan yn cerdded o'i blaen mewn distawrwydd, ac mae'n taro Nest bod y brodyr mor wahanol yn eu cymeraid ag y maen nhw o ran pryd a gwedd.

'Dwyt ti ddim yn cydsynio, nag wyt?' Mae Nest yn gofyn o'r diwedd.

'Nid yw fy marn i o bwys.'

'Rwyt ti'n fab i Cadwgan hefyd, dwyt ti ddim?'

Dim ateb gan Morgan, nes iddo oedi o flaen adeilad pren llawer llai na'r neuadd. 'Mae Owain y tu mewn,' meddai'n swta, cyn troi ar ei sawdl a cherdded ymaith i ganol yr eira. Mae Nest yn ei wylio am eiliad, cyn codi ei llaw i daro ar y drws, y symudiad yn ei hatgoffa'n rymus o'r drws arall y cnociodd hi arno, ddeuddeg mlynedd yn ôl bellach, a'i thynged y tu draw iddo.

*

Mae'n aros amdani, fel y gwyddai y byddai. Mae Nest yn cau'r drws, a phwyso yn ei erbyn, gan dynnu nerth o'r ffrâm solet. Saif Owain o flaen y gwely, ei lygaid gwyrdd yn drwm ac yn loyw, gan ymestyn ei law ati. Anadla hithau'n ddwfn. Dalia golau'r gannwyll ei wallt euraid, lliw fflamau. Gall Nest weld pam fo dynion yn ei edmygu, pam fo merched yn taflu'u hunain ato. Nid y hi. Dim ond i daro bargen.

Mae Nest yn croesi'r siambr a sefyll o'i flaen, gan edrych yn heriol i'w wyneb. Gwena Owain, gan estyn am ei llaw a'i chodi at ei wefusau.

'O'r diwedd mae gen i ti i mi fy hun. Tywysoges Deheubarth i Dywysog Powys...'

Gwylia Nest yn ddisyflyd wrth iddo gusanu cledr ei llaw, wedyn y croen tyner ar ochr fewnol ei garddwrn.

'Rwyt ti'n eiddo i mi nawr, Nest.'

Mae ei drachwant yn rymus, gall ei deimlo'n treiddio trwy pob rhan o'i gorff, ond mae Nest yn codi ei llaw, gosod ei chledr yn gadarn a fflat ar ei frest. Mae'r cyhyrau'n galed, yn ddi-ildio, ond mae hithau hefyd.

'Mae'n rhaid i mi drafod tynged fy mhlant yn gyntaf.'

Cama Owain yn agosach, troelli ei fraich o amgylch ei gwast gul.

'Wedyn, Nest.'

Gwthia hithau ei llaw yn galed yn erbyn ei frest eto.

'Na. Nawr.'

Edrycha Owain arni'n ddiamynedd, ei wên yn gwywo rhywfaint.

'Owain, rwy'n erfyn arnat.' Mae hi'n cadw ei llais yn isel ond yn daer, ei llygaid yn danbaid. 'Dychwela'r plant i'w tad.'

Cama Owain oddi wrthi, ei ben ar un ochr.

'Pam ddylwn i wneud hynny?'

Yn araf mae Nest yn cydio yn ei wregys lledr, ei dynnu'n ôl tuag ati. 'Owain, rwyt ti wedi sarhau Gerald ym mhob ffordd. Cymryd ei wraig. Ei blant. Dinistrio'i gastell.'

Gwena Owain yn falch. 'Mi fyddwn i'n gwneud yr un peth eto, petawn i'n cael cyfle!'

'Owain, bydd drugarog.'

'Beth wyt ti, Norman? Wyt ti wedi anghofio pwy wyt ti?'

Clyw Nest y tinc yn ei lais.

'Nac ydw. Byth. Ond mae'r plant yn ddiniwed. Ac mae Harri'n fab i Henry, Brenin y Saeson. Wyt ti wir wedi meddwl am y canlyniadau fydd yn sicr o ddilyn os bydd y brenin yn clywed am hyn? Paid â bod yn ffŵl.'

Mae e'n gwrando arni nawr. Symuda Nest yn agosach fyth, gan adael i'w chorff frwsio yn ei erbyn, teimlo'i gyhyrau'n tynhau wrth ei chyffwrdd.

'Ni fydd y Brenin Henry'n fodlon nes bod ei fab wedi ei ddychwelyd yn ddiogel. Bydd yn dy gosbi'n llym am y drosedd enbyd hon. Dychwela nhw at Gerald, Owain.'

Gall glywed ei llais yn tynhau wrth ddweud y geiriau, a theimlo'r dagrau sy'n bygwth.

Mae Owain yn gafael mewn cudyn o'i gwallt du, sidanaidd a'i fwytho. Mae Nest yn llyncu, yn ceisio anwybyddu'r chwerwder sy'n corddi drwyddi.

'Os gwnei di hyn, Owain, fe roddaf fy hun i ti'n gyfan gwbl. Fe arhosa i gyda ti, mi fyddaf yn dy ddyled. Rwy'n addo.'

Mae Owain yn syllu i fyw ei llygaid, ei olwg yn treiddio i'w henaid, a gwêl Nest y tân ynddyn nhw. Mor groes i lygaid oeraidd Gerald.

'Ti'n barod i roi'r gorau i dy blant?'

Yn gyntaf ni all Nest ei ateb, mae'n ymwybodol o'r llosg yn ei llygaid, y crynu'n ei phengliniau. Wrth gwrs dydy hi ddim. Ond yna mae hi'n nodio, a saif Owain yn llonydd am eiliad hir, yna plyga ei ben a gosod ei wefusau ar wynder meddal ei gwddf.

'Felly boed hynny, dywysoges. Ond mi fydda i'n dy gadw di at dy air.'

Ochneidia hithau'n araf, gan orfodi ei hun i beidio â chwympo'n swp i'r llawr. Diolch i Dduw. Teimla'i freichiau'n tynhau o'i chwmpas, ac yn ufudd coda'i phen i fyny, gan adael i'w wefusau ymchwilgar ddod o hyd i'w rhai hithau.

25

Castell Caerwedros, Ceredigion, ganol Ionawr 1110

'Daria chdi, Owain!'

Mae'r llais yn daran drwy'r neuadd wrth i'r drysau ffrwydro'n agored.

Cadwgan. Llama Owain ar ei draed wrth i'w dad frasgamu tuag ato, ei osgordd yn ei ddilyn, chwa o wynt oer yn chwyrlïo ar eu holau. Dalia Nest ei gwynt, gan syllu fel pawb arall ar y tad a'r mab. Oeda Cadwgan fodfedd o flaen Owain, ei ddwylo'n ddyrnau wrth ei ochr, ei wyneb rhychog yn gandryll.

Saif Owain yn ddigynnwrf, cyn gwenu'n araf yn wyneb cynddaredd yr hen frenin.

'Ydy'r sïon yn wir? Ble mae hi?'

Mae pen Cadwgan yn troi o gwmpas y neuadd, ei lygaid yn chwyddo. Yn araf bach, coda Nest ar ei thraed, Angharad yn ei breichiau. Mae'r distawrwydd yn llethol, pob llygad yn troi ati, ac yna'n ôl at Cadwgan, ei groen yn troi'n lasgoch, ei anadl yn gras. Mae ennyd yn pasio, dwy, wedyn –

'Allan!'

Troes Cadwgan i ruo ar ei filwyr, a rhai Owain, sy'n straffaglu i godi a sgrialu'n anfoddog i'r oerfel chwerw. Mae Harri'n codi hefyd, ond estynna Nest ei llaw a gwthio'i mab yn gadarn yn ôl ar y fainc. Tafla Owain gipolwg arni, ei wên yn pallu, cyn troi at gynddeiriogrwydd ei dad.

'Ei phlant hefyd?' Poera Cadwgan y geiriau, cyn cydio yn ngwddf tiwnig Owain gyda'i ddyrnau cygnog. Gwthia Owain ei dad yn ôl, cyn i Morgan, o'i safle disylw ger y tân, neidio ar ei draed a chamu rhyngddyn nhw.

'Dyna ddigon, wir Dduw!'

Bagla Cadwgan yn ôl, a glafoerio ar ei fab hynaf a'i etifedd.

'I'r diawl â thi, Owain! Rwyt ti'n faich arna i...'

'Am fy mod wedi sarhau'r bastard Norman 'na? Gwneud rhywbeth nad ydych chi'n ddigon dewr i'w wneud?'

Rhytha Cadwgan arno. 'Sarhau? Rwyt ti wedi herwgipio gwraig arglwydd Normanaidd! A'i blant ar ben hynny!' Mae ei lygaid yn sefyll allan o'i ben. 'Mae mab brenin y Saeson yma! Wyt ti wir yn credu na fydd goblygiadau'n dilyn? I ni i gyd? Penboethyn uffar!'

Mae wyneb Owain yn fflamio, ac mae'n cicio'n frwnt i gyfeiriad y bleiddgi sy'n sleifio heibio'i goesau.

'Peidiwch â checru arna i, 'nhad. Dwi ddim yn difaru. Roedd angen dysgu gwers i de Windsor – dim ond grym fyddai'n atal ei uchelgais ormodol! Byddwch yn diolch i mi ryw ddydd.'

'Daria chdi, Owain! Tra ro'n i ffwrdd yn atal ymyrraeth, mi gipiodd y Normaniaid Din Geraint – wyddost ti hynny?'

Ŵyr o ddim, gall Nest ddweud wrth y siom ar wyneb Owain.

'Ie, waeth i ti heb ag edrych yn benisel! Din Geraint yn eu dwylo nhw! Y Normaniaid a'r diawl Ffleminiaid 'na. A glywais i fod de Windsor wedi gyrru negesydd at de Beaumais...'

Mae clustiau Nest yn codi. De Beaumais. Mae hi'n nabod yr enw. Richard de Beaumais, hen ryfelwr sydd nawr yn Esgob Llundain. Mae'n llywodraethu o'r Amwythig ar ran y brenin, ac yn feistr ar drin a thrafod y sefyllfa yng Nghymru i gydfynd â'i ben ei hun. Mae'n bwerus. Ac yn beryglus.

'...a dwyt ti ddim eisiau fo'n elyn, Owain! Bydd yn manteisio ar dy wiriondeb, creda di fi!'

Ysgydwa Cadwgan ei ben, cyn troi oddi wrth ei fab. Gosoda Nest Angharad ym mreichiau Amice, a chroesi'r neuadd tuag ato. Mae'r hen frenin fel petai wedi'i orchfygu, y cochni wedi gadael ei wyneb, a'i anadl yn rhacslyd. Mae'n cymryd ei llaw am gyfnod byr, ei lygaid blinedig yn meddalu rhywfaint.

'Nest ferch Rhys. Wel, wel...'

Plyga hithau ei phen yn gwrtais, a gollynga Cadwgan ei llaw cyn sefyll yn ôl i fwrw golwg ar ei phlant, wedi'u gwasgu at ei gilydd ar y fainc ac yn syllu'n holgar.

'Mae'n rhaid i ti ddychwelyd y plant 'na, Owain.'

Agora Owain ei geg, ond mae Nest yn torri ar ei draws.

'Mae'r tywysog Owain wedi cytuno i wneud hynny'n barod, Arglwydd. Mae e wedi addo i ddychwelyd fy mhlant yn ddiogel i'w tad.' Tafla olwg at Owain, sy'n gwgu arni.

'A chithau hefyd, Mam?' Mae Harri wedi codi a dod i sefyll wrth ei hochr, ei wyneb yn llawn gofid. Does gan Nest ddim ateb iddo, a thry Harri at Cadwgan. 'Mae 'nhad yn Frenin Lloegr! Mi fydd yn mynnu bod Mam yn dychwelyd i'w chartref!'

Mae ton o falchder am ei mab yn chwyddo ym mron Nest, a chymra law Harri. Daw Owain yn agosach, ei olwg yn filain.

'Bydd dy fam yn aros gyda mi, lanc. Mi wnaeth hi fargen a bydd yn cadw at ei gair.' Mae'n troi i siarad â'i dad. 'Mae hi'n eiddo i mi nawr, beth bynnag. Ni fydd ei gŵr yn fodlon ei chael yn ôl.'

Mae Cadwgan yn ebychu mewn dychryn.

'Ry'ch chi wedi dweud eich hun, 'nhad! Doedd y briodas 'na rhwng de Windsor a Nest yn ddim ond ymgais gan Frenin y Saeson i sefydlu rheolaeth yn Neheubarth!' Mae Cadwgan yn llonydd wrth i Owain barhau'n angerddol. 'Mae gan Bowys hawl gwell i diroedd Deheubarth na'r gwehilion Normanaidd! Mae Nest ferch Rhys yn eiddo i mi… gorchfygiad Nest yw gorchfygiad y deyrnas!'

Llifa'r lliw o fochau Nest wrth iddi wrando ar eiriau Owain, ac edrycha'n sydyn ar ei phlant. Pob un, heblaw Harri, yn rhy ifanc i ddeall.

Ebycha Cadwgan eto, gan boeri i'r brwyn sy'n taenu'r llawr.

'Rwy'n gadael. Dy lanast di yw hwn, Owain. Anfona hi'n ôl efo'i phlant os gwyddost be sy'n dda i ti.' Mae'n bwrw golwg ar Morgan, cyn clapio'i ail fab ar ei ysgwydd. 'Rwy'n ymddiried ynot ti, Morgan, i siarad synnwyr a sicrhau y caiff hyn ei wneud.'

*

Caerwedros, diwedd Ionawr, 1110

Mae'r ceffylau dan gyfrwy. Ceffylau Gerald, o Genarth Bychan. Yr haerllugrwydd. Blodeua eu hanadl yn gymylau yn yr iard. Mae Amice, wedi ei lapio mewn clogyn, yn fwndel o flaen un o filwyr Owain, a daw Nest tuag ati, Angharad yn ei breichiau. Yn dyner cofleidia'r ferch fach yn glos, anadlu'r aroglau babi melys, y gwallt plu cyw'n feddal yn erbyn ei boch. Llosga'r dagrau'n ffyrnig yn llygaid Nest, ac mae hi'n cusanu pen ei merch, cyn ei throsglwyddo i freichiau Amice.

'Mi wna i ofalu amdani, arglwyddes. Nes byddi di'n dychwelyd.' Mae llais Amice yn crynu.

Nodia Nest, ei brest yn dynn, cyn symud at ei meibion. Mae Maurice a William yn sefyll wrth ymyl y meirch, yn barod i farchogaeth gyda milwr yr un. Yn bump a chwech oed, maen nhw wedi colli eu hwynebau babi, yn troi'n fechgyn bach o flaen ei llygaid. Tynna Nest nhw ati, ei dwylo'n anwesu eu croen sidan a'u gwalltiau cyrliog. Rhaid eu cofio fel hyn, eu serio i'w chof. Unwaith maen nhw'n ôl mewn dwylo Normanaidd, pwy a ŵyr pryd y bydd yn eu gweld eto – ei chyfrifoldeb gwerthfawr hi ers iddyn nhw gael eu geni. Mae anaf oddi fewn iddi sy'n bygwth ei goresgyn yn llwyr.

'Byddwch yn fechgyn da,' sibryda nawr, gan eu cofleidio unwaith eto. 'Edrychwch ar ôl eich gilydd. A deallwch fy mod yn eich caru'n fwy nag unrhyw beth arall yn y byd yma.'

'Oni fyddwch chi'n dod, Mama?' Llais bychan William, ei lygaid yn grwn.

'Mi fydda i'n marchogaeth gyda chi rhan o'r ffordd, cariad bach.' Ceisia gadw ei llais yn ddiysgog. 'Ac wedyn byddwn yn cyfarfod rhai o ffrindiau'ch tad, a byddwch yn mynd gyda nhw. I fynd adref!' Ymdrecha i swnio'n siriol, ond hyd yn oed i'w chlustiau hi, swnia'n ffug.

Cryna gwefusau bach Maurice, 'Dwi eisiau i chi ddod yr holl ffordd!'

'A finnau hefyd, cariad. Ond alla i ddim dod yn syth. Rwy'n addo mod i eisiau, ond rwyf wedi gwneud cytundeb er mwyn eich cadw'n ddiogel, ac felly mae'n rhaid i mi aros dipyn bach yn hirach.'

Daw'r milwr a chodi ei bachgen annwyl i'r cyfrwy. Mae ceg Maurice yn troi at i lawr fel bwa enfys, ei ên yn crychu, a chipia Nest ei ddwylo bychan a'u cusanu, cyn llusgo'i hun i ffwrdd oddi wrtho. Mae hyn yn ormod.

Ac yna Harri. Mae e'n ei hystyried yn ddifrifol trwy ei lygaid lliw collen, ac yn sydyn gall Nest weld Henry ynddyn nhw. Gall weld y dyn fydd e mewn rhai blynyddoedd.

'Mam. Allwn ni ddim dychwelyd hebddoch chi.'

'Mae'n rhaid i chi, 'nghariad i. Er ei fod yn fy lladd i.' Mae ei llais yn torri. 'Mae'n rhaid i mi wybod eich bod yn ddiogel, ac mi fyddwch chi gyda Gerald.'

'Wnaeth e ddim ein diogelu ni yng Nghenarth Bychan!'

Anwesa hithau ei foch. 'Doedd dim dewis ganddo ond ein gadael ni, Harri. Ond i'r Cymry, dim ond Normaniaid ydych chi, er eich bod o dras Gymreig hefyd. Rydych mewn perygl yma. Mae'n rhaid i chi ddychwelyd i diriogaeth Normanaidd; yno byddwch yn ddiogel.'

Mae Harri'n gwasgu dwylo Nest yn daer, taflu cipolwg dros ei ysgwydd. 'Alla i ddim o ddifri calon eich gadael gyda'r bobl yma, Mam.'

Llynca hithau. O, iddo ddeall! 'Ond, Harri bach, rhain yw fy mhobl hefyd. Ni fyddan nhw'n gwneud niwed i mi.'

'Maen nhw wedi gneud niwed yn barod! Dwi'n deall beth sydd wedi digwydd! A mi sicrhaf fod fy llystad yn dod i'ch nôl!'

Mae'r cywilydd yn llifo drosti fel ton enfawr ar eiriau ei mab. 'Efallai na fydd e'n fodlon gwneud hynny'n awr, Harri.'

Ysgydwa Harri ei ben yn chwyrn. 'Mi wna i egluro iddo! Mi ddaw i ddial am y sarhad hwn! Mae'n rhaid iddo!'

'Sssshh, fy machgen i.' Mae hi'n gafael yn ei wyneb cul gyda'i dwylo. Gall weld Morgan yn cerdded tuag atyn nhw. Ef fydd yn gyfrifol am drosglwyddo'r plant. Gadawodd Owain mewn cynddaredd gwyllt echdoe i ymuno â Cadwgan – wyddai Nest ddim mwy na hynny – ond yn amlwg roedd rhywbeth difrifol ar y gweill. 'Dydw i ddim am i Gerald ladd Owain, Harri. Alla i ddim gweld marwolaeth tywysog arall dan gleddyf y Normaniaid. Mi fyddai'n arwain at ryfel.'

'Ond mae'n rhaid i chi ddychwelyd atom!'

Mae Morgan yn rhoi arwydd i Nest ymuno gydag e ac i

Harri ddringo i'r cyfrwy. Nodia hithau'n gyflym cyn troi'n ôl at ei mab.

'Mi ddo i yn ôl. Mi ddo i o hyd i ffordd, cariad.'

Tynna Nest y bachgen tuag ati'n ffyrnig a gafael ynddo'n dynn yn erbyn ei bron. 'Rwyf wedi goroesi, o'th herwydd di, Harri. Wyddost ti hynny? Rwy'n byw er dy fwyn di, a'r lleill.'

Yna mae'n ei ryddhau, heb feiddio edrych ar ei wyneb. Mae'n ei wthio'n ysgafn tuag at ei geffyl, cyn troi'n araf i gerdded tuag at Morgan, yn anadlu'n ddwfn a cheisio paratoi ei hun am yr hyn sydd i ddod.

*

Maen nhw'n marchogaeth yn araf ar hyd llwybrau cul, pedolau'r ceffylau'n llithro yn y llaid rhewllyd. Nid dyma'r adeg i deithio. Marchoga Nest wrth ochr Morgan, ef yn ei chadw hi'n agos ato, ei lygaid du yn wyliadwrus.

'Wyt ti'n amau cudd ymosodiad?'

Ciledrycha Morgan arni.

'Mi fyddwn i'n wirion i beidio.'

Edrycha Nest o amgylch y rhandir goedwigol yn ofidus. A fyddai Gerald wedi cynllunio ymosodiad o'r fath? A fyddai wedi mentro mor bell â hyn i diriogaeth Powys a pheryglu ei blant drwy ymosod? Maen nhw'n teithio gyda gosgordd fawr, y Cymry'n gorymdeithio ar eu traed y rhan fwyaf, eu bwâu hir gyda nhw. Nid yw Morgan am fentro'i cholli hi.

Mae ei gwefusau'n oer, ei llygaid yn llosgi wrth i'r gwynt chwibanu drwy'r coed diffaith. Gorffwysa ei llygaid ar bob un o'i phlant; Harri'n dal ar ei geffyl, milwr wrth ei ochr, a'r plant ieuengaf yn eistedd o flaen un o aelodau arfog teulu Owain. Maen nhw mor ddewr, meddylia. Danfonwyd negeseuwyr o

Gaerwedros tua wythnos yn ôl i drefnu dychwelyd y gwystlon, ond does neb wedi rhannu'r manylion gyda Nest. A fydd Gerald yno? Ydy e'n hiraethu amdani? Mae hi'n amau hynny. Debyg ei fod yn poeni'n fwy am y difrod i Genarth Bychan. Troes ei phen i edrych ar broffil difrifol Morgan.

'Pwy ydyn ni'n cyfarfod?'

'Un o ddynion Gilbert FitzRichard de Clare,' yw'r ateb swta.

'Nid fy ngŵr, felly?' Ceisia Nest gadw'r chwerwder o'i llais.

'Nage, Arglwyddes.'

'Gilbert FitzRichard… Barwn de Clare a Tonbridge? Rwy'n ei gofio o lys y Brenin Henry. Beth ddiawl mae e'n ei wneud yma?'

Mae wyneb Morgan yn sarrug.

'Waeth i ti wybod ddim. Mae'r Brenin Henry wedi alltudio Owain – a Cadwgan – o Geredigion. Wedi rhoddi'r arglwyddiaeth i FitzRichard. A hwnnw'n cynllunio castell newydd yn barod…'

Ebycha Nest yn uchel. Mae gan Henry feddwl ohoni o hyd felly.

'Rwyt ti'n parhau i fod dan nawdd brenhinol, mae'n debyg.' Poera Morgan ar y llawr.

'Ond be wnaiff Owain?'

'Mae'n gandryll. Fe wnaiff rywbeth, yn sicr. Ond ddim nawr, mae ganddo a 'nhad broblemau eraill.'

'Fel beth?'

Ysgydwa Morgan ei ben. Chaiff hi wybod dim mwy ganddo, felly. Ond mae Henry wedi gweithredu, ac yn gyflym. A wnaeth e hynny ar anogaeth Gerald? A nawr, FitzRichard. Arglwydd Normanaidd pwerus arall i roi stamp ar y Cymry a rheoli eu tiroedd. Er iddi deimlo'n fwy sicr ynglŷn â diogelwch ei phlant gyda llaw Henry yn y trefniadau, ni all deimlo'n falch o bresenoldeb FitzRichard. A beth am y trafferth arall?

'Aros nawr!' Mae Morgan yn cyfarth arni wrth estyn ar ei thraws a thynnu ar yr awenau. Sylla Nest o'i chwmpas. Maen nhw mewn llannerch agored, coedwig drwchus yn ei hamgylchu. Dydy hi ddim yn ei hadnabod. Mae'r gorchmynion yn neidio o dafod Morgan, y dynion yn ffurfio rheng yn gyflym, rhai yn ymdoddi i'r coed, eu bwâu hir wedi'u hanelu at y llannerch. Edrycha'r plant o'u cwmpas â llygaid ofnus, eu hwynebau'n rhoi dolur calon iddi.

'Maen nhw yma, arglwydd!'

Daw gwaedd o'r coed. Eistedda Morgan yn dalach yn y cyfrwy. Gwêl Nest y marchogion yn nesáu; llai mewn nifer na'r Cymry ond wedi'u harfogi'n llawn, eu helmedi a'u harfau yn disgleirio yng ngolau llwyd y gaeaf. Maen nhw'n ffurfio llinell drefnus ar ochr arall y llannerch, a sylwa Nest fod un o'r marchogion yn cludo blancedi a mantelli. Ar gyfer ei phlant. Teimla'i stumog yn cywasgu.

Marchoga Morgan ymlaen ar ei ben ei hun tuag at ganol y llannerch. Gŵyr Nest fod saethau'r Cymry'n anelu at y Normaniaid, yn gwarchod eu harglwydd – bron y gall glywed pob llinyn bwa yn ymestyn yn dynn, yn dirgrynu. Mae'r Normaniaid yn gwybod hynny hefyd, rhai ohonyn nhw'n edrych o'u cwmpas, eu helmedau'n cuddio'u gofid. Dydyn nhw ddim ar diriogaeth Normanaidd nawr.

Llusga Nest ei golwg yn ôl at ganol y llannerch. Mae arweinydd y Normaniaid yn marchogaeth i gyfarfod Morgan, wedi tynnu ei helmed. Gwna Nest ei phenderfyniad ar fympwy, clicio'i thafod a gwasgu'i phengliniau'n gyflym, annog ei cheffyl yn ei flaen. Gwaedda'r milwr wrth ei hochr a cheisio gafael yn ei hawenau, ac mae Morgan a'r Norman yn troi mewn braw, ond mae Nest yn rhy gyflym, ar hanner carlam tuag atyn nhw, yn tynnu ar y ffrwyn i oedi wrth ochr Morgan.

'Be ti'n wneud?' Edrycha Morgan yn filain arni. 'Fy ngorchymyn oedd i ti aros lle roeddet ti!'

Bratha hithau'n ôl. 'Mae angen i mi wybod i ofal pwy rwy'n trosglwyddo 'mhlant, Morgan!'

'Arglwyddes de Windsor.' Try'r Norman tuag ati yn llawn pryder. Mae ei lygaid yn llwyd wyrdd, ei wallt yn lliw castan, ac mae'n edrych arni'n garedig. 'Rydych yn ddianaf?'

Nodia hithau, gan wrido dan ei archwiliad. Mae'n wahanol i'r chwant agored arferol. Fel petai'r dyn diarth hwn yn wir yn gofidio amdani.

'Roeddwn am nabod y dyn sydd am gymryd cyfrifoldeb dros fy mhlant, Syr?'

Plyga'i ben yn barchus iddi.

'Stephen de Marais, Arglwyddes. Ar ran Gilbert FitzRichard de Clare, Arglwydd newydd Ceredigion.'

Nodia hithau. 'Rwy'n ei adnabod. A beth fydd yn digwydd i'm plant nawr?'

'Fe gymra i nhw i le diogel yng Ngheredigion, Arglwyddes. A wedyn eu trosglwyddo'n ôl i ofal yr Arglwydd de Windsor.'

Mae hi'n ceisio anwybyddu'r dagrau sy'n llenwi ei llygaid, ei llaw yn brwsio ei hwyneb yn frysiog.

'Doedd fy ngŵr ddim am ddod i'w cyfarfod, felly?' Mae ei llais yn biwis, yn druenus, ac mae'n casáu ei hun am ofyn. Edrycha de Marais arni mewn cydymdeimlad.

'Allwch chi ddim rhyddau'r Arglwyddes i ni, ddyn?' gofynna'n ddig wrth Morgan. 'Rydych yn ei dal yn erbyn ei hewyllys!'

Mae Morgan yn gafael ym mraich Nest. 'Nid dyna oedd y telerau. Cymrwch y plant, ac ewch.' Mae'n troi yn y cyfrwy, arwyddo at ei ddynion ar ymyl y llannerch ac maen nhw'n disgyn o gefn eu ceffylau gyda'r plant.

'Aros lle rwyt ti,' hisia Morgan ar Nest trwy ddannedd gwasgedig. Mae Nest yn troelli ei bysedd ym mwng ei cheffyl, dim ots ganddi bellach fod y dagrau'n disgyn. Mae Angharad a Maurice yn crio, ac Amice yn ymdrechu'n ofer i'w cysuro. Mae William yn edrych fel petai ar fin llefain hefyd. A Harri. Mae ganddo wyneb carreg. Siarada de Marais yn dyner â nhw. Mae Nest yn troi ato, yn ddall trwy ei dagrau.

'Sicrhewch eich bod yn gofalu am fy morwyn mewn modd priodol. Ei henw yw Amice, a pheidiwch â meiddio ei gwahanu oddi wrth y plant.'

'Fel y dymunwch, Arglwyddes.'

'Cymerwch ofal da ohonyn nhw, rwy'n erfyn arnoch.'

Ni all ddweud mwy, y geiriau'n ei thagu.

Nid yw'r llygaid llwyd yn gadael ei hwyneb. Nodia Morgan yn swta, cyn cydio yn awenau Nest unwaith eto, eu tynnu'n galed. Mae ei cheffyl yn symud yn ufudd, a choda Nest ei phen. Mae'r plant yn edrych arni gyda'u hwynebau dryslyd, eu cegau'n symud ond ni all ddirnad eu geiriau. Mae Nest yn troi'n ôl i syllu arnyn nhw, gwylio wrth iddyn nhw gael eu lapio mewn blancedi a'u gosod ar gefn ceffylau'r Normaniaid. Coda ei llaw mewn ffarwél olaf, y poen yn bygwth ei llethu'n gyfan gwbl.

Tynna Morgan ar yr awenau unwaith eto, gorfodi ei cheffyl i garlamu, a hithau i droi yn ôl i wynebu'r blaen. Mae ei phen yn hongian, rhaffau du o wallt yn cuddio'i hwyneb, y dagrau'n ei dallu.

Arhosa de Marais yn llonydd, yn syllu ar y Cymry ar drai, a gwylio Nest yn marchogaeth ymaith.

26

Mae'n amser hir ers iddi wneud taith fel hon. Wedi gadael y plant yng ngofal de Marais, maen nhw'n marchogaeth yn galed, ar geffylau Gerald, mwy o ddynion yn ymuno â nhw ar y ffordd. I ddechrau ni all Nest feddwl am ddim ond wynebau'r plant, ac mae hi'n dilyn trywydd Morgan drwy lygaid aneglur. Yr unig stop yw i biso, y dynion yn troi eu cefnau wrth iddi wyro tu ôl i'r coed, ac yna cysgu'r nos mewn hen gytiau plethwaith, y blancedi'n drewi a'r gwynt yn chwibanu drwy'r waliau. Cysga Nest ar y llawr, yn nythu yn ei mantell, gan droi ei chefn at wynebau chwilfrydig y dynion.

'I le ydyn ni'n mynd nawr?' gofynna wrth Morgan ar yr ail ddiwrnod, a hithau heb allu crio dim mwy, ei galar yn ildio i ferwindod.

'Mathrafal,' yw'r ateb swta. 'Mi fyddwn yno mewn deuddydd.' Plymia ei chalon. Wrth gwrs. Nid yw Nest wedi bod yno erioed, ond mae enw llys brenhinoedd Powys yn gyfarwydd iddi, y lle y ganwyd ei mam, Gwladus. Dydy Nest ddim wedi meddwl amdani ers amser maith, ond mae'n meddwl amdani nawr. Cofia am ei galar pan ffrwydrodd Rhydderch i Gaer Rhiw, a chymryd Gruffydd ymaith. Y poen gwaethaf i unrhyw fam. A nawr, mae'r fath boen yn gyfarwydd i Nest hefyd. Mae hi'n falch na oroesodd Gwladus i wybod pa dynged oedd yn disgwyl Hywel.

I ddechrau maen nhw'n marchogaeth i'r gogledd ar hyd yr arfordir, cipolygon o'r môr tymhestlog ar yr ochr chwith iddyn nhw, y tonnau garw'n begynau gwyn, ambell belydr o olau gwan yn tyllu trwy'r cymylau. Yn y pellter, amlinelliad cysgodol tir... Iwerddon. Gruffydd. Byddai'n bump ar hugain nawr. Yn ei aeddfedrwydd. Pam na ddaw?

Ar yr ail ddiwrnod, gyda dwylo a chluniau'n rhathu ar ôl marchogaeth yn galed, maen nhw'n gadael y môr y tu ôl iddyn nhw, tua'r coetir a thir uwch, mynyddoedd â chapiau eira'r Gogledd ar y gorwel. Mae'r tir yma'n ffyrnig, meddylia Nest. Dyrys a pheryglus. Mae'r gwynt oer yn chwipio'i gwallt, ei llygaid yn pigio, a cheisia beidio â meddwl am y pellter rhyngddi hi a'i phlant.

Mae'n hwyr erbyn iddyn nhw gyrraedd Mathrafal, a golau dydd yn llithro o'r golwg. Disgynna Nest oddi ar ei cheffyl yn flinedig, ei choesau'n crynu wrth iddi gamu ar dir soled. Brasgama Owain o'r neuadd, ei lygaid gwyrdd yn pefrio wrth iddo gyfarch ei frawd yn frwd. Mae Morgan yn arwain cwmni mwy o lawer na'r un adawodd Owain yng Ngheredigion, sawl milwr ifanc wedi ymuno â nhw ar hyd y ffordd.

Ac yna mae'n sefyll o'i blaen, ei wallt coch yn disgleirio'n dywyll wrth iddi gyfnosi.

'Nest. Croeso i Fathrafal. Rwy'n falch o dy weld eto.'

Mae Nest yn nodio. 'Fe rois fy ngair.'

Mae Owain yn gwenu, yn olau a bywiogrwydd ac ieuenctid i gyd. Yn gyferbyniol teimla Nest yn lluddedig i fêr ei hesgyrn.

'Mi ddangosaf ein siambr i ti. Mae 'na ferch yna, Esyllt – hi fydd dy forwyn di. Gorffwysa am sbel.' Fflachia Owain ei ddannedd gwynion. 'Fe wela i di wedyn. Mae gen i gadlu i'w cyfarch!'

*

Mathrafal, Llys Brenhinoedd Powys, Chwefror 1110

Mae Nest yn cysgu am oriau. Mae Owain yn gadael llonydd iddi i ddechrau, paratoadau rhyfel yn ei gadw'n brysur. Wrth nofio i fewn ac allan o ymwybyddiaeth, clyw Nest y dynion y tu allan, eu lleisiau'n hidlo drwy'r waliau pren, yn galw a chwerthin a pharatoi eu harfau.

Ond yr ail noson mae Owain yno wrth ei hochr, a deffra Nest a'i law yn anwesu cromlin ei chlun.

'Nest...'

Teimla'i wefusau yn ei gwallt, ei wynt cynnes yn arogli o fedd. Try hithau tuag ato yn y tywyllwch, ei ddwylo'n symud ar hyd amlinell ei chorff, ei gledrau'n gynnes yn erbyn ei gŵn nos. Nid yw'n dweud dim – does dim i'w ddweud. Neu gormod i'w ddweud, efallai. Mae hi'n gadael iddo'i thynnu tuag ato, teimlo cynhesrwydd ei groen noeth, a'i ddyhead amdani wrth i'w ddwylo lithro o dan ei dillad, tynnu'r gŵn nos dros ei phen. Mae dyhead ynddi hi hefyd, dyhead i rywun ei dal yn glos, i anghofio poen y dyddiau diwethaf, i lenwi'r gwagle dwfn oddi fewn iddi.

Ar ôl caru maen nhw'n gorwedd yn llonydd, calonnau'n curo'n galed, anadl yn arafu'n raddol. Anwesa ei ddwylo dresi trwchus ei gwallt, ac wedyn ei chroen gwelw, fel pe bai wedi'i syfrdanu ganddi. Gwthia Nest ei hun i fyny i eistedd ar y gwely a syllu arno, prin yn gallu gweld amlinell ei wyneb yn y tywyllwch.

Yn anfoddog mae Owain yn symud oddi wrth ei hochr i gynnau cannwyll. Teflir golau gwan ar ei wyneb a gloywi ei wallt, y croen llyfn yn disgleirio. Daw yn ôl ati, gorwedd ar ei ochr yn y gwely, ei fys yn tynnu llinellau ar ei choesau.

'Ti yw'r peth mwyaf hyfryd i mi ei weld erioed.'

Erys hi'n ddistaw, yn ei wylio'n fud. Mae Owain yn rolio ar ei gefn, a'i thynnu'n ôl i'w freichiau.

'Mae Brenin y Saeson wedi dy feddiannu di, a nawr Owain, Tywysog Powys…' Mae ei lais yn llawn bodlondeb distaw. 'Pa fath o ddyn ydy o?'

'Henry?'

'Ie.'

Mae'n pendroni am funud, y cwestiwn yn annisgwyl.

'Mae'n ddeallus. Ac nid yn unig o ran ei addysg… mae e'n ddoeth – ond yn graff hefyd. Un sylwgar wrth farnu pobl. Ac yn fedrus wrth droi unrhyw sefyllfa i'w fantais ei hun.'

Meddylia Owain am hyn, ei law yn parhau i anwesu ei chluniau a'i bol.

'Dwi'n ei edmygu,' meddai'n gybyddlyd. 'Mae o'n bwerus. A dydy rheoli teyrnas mor eang a Lloegr a Normandi… dydy hynny ddim yn hawdd.'

'Nac ydy.'

'Rwyf i am gyflawni yr hyn sydd ganddo. Yma, dwi'n olygu.'

Edrycha Nest i wyrddni angerddol ei lygaid.

'Mae'n rhaid gwthio'r Normaniaid yn ôl, brwydro yn eu herbyn! Nid yw'r wlad yma ar gael iddyn nhw ei chymryd! Rwy'n etifedd i frenhiniaeth sy'n ymestyn dros y rhan fwyaf o Gymru, Nest. Mae ein cynghreiriaid yn cynnwys tŷ brenhinol Gwynedd, uchelwyr Dyfed, Buellt a Thegeingl, ac mae'r Normaniaid ar ffin Swydd Amwythig yn gynghreiriaid i ni.'

'Beth wyt ti'n ceisio'i ddweud wrtha i?'

Coda Owain ar ei eistedd, ei ddwylo'n chwifio'n frwdfrydig.

'Mae 'nhad yn heneiddio. Nid oes ganddo'r awch na'r angerdd i uno'r wlad 'ma, Nest. Ond mae gen i. Galla i fod yr arweinydd y mae dynion yn dyheu am ei ddilyn. Fe alla i gymryd y De yn ôl i ddwylo'r Cymry – hel y Ffrancwyr o Geredigion, ac o Ddeheubarth hefyd. Dwi 'di dangos i de Windsor – y cythraul haerllug – fy mod yn medru dinistrio'i gastell a chymryd ei wraig. Dwi'n fygythiad difrifol ac maen nhw'n gwybod hynny nawr.'

Saif Owain yn noeth o'i blaen, a chychwyn brasgamu ar hyd y siambr. Mae harddwch iddo, gall Nest gyfaddef – pŵer yn y cyhyrau main, tân yn llosgi oddi fewn iddo. Gallai fod yn arweinydd a fyddai'n ennyn parch a hyder.

'Ni fydd Henry'n caniatáu i ti ehangu dy reolaeth, Owain. Mae'n rhaid dy fod ti'n gwybod hynny. Bydd yn gadael i ti lywodraethu, ond dim ond ar ei delerau e.'

Mae Owain yn troi arni'n ffyrnig. 'Ac rwyt ti'n meddwl bod hynny'n dderbyniol? Ai Norman wyt ti nawr?'

Edrycha Nest i lawr ar ei dwylo, eu troi drosodd yng ngolau'r gannwyll. Mae hi wedi gofyn y cwestiwn yma iddi hi ei hun, droeon. Mae hi wedi byw ymysg Normaniaid am ddwy ar bymtheg o'i saith mlynedd ar hugain. Mae'n briod ag un ohonyn nhw. Yn fam i blant â thad Normanaidd. Ydy hi'n Norman? Ydy hyn i gyd yn ei gwneud hi'n un ohonyn nhw?

'Nage,' meddai o'r diwedd, ei llais yn isel, ond yn benderfynol. 'Wna i fyth anghofio mod i wedi colli fy nheulu, fy statws a 'nghartref i'r Normaniaid. Mae gen i un brawd yn alltud, un sydd wedi'i arteithio a thrydydd sydd wedi marw mewn carchar Normanaidd. Rwyf wedi byw yn eu mysg am hirach nag ydw i ddim, ond eto dydw i ddim yn perthyn iddyn nhw, nac yn teimlo'n gartrefol yn eu byd nhw. Rwy'n ddieithryn.'

'Ond nawr rwyt ti yma. Gyda dy bobl – tylwyth dy fam!

Gyda fi. Gallwn ni sefydlu llinach, Nest! Ymuno brenhinlin Mathrafal â Dinefwr!'

Ystyria Nest Owain yn drist.

'Rwyt ti'n twyllo dy hun, Owain. Rwy'n fam. Mam i blant sy'n hanner Norman. Alla i byth aros gyda ti pan maen nhw mor bell.' Mae ei llais yn torri. 'Rwyt ti'n disgwyl gormod gen i.'

Mae'r golau tanbaid yn cilio o'i lygaid, ei law yn peidio ag anwesu ei chroen.

'Bydd yn cymryd amser, dyna i gyd.' Mae ei lais yn derfynol. 'Fe wna i dy wneud yn fam i dywysog Powys. Fe fyddi di'n teimlo'n wahanol, o fewn amser.'

Bratha Nest ei gwefus, lwmpyn poenus yn ffurfio'n ei llwnc. Mae ei dymer wedi newid, gall synhwyro hynny, ac mae hi'n gwybod i beidio â'i wthio. Try Owain ei gefn arni, gan ddiffodd y gannwyll yn sydyn.

'Mae'n rhaid i mi gysgu nawr,' meddai'n swta. 'Dwi'n marchogaeth i frwydro fory.'

*

Mae stŵr a miri'n llenwi'r iard fore trannoeth wrth i Nest ymddangos o'r siambr gysgu ac allan i awyr oer y bore. Mae gosgordd Owain yn ymgasglu, arfwisgoedd lledr dros eu tiwnigau byr, sawl un yn cario tarian gron a chleddyf, eraill gyda'u bwâu hir llyfn. Ysguba eirlaw rhewllyd o'u hamgylch, y teilchion yn pigo croen Nest wrth iddi swatio'n ei mantell a chamu'n ofalus o neilltu'r mwd ar ei ffordd i'r neuadd.

Y tu fewn, mae cynhesrwydd y tân yn ei chroesawu, yn ogystal â'r dorf o ddynion ifanc, eu lleisiau'n atseinio'n gyffro i gyd, yn llenwi'u boliau ag uwd cyn cychwyn ar eu rhyfelgyrch, eu brwdfrydedd yn heintus.

Mae Nest yn crwydro trwy'r dyrfa, a gweld Owain a Morgan, y brodyr yn sefyll yn glos gyda'u pennau gyda'i gilydd; fflam a chysgod, goleuni a thywyllwch. Oeda cyn eu cyrraedd, yn ansicr lle i ddechrau.

Coda Owain ei ben wrth iddi nesáu, ei wyneb lluniaidd yn benderfynol.

'Barod i ymadael?' gofynna Nest yn ysgafn.

'Bron iawn. Fe awn i gyfarfod byddin 'nhad ac ewythr Maredudd… ac wedyn i ddysgu gwers i weision bach yr Esgob Richard.'

'Pryd byddi di'n dychwelyd?'

Gwena Owain arni'n oddefgar, cyn ei thynnu'n glos tuag ato, ac anwesu ei chorff yn fras. Ceisia Nest beidio ag ymddangos yn biwis.

'Byddi di'n gweld fy ngholli, dywysoges?'

Mae Nest yn codi ei hysgwyddau. Prin y gall ddweud hynny. Ond eto, beth sydd yma iddi hebddo? Bodolaeth unig, anghysbell a hithau'n parhau'n gaeth. Mae Owain yn gollwng ei afael arni a symud tuag at y drws, cyn gwyro i godi ei darian gyda'i fogail canolog a'i gleddyf gloyw. Mae Morgan yn ei ddilyn, yn galw ar y dynion i gasglu ynghyd, powlenni a llwyau'n cwympo'n swnllyd, meinciau'n crafu'n ôl. Mae Nest yn cael ei sgubo tu allan hefyd, ynghlwm yn y dorf wrth iddyn nhw dywallt trwy'r drysau ac allan i'r eirlaw.

Try Owain yn ôl i edrych arni, ei lygaid yn pefrio.

'Mi fyddi'n ddiogel yma, cariad. Dwi'n gadael gwarchodlu o ddynion ffyddlon.'

Nodia Nest yn fud. Dim gobaith dianc, felly.

Brasgama Owain tuag ati a'i chusanu'n angerddol. 'Fe wela

i di cyn hir.' Mae hi'n gadael iddo'i chofleidio'n ddideimlad, cyn sylwi ar Morgan yn eu gwylio, ei lygaid yn gul. Mae Owain yn dringo'n osgeiddig ar gefn march rhuddgoch hardd a chodi'i gleddyf yn uchel i'r awyr. Mae baner tywysogion Powys yn codi, y llew rampant yn chwifio'n yr awel rewllyd. Daw gwaedd y dynion yn rhuo i'w chlustiau. Byddin teulu'r tywysog yn udo am waed.

Mae'r gatiau'n agor. I'r gad.

*

Mawrth 1110

Mae gen i ddeunyddiau ysgrifennu, o'r diwedd. Roedd rhaid i mi ymbilio wrth fynach a ddaeth heibio ar bererindod am femrwn a chwilsyn, ond dyna ryddhad i allu nodi geiriau, rhywle i rannu fy meddyliau cyn iddyn nhw bydru fy nhu mewn.

Mae Owain wedi mynd ers pythefnos. A Phowys yn gythrwfl berwedig yn ei sgil. Rwyf wedi casglu darnau mân o wybodaeth gan y gweision a'r teithwyr sy'n mynd heibio – dim llawer, ond mwy nag yr oedd Owain na Morgan yn barod i rannu â mi cyn gadael.

Rwy'n sylweddoli nad ydyn nhw'n ymddiried ynof fi – ac er iddyn nhw fy rhwygo o fy nghartref a 'mhlant, a 'ngadael i yma heb unman i fynd, rwy'n parhau i fod yn ddieithryn, yn alltud. Nid wyf yn perthyn, yn yr un ffordd nad wyf yn perthyn i'r Normaniaid. Rydw i'n bodoli rhwng dau fyd, a phan wyf mewn un, rwy'n hiraethu am y llall.

Mae ôl-effeithiau fy nghipio yn ymestyn ymhellach nag oedd Owain wedi rhagweld. Mae'r Esgob Richard o Lundain, o sedd ei bŵer yn yr Amwythig, yn gwneud beth a wna orau: creu trafferth ymhlith y Cymry, eu hannog i ymladd ymysg ei gilydd i siwtio'i amcanion ei hun. Fe brynodd Madog ac Ithel, meibion Rhirid ap Bleddyn (a chefndryd Owain) i'w achos, a chynnig tiroedd Owain a Chadwgan iddyn nhw, os allen nhw eu cipio. Yn ymuno gyda hwy mae Llywarch ap Trahaearn, sy'n dal dig yn erbyn Owain ar ôl iddo lofruddio'i frodyr bedair blynedd yn ôl. Ac yn waeth byth, mae ganddyn nhw Uchdryd ap Edwin hefyd – un o uchelwyr mwyaf pwerus y Gogledd-orllewin. Mae'n rhaid fod yr Esgob Richard yn graff ofnadwy i sicrhau cynghrair o'r fath.

Maen nhw i gyd yn ysbeilio ac yn anrheithio, ac yn achosi anhrefn annirnadwy. Wn i ddim a yw Owain a Chadwgan wedi ymuno efo'i gilydd yn awr, neu efallai eu bod yn ymladd ar wahân; ymladd ewinedd a dannedd i adennill rheolaeth dros eu teyrnas, ddwedwn i.

Mae diben gan y Normaniaid, wrth gwrs, wrth gefnogi'r rhyfela, y lladd. Maen nhw'n cicio'r nyth cacwn ac yna'n gwylio'r Cymry'n dinistrio'i gilydd. Yn sicr bydd gan yr Esgob Richard gymeradwyaeth Henry yn hyn i gyd.

Mae dros fis ers i mi weld fy mhlant, Gruffydd. Rwy'n eu dychmygu gartref yng Nghaer Rhiw, gydag Amice, ac rwy'n falch o hynny. Ond mae fy nghalon yn torri. Ydyn nhw'n meddwl amdana i? Rwy'n meddwl amdanyn nhw'n ddi-baid. Rwy'n dychmygu eu dal yn fy mreichiau pan af i gysgu, pob un yn eu tro, a deffro'n oer i wely gwag, i neb. Rwy'n brifo hebddyn nhw. Ond fy nghyfrifoldeb oedd eu hamddiffyn, ac rwy'n cysuro'n hunan wrth feddwl fy mod wedi gwneud y peth gorau iddyn nhw. Mae'n rhaid i mi gredu hynny.

Rwy'n casáu bod yn gaeth yma ym Mathrafal, yn disgwyl am newyddion. A ydy Gerald yn cynllunio i ddod i'm hachub? Rwy'n wraig iddo, mam ei blant, ond hyd y gwn i, nid yw wedi gwneud unrhyw ymdrech i'm hebrwng yn ôl. Onid yw'n poeni beth sydd wedi digwydd i mi? Onid yw'n deall fy mod i wedi aros yma er mwyn sicrhau rhyddid fy mhlant? Bydd Amice wedi dweud wrtho! A Harri! Ac eto, nid yw'n dod.

A fyddai'n well i mi, Gruffydd, petai Owain yn cael ei ladd? Neu ydy fy niogelwch i'n dibynnu arno nawr?

Unwaith eto, rwyf ar goll.

27

Mathrafal, Mai 1110

Mae golau'r haul yn byseddu wyneb y dŵr, yr afon Banwy'n disgleirio fel rhuban troellog o arian drwy'r coed. Mae Nest yn plygu i godi carreg denau, ei harwyneb yn wastad, ei hymylon yn llyfn. Mae'r cyfog yn bygwth ei threchu wrth iddi godi, ac mae'n cymryd anadl ddofn. Crycha ei llygaid yn erbyn y disgleirdeb, yr awel yn siffrwd drwy'r cyrs, a bwrlwm o bryfed yn suo dros frefu'r defaid. Yn gelfydd, mae'n sglentio'r garreg nes iddi wibio dros y dŵr; crafu'r wyneb unwaith, ddwywaith, dair gwaith cyn diflannu, y tonnau mân yn unig arwydd o'i bodolaeth.

Cliria Esyllt ei llwnc gerllaw, ac mae Nest yn synhwyro ei beirniadaeth heb edrych arni. Mae hi'n anwybyddu'r forwyn, gan gerdded ymhellach ar hyd y traeth graeanog, hem ei gŵn yn llusgo trwy'r dŵr. Mae pelydrau'r haul yn gryfach yn awr, eu cynhesrwydd yn treiddio trwy ddefnydd ei dillad ac yn anwesu ei chroen. Mae'n troi ei hwyneb i fyny i'w cyfarfod.

Ysguba'r salwch drwyddi unwaith eto, wrth i Nest faglu at lain o wair, lle syrthia ar ei phengliniau a chwydu. Clyw ôl traed Esyllt yn dod tuag ati, cyn sychu ei cheg gyda chefn ei llaw.

'Rhaid i chi ddychwelyd i'r llys os ydych yn sâl, feistres!' Mae'r llais yn ddiamynedd. Mae Nest yn cymryd anadl ddofn arall.

'Cer o 'ma, Esyllt. Nid sâl ydw i. Beichiog.'

Wrth gwrs ei bod hi. Dyma'r pumed tro iddi gario plentyn, ac mae Nest wedi amau ei bod yn disgwyl eto ers wythnosau. Ond er i'r beichiogrwydd deimlo'n gyfarwydd, mae teimladau newydd a chymhleth hefyd y tro hwn. Ton o ddigalondid sy'n llifo trwyddi pan mae'n meddwl am y bywyd yn tyfu oddi fewn iddi. Bywyd newydd, ond gyda'i ddyfodiad bydd unrhyw obaith o ddychwelyd i'w hen fywyd yn marw.

Mae Nest yn codi ar ei thraed yn simsan gan anwybyddu golwg bwdlyd Esyllt, a chrwydro at ymyl yr afon unwaith eto, gwyro i lawr ar ei chwrcwd i gwpanu'r oerni clir yn ei dwylo, tonnau bychan yn llyfu bodiau'i thraed. Golcha ei hwyneb, swilio'i cheg. Carcharor yn wir. Ond caeth o ran ei chorff y tro 'ma.

Mae Nest yn clywed carnau'r ceffyl ar yr un pryd ag y daw'r gri o lwnc Esyllt, y forwyn yn baglu ar y cerrig. Mae'n cymryd eiliad i Nest gofrestru mai fe ydyw; ei gorff ystwyth yn disgyn o'r cyfrwy, gwaed ar hyd ei diwnig, ei farch yn ewynnu â chwys.

'Owain?'

Dywed ei enw'n egwan wrth iddo agosáu, ei lygaid gwyrdd fel petai rhywun yn ei erlid. Mae e wedi heneiddio mewn dim ond wythnosau.

'Rhaid i ni fynd. Ty'd 'laen!'

Mae ei lais yn galed, yn gryg. Sylla Nest arno mewn penbleth, ei syfrdandod yn cynddeiriogi Owain. Mae e'n gafael yn gadarn yn ei braich a'i thynnu tuag ato, ac mae hi'n sylwi ar grwst o waed sych o dan ei ewinedd.

'Beth sydd wedi digwydd, Owain?'

Dim ateb, grwntach wrth iddo'i halio hi'n ddi-lol ar gefn y march, cyn neidio i fyny y tu ôl iddi.

Rhytha Esyllt yn gegagored, y geiriau nas clywir yn

tollti o'i cheg wrth i Owain lywio'r march o lannau'r afon, y carnau'n llithro'n swnllyd ar y creigiau. Gall Nest ei arogli – drewdod gorfelys y gwaed a'r chwys surdrwnc. Clampia'i gwefusau ynghau a gafael yn dynn yn y cyfrwy, gan ddioddef ei freichiau'n dynn o'i hamgylch, yr ysgytian rhwng ei choesau. Efallai y bydd hi'n colli'r babi – trawa'r syniad ei phen, ac euogrwydd yn gyflym ar ei ôl.

Nid ydyn nhw'n dychwelyd i Fathrafal, mae hynny'n glir wrth iddyn nhw garlamu drwy'r goedwig, anadl Owain yn rhathu dros ei gwallt. Mae'r ceffyl yn chwysu, ei ystlysau'n hufennog dan bwysau'r ddau ohonyn nhw, ond ar ôl sbel maen nhw'n arafu, y coed yn teneuo yn llannerch, ac mae Owain yn atal yr anifail a llithro oddi ar ei gefn i'r gwair hir. Disgynna Nest o'r cyfrwy'n drwsgl a syllu o'i chwmpas. Mae Owain yn chwiban, unwaith, ac wedyn eilwaith; sŵn treiddgar, main, ac yna daw'r cysgodion yn sleifio o'r coed... wynebau llymion ei deulu o filwyr. A Morgan.

Maen nhw'n gaglog fel Owain, ôl ymladd wedi ei argraffu arnyn nhw i gyd, ac mae Nest yn edrych arnyn nhw mewn dryswch. Does dim eglurhad gan Owain, sy'n taro llaw ar ysgwydd Morgan a'i gofleidio'n frysiog.

'Oes gen ti geffyl arall i Nest? Mae hi'n fy arafu.'

Nodia Morgan, llygaid tywyll yn adlamu dros Nest, cyn cilio i loches y coed a dychwelyd yn arwain march du, ei garnau'n dawnsio'n rhuslyd. Clicia Owain ei fysedd. 'I fyny arno'n sydyn nawr, Nest.' Mae'n ei hergydio tuag at y ceffyl, gan daro'i phen ôl yn ysgafn fel petai hi'n anifail ei hun. Mae Nest yn taflu golwg filain i'w gyfeiriad, y cyfog yn llosgi'n ffyrnig yn ei llwnc, a'i thymer yn mudferwi.

'Wnei di ddweud wrtha i beth ddiawl sy'n digwydd?'

Mae Owain yn ei hanwybyddu hi eto, cyn troi i siarad yn

frysiog gyda Morgan, yn edrych yn llechwraidd o'i amgylch, fel petai'n poeni y bydd y coed yn datgelu eu lleoliad i'r gelyn. Mae'r milwyr yn gwylio'r brodyr yn ochelgar, yn disgwyl am orchymyn, a hynny'n datguddio dim pan ddaw gwaedd Owain o'r diwedd.

'Marchogwn ymlaen!'

Ac yna maen nhw'n symud eto, y naill yn dilyn y llall trwy'r coetir, y canopi deiliog yn drwchus ac yn wyrdd uwch eu pennau. Llywia Nest ei cheffyl y tu ôl i Owain, Morgan wrth ei chefn, chwerwder ar ei thafod, heb wybod ble mae eu cyrchfan.

Mae'r daith yn ddistaw, Owain a'i ddynion ar bigau'r drain, y coed yn teneuo wrth i'r tir droi'n fynyddig. Canolbwyntia Nest ar y rhwbio garw rhwng ei chluniau, gan fethu cael gwared â'r syniad y gallai ddadleoli'r hedyn sydd wedi ymgorffori ei hun yn ei chroth, y bywyd nad yw hi am ei gario.

Nid ydyn nhw'n oedi nes bod y cysgodion yn hwyhau, yr haul yn suddo'n araf y tu hwnt i'r mynyddoedd, ei olau'n trochi'r tir gydag anwesiad olaf cyn ymadael. Sylweddola hi wedyn eu bod nhw'n marchogaeth i gyfeiriad y Gorllewin.

*

Aberdyfi, Mai 1110

Mae Nest yn arogli'r môr cyn ei weld – ei fin hallt yn chwipio dros ei chroen, yn gadael brychau dychmygol o grisial gwyn ar ei bochau. Mae'n llyfu ei gwefusau'n llwglyd, syllu'n hiraethus nes ei fod yno yn ei ysblander; yr afon Dyfi'n troelli'n araf wrth iddi esblygu i ehangder glas, yr aber yn ymestyn i'r bryniau tonnog tu hwnt i'r dŵr.

Coda'r cyffro ynddi'n ddirybudd, yn byrlymu yn ei bron,

gyda rhyddhad mor bwerus mae bron â chrio. Mae wedi teimlo mor gaeth ers bod ym Mathrafal, mor bell o bopeth cyfarwydd, ond mae'r môr yn ffrind; cymydog cyson o flynyddoedd ei phlentyndod, a'r hyn yr oedd hi eisiau dychwelyd ato drwy'r holl flynyddoedd hir mewn gwlad estron. Yr unig beth sy'n ei gwahanu hi a Gruffydd. Mae'n symbol o gartref. Ac o ryddid.

Maen nhw wedi marchogaeth yn galed ers gadael Mathrafal, heb stopio ddim ond unwaith dros nos, Nest yn gorwedd yn effro dan awyr eang wrth i ddynion Owain chwyrnu a rhochian yn eu cwsg, ei meddyliau'n tyrru'n fwrlwm. Gŵyr fod angen iddi ddweud wrth Owain am y bywyd y tu mewn iddi; bod ganddo hawl i wybod ei fod am fod yn dad. Ond mae rhan fechan ohoni, er gwaetha'i hun, yn dal i hanner gobeithio y bydd y marchogaeth garw'n achosi i'r baban ysgwyd yn rhydd, i lithro ohoni.

Nawr maen nhw'n arafu, wrth deithio ar hyd y ffordd ar lan ogleddol y Ddyfi, llwybr a ffurfiwyd gan lafur a chwys y dynion Rhufeinig a ddaethai i hawlio'r tiroedd hyn ganrifoedd lawer yn ôl. Mae galw'r gwylanod yn uwch erbyn hyn, a sylla Nest ar draws yr aber, y dŵr yn batrwm o oleuni a chysgodion o dan gymylau blew geifr.

Mae Nest yn sylwi ar Owain yn edrych i'w chyfeiriad bob hyn a hyn. Dyw e'n dal ddim wedi dweud wrthi i ble maen nhw'n teithio ar gymaint o frys, na pham eu bod nhw yma; dim ond parhau i anwybyddu ei chwestiynau ac ymgynghori gyda'i frawd yn unig, sy'n pendroni a gwgu o dan ei aeliau du. Maen nhw'n ffoi, mae hynny'n amlwg. Clywodd hi ddigon cyn gadael Mathrafal i ddeall bod cynllun yr Esgob Richard i wneud difrod ym Mhowys wedi gweithio, a bod cefndryd Owain – Madog ac Ithel – wedi dod â llu enfawr i'r deyrnas, gan fwriadu cipio tiroedd Cadwgan ac Owain, a bod uchelwyr pwerus eraill wedi ymuno â nhw. Cyn cychwyn ar y daith hon, roedd deiliaid lleol Owain wedi ffoi a'r hen bobl, y merched a'r plant, wedi cilio i'r coed i guddio, a dim ond Nest, Esyllt a chorfflu bychan oedd ar ôl ym Mathrafal.

Ceisia anwybyddu ei bol yn corddi. Does ganddi ddim cynllun; dim syniad beth ddaw nesaf. Treiddia'r heulwen drwy'r cymylau, sy'n dwbio cysgodion tywyll dros y bryniau, ac mae hi'n sylweddoli'n sydyn bod yr afon wedi eu harwain i ben eu taith. Mae Owain yn disgyn yn eiddil oddi ar ei farch yng nghanol gwasgariad o gartrefi diymhongar. Cytiau pysgotwyr wedi eu hadeiladu o blethwaith a chlai, rhwydi'n hongian o'r drysau a chwrwgl yn pwyso'n simsan yn erbyn wal sawl un. Mae Nest yn llithro o'r cyfrwy, y gwynt hallt yn chwipio'i gruddiau. Ac o'r diwedd mae Owain yn edrych arni, rhyddhad yn goleuo'i wyneb.

'Dyma ni, ferch. Aberdyfi.'

*

Disgleiria'r lleuad yn egwan dros y tonnau, sy'n gloywi'n arian yn ei olau gwelw. Mae Nest yn edrych ar draws y tywod sidan, pyllau hallt yn ddotiau yma a thraw rhwng cribau'r traeth. Mae llong yn siglo'n dawel ar dro'r llanw, ei hwylbren yn codi'n ddu fel asgwrn hir yn erbyn yr awyr dywyll. Mae'r bryniau'n gysgodion i gyd, ac mae'r tonnau'n sisial yn ysgafn wrth rolio i'r lan gan adael cerrig a chregyn fel gemau duon ar hyd y tywod, cyn encilio drachefn a'u llusgo gyda'r gwymon yn ôl i'r dyfnderoedd.

Mae amlinelliad milwyr Owain wedi eu gwasgaru ar hyd y traeth, rhai ohonyn nhw at eu pengliniau yn y dŵr, yr ewyn hallt yn llyfu ymylon eu tiwnigau wrth iddyn nhw lafurio'n fud tuag at y llong, ei chorff pren yn arnofio rhwng y cwryglau. Mae Nest yn lapio ei chlogyn amdani'n dynnach, cyn siarad gyda'r dyn sy'n sefyll fel cerflun wrth ei hymyl.

'Fe ei di i Iwerddon, felly?'

Mae e'n llonydd, ei broffil yn olygus, ei fwstás yn euraidd yn y tywyllwch.

'Am y tro.'

'Oni ddylet ti aros yma? I ymladd dros dy deyrnas?'

'Dim synnwyr gwneud hynny. Mae lluoedd 'nhad wedi'u gwasgaru fel ieir gan fyddin Madog. Ac mae Llywarch ap Trahaearn wedi ymuno ag e nawr, ac mae ganddo gannoedd o ddynion yn ei ddilyn. Mae eu dwy fyddin gyda'i gilydd tua ugain gwaith y nifer sydd gen i.'

'Prin gelli di weld bai ar Llywarch am ymuno â nhw! Ti lofruddiodd ei frodyr e chwe blynedd yn ôl!'

Poera Owain yn sur i'r gwair, ac ysgwyd ei ben. 'Fe wn i. Ond wna i ddim mynd fel oen i'r lladdfa. Na, gwell atgyfnerthu gyda help Muirchertach.'

'Beth wna Cadwgan?'

Coda Owain ei ysgwyddau. 'Ceisio cefnogaeth Gruffydd ap Cynan, am wn i.'

Mae Nest yn nodio'n araf. 'Rwyt ti am fy ngadael i yma, felly.' Nid cwestiwn ydoedd.

Try Owain i'w hwynebu.

'Byddi'n ddiogel yma.'

'Diogel!' Mae'r geiriau'n ffrwydro o geg Nest. 'Tra mod i'n pydru'n y merddwr 'ma a gwybod dim!'

Does dim ateb gan Owain, wrth iddo wylio'i ddynion yn straffaglu i'r llong. Ei ddisgwyl, cyn ffoi. Dianc. Fel gymaint o Gymry o'u blaenau, gan gynnwys ei thad. A Gruffydd.

'Rwyt ti wedi fy nghipio i oddi wrth fy nheulu – fy

ngwahanu oddi wrth fy mhlant – a nawr rwyt ti'n fy ngadael i yma!' Mae'r dicter yn byrlymu'n ei bron, ac mae hi'n gwasgu ei dwylo'n ddyrnau wrth droi tuag ato. 'Rwy'n cario dy blentyn di – wyddost ti hynny?'

Mae ei lygaid mewn tywyllwch, ond gall Nest weld ei geg yn torri'n wên, ei ddannedd gwyn yn fflachio. Cama'n agosach ati, cymryd ei llaw a'i hanwesu. Ei chyffwrdd am y tro cyntaf mewn oes.

'Paid â gwylltio, Nest. Mae hyn yn arwydd! Tywysog i Bowys a Deheubarth! Tywysog i uno'n hachau.'

Cipia hithau'i llaw o'i afael.

'Nawr wnei di fynd â fi gyda thi?'

Ysgydwa Owain ei ben yn araf.

'Na wna. Wna i ddim mentro'r fordaith efo ti ar fwrdd y llong, yn enwedig nawr. Byddi'n ddiogel yma.' Ailadrodda'r geiriau gwag. 'Rwy'n d'adael di yng ngofal gwraig sy'n ffyddlon i mi. Mae gen ti waith pwysig i'w wneud nawr. Rhaid i ti ganolbwyntio ar enedigaeth diogel fy mab.'

Ochneidia Nest yn uchel, ei rhwystredigaeth yn bygwth ffrwydro ohoni, ond dim ond gwenu mae Owain.

'Pryd?'

'Mis Tachwedd, am wn i.'

'Ni allet ti fod wedi rhoi newyddion gwell i mi, Nest.' Yn fyrbwyll, llithra'r dorch aur o'i arddwrn a'i phwyso i'w llaw. 'Gwisga hon i ddangos dy fod ti'n wraig i mi.'

Ysgydwa Nest ei phen, ei dwylo'n cau o amgylch y dorch, yr aur yn gynnes o'i groen.

'Dydw i ddim yn wraig i ti. Dydw i'n eiddo i neb, nawr.'

Fflachia Owain wên arall.

'Os ti'n dweud, Nest.'

Mae'n bachu ei fys at fachgen sy'n hofran gerllaw. 'Idwal!

Tyrd yma!' Yna, mae'n troi at Nest. 'Ffarwél, Dywysoges. Dos gydag Idwal, fe aiff â ti i dy lety. Edrycha ar ôl fy mab.' Mae'n pwyso'i law ar ei bol am eiliad.

'Aros.'

Mae ei llais yn daer, ac oeda Owain yn ddisgwylgar.

'Gwna rywbeth i mi.'

'Beth?'

Mae wyneb Gruffydd yn nofio o flaen llygaid Nest. Bratha'i gwefus. Na. Rhy beryglus. Mae hi'n ysgwyd ei phen.

'Dim ots.'

Mae Owain yn edrych arni'n holgar, a gall Nest deimlo'r gwaed yn curo'n ei chlustiau.

'Ffarwél, Owain.'

Ni yw'n aros i wylio ei ymadawiad, dim ond troi ei chefn ar y môr, gan droelli'r dorch aur yn ei dwylo wrth iddi ddilyn Idwal y gwas ar hyd y llwybr tywodlyd.

28

Gorffennaf 1110

Ydy e wedi dod o hyd i ti? Wyt ti wedi ei gyfarfod e, tybed?

Owain. Tad y plentyn sy'n tyfu'n styfnig yn fy nghroth. Cyn iddo hwylio am Iwerddon bu bron i mi ofyn iddo chwilio amdanat, i ddweud wrthyt ti fy mod i'n fyw; dy chwaer, yn fyw ac yn meddwl amdanat ti bob diwrnod.

Wyddost ti hyn yn barod, Gruffydd? Wyt ti'n clywed straeon amdana i dros y môr; sôn am fy nghipio gan Owain efallai, neu'r ffaith fod gen i fab gyda'r Brenin Henry? Mae pobl yn siarad, mi wn. Mae llawer o'r Cymry'n ddrwgdybus ohona i, yn credu mod i'n un ohonyn nhw – un o'r Ffrancwyr milain sy'n ymdreiddio i'n gwlad. Fy ngalw i'n ysbïwr, putain Brenin y Saeson, a mwy. Ac i'r Normaniaid – nid Arglwyddes Nesta de Windsor ydw i mwyach. Na – rwy'n ysbail y gwrthryfelwr, Owain ap Cadwgan o Bowys, ac yn werth dim. Fy nhras a fy llinach wedi'u sathru i'r baw.

Mae Owain wedi mynd. Fy ngadael i yma, yng ngofal Ceridwen, hen wreigan a oedd unwaith yn gofalu amdano fe a'i frodyr, amser maith yn ôl. Mae hi'n sur ac yn grintachlyd, ac yn fy nhrin fel dieithryn peryglus, er fy mod i'n cario plentyn Owain. Rwy'n byw yn ei chartref gyda hi a'i brawd sy'n bysgotwr – byd cyfan i ffwrdd o'r cestyll a'r llysoedd rydw i wedi arfer â nhw.

Rwy'n deall digon i wybod bod y sefyllfa ym Mhowys yn daer. Gwrthododd Gruffydd ap Cynan â helpu Cadwgan, ac felly yr unig ddewis iddo oedd defnyddio ei wraig Normanaidd i gael cyfarfod gyda'r Brenin Henry, ac erfyn arno i ganiatáu iddo gadw'i deyrnas. Cytunodd Henry, ond ar yr amod bod Cadwgan yn torri pob cysylltiad ag Owain. Os bydd Cadwgan yn gymorth iddo, bydd yn colli ei deyrnas gyfan. Ac yn fwy na hynny, mae Henry wedi gorchymyn i Gadwgan erlid ei fab ei hun. Unwaith eto mae'r Normaniaid wedi manteisio ar ymryson a gelyniaeth y Cymry.

Rwy'n sicr y bydd Owain yn dychwelyd, ond beth fydd yn digwydd wedyn? A fydd Cadwgan yn dewis ei fab, neu ei deyrnas?

Pam wyt ti yna o hyd, Gruffydd? Pam na wnei di ddychwelyd i hawlio Deheubarth – dy fraint ers dy eni? Dim ond ti sydd â hawl cyfreithlon i'r deyrnas! Nid Owain. Nid y baban sydd yn fy mol. Ac nid Gerald, chwaith.

Ti.

Mae gen ti gyfrifoldeb. Drosta i, a dros Hywel hefyd – yntau'n pydru mewn castell Normanaidd, y bywyd yr oedd e'n ei haeddu wedi ei ddwyn oddi wrtho. A Gerald yn gyfrifol am hynny, a finnau wedi methu gwneud dim i'w ryddhau.

O Gruffydd, mae'r dyddiau yma'n hir. Un yn llusgo'n araf ar ôl y llall, ac rwy'n teimlo bod pawb yn y byd wedi anghofio amdana i.

Alla i ddim gweld pa lwybr i droedio nesaf.

*

Aberdyfi, Hydref 1110

Saif Nest yn llonydd yn y bae, gan syllu allan ar y tonnau, y llanw ymhell a'r môr fel llafn cleddyf yn erbyn awyr ffyrnig. Anwesa'r bol sy'n ymwthio o'i chorff, fel petai'r baban oddi fewn iddi ar fin ffrwydro i'r byd.

Gerllaw, mae Ceridwen yn symud yn araf rhwng y creigiau, ei bysedd cnyciog yn tynnu ar yr heidiau o gerrig gleision, y cregyn yn brathu ei chnawd wrth iddi eu plycio nhw o'r graig a'u taflu i'r fasged weuedig wrth ei thraed.

'Dwyt ti'n dda i ddim yn sefyll yn fan'na'n syllu.'

Mae'i llais yn sarrug wrth iddi daflu golwg filain tuag at Nest. Anwybydda Nest yr hen ddynes, wedi arfer â'i thymer yn y misoedd ers cyrraedd Aberdyfi. Mae'n taflu golwg olaf ar y gorwel cythryblus, cyn troi gydag ochenaid a cherdded yn drwm tuag at Ceridwen a'i basged.

Mae'r cerrig yn arw o dan ei dwylo, gwyddau môr bach yn caenu'r wyneb, llygadau meheryn yn pipian ymysg sglein tywyll y cerrig gleision. Mae'r sŵn wrth iddi eu tynnu o wyneb y graig yn rhoi boddhad iddi, ac am beth amser symuda o graig i graig yn gweithio'n ddistaw wrth ochr Ceridwen.

'Dydy'n dda i ddim edrych amdano dros y môr, wyddost ti.'

Mae llais Ceridwen yn torri ar draws ei meddyliau.

'Beth?'

'Y Tywysog Owain. Ddaw o ddim i'th nôl. Dim nes i ti roi etifedd iddo, beth bynnag.'

Mae Nest yn ysgwyd ei phen.

'Doeddwn i ddim yn chwilio am Owain.'

Gwna Ceridwen sŵn fel cyfarth sych.

Mae Nest yn sythu, ei gruddiau'n fflamio mewn tymer, gwaelod ei chefn yn brifo gyda'r plygu, ac yn gollwng llond llaw o gerrig gleision yn swnllyd i'r fasged.

'Dwed beth sydd ar dy feddwl, neu rho'r gorau i'r cecru, Ceridwen!'

Ysgyrnyga'r wraig hŷn arni, cyn poeri i'r tywod.

'Does gen ti ddim euogrwydd, ferch? O'th herwydd di, mae'r deyrnas 'ma'n deilchion!'

Rhytha Nest arni. 'O'n herwydd i?'

'Rhyfela ym mhob man! Brenin y Saeson yn ymyrryd ac yn annog gwrthryfela 'ma! I ddial ar Owain, a chosbi Cadwgan am dy gipio di!'

Mae dicter chwerw yn corddi ym mol Nest, geiriau'r hen wreigan fel nodwyddau'n ei phigo.

'Wyt ti wir yn credu mai 'newis i oedd hyn, Ceridwen? Mai fy newis i oedd cael fy nghipio o fy nghartref, a 'ngwahanu wrth fy mhlant, a bod yn y lle 'ma gyda ti?'

Mae wyneb yr hen wreigan yn sur. 'Efallai ddim. Ond edrych ar y llanast sydd yma nawr!'

'Dim fi anogodd Madog ac Ithel i wneud cytundeb gyda'r diafol Esgob 'na! Roedd yn fethiant, beth bynnag. Gweithred Owain arweiniodd at hynny! Beth oedd e'n meddwl oedd am ddigwydd ar ôl ei ffolineb? Ac mae Cadwgan yn lwcus ei fod yn parhau i reoli Powys!'

'Rheoli mewn enw yn unig! Gydag amodau! Dy hen gariad, y Brenin Henry, wedi codi dirwy anferth arno, a'i wahardd rhag cefnogi'i fab ei hun, ei erlid hyd yn oed!'

Edrycha Nest arni'n oeraidd, ei gwallt du'n chwyrlïo o amgylch ei hwyneb.

'Mae'n sefyllfa erchyll, rwy'n cytuno. Ond rwy'n gwneud beth sydd raid gwneud, i oroesi. Dyna'r gwir, ac felly mae hi wedi bod i mi erioed. Does gen i ddim rheolaeth na dylanwad dros y Brenin Henry.'

'Wel, er dy fwyn di mae'n erlid Owain!' Daw Ceridwen yn nes ati, codi bys esgyrnog yn wyneb Nest. 'Wyddost ti fod ein Tywysog wedi dychwelyd o Iwerddon ers wythnosau?'

Mae Nest yn stopio'n stond, ei hwyneb yn gwelwi. Gwena Ceridwen yn gas.

'Ie, a chdithau'n meddwl y bydde'n dod i chwilio amdanat ti'n syth? Dwyt ti ddim mor bwysig â hynny, 'merch i! Mae'n ysbeilio yn y Deheubarth... llosgi ac anrheithio a chymryd caethweision i'w gwerthu yn Iwerddon! Creu helynt ac anrhefn i dy ŵr Normanaidd eto!'

Saif Nest yn ei hunfan, ei meddyliau'n chwyrlïo. Roedd Owain wedi dychwelyd. Roedd yn ôl yng Nghymru, ond heb ddod i'w gweld. Roedd hi'n wir yn anweledig. Coda'i phen, ac edrych yn herfeiddiol ar Ceridwen.

'Oes oeddet ti'n gobeithio fy mrifo wrth ddweud bod Owain wedi dychwelyd heb ddod yma, mae'n ddrwg gen i dy siomi, Ceridwen.' Troes i ffwrdd gan edrych tuag at y tonnau unwaith eto, y llanw erbyn hyn yn troi, ac yn llusgo dros y tywod arian at y glannau. 'Dydw i ddim yn caru Owain, deall di fi.' Mae'i llais yn benderfynol, ac yn sydyn mae'r geiriau'n byrlymu ohoni. 'Mae e wedi cymryd popeth sydd gen i. Ac yna fy ngadael i yma, mewn lle mor anghysbell, gyda dim ond hen wrach yn gwmni.' Amneidia tuag at ei bol a'r babi oddi fewn iddi. 'Drwy sarhau Gerald, mae e wedi dinistrio fy mywyd i. Ac efallai fod rhan ohona i wedi mwynhau dial ar Gerald, mwynhau'r syniad o'i ddarostwng a chodi cywilydd arno.' Sodra Nest ei llygaid glas ar rai'r ddynes arall. 'Ac os oeddet ti'n gwybod beth wnaeth e i 'nheulu, byddet ti'n deall pam. Ond er gwaetha'i droseddau, Deheubarth ydy'n lle i, ac rwy'n casáu Owain am gymryd cymaint oddi wrtha i, pan frwydrais cyn hired i ddychwelyd yno yn y lle cyntaf.'

Mae wyneb rhychiog Ceridwen yn wag .

'Bydd yn ddiolchgar am yr hynny sydd gen ti. A phaid dychmygu am eiliad mai ti yw'r unig un sy'n dioddef, Nest ferch Rhys. Does dim lle i hunandosturi yma.'

Gyda hynny, coda Ceridwen y fasged orlawn ar ei chlun, a hercio'n araf tuag at y llwybr drwy'r twyni. Sylla Nest yn fud ar ei hôl, y tân cynddeiriog oedd gynnau'n llosgi wedi diffodd a phwysau trwm tristwch yn ei le.

*

Mae'r brwyn sy'n procio drwy'r fatres denau'n pigo ei chefn. Sylla i lawr ar ei bol chwyddedig; cromen welw â gwe gain o wythiennau glas yn blodeuo drwy'r croen tryloyw. Nid oes bosib bod mwy o le oddi fewn iddi, ac eto mae'r babi'n parhau i dyfu. Mae Nest yn gwingo'n anghyfforddus gan wylio'r twmpath tonnog yn troi'n grychdonnau, rhyw fraich neu goes, neu efallai gefn, yn weladwy trwy ei chroen, fel petai'n ymladd i ddod allan. Mae'n fachgen, mae hi'n dychmygu – un cryf ac ystwyth – bachgen pengoch gyda thymer danllyd, fel ei dad.

Mae'n ei nabod yn well na'i dad hefyd, er nad yw wedi ei gyfarfod eto. Mae'n nabod ei symudiadau'n drylwyr, mae'n eu teimlo'n ddi-baid, ac mae'n siarad gydag e nawr. Does neb arall i siarad â nhw, wedi'r cyfan. Dim i'w wneud ond disgwyl ei eni, a dychmygu ei bresenoldeb; rhyw fath o gyfnewid am y plant sydd ar goll iddi oherwydd y beichiogrwydd yma.

Ni all ddychmygu sut byddai modd aduno gyda nhw nawr. Harri. William. Maurice. Angharad. Sibryda eu henwau liw nos, fel y sibrydodd enwau Rhys, Gwladus, Gruffydd a Hywel. Ni fyddai Gerald yn caniatáu plentyn dyn arall yn ei gastell – er iddo ganiatáu Harri wrth gwrs – ond mab ei frenin yw hwnnw! Ac roedd wedi ei eni cyn i Gerald ei phriodi, ei chymryd hi'n eiddo iddo. Mae e wedi bod yn dad da i Harri, mae'n cyfaddef – yn llystad cyson ac arweiniol – ni allai fod wedi gofyn am fwy. Ond byddai hyn yn ormod i unrhyw ddyn.

Mae'n ormod yn barod, yn amlwg, oherwydd nid yw Gerald wedi dod i chwilio amdani. Ni chlywsai unrhyw sôn ei fod wedi ymdrechu i'w hachub – mae'r Brenin Henry wedi gwneud mwy. Na, mae Gerald wedi ei gadael hi gydag Owain, cymryd eu plant yn ôl ac anghofio amdani, ei ffawd yn anhysbys iddo. Gallai hi fod wedi marw, ac ni fyddai'n gwybod.

Gwylia'r baban yn gwingo yn ei bol yn feddylgar. A fyddai hi hyd yn oed *eisiau* dychwelyd at Gerald? Pendrona ynghylch y cwestiwn hwn yn fwy nag unrhyw un arall. Fydd hi byth yn ei garu eto, mae hynny'n sicr. Does dim lle yn ei chalon i faddau iddo am yr hyn a wnaeth i Hywel. Ac eto, byddai'n ailgydio yn ei lle fel ei wraig ar amrantiad, pe bai'n golygu gweld ei phlant eto. Mae eu hwynebau yn fyw yn ei breuddwydion, eu lleisiau'n llenwi'r oriau golau dydd. Duw faddeua iddi, ond ar adegau teimla atgasedd tuag at y creadur hwn sy'n pwnio ei thu mewn ac yn cyfyngu ei hanadl, oherwydd mai ef, a'i dad, sydd wedi ei chymryd i ffwrdd oddi wrthyn nhw.

Llynca'r lwmpyn caled yn ei gwddw, brwydro'r dagrau sy'n ei bygwth hi'n ddyddiol. Yn araf mae hi'n troi ar ei hochr, ei llaw ar fryn ei bol, a chau ei llygaid, gan ymdrechu'n ofer unwaith eto i geisio cwsg.

29

Am ddyddiau mae Nest yn teimlo'r ymchwyddiadau; osgilio, fel y llanw, cyhyrau'r gofod tywyll sy'n clustogi ei phlentyn yn dechrau ei ddiarddel i'r byd. Croesawa'r gwasgu, yr anghysur sy'n lledu o waelod ei bol a thrwy ei chefn, trymder yn ei hystlysau, ei chorff yn poenydio i gael gwared â'i lwyth. Yn y tywyllwch mae hi'n crwydro, y noson drwchus yn ei hamwisgo yn ei lliain wrth iddi droedio'r llawr pridd, synau'r nos ei hunig gwmni; brefu'r gwartheg a chwyrniad meddal Ceridwen. Hiraetha am ehangder y dŵr, gwyllter y traethlin – nid cyfyngiadau'r cwt hwn. Ond yma mae hi'n aros, ac yn aflonyddu, yn disgwyl yr ymchwydd nesaf wrth i'r canhwyllau fachlud.

Mae'n bwrw ei meddwl yn ôl at enedigaeth ei phlant eraill, y pedwar a ddaeth gynt, dim ond darnau yn ei chof nawr, a phob un mor wahanol. Fel cymeriad pob plentyn a anwyd iddi. Nid dyma sut y gwnaeth hi ddychmygu mynediad ei phumed plentyn i'r byd; dyddiau o lafur yn dechrau ac yn cilio, y poenau'n morio'n gryf yn y tywyllwch cyn pylu eto i ddim byd gyda thoriad gwawr.

Erbyn y pedwerydd diwrnod, mae hi wedi blino'n lân, ac yn llawn braw, ei meddyliau'n ofidus. Pam na ddaw'r baban? Mae Ceridwen yn ei llygadu'n ofalus, yr hen wreigan wedi rhoi'r gorau i'w mileindra, yn cynnig cawl a phrocio'r tân yng nghanol y llawr yn ddistaw bach. Ar ôl sbel mae'n dod ati, a gosod llaw sych ar dalcen Nest.

'Dal ati, ferch. Fe ddaw yn ei amser ei hun.'

Dim amser i ateb caredigrwydd annisgwyl Ceridwen. Daw cyfyngiad poenus arall, un sy'n meddiannu ei holl enaid wrth iddi ostwng ar ei gliniau, yna anadlu'n ddwfn drachefn. Yn sydyn pwysau enfawr, pwysau'r holl fyd yn ymwthio rhwng ei choesau, ffrwydriad enfawr a dŵr cynnes yn llifo o'i chorff a phylu ar lawr. Daw sŵn anifeilaidd o'i henaid, a'r pwysau'n cynyddu, yn gryfach nag unrhyw beth, dim modd mynd yn ei erbyn, dim ond ildio iddo. Clyw lais Ceridwen o rywle pell, yn gadarn ac yn ddigynnwrf, yn dweud wrthi am anadlu, ac arafu, a chaea Nest ei llygaid yn dynn, dynn, ceisio â'i holl nerth i ymlacio a derbyn y pwysau, a theimlo agoriad ei chorff yn llosgi, llosgi – cyn i'w phlentyn lithro'n wlyb rhwng ei choesau, i hen freichiau disgwylgar Ceridwen.

*

Distawrwydd.

Llonyddwch.

Dim sŵn heblaw clecian fflamau'r tân, y mwg yn troelli tua'r nenfwd. Sŵn ei hanadl. Agora Nest ei llygaid ac edrych i fyw wyneb Ceridwen. Hithau'n syllu'n ôl. Yn dorcalonnus. Syrthia calon Nest fel carreg i waelod ffynnon.

Yn dyner, mae Ceridwen yn gosod y baban tawel ym mreichiau Nest. Bachgen. Ei groen yn las biws. Ei ddwylo bychan yn berffaith, a'i ewinedd bach miniog. Ceg bach ar gau. Nid yn agored fel y lleill, yn chwilio am ei bron. Llygaid ynghau hefyd, yn lle edrych arni am y tro cyntaf.

Y llinyn bogail sy'n ei glymu ef gyda'i fam yn dynn o amgylch ei wddf.

*

Oriau'n ddiweddarach, ar ôl bwrw'r brych, llwydda Ceridwen i symud Nest o'i safle gwaedlyd ar lawr, lle bu'n siglo'n fud, yn cofleidio ei bachgen bach yn ei breichiau, ei ben meddal wedi gwasgu at ei grudd. Ni ddywed air. Pa ddefnydd oedd geiriau nawr?

Gosoda'r hen wraig hi'n ofalus yn y gwely, gan osod y babi wrth ei hochr. Caea Nest ei llygaid. Llifa'r dagrau'n boeth yn draciau di-stop, fel y llifa'r gwaed o'i chroth. Mae hi'n teimlo Ceridwen yn tynnu'r blanced dros ei hysgwyddau, a throi ei hwyneb at y wal, yn ymwybodol o ddim byd ond y boen yn ei chalon, sy'n taflu poen corfforol i'r cysgod.

*

Enwir y bychan ar ôl ei thad.

Cleddir Rhys ar lannau'r foryd, ei gorff bach o dan dywod a hesg môr, ynghwsg o dan ehangder y sêr. Eistedda Nest am ddiwrnod cyfan wrth ochr ei fedd, ei bronnau'n llawn a dim baban i'w sugno. Does ganddi ddim ymwybyddiaeth o amser, ei breichiau'n dynn o amgylch ei phengliniau, glaw mân yn pigo'i chroen. Yn y man daw Ceridwen i edrych amdani, gan eistedd yn drwsgl a phoenus wrth ei hochr.

'Wyt ti am i mi yrru neges at y Tywysog Owain?'

Mae Nest yn troi i edrych arni gydag wyneb gwag.

'Am wn i.'

Nodia Ceridwen. 'Mae o wedi dychwelyd i Iwerddon am y tro. Bydd rhaid gyrru neges iddo yno.'

Nodia Nest yn fud. Yn araf mae Ceridwen yn estyn amdani a gafael yn ei llaw lipa.

'Mae'n ddrwg gen i, ferch.'

Caea Nest ei llygaid, y dagrau, mor agos i'r wyneb, yn gorlifo eto.

'Fe ddysgi fyw gyda'r golled. Mewn amser.'

Try Nest at Ceridwen, llygaid yr hen ddynes yn ddisglair. Mae tosturi a dealltwriaeth yn ei hwyneb. Yn araf bach, pwysa Nest yn ei herbyn, gan orffwys ei phen ar yr hen ysgwydd fregus. Eisteddant am hir mewn llonyddwch, dim ond sŵn y llanw'n taro'r creigiau, yr ewyn yn tasgu'n uchel. Mae Ceridwen yn syllu tuag at y gorwel, y gwynt yn cipio'r tonnau garw, y llwydni'n cyfuno'n llyfn gyda'r awyr aeafol, harddwch llwm yn ei wylltineb. Garw yw ei hwyneb hithau hefyd, y llinellau dwfn wedi eu cerfio yn ei chroen lledraidd, y llygaid dyfrllyd yn dweud hanes bywyd.

'Does neb am ddod i'th achub di, 'ngeneth i. Mae marwolaeth y bychan wedi dy ryddhau di, mewn ffordd.'

Sudda Nest ei thalcen at ei phengliniau, ei llygaid ynghau, gwlân ei sgert yn arw yn erbyn ei chroen, lliwiau a phatrymau'n blodeuo o dan ei hamrannau caeedig. Does dim cysur yng ngeiriau Ceridwen. Dim cysur yn unman. Coda Ceridwen ar ei thraed yn araf, gan rwgnach dan boen llid y cymalau.

'Os wyt am adael y lle 'ma, bydd rhaid i ti wneud hynny dy hun.' Plyga'i chefn crwm a gosod ei llaw yn ysgafn ar ysgwydd Nest. 'Tyrd yn ôl i'r tŷ pan wyt ti'n barod.'

Arhosa Nest yn ei hunfan, yn gweld dim, sŵn y tonnau'n rhuo yn ei chlustiau. Cama Ceridwen i ffwrdd yn herciog, ar hyd llwybr igam-ogam y twyni, gan adael Nest i fwrlwm dryslyd ei meddyliau.

*

Am wythnosau mae Nest yn myfyrio dros eiriau Ceridwen. Lle i fynd. Beth i'w wneud. Mae'r hen wraig yn llygad ei lle, mae'n gwybod hynny. Am gyfnod, fodd bynnag, ni all ddiodde'r syniad o adael Rhys ar ôl, o beidio â bod yn agos at ei babi coll byth eto. Os bydd hi'n gadael, ni fydd yn dychwelyd. Ond yna mae gwirionedd aros yn y lle diffaith hwn yn drech na hi, a gŵyr fod yn rhaid iddi fynd oddi yma. Hyn – nid ei thynged hi yw hyn.

Troes Tachwedd yn Rhagfyr, ac yna'n flwyddyn newydd eto. Pendrona Nest am Iwerddon – y tir pell hwnnw'n llawn niwl a chorsydd lle mae cymaint o Gymry yn ffoi, a dim ond rhai'n dychwelyd oddi yno. A ddylai hithau fynd yno – hwylio'r gwyntoedd chwerw a cheisio dod o hyd i Gruffydd? Ac yna beth? Ac mae Owain wedi dychwelyd i Gymru, beth bynnag. Yn sydyn mae'r posibilrwydd yn ei tharo hi nad yw ei brawd yn byw yno o hyd, wedi'r holl flynyddoedd hir. Efallai ei fod wedi marw. Try ei meddwl oddi wrth y syniad llwm hwnnw, oherwydd ni all hynny fod. Ond na, byddai hi'n peryglu gormod trwy geisio cyrraedd yr Ynys Werdd.

Saif fel delw ar y traeth ariannaidd, yn gwylio'r tonnau'n taranu gan droi a throi'r dorch aur o amgylch ei garddwrn. Bob dydd mae hi'n poeni y bydd Owain yn ymddangos, yn barod i'w hawlio unwaith eto, a'i chymryd i rywle arall; rhywle lle bydd hi'n cael ei gwylio gan fwy na hen wraig fel Ceridwen, a'r cyfle i ffoi ar goll iddi am byth. Bydd e'n cael plentyn arall ganddi, a bydd ei thynged yn cael ei selio unwaith eto. Mae'n teimlo'n sâl wrth feddwl am y peth.

Na, yr unig ddewis yw dychwelyd i'r Deheubarth. Dychwelyd at ei phlant. Nhw yw ei phwrpas. Bydd rhaid iddi ddioddef Gerald – yn fwy na hynny – bydd rhaid iddi fynd ar ei gliniau ac ymgreinio iddo. Gwena Nest yn chwerw, blas sur yn ei cheg. Ni ddaeth ei gŵr i'w hachub, sy'n golygu ei fod e'n meddwl ei bod hi wedi cynllwynio a gweithio law yn llaw gydag Owain. Doedd e erioed wedi ymddiried ynddi, felly.

Bydd ei falchder wedi ei glwyfo, a bydd yn rhaid iddi ei berswadio i'w chymryd yn ôl yn wraig iddo. Tywysoges yn crefu maddeuant gan gwnstabl castell! Mae'r dicter yn sleifio drwy ei chorff. Ond beth yw hynny, ond iddi gael gweld wynebau annwyl ei phlant eto? Ac yn Neheubarth mae hi'n perthyn, beth bynnag. Gwelsai ddigon o'r deyrnas druenus hon i ddyheu unwaith eto am dir ei thad. Ac wrth i fisoedd y gaeaf lusgo heibio, mae ei chroth yn crebachu, y traciau porffor ar groen ei chluniau'n pylu'n arian a'i llaeth yn sychu, hyd nes does dim arwydd iddi gario plentyn arall. Yn ei chalon, mae'n gwybod y bydd yn cario ei enw a llun ei wyneb am byth.

Daw Chwefror yn ddistaw bach, y gwyntoedd rhewllyd yn meirioli rhywfaint, y barrug yn dadmer, glaw a mwd yn ei le, a thry Nest ei meddyliau at gynllunio. Gall ddefnyddio'r dorch aur i dalu i bysgotwr fynd â hi i waelod Bae Ceredigion. Ond mae llanw'r gaeaf yn fileinig, stormydd yn rowlio i'r glannau wrth i'r tymheredd godi fymryn, ac mae'n gwybod na fydd unrhyw bysgotwr yn fodlon mentro yn eu cwryglau tolciog. A byddai hwylio ar long fwy yn tynnu sylw.

Gallai ysgrifennu; cael gafael ar gwilsyn a memrwn, ysgrifennu at Gerald a rhoi gorchymyn arno i'w nôl. Ond pwy fyddai'n cario'r neges? Fyddai neb yma yn mentro i diroedd Normanaidd, maen nhw'n rhy ffyddlon i Owain. Ac ni fynnai ymbilio wrtho, beth bynnag. Petai Gerald wedi dod i'w hachub, ni fyddai wedi beichiogi, a geni Rhys, ac yna'i gladdu. Na. Wnaiff hi ddim crefu arno, na dibynnu arno fyth eto.

Ac yna daw si o'r farchnad, sôn am bererinion, grŵp bach yn teithio trwy Fachynlleth ac i'r De. Mae hi'n gweld ei chyfle.

RHAN IV

30

Mawrth 1111

Unwaith eto rwy'n teithio, ar fy ffordd yn ôl i Ddeheubarth. Mae'r gwanwyn yn dechrau dangos ei liwiau, y coed yn blaguro, ŵyn yn llefain am laeth eu mamau ac mae 'na obaith yn fy nghalon, Gruffydd – ysgafnder sydd wedi bod ar goll ers amser maith –goleuni yn cynnau.

Rwyf nawr yn un o'r pererinion ar eu ffordd i Dŷ Ddewi; grŵp bychan ar daith o Ynys Enlli yr holl ffordd i Gadeirlan Dewi Sant, a phob un ohonyn nhw gyda'u rhesymau eu hunain. Maen nhw wedi rhoi caniatâd i mi gerdded gyda nhw – dangos caredigrwydd er nad ydyn nhw'n gwybod dim amdana i.

Gwladus ydw i iddyn nhw – nid Nest – ac ni fyddai unrhyw un yn dyfalu pwy ydw i mewn gwirionedd, oherwydd nid oes arlliw o'r dywysoges na'r uchelwraig amdana i nawr. Os oes ganddyn nhw gwestiynau am y ffaith fy mod yn medru ysgrifennu, nid ydyn nhw'n eu lleisio. Maen nhw'n gadael llonydd i mi, ac rwy'n ddistaw yn eu cwmni, er mod i'n mwynhau clywed eu sgwrsio clên.

Mae'r siwrnai yn un araf, ein traed yn brifo ar ddiwedd pob dydd o gerdded, a ninnau'n cysgu'r nos ar lawr eglwysi neu gytiau anifeiliaid, yn dibynnu ar haelioni pobl y wlad wrth i ni deithio heibio. Gyda phob gwawr, rwy ymhellach o'r lle tywyll yna, o'r misoedd o ynysu, o'r gwacter, o farwolaeth Rhys.

Ac er bydd ei golli gyda fi drwy gydol fy oes, rhaid mynd ymlaen. Rhaid meddwl am fy mhlant byw, a dychwelyd atyn nhw.

⋆

Mae sŵn brigyn yn hollti'n ei deffro, a siffrwd adenydd a thrydar wrth i haid o adar hedfan o loches y dail ac i fyny i'r awyr. Rolia Nest ar ei hochr yn araf cyn codi ar ei heistedd, ei chlogyn wedi ei glymu'n fwndel amdani. Gwrandawa'n astud, gan geisio clywed cyfrinachau'r goedwig dros forthwylio swnllyd ei chalon. Mae'i chroen yn tynhau, fel petai morgrug yn heidio drosti. Mae rhywbeth o'i le.

Mae pelydrau tenau'r haul yn hidlo trwy dyllau yn y canopi gwyrdd uwch eu pennau; sgwariau o olau'n wasgar ar garped priddlyd y fforest. Distawrwydd. Try ei phen i edrych yn araf dros ei hysgwydd, craffu rhwng y boncyffion am unrhyw symudiad.

Dim.

Mae hi'n aros i'w chalon arafu, ei golwg yn gostwng dros ei chymdogion; y rhychau o bryder a phoen ar eu hwynebau yn esmwyth wrth iddyn nhw gysgu ar lawr y goedwig, y gwlith yn berlau mân ar y glaswellt.

Crac.

Edrycha'n wyllt o'i chwmpas wrth glywed y sŵn eto; yn gwybod heb amheuaeth mai ôl troed rhywun ydoedd. Dim sŵn nawr ond ei hanadl trwm a'r awel yn sisial drwy'r dail. Arhosa ar ei heistedd, yn llonydd, llonydd; fiw iddi ymestyn ei llaw at Dyfrig sy'n gorwedd dair troedfedd oddi wrthi.

Ai milwyr Owain sydd yno?

Mae ias fel bys oer yn treiddio i lawr asgwrn ei chefn wrth feddwl amdano. All e ddim dod o hyd iddi nawr, a hithau wedi dod mor bell. Mae'r tirwedd yn fwy cyfarwydd iddi erbyn hyn, eu siwrnai hir wedi dod â nhw o'r diwedd i ymylon teyrnas Cadwgan ac Owain. Dim ond diwrnod arall o gerdded a bydd eu cwmni bychan yn croesi i Ddeheubarth, ac i diroedd sydd o dan reolaeth Normanaidd.

Mae'r ddaear yn llaith o dan ei bysedd crynedig. Ceisia reoli ei hanadl. Os mai milwyr Owain sydd yno, does dim rheswm iddyn nhw ei hadnabod, hithau'n fudur, ei gwallt yn glymau blêr a'i dillad wedi baeddu. Gwladus ydy hi i'w chymdogion, does neb yn amau hynny. Ac ni fydden nhw'n ymosod ar bererinion diniwed ar eu ffordd i Dŷ Ddewi...

Ac yna'r sŵn eto.

'Dyfrig!'

Mae'n hisian at y mynach sy'n dal yn ei drwmgwsg, ei sibrwd taer yn gwbl aneffeithiol wrth i Dyfrig ochneidio'n drwm a rolio ar ei ochr oddi wrthi, ei lygad ynghau.

Gweld fflach. Adlewyrchiad. Arfau. Arfwisg. Nid Cymry mo'r rhain.

'Dyfrig, deffra, daria ti!'

O'r diwedd mae Dyfrig yn symud yn araf, gan graffu ar Nest â llygaid molog.

Rhy hwyr. Saeth, yn chwibanu drwy'r awyr tuag atyn nhw. Rhwyga'r sgrech o enaid Nest. Ergyd. Saeth yn treiddio cnawd. Sŵn anifeilaidd, tagu, rhegi. Gwaed. Corff ar lawr. Caradog. Mae'r pererinion ar eu traed yn awr, yn gweiddi'n y dryswch, y wraig Elen yn cofleidio'i mab cloff yn ei breichiau, ei cheg yn agored mewn sgrech fud, yn sefyll mewn pwll o waed dugoch ei gŵr.

'Rhedwch!'

Mae gwaedd Nest yn gryg, wrth iddi lamu o'r fan lle roedden nhw, dim ond munud yn ôl, yn gorwedd yn dawel. Edrycha'n wyllt i'r fan lle daeth y saeth, gweld cyrff arfog yn ymddangos o blith y coed. Mae llefain Elen yn llenwi'i chlustiau, ei chymdogion yn baglu dros wreiddiau'r coed wrth geisio dianc. Clyw leisiau'r milwyr, rhywun yn chwerthin, saeth arall yn chwipio heibio iddi a chorff arall yn syrthio'n drwm i'r ddaear. Rhodri y tro hwn. Hen ŵr diniwed.

Clyma sgertiau Nest yn ei choesau wrth iddi faglu 'mlaen, yn methu deall – methu credu – bod eu grŵp heddychlon wedi cael ei chwalu, dau fywyd wedi'u colli mewn eiliadau. Mae'r coed yn fflachio heibio, y stribedi haul yn ei dallu hi, ei hanadl yn ei thagu. Rheda Dyfrig wrth ei hochr, ei gorff main yn gwibio rhwng y coed, y ddau ohonyn nhw'n ceisio ehangu'r pellter rhyngddyn nhw a'r milwyr sy'n glos wrth eu holau.

Mae saeth arall yn rhwygo heibio iddi, mor agos nes iddi deimlo'r awyr yn rhuthro wrth ei chlust, cyn taro'r boncyff cyfagos gyda dyrnod. Mae Elen yn sgrechian eto o rywle i'r chwith iddi, bloedd fel udiad, sŵn bron yn annynol. Ceisia Nest gip y tu ôl iddi, gweld Norman ifanc yn eu herlid, wedi'i arafu gan ei arfwisg. Mae ei brest yn llosgi, gwêl Dyfrig yn arafu hefyd, yn baglu. Go brin y byddan nhw'n llwyddo i ddianc. Dim ond un dewis sydd. Cipia Nest law Dyfrig, ei dynnu'n galed, y mynach yn syllu arni mewn ofn a dryswch.

'Mi wna i atal hyn!'

Ysgydwa Dyfrig ei ben, ei lygaid yn grwn â phryder. 'Paid rhoi dy hunan iddyn nhw, Gwladus, os mai dyna wyt ti'n fwriadu!'

Daw'r dagrau o unman, yn crynhoi wrth garedigrwydd y dyn yma – dyn syml sy'n caru ei Dduw ac a'i derbyniodd hi ar eu pererindod heb gwestiwn. Gollynga hithau ei law, cyn troi i wynebu'r Norman ar eu trywydd. Fflachia'r cynddeiriogrwydd drwyddi, ei dicter yn wenfflam, ei dwylo'n ddyrnau.

'Arrêtez!'

Ffrwydra'r geiriau estron o'i cheg, iaith oedd unwaith mor gyfarwydd iddi, ond sydd heb groesi'i thafod ers misoedd. Ac eto, yn gryfach y tro hwn. *'Arrêtez, ça suffit!'*

Mae'r Norman yn gollwng ei gleddyf, gan adael i'r arf lusgo ar y ddaear, cyn codi maneg ddur yn ddiog yn yr awyr ac arwyddo i'r saethwr roi'r gorau i'w herlid, i ollwng ei arfau.

Teimla Nest lygaid Dyfrig a'r lleill arni, eu hofn yn deimladwy, ond eu gobaith hefyd. Dim ond hi all roi terfyn ar y lladdfa 'ma. Sytha ei chefn, syllu'n ffroenuchel ar y milwr sy'n dod yn agosach, gwên yn chwarae ar ei wefusau.

'Oes gen ti rywbeth i mi, ferch?' Crwydra'i lygaid yn araf dros ei chorff, tegan er ei bleser. 'Wyt ti am brynu rhyddid dy fynach?'

Teimla Nest ei choesau'n crynu, llyffant yn ei llwnc, fel petai am grogi ar ei geiriau. Ac yng nghil ei llygaid, yr hogyn cloff, Llŷr, yn brwydro'n erbyn breichiau ei fam, a'i dad yn gelain wrth ei draed.

Pa hawl oedd ganddo i siarad gyda hi yn y fath ffordd, y bachgen hy? Mae'r bustl yn codi yn ei gwddf, fel petai'r tân o fewn iddi'n llosgi'n fwy disglair. Un peth oedd rhoi ei chorff i Frenin Lloegr er mwyn prynu ei diogelwch; rhoi ei hun i Owain, o linach hynafol Brenhinoedd Powys, er mwyn sicrhau diogelwch ei phlant. Ei dewisiadau hi oedd y rheiny.

Cama hithau ymlaen, gan syllu i fyw llygaid y milwr.

'Nest ferch Rhys ydwyf i. Tywysoges Deheubarth. Rwy'n fam i fab Henry, Brenin Lloegr a Normandi. Rwy'n wraig i Gerald de Windsor. Gostyngwch eich arfau ar unwaith.'

Synhwyra'r pererinion yn rhythu arni, wylo Elen yn distewi, dealltwriaeth yn ymddangos ar eu hwynebau. Mae golwg anghrediniol ar weflau'r milwr wrth iddo droi at ei gymdogion, y rheiny'n ymddangos o'u mannau cuddio'n y dail.

Daw'r milwr yn agosach fyth, nes bod Nest yn arogli'r

chwys sur ar ei gorff, yn ymffrostio o flaen ei gyfoedion, chwerthin yn ansicr.

'Dim Arglwyddes wyt ti, siŵr iawn. Wna i ddysgu gwers i ti am fod mor haerllug...'

Gwêl Nest nawr mai dim ond hanner dwsin ohonyn nhw sydd yno, wedi dod dros y ffin i Bowys i ysbeilio, mae'n siŵr. Nid dynion Gerald mohonyn nhw, mae'n sicr o hynny, ond mae enw a dylanwad ei gŵr yn ddigon i blannu hedyn o ansicrwydd, a chydia Nest yn ei chyfle.

'I bwy ydych chi'n atebol? Bydd rhaid i chi egluro'r weithred hon yn llofruddio pererinion diniwed!'

Gwêl fflach o dymer yn croesi wyneb y bachgen, wrth iddo boeri, y blotyn gwlyb yn glanio ger ei throed, a cheisio cydio'n ei braich. Cama Nest yn ei hôl, yn rhy sydyn iddo, a syllu arno gydag atgasedd.

'Myn Duw, byddwch chi'n difaru os bydd fy ngŵr yn darganfod eich bod wedi fy nhrin fel hyn! Gadewch i'r bobl hyn gladdu eu meirw a mynd ymaith yn rhydd.'

Mae un o'r milwyr yn mwmian o dan ei wynt.

'Gad fod iddi, FitzAubert. Beth os ydy hi'n dweud y gwir? Mae hi'n siarad Ffrangeg fel un ohonom ni.'

Try Nest yn ôl at FitzAubert yn awdurdodus.

'Eich Arglwydd?'

Mae ei ateb yn anfodlon. 'Stephen de Marais.'

Daw fflach o adnabyddiaeth iddi. Wrth gwrs. De Marais! Fe oedd yr un a gymrodd ei phlant! Yn sydyn mae'n crynu.

'Yna ewch â fi at de Marais. Ar unwaith.'

*

Mae ffarwelio â'i chymdogion yn anoddach na'r disgwyl. Mae Nest yn troi at Dyfrig, ei fraich o amgylch ysgwyddau Elen, ar ei phengliniau gyda'i mab wrth gorff ei gŵr, y dagrau'n powlio i lawr ei wyneb llychlyd.

'Y Dywysoges Nest?'

Nodia hithau.

'Mae'r Tywysog Owain wedi'ch ryddhau?'

Ni ateba. Mae'n fwy diogel iddyn nhw beidio â gwybod.

'Ni fydda i byth yn anghofio'ch caredigrwydd. Rwy'n casáu eich gadael... ond mae'n rhaid i ni wahanu nawr.'

Ni ddywed Dyfrig ddim gair, ei lygaid yn deall. Yna –

'A fyddwch chi'n ddiogel gyda'r Normaniaid 'ma?'

Coda ei hysgwyddau.

'Mi ddylwn i fod. Rwy'n wraig i un ohonyn nhw, wedi'r cyfan.' Ochneidia'n dawel, cyn oedi am eiliad, anwybyddu'r milwyr yn codi'u harfau, paratoi i ymadael. 'Pan gyrhaeddi di Dŷ Ddewi, chwilia am fynach o'r enw Meurig...'

Mae chwilfrydedd Dyfrig yn amlwg, ond nodia unwaith. Mae'n ymddiried ynddi, hyd yn oed ar ôl iddi ddweud celwydd wrtho.

'Os ddoi di o hyd iddo, dweda wrtho dy fod yn fy nabod i. A dweda wrtho fy mod wedi dod o hyd i'r un oedd ar goll. Bydd yn gwybod am bwy rwy'n siarad.'

Ac yna mae hi'n camu ymaith, gan adael y meirw diniwed ar ôl, ac ymuno gyda'r ysbeilwyr Normanaidd.

31

Castell Aberteifi, Gwanwyn 1111

Mae'r pedolau'n atseinio wrth iddyn nhw farchogaeth yn eu trefniant clos, milwyr yn ei hamgylchu bob ochr i sicrhau nad oes ganddi unrhyw ffordd o ddianc. Mae hi'n ymwybodol ohonyn nhw'n ciledrych arni'n ddrwgdybus bob hyn a hyn, yn methu credu mai'r ddynes yma gyda'i gwallt du gwyllt, a'i dillad carpiog, yw gwraig enwog Gerald de Windsor.

Gerllaw, mae dyfroedd brownwyrdd yr afon Teifi yn rhuthro, ac o'i blaenau, y castell, yn bigau trawiadol yn erbyn y gorwel wrth i'r cyfnos nesáu. Sylweddola Nest y funud honno nad hen lys Cadwgan yw hwn, ond castell newydd sbon. Garsiwn milwrol newydd i ddarostwng y Cymry, i'w tawelu, i'w dileu.

Fflachia wyneb Stephen de Marais, is-gapten Gilbert FitzRichard, o flaen ei llygaid, a'r tro cyntaf iddi ei gyfarfod – tra ei bod yn trosglwyddo gofal ei phlant iddo. Cofia Nest y trugaredd yn ei lygaid gwyrdd-lwyd, ac yn sydyn mae'n ysu i'w weld unwaith eto.

Mae ffos ddofn o amgylch muriau pren gogleddol y castell, a daw gwaedd o'r rhagfur, ac mae'r milwr wrth ei hochr yn ei hateb. Crycha llygaid Nest at y muriau tal, y picelli a'r gwaywffyn wedi'u hamlinellu yn erbyn y cymylau duon, llu arfog yn aros i'r patrôl ddychwelyd. Mae'r cadwyni'n griddfan wrth i'r bont godi ostwng ar draws y ffos, a rhyfedda Nest drachefn at effeithiolrwydd y Normaniaid, pa mor sydyn y gallan nhw sodro'u hunain mewn lle dieithr, a'i berchnogi.

'Beth ddigwyddodd i lys Cadwgan?'

'Hen gastell de Montgomery?' Mae'r milwr wrth ei hochr yn codi ei ysgwyddau. 'Mae'n wag nawr. A'r hen wenci Cadwgan wedi ei yrru o 'ma – wedi ei alltudio i diroedd ei wraig!' Chwardda'r llanc yn gas. 'Dyna wers iddo!'

Gostynga Nest ei llygaid wrth groesi'r bont godi a phasio trwy'r gatiau. Er ei bod wedi clywed am ganlyniadau ei chipio, mae'r wir sefyllfa yn ei hwynebu nawr. Mae'n rhaid fod Cadwgan yn gandryll. Un penderfyniad byrbwyll gan ei fab hynaf, ac mae'r hen frenin wedi colli ei deyrnas, yn pydru yn nhiroedd ei wraig Normanaidd, yn gwylio'i etifeddiaeth yn cael ei rhannu ymysg barwniaid barus y Brenin Henry.

Mae'r ceffylau'n tyrru o gwmpas Nest o fewn y muriau, yr iard yn fwrlwm er hwyrni'r dydd, a thafodiaith Ffrangeg y Normaniaid yn ei hamgylchynu unwaith eto. Ac yna mae llaw arfog ar ei chyfrwy, ac edrycha Nest i lawr ar wyneb cyfarwydd de Marais.

Mae ei chalon yn llamu. Edrycha'r is-gapten arni gyda fflach o gydnabyddiaeth, cyn moesymgrymu'n isel.

'Arglwyddes de Windsor!'

Mae ton o ryddhad yn ysgubo drosti wrth iddi ostwng gydag urddas o'r cyfrwy, er gwaethaf ei golwg anniben, ac anwybyddu llaw estynedig de Marais.

'Diolch i Dduw eich bod wedi dychwelyd yn ddianaf!'

Gwena Nest yn wan. Yn ddianaf yn gorfforol, beth bynnag. Synhwyra'r milwyr o'i chwmpas yn edrych ar ei gilydd. Try de Marais tuag at un ohonyn nhw, ei orchymyn yn frysiog.

'Dos i ddod o hyd i ddynes i weini ar yr Arglwyddes. Ar frys!'

Mae ei lygaid yn garedig. Ei wedd y math sy'n dal brychni sy'n blodeuo a lluosi'n yr haul. Brychau o gopr yn ei farf.

'Bydd rhaid i chi faddau'r ffaith nad yw'r castell yn ddigon cyfforddus, nac addas, i westai fel chi eto. Ond mae'n rhaid eich bod ar lwgu.'

Ysgydwa Nest ei phen.

'Hoffwn ymolchi. A gorffwys. Ac wedyn, efallai cawn siarad? Rwy'n torri fy mol eisiau clywed rhyw newyddion am fy mhlant, de Marais–'

'Stephen, os gwelwch yn dda.'

Oeda Nest. Mae'r iard yn gwagio, y ceffylau wedi eu rhwbio i lawr, a'u setlo yn y stablau, y milwyr yn heidio i'r neuadd am gwrw ysgafn i dorri eu syched.

'O'r gorau. Stephen.'

Gwena yntau, gwên sy'n trawsffurfio'i wyneb, gwên heintus.

'Wrth gwrs, Arglwyddes.'

*

Fore trannoeth coda Nest o'i thrwmgwsg, yn teimlo'n agosach ati ei hun nag ers tro byd. Mae sŵn adeiladu'n dod o bob cyfeiriad, bwyell yn hollti pren a thrawiad morthwyl y gof ar yr einion, clebran gwyddau a gwerthwyr yn hyrwyddo'u nwyddau.

Mae hi'n eistedd yn llonydd wrth i'r forwyn ffeindiodd de Marais frwsio'r clymau o'i gwallt du efo crib a wnaed o gyrn ych. Does dim awydd siarad arni; mae hi eisiau'n gyntaf geisio dirnad yr hyn sy'n ei hamgylchu unwaith eto. Bywyd Normanaidd. Bywyd cyfarwydd, ei hen fywyd, ond eto'n estron. Crwydra'i meddyliau at ei baban Rhys, i'r hafn tywyll o fewn iddi lle cadwa'i cholled. Tybed a oedd Owain wedi clywed ei bod wedi ffoi o Aberdyfi? Efallai nad oes ots ganddo – wedi'r cyfan, tybia mai offeryn oedd hi i achosi poen i Gerald, i ddial arno am feiddio adeiladu Cenarth Bychan, ac roedd ei chipio yn llwyddiant o ran hynny. Yn wir, mae ôl-effeithiau ei dwyn wedi bod yn drychinebus i Owain ac i Gadwgan hefyd, ac mae'n siŵr ei fod wedi derbyn mai gadael iddi fynd fyddai orau, a bod pethau pwysicach iddo droi ei sylw atyn nhw. Cadw gafael ar ei deyrnas yn un peth.

Wedi ei gwisgo mewn dillad glân a'i gwallt wedi ei blethu'n rhaff drwchus i lawr ei chefn, crwydra Nest o'i siambr fechan i chwilio am de Marais. Dyw FitzRichard de Clare, Arglwydd newydd y castell a'r tiroedd o'i gwmpas, ddim yma ond mae adeiladu mawr ar waith, i greu cartref addas i ddyn mor bwysig, a'i deulu siŵr o fod.

Daw o hyd i de Marais tu allan, yn goruchwylio adeiladwaith ar y clawdd a ffos o amgylch y castell. Mae ei lygaid yn cynhesu wrth iddi nesáu, a gyda'i gilydd maen nhw'n cerdded at lannau'r afon. De Marais sy'n torri'r tawelwch, gan gynnig bwyd o'r sach fechan ar ei gefn a phlygu i ledaenu ei glogyn ar y glaswellt.

'Hoffech chi fwyta yma?' Gwrida fymryn. 'Mi wn ei fod yn syml iawn, ond efallai fod well gennych chi fod yn bell o'r milwyr sy'n eich llygadu'n y neuadd...'

Gwena hithau ar ei letchwithdod.

'Paid â phoeni, de Marais... Stephen. Rwyf wedi hen arfer â bywyd syml y misoedd diwetha.'

Oeda de Marais, ei fysedd hirion yn ffidlan efo'r gwair. Fel petai ofn siarad yn blaen, ofn ei dychryn gyda'i onestrwydd. O'r diwedd coda ei ben a gwneud ymgais petrus i'w holi.

'Ydy Owain ap Cadwgan yn gwybod eich bod wedi dychwelyd? Wn i ddim beth yw'r sefyllfa.'

Yn reddfol, teimla Nest y gall ymddiried yn y dyn yma ac edrycha'n syth i'w lygaid.

'Mae'n debyg ei fod wedi clywed fy mod wedi mynd erbyn hyn. Ond doedd e ddim yn gwybod fy mod i am ddianc...'

'Roeddech chi'n gaeth yno?' Mae'r dicter yn ei lais yn peri syndod iddi. 'Ro'n i'n gwybod! Fe ddwedais i wrth–'

Mae'n atal y geiriau'n drwsgl.

'Ddwedais ti wrth bwy?'

'Dim ots, Arglwyddes.'

'Wrth bwy, Stephen?'

Ochneidia de Marais yn isel. 'Wrth de Windsor.'

Er fod Nest wedi amau hyn, mae geiriau de Marais yn ergyd. 'Roedd e'n credu i mi fynd yn fodlon gydag Owain? Wedi cynllwynio gydag e?'

Mae popeth am fynegiant Stephen yn anghyfforddus.

'Dyna beth mae o wedi bod yn ei ddweud.'

Mae Nest yn troi i syllu i'r dyfroedd llwydion.

'Doeddwn i ddim ynghlwm mewn rhaffau, ond roeddwn yn gaeth er hynny. Ni allwn fod wedi gadael tan yn ddiweddar, hyd yn oed pe bawn i eisiau.' Coda ei phen i edrych arno. 'Ond Stephen, fy mhlant...?'

'Maen nhw'n gwneud yn dda, cyn belled ag y gwn i. Dychwelwyd hwy a dy forwyn yn ddiogel at de Windsor. Rwy'n credu eu bod nhw yng Nghaer Rhiw. Ac mae dy fab hynaf–'

'Harri?'

'Ie, mae Harri yng ngofal yr Arglwydd FitzRichard de Clare, yn gwneud prentisiaeth gyda fe ac yn derbyn addysg efo'i feibion.'

Eistedda Nest yn fud am eiliad, ei llygaid yn gloywi, ei chalon yn chwyddo. Bydd dyfodol disglair i Harri, mae hi'n sicr o hynny.

'Rydych chi wedi dioddef, Arglwyddes.'

Mae Nest yn codi ei hysgwyddau. 'Ydw. Ond rwy wedi goroesi gwaeth.'

Mae elyrch yn nofio ar draws yr afon a gwylia Nest eu gyddfau gosgeiddig, eu hadenydd gwynion fel gwyntyllau. 'Oes neges wedi ei darparu at fy ngŵr?'

'Oes. Rhaid i chi aros yma'n ddiogel nes daw gosgordd i fynd â chi adref i'ch tiroedd eich hun. Ac at eich plant.'

*

Gruffydd, mae'n teimlo fel pe bai storm yn codi, fel petai terfysg ar y ffordd. Er fod terfysg ym Mhowys yn barod. Nid Cadwgan sy'n rheoli yno mwyach. Oherwydd Owain. Owain, y penboethyn. Owain danllyd. Owain, llew Powys.

Glywaist ti e'n brolio yn llys Muirchertach am ei uchelgais i reoli Cymru gyfan? Glywaist ti amdano'n cipio dy chwaer er mwyn sefydlu llinach o deuluoedd brenhinol Mathrafal a Dinefwr, tra'i fod yn cachu am ben Gerald de Windsor a Brenin y Saeson? A wnaeth hynny i ti feddwl am dy hawl dy hun i deyrnas ein tad?

Mae dy absenoldeb yn gwneud i'm gwaed ferwi. Dwyt ti ddim am wybod beth ddigwyddodd i mi, ac i Hywel? I Margred? I Mam? Wyt ti wedi derbyn colli Deheubarth a phopeth oedd yn bwysig i ti? Wyt ti am fyw gweddill dy ddyddiau mewn gwlad arall, gwlad ddieithr, pan mae rhywbeth mor bwysig i ymladd drosto yma?

Pam wyt ti'n aros i ffwrdd mor hir?

Mae Stephen de Marais wedi egluro sawl peth i mi ers dychwelyd, wedi llenwi'r bylchau yn fy nealltwriaeth dros y misoedd diwethaf. Ffurfiodd Owain gynghrair efo'i gefnder Madog, ei hen elyn, pan ddychwelodd i Bowys. Roedd Cadwgan wedi gwneud cytundeb efo'r Brenin Henry i barhau i reoli ym Mhowys, ond ar yr amod na fyddai'n cefnogi – na chyfathrebu o gwbl – â'i fab Owain. Ac felly aeth Owain a Madog yn wyllt ulw trwy Bowys, gan ysbeilio ac achosi helynt trwy'r deyrnas. Ac yna, daeth Owain ar draws llwybr William o Brabant, un o'r Ffleminiaid pwysig oedd wedi setlo yn Neheubarth ar wahoddiad Gerald a Henry, a'i lofruddio. Roedd hyn yn ormod i Henry. Collodd ei dymer ac erlid Cadwgan o Bowys, gan orchymyn iddo beidio â gosod troed yn ei wlad ei hun byth eto. Gyrrwyd brenin oedd unwaith mor barchus yn alltud di-dir i gartref teuluol ei wraig Normanaidd. A ffodd Owain yn ôl i Iwerddon am yr eildro.

Rhoddwyd teyrnas Cadwgan ap Bleddyn i ffrind Henry, Gilbert FitzRichard de Clare, dyn pwerus dros ben, wedi iddo ddychwelyd o ryfela yn Normandi. Fe yw arglwydd y castell yr wyf yn cysgu ynddo nawr, yng ngofal ei is-gapten de Marais – dyn yr wyf erbyn hyn yn ei alw'n ffrind – ac mae de Clare yn adeiladu castell arall yng ngheg yr Ystwyth ac yn hel dynion i'w fyddin o'i diroedd yn nwyrain Lloegr.

Gruffydd, rwy mewn dryswch. Cyn i Owain fy nghipio, roeddwn i'n breuddwydio am fyw ymysg y Cymry unwaith eto, am deimlo fel petawn i'n ôl ym mreichiau'r teulu ar ôl byw fel Norman cyhyd. Ond pan gefais i'r cyfle i fod yn wraig i Owain, yn fam i'w blentyn, yr oll a deimlwn oedd dyhead i ffoi, oherwydd doeddwn i ddim yn perthyn yno chwaith.

Rwy'n tarddu o linach Hywel Dda, yn ferch i Rys ap Tewdwr, yn dywysoges o waed hynafol.

Ond mae fy mhlant i'n hanner Norman.

Rwy'n hongian, yn ofer, rhwng dau fyd.

32

Castell Aberteifi, Mai 1111

Mae 'na storm yn codi. Mae Nest yn ei gwylio'n dod o bell i fyny ar y muriau; chwydd a dygyfor dail y coed yn donnau gwyrdd gwyllt, yr afon Teifi'n corddi islaw a'r dyfroedd yn drwblus. Ymgasgla'r cymylau'n drwm uwch pennau Nest a de Marais, wrth ei hochr. Mae glaw mawr yn bygwth a'r holl wlad yn teimlo'n ddrwgargoelus, fel petai'n gweld i'r storm yng nghalon Nest ac yn mynnu ei dangos i'r byd.

'Dyna fo,' meddai de Marais yn sydyn, gan bwyntio at y ceffyl gwyn a'r marchog ar ei gefn sy'n carlamu tuag at y castell, milwyr y tu ôl iddo, a chroes goch baner Gerald yn chwipio'n wyllt. Mae de Marais yn rhoi'r arwydd i'w ddynion ostwng y bont godi ac mae Nest yn gwylio, ar bigau'r drain, wrth i'w gŵr farchogaeth ar ras trwy'r gatiau.

'Mi fydda i'n gweld dy golli, Nest.' Llais distaw de Marais.

'A finnau tithau. Diolch am dy groeso a dy ofal ohona i, Stephen.' Mae cryndod yn ei llais. Plyga de Marais ei ben.

'Rwy'n falch o'th weld yn dychwelyd at dy blant. Mi wn i mor galed mae bod ar wahân wedi bod...'

Ni ateba Nest.

'Dwi'n gobeithio y bydd de Windsor yn rhoi croeso caredig i ti.'

Mae hi'n codi ei phen o'r diwedd, eisiau dweud rhywbeth. Eisiau llyfnhau'r talcen crych sy'n dangos ei ofal amdani, eisiau croesi'r gofod rhyngddyn nhw. Daw gwaedd islaw.

'Mi fydda i'n iawn.'

Mae de Marais yn gwenu arni'n dyner.

'Byddi, dwi'n gwybod.'

*

Gostynga Gerald oddi ar ei farch yn anhyblyg. Mae'n un mis ar bymtheg ers iddo'i gweld. Drwy lygaid cul mae e'n ystyried amddiffynfeydd y castell, pwyso a mesur y ffosydd dwfn, newydd eu cloddio, y porthdy newydd a'r garsiwn arfog. Rhaid iddo gyfaddef bod de Marais i weld yn rheoli'n effeithlon. Dyna fe nawr, yn cerdded tuag ato. Ie. Ac wrth ei ochr, dyna hi. Nest.

Mae bol Gerald yn plymio wrth iddo'i gweld, ei phrydferthwch yn ei syfrdanu o'r newydd; roedd wedi anghofio'i heffaith arno. Gall weld ei bod wedi blino, cleisiau porffor o dan ei llygaid a'i bod yn deneuach, yn fwy bregus.

Ac yna'r fflam o ddicter sy'n fferru'i waed fel asid. Mae hi wedi codi cywilydd arno. Ei fychanu. Mae ei gastell yn adfeilion o'i herwydd hi. Sut all hi feiddio dychwelyd ato nawr? Gwrthodwyd hi gan y mwngrel Cymreig 'na. Sbarion oddi ar ei fwrdd e. A nawr yn dychwelyd i'w wely? Oni bai am orchymyn y Brenin Henry i'w chymryd yn ôl, ni fyddai'n gwneud hynny. Wir Dduw, roedd hi'n haeddu pydru yn uffern.

'Gerald?'

Mae hi'n ansicr wrth sefyll o'i flaen, llygaid Gerald yn deilchion o wydr. Mae e'n camu tuag ati, cymryd ei llaw a brwsio gwefusau fel deilen grimp dros ei chroen.

'Rwyt ti'n barod i ymadael?'

Gwylia de Marais hi'n bryderus.

'Mae croeso i chi aros, Arglwydd. Cymryd rhyw luniaeth, aros dros nos? Mi fyddwn i'n falch o gynnig llety i chi.'

'Fe ddychwelwn ni i Genarth Bychan. Nid yw'n siwrnai hir.'

Mae Nest yn rhythu arno. Dychwelyd yno, i'r lle y cafodd ei chipio? Arweinia de Marais hi at ei cheffyl a'i helpu i'r cyfrwy, Gerald yn syllu trwy lygaid fel ebillion.

'Yma rwy'n ffarwelio gyda chi, Dywysoges.' O flaen Gerald mae llais de Marais yn ffurfiol unwaith eto. Mae'n gwasgu ei llaw yn dyner. 'Cofiwch alw arna i… os ydych chi f'angen.'

Bratha Nest ei gwefus, dagrau'n disgleirio yn ei llygaid. Mae Gerald yn ôl ar ei farch wrth ei hochr, yn cyfarth tuag at ei filwyr, wrth i gadwynau'r bont godi symud yn swnllyd unwaith eto.

'I Genarth Bychan!'

*

Does dim gair yn cael ei gyfnewid rhyngddyn nhw ar y siwrnai bum milltir i Genarth Bychan, ceg Gerald yn llinell denau, yntau'n mynnu marchogaeth o'i blaen. Erbyn iddyn nhw gyrraedd, mae'r glaw'n ffrwydro o'r cymylau a thasgu'n ddiblau swnllyd drwy'r canopi gwyrdd uwch eu pennau, y seindorf yn rhyw gysur iddi ac yn dileu'r rhwymedigaeth i siarad gyda Gerald. Oherwydd sut mae cychwyn sgwrs gyda bwlch mor ddwfn i'w groesi?

Sleifia ias afiach dros groen Nest wrth iddyn nhw ddisgyn oddi ar eu ceffylau; mae atgof ei chipiad yn chwarae yn ei meddwl, tystiolaeth ymosodiad Owain yn dal yn amlwg yn y ffosydd a'r adeiladau sydd ar ganol eu trwsio.

Unwaith o fewn y gorthwr ac allan o'r glaw, mae Gerald

yn ysgwyd ei ben fel ci, y diferion yn chwistrellu o'i wallt a'i glogyn wrth iddi ei wylio'n ochelgar.

'Cafodd Owain ddigon arnat ti, do?'

Mae ei lais yn filain, y geiriau'n bwriadu ei niweidio.

'Mi adawais o 'ngwirfodd, Gerald.'

Chwardda ei gŵr yn wawdlyd, cyn troi oddi wrthi a lluchio'i glogyn gwlyb i freichiau gwas a gweiddi am ddiod, y dyn yn cilio'n frysiog rhag tymer ei feistr.

'Oes rhaid i ni oedi yma, Gerald? Allwn ni ddim teithio 'mlaen? Rwy'n awyddus i weld y plant, ac mae bod yma…' Cama tuag ato. 'Yr atgofion…'

Mae golwg anghrediniol ar wyneb Gerald. Daw'r gwas yn sgrialu'n ôl, dodi'r piser o win a'r cwpanau piwter ar y bwrdd yn drwsgl a diflannu. Yn araf mae Gerald yn tywallt yr hylif gwaedlyd i'r cwpan, a sylwa Nest fod ei law yn crynu, ei fochau'n cochi fel pe bai'n mudferwi.

'Gwranda di, wraig. Rydw i eisiau i ti gofio.' Yn araf mae'n cymryd llymaid o'r gwin, tra'i fod yn ei llygadu. 'Ti sy'n gyfrifol am y difrod yma.'

Saif Nest yn ei hunfan, penbleth wedi'i hysgythru ar ei hwyneb.

Yn sydyn trawa Gerald y cwpan i lawr gyda chlec, brasgamu tuag ati, ei ddwylo'n ddyrnau caled.

'Rwyt ti wedi codi cywilydd arna i!' Mae'r poer yn tasgu dros wyneb Nest wrth iddo ffrwydro. 'Mi ddwedaist ti wrthyf am ddianc drwy'r gwardrob, gan wybod dy fod am redeg i ffwrdd efo'r cythraul 'na, a 'ngadael i efo cachu drosta i!'

'Wyt ti o'th go, Gerald? Pa ddewis oedd gen i? Roeddwn i'n ceisio d'achub di! Ein hachub ni i gyd!'

Mae'n hyrddio tuag ati, ei ddwylo'n cloi o amgylch ei llwnc, a'i thaflu yn erbyn y wal, cefn ei phen yn lluchio'n ôl gyda chlec yn erbyn y garreg. Mae gwaed yn llenwi ei cheg wrth iddi frathu'i thafod. Gwasga dwylo Gerald yn dynnach o amgylch ei gwddf, ei anadl yn boeth ar ei grudd.

'Dwi'n gwybod dy fod wedi gorwedd gydag e!'

'Er mwyn rhyddhau'n plant, Gerald!' Taga Nest dros y geiriau, yn brwydro'n wyllt yn erbyn ei afael. 'Taro bargen wnes i er mwyn i'r plant gael dychwelyd atat ti!'

'Duw a'th felltithia, yr hwran! Gwelodd ein meibion ti'n rhannu gwely gyda fe!' Mae'n ei gwthio hi eto'n erbyn y wal, gorfodi ei ben-glin yn galed rhwng ei choesau. Teimla Nest ei hun yn cwympo, ac mae'n ceisio'n ffyrnig i wthio'n ôl yn ei erbyn. 'Profa i mi mai fi wyt ti'n ei garu, nid y bastard Cymro 'na!'

Gall weld bod ei gŵr wedi cynhyrfu, ffyrnigrwydd ei drais yn codi chwant arno, a chicia Nest yn ei erbyn wrth iddo symud un llaw o'i chorn gwddf i rwygo'i dillad yn frwnt.

'Paid â meiddio, Gerald!' Rhwyga ei llais yn sgrech, ei dwylo'n dyrnu ei frest gan ymdrechu'n ofer yn erbyn ei gryfder wrth iddo ei llusgo o'r wal tuag at y gwely.

'Na, Gerald!'

Ond ni chymer Gerald ddim sylw. Mae'n ei lluchio ar ei bol, yn pwnio'i ben-glin i waelod ei chefn ac yn chwipio'i ffrog i fyny o amgylch ei gwasg. Mae'r gwaed yn llifo o geg Nest, ei hwyneb wedi ei wasgu yn erbyn lliain y gwely, dagrau'n gymysg â phoer a gwaed a chlymau'i gwallt. Gwasga ei llygaid yn dynn yn erbyn ei drais, ei dwylo'n ymbalfalu yn y lliain, ei chnawd yn serio wrth iddo ei thrywanu'n greulon, drachefn a thrachefn.

O'r diwedd mae'n peidio a'i gadael yn llipa ar y gwely. Gall ei glywed e'n sythu ei ddillad cyn cerdded yn ôl at y bwrdd a thollti diod arall, ei daflu'n un llwnc swnllyd i lawr ei gorn gwddf. Yn araf, araf, coda Nest ar ei heistedd, yn ymwybodol o'r poen yn lledaenu trwy bob rhan o'i chorff.

'Rwy'n dy gasáu di.'

Anwybydda Gerald eiriau ei wraig a chodi ei gleddyf a'i osod yn ôl yn ei wain, cyn cerdded am y drws.

'Croeso nôl, Nest. Fe af â ti'n ôl i Gaer Rhiw yn y bore.'

*

Mae cwsg yn osgoi Nest y noson honno. Chwyrna Gerald wrth ei hochr, fel petai dim byd wedi digwydd, ei wedd yn fwy hamddenol nawr ei fod wedi hawlio ei berchnogaeth arni unwaith eto. Gorwedda Nest fel delw, ei llygaid yn craffu i fyny at drawstiau'r nenfwd, yr oriau'n pasio'n annioddefol o araf.

Ar doriad y wawr, ei chorff yn gleisiau a'i chalon yn boenus, maen nhw'n paratoi i ymadael, i fynd ymaith o leoliad ei herwgipiad a lleoliad trosedd ei gŵr. Bydd hi'n gwrthod aros yma eto, mae hi'n benderfynol o hynny. Mae diwrnod caled o'u blaenau. Ni fyddan nhw'n cyrraedd Caer Rhiw tan y nos, ond rhaid iddi ei ddioddef, a meddwl am ei phlant, yn aros amdani ar ddiwedd y daith.

Mae golau'r wawr yn welw ac yn fregus fel plisgyn yn sgil y storm, boliau'r cymylau'n binc meindlws, fel petal rhosyn cynnar. Mae'r dydd yn grynedig, fel petai'n ddechrau newydd sbon, a'r glaw wedi golchi erchylltra'r noson gynt i ffwrdd.

Mae Nest yn rhoi ei throed yn y warthol gan wingo wrth iddi blygu i drefnu ei sgertiau trymion, dynion Gerald yn ymgynnull o'i chwmpas. Sytha, ei chefn fel saeth, ei phen yn uchel. Dydy hi ddim yn fregus. Mae hi'n deall hyn yn awr. Ni fydd cynddaredd Gerald yn ei thorri hi. Ei wendid e yw hynny. Mae hi'n wydn. Mae hi'n gryf.

Mae hi'n mynd adref.

33

Caer Rhiw, Mai 1111

Maurice yw'r un mae'n ei weld gyntaf, yn sefyll wrth yr aelwyd. Mae e'n dal – yn dalach nag y mae hi'n cofio, ei goesau'n hirach a'i wyneb wedi colli ei grynder. Mae'n chwech nawr. Mae'r bachgen yn ei hystyried yn ochelgar, ac mae calon Nest yn cywasgu. Gan symud fel petai mewn breuddwyd, mae hi'n agosáu ato, gan geisio anwybyddu'r siom lethol nad yw ei phlentyn wedi rhedeg i'w breichiau.

Wrth ei ochr, mae William. All hwn ddim fod yn William! Yn dalach eto, ei ysgwyddau'n lletach, yn edrych yn fwyfwy fel Gerald. Mae e'n syllu arni gydag amheuaeth. Llynca Nest. Ac Amice! Amice annwyl, ei llygaid addfwyn yn disgleirio, yn dod tuag ati gyda merch fach yn glynu wrth ei hochr. Ebycha Nest. Ei babi, Angharad, sydd ddim yn fabi mwyach, ei gwallt yn gyrls duon, ei bawd wedi'i sodro yn ei cheg.

'O, blant…' sibryda Nest, y geiriau'n dal yn ei gwddf. Synhwyra Gerald wrth iddo wthio heibio iddi tuag at y criw bach wedi ymgasglu yng nghanol y neuadd, a gyda hynny, cymryd rheolaeth o'r sefyllfa, tra ei fod yn ciledrych ar Nest. Fel pe bai'n dweud wrthi mai iddo ef mae'r plant yn perthyn nawr.

'Wel, blant,' meddai mewn llais awdurdodol, caled. 'Mae'ch mam wedi penderfynu dychwelyd atom.'

Mae stumog Nest yn corddi unwaith eto. Felly dyna sut mae hi. Maen nhw'n meddwl ei bod wedi eu gadael. Hedfana ei llygaid at Amice, sy'n brathu ei gwefus ac ysgwyd ei phen y mymryn lleiaf.

Mae Nest yn symud yn araf tuag at ei phlant, cyn suddo ar ei phengliniau, ei hwyneb ar yr un lefel ag un Maurice.

'F'anwyliaid. Rwyf wedi eich colli chi gymaint!'

Mae'r bechgyn yn rhythu arni, a gall Nest weld gwefus Maurice yn crynu cyn iddyn nhw edrych ar eu tad, sy'n clirio'i lwnc yn hunanbwysig.

'Cewch gyfarch eich mam ac yna i'ch gwlâu.'

Sylla Nest arno'n ddig, ei agwedd ormesol, ei ymgais annymunol i reoli'r sefyllfa. Mae'r tensiwn rhyngddyn nhw'n cracio fel y tân. Amice yw'r un i dorri'r tawelwch, gan symud tuag at Nest a phlygu i'w helpu at ei thraed.

'Dewch, arglwyddes! Rydyn ni mor falch eich bod wedi dychwelyd adref! Dewch i gynhesu'ch hun wrth y tân, mae'n annhymhorol o oer ers y storm 'ma!'

Cydia Nest yn ei dwylo'n ddiolchgar, gan syllu i lygaid ei ffrind – gan ddweud dim, ond eto dweud popeth. Gwasga Amice ei bysedd tenau'n dyner. Mae Gerald fel petai'n fodlon bod Nest wedi derbyn y croeso oeraidd a ddymunai ac yn mwmian rhywbeth am glywed adroddiad gan un o'i filwyr cyn diflannu o'r neuadd. Mae'r rhyddhad i'w deimlo wedi iddo ymadael, Amice yn aros nes i'r drws daro ynghau cyn troi'n ôl at Nest a'i chofleidio'n gynnes.

'O, Amice.'

Mae Amice yn rhyddhau ei hun o freichiau Nest ac yn syllu i'w llygaid.

'Diolch byth dy fod wedi dychwelyd!'

Nodia Nest, y dagrau'n llosgi'n ffyrnig o dan ei hamrannau. Mae'n gostwng unwaith eto at Angharad, sy'n gwylio ei mam gyda llygaid crwn, yn dal i sugno'n swnllyd ar ei bawd.

'Awn ni â ti i'r gwely, Angharad?' gofynna Nest yn dawel, gan ymestyn ei llaw at ei merch, yn hanner disgwyl i Angharad ei gwrthod. Edrycha'r ferch fach i fyny ar Amice, sy'n gwenu arni'n galonogol cyn gadael i Nest gymryd ei llaw, y lwmpyn yng ngwddf Nest yn atal ei gwynt wrth iddi deimlo'r cnawd cynnes, meddal. Mae hi ac Amice yn mynd ati i'r siambr wely i setlo'r plant, Nest yn boenus o ymwybodol o edrychiad cyhuddol William a'r ffordd y mae'n cuddio o'i golwg wrth newid ei ddillad. Mae Maurice yn fwy cyfeillgar, yn dweud wrthi am ei gi bach newydd ac iddo daro'r targed ddwywaith wrth ymarfer gyda'i fwa saeth.

Yn nes ymlaen, o flaen y tân, gwna Amice drwyth cynnes i Nest, y noswaith yn teimlo'n hydrefol yn hytrach nag fel noson ym Mai.

'Mae e wedi eu troi yn f'erbyn, Amice.' Taga Nest yn chwerw ar y geiriau, dagrau'n crynhoi yng nghorneli ei llygaid wrth iddi syllu i'r fflamau. Rhydd Amice ei brodwaith i un ochr, gan droi golwg garedig at ei meistres.

'F'arglwyddes annwyl. Bydd rhaid bod yn amyneddgar. Mae'n wir ei fod wedi siarad yn angharedig amdanat ti wrthyn nhw. Ond rhaid i ti ymddiried yn eu cariad a dy fod yn fam iddyn nhw o hyd. Dydy hynny ddim wedi newid.'

Mae Nest yn edrych i lawr ar ei dwylo. 'Welaist di eu ymateb nhw heddiw. Maen nhw wedi anghofio amdana i! Rwyf wedi bod i ffwrdd yn rhy hir.'

Rhydd Amice law ddigynnwrf ar ei braich.

'Dydyn nhw ddim wedi dy anghofio di. Maen nhw wedi drysu ac ofn eu tad. Ac yn fach, cofia! Rho amser i bethau setlo.'

Hoelia Nest ei golwg ar ddawns y fflamau, a sipian y diod melys cyn pwyso'n ôl yn ei chadair a chodi ei llygaid i'r trawstiau tywyll.

'Ro'n i'n gobeithio byddai Harri yma.'

Nodia Amice.

'Wrth gwrs. Ond mae e'n brysur yng ngwasanaeth yr Arglwydd FitzRichard de Clare. Yn mwynhau, dwi'n clywed.'

'Ydy Gerald wedi gwneud iddo yntau fy amau hefyd?'

Ysgydwa Amice ei phen a gwenu. 'Dy fachgen di yw Harri, Nest. Mae e'n ffyrnig o amddiffynnol ohonat ti, ac yn driw. Dydy e ddim yn dy amau, paid â phoeni am hynny.'

Anadla Nest yn ddwfn, yn meddwl am ei chyntaf-anedig; mab i frenin, y tad nad yw'n nabod. Duw a ŵyr, ond mae hi'n falch ohono.

'Wna i ddim rhannu siambr gyda Gerald heno, Amice. Wnei di baratoi gwely i mi yn siambr y plant?'

Edrycha Amice arni'n bryderus ond dyw hi'n dweud dim ac mae'n codi ar ei thraed.

'Mama?'

Mae Nest yn troi i gyfeiriad y llais distaw. Maurice. Yn droednoeth a bychan yn ei grys nos, ei wallt yn gyrls chwyslyd ar ei dalcen, ei lygaid yn gysglyd. Ymlusga'r crwt i'r neuadd nes ei fod yn agos i'w chadair. Dalia Nest ei gwynt, heb ddweud dim ac yna ymestyn breichiau agored, yn wahoddiad. Yn araf, mae Maurice yn dringo i'w chôl, gan gyrlio i fewn i'w chorff, ei goesau a'i freichiau gymaint yn hirach na'r tro diwethaf iddi ei gofleidio, ei draed yn fwy hefyd. Pwysa ei ben yn erbyn ei bron. Yn grynedig, mae Nest yn rhyddhau ei hanadl, ei breichiau'n tynhau o amgylch ei gynhesrwydd, gan arogli ei bersawr cyfarwydd, ei boch yn gorffwys ar ei wallt sgleiniog.

'Mama?'

'Mmm?'

'Wnei di ddim ein gadael ni eto, na wnei?'

Teimla ei llwnc yn tynhau, dagrau poeth yn ei wallt. Mae'n methu ateb am eiliad, yn tynhau ei breichiau amdano.

'Byth, f'anwylyd.'

Mae e'n swatio'n glos yn ei herbyn a choda Nest ei phen. Mae William yn sefyll ar drothwy'r drws yn eu gwylio, yn wyliadwrus. Am eiliad fer, mae'n dal ei llygaid, fel petai am ddweud rhywbeth, ond yna'n troi ymaith gan ddiflannu i'r tywyllwch.

*

Wedi i Gerald ddychwelyd i gastell Penfro, mae'r tensiwn yn codi, ac yn raddol mae Nest yn teimlo'n fwy cyfforddus yng nghyffiniau cyfarwydd Caer Rhiw. Mae Angharad yn addasu'n gyflym i ddychweliad ei mam, yn parablu'n gyson gyda hi, a byth yn bell o'i hochr. Mae Maurice yr un peth, fel petai'n gysgod iddi a dywed Amice wrth Nest ei fod wedi bod yn gwlychu'r gwely ers cipio Nest, a nawr yn dioddef o arswydion yn ystod y nos, yn deffro gyda llygaid gwyllt, yn galw am ei fam.

'Ssssh, fy nghariad i. Rwy yma nawr,' sibryda Nest wrtho gan fwytho'r chwys o'i dalcen ac aros iddo syrthio'n ôl i'w drwmgwsg. 'Diolch, Amice,' meddai'n syml wrth y forwyn. 'Rwyf mor ddiolchgar dy fod ti yma iddyn nhw.'

Gwylia Amice o'i stôl lle eistedda'n nyddu gwlân. 'Mi wn fod hyn mor galed i ti.'

Nodia Nest. 'Mae'n annioddefol weithiau. Mae'n brifo cymaint eu bod nhw wedi bod hebdda i cyn hired.'

Mae Amice yn llonydd am dipyn. Yna –

'Arglwyddes? Beth ddigwyddodd ar ôl i de Marais ein

hebrwng yn ôl i Ddeheubarth? A wnaeth y Tywysog Owain roi caniatâd i ti ddychwelyd? A fydd yn ceisio dod i'th nôl?'

Ysgydwa Nest ei phen.

'Na, dydw i ddim yn meddwl.' Ochneidia'n drwm. 'Am hir, doeddwn i ddim yn medru gadael. Roedd e'n gwrthod. Fe adawodd fi yng ngofal hen wreigan oedd wedi edrych ar ei ôl yn blentyn.' Oeda Nest. 'Roeddwn i'n ei chasáu hi i ddechrau. Ond wedyn, gwelais fod ochr arall iddi.'

'Oedd yna fabi, arglwyddes?'

Amice graff. Mor sylwgar o hyd. Mae wyneb Nest wedi hanner cuddio yn y cysgodion, ond gall Amice weld bod ei llygaid yn dyllau tywyll.

'Oedd.' Sibrwd nawr. 'Bachgen bach. Rhys.'

Coda Amice ar ei thraed a dod i eistedd wrth ei hochr ar wely Maurice. Heb feddwl, mae Nest yn parhau i fwytho pen crwn ei mab.

'Cafodd e ei eni'n farw. Ond dyna pam ro'n i'n gaeth yno. Dim cadwyni – doedd dim angen. Roedd Owain yn gwybod na fyddwn i'n medru dychwelyd at Gerald tra mod i'n cario'i blentyn e.' Rhoes ei phen yn ei dwylo. 'Mi wnaeth ei farwolaeth fy rhyddhau, mewn ffordd. Ond Amice, roeddwn i wedi gobeithio y byddwn yn ei golli e! Gobeithio y byddai'n diflannu gyda fy ngwaed misol.' Mae llaw Amice ar ei hysgwydd. 'Rwy'n ei weld e ym mhobman. Ei wyneb bach perffaith. Bob tro rwy'n cau fy llygaid.'

'Mae'n wir ddrwg gen i, f'Arglwyddes.'

Rheda deigryn unig i lawr grudd Nest.

'Bydd fy nghalon wedi torri am byth.'

*

Caer Rhiw, Gorffennaf 1111

Mae golau'r haul yn tasgu dros y llyn, yr awel yn sisial drwy'r brwyn a'r rhedyn sy'n addurno'r glannau. Mae hirheglynnod yn dawnsio ar wyneb y dŵr, hwyaid yn saethu yma a thraw, ac adain glas y dorlan yn fflachio'n las wrth iddo wibio heibio. Eistedda Nest ar y blanced frethyn, gan wylio Maurice ac Angharad ar eu cefnau, eu llygaid yn gul wrth iddyn nhw bwyntio at yr awyr a chanfod siapau anifeiliaid yn y cymylau gwlanog. Mae hi'n ceisio anwybyddu'r cyfog sy'n hen gyfarwydd; mae'n sawl wythnos ers iddi ddychwelyd at ei theulu erbyn hyn, ac mae'n gwybod ei bod wedi beichiogi ar ôl ymosodiad Gerald arni. Ochneidia'n isel a thynnir ei sylw gan William, ar y cyrion yn ôl ei arfer, yn gwgu ati bob hyn a hyn.

Mae hi'n gadael y plant ieuengaf gydag Amice ar y blanced a cherdded yn hamddenol tuag at ei mab, hwnnw'n osgoi ei golwg chwilgar ac yn canolbwyntio ar blethu'r brigau helyg yn ei ddwylo.

'William…' Eistedda'n drwm wrth ei ochr. 'William, rwy'n gwybod dy fod yn flin gyda fi.'

Dim ateb.

'Rwy'n deall, William.' Mae ei dalcen yn crychu. 'William, rwyf i am i ti wybod fy mod wedi dy golli di bob dydd yr oedden ni ar wahân. Roeddwn i'n meddwl amdanat ti, a dy frodyr a dy chwaer, bob awr o bob dydd. A dyna beth oedd yn fy ngynnal i; fy nghymhelliad bob dydd oedd dod yn ôl atoch chi.'

Mae'r dwylo main yn parhau i ffidlan efo'r brigau. Mae'n taro Nest drachefn mor hen yw ei bryd, ond eto mor ifanc. O'r diwedd mae'n codi ei ben, yn edrych arni gyda llygaid ei dad.

'Mae 'nhad yn dweud dy fod wedi ein bradychu. Ac nad oeddet ti eisiau ni mwyach. Nad oedd gen ti ots.'

Mae pwl o ddicter yn ceulo'n ei chorff. Duw, mae hi'n casáu Gerald. Mae'n gorfodi ei llais i aros yn ddigynnwrf tra ei bod yn syllu ar y dŵr a muriau'r castell yn codi'n serth yn y pellter.

'Dydy hynny ddim yn wir. Rwy'n dy garu di, a dy frodyr a'th chwaer yn fwy na dim yn y byd.'

'Pam fase fe'n dweud celwydd?'

Gwasga Nest ei dannedd, cyn estyn ei llaw a'i gosod o dan ei ên, ei chodi nes fod eu llygad yn lefel â'i gilydd. Nid yw William yn tynnu oddi wrthi.

'William. Cefais fy nghipio gan y Tywysog Owain, oherwydd ei fod eisiau cosbi dy dad. Mae Owain yn berthynas i mi, ac oherwydd hynny mae dy dad yn credu fy mod wedi cynllwynio gyda fo. Ond mae'n rhaid i ti wybod nad yw hynny'n wir. Fyddwn i *byth* wedi rhoi fy hun mewn sefyllfa lle byddwn i'n peryglu fy mhlant, na bod hebddyn nhw, a hynny o fy ngwirfodd.'

Ystyria William hyn am rai munudau.

'Pam oedd e am gosbi 'nhad?'

'Roedd dy dad yn rhy uchelgeisiol, rwy'n credu. Roedd adeiladu Cenarth Bychan yn her i Owain; roedd e'n teimlo bod Gerald am lechfeddiannu teyrnas Powys.'

Sylla William ar ei fam yn amheus. Wedyn, mewn llais bychan, ei fochau'n cochi.

'Ond est ti i'r gwely gydag Owain. Welais i ti...'

Ochneidia Nest. 'O, William bach. Weithiau mae'n rhaid gwneud pethau ofnadwy, er mwyn goroesi. Fe wnes i daro bargen gyda'r Tywysog Owain, i sicrhau ei fod yn eich dychwelyd chi blant yn ddiogel at eich tad. Yn gyfnewid am hynny, roedd yn rhaid i mi aros gydag e. Roedd yn hunllef, eich gwylio'n marchogaeth ymaith efo de Marais. Mi ddaeth ag atgofion am orfod gadael fy mrawd bach ym mreichiau dieithryn, pan oeddwn i'n ferch...'

Rhytha William arni'n chwilfrydig.

'Ie, William. Pan oeddwn i'n ddim ond tair blynedd yn hŷn na ti nawr. Ond yn y diwedd, daeth cyfle i mi ddianc, a dod yn ôl atoch. Dyna oedd fy ngobaith, yr holl amser.'

Ystyria William hi'n ddifrifol.

'Beth ddigwyddodd i dy frawd bach? Fy... ewythr?' Mae ei lais yn fychan.

Mae Nest yn dawel, gan edrych draw at Amice yn chwarae gyda Maurice ac Angharad.

'Mi dreuliais i'r rhan fwyaf o 'mywyd ifanc heb wybod os oedd e'n fyw neu'n farw, fel gweddill fy nheulu...'

Mae llygaid William yn grwn.

'Yn meddwl ac yn breuddwydio amdano, bob dydd. Ac wedyn darganfyddais ei fod e'n fyw... ond yn gaeth.' Mae'i llais yn cracio. 'Mi gafodd ei... gam-drin. Tra ei fod yn fachgen bach.'

'Gan bwy?'

Oeda Nest, ei chledrau'n chwysu. 'Gan arglwydd o'r enw Arnulf de Montgomery. Dyna'r oll sydd angen i ti ei wybod.'

'Un Normanaidd?' Mae William yn llonydd, yn syfrdan. 'Ond pam wnest ti ddim dweud?'

Gwena Nest yn drist. 'Nid wyf yn siŵr, a dweud y gwir. Roeddwn i am eich diogelu rhag y gwir, efallai... doeddwn i ddim am i chi gael eich tynnu i ddau gyfeiriad, gyda rhieni o gefndiroedd mor wahanol.'

Gwêl ddagrau'n disgleirio yn ei lygaid.

'O, cariad.' Mae hi'n estyn amdano, a'r tro hwn nid yw'n

tynnu oddi wrthi, na gwrthod ei breichiau amdano. Ond nid yw'n perthyn iddi chwaith; mae'r bachgen yn sefyll yn galetsyth, ei freichiau'n stiff wrth ei ochr, ac mae'n rhaid iddi frwydro i beidio â sgrechian ei gofid. Dyma ei mab hi, ei William hi, ond mae e fel dieithryn.

*

Mae yna storm y tu fewn iddi. Yn hel drwy'r dydd. Yn gorfodi ei chalon i lamu'n gynt, i'r gwres fflamio'n ei gruddiau, i'r bustl godi yn ei gwddf. Mae dwylo Nest yn crynu wrth iddi setlo ei phlant yn eu gwlâu, anwesu eu pennau, cusanu eu croen meddal. Ar ôl popeth sydd wedi digwydd rhyngddi a Gerald, mae e wedi ceisio troi ei phlant yn ei herbyn.

Brasgama Nest allan o'r neuadd, y ci'n glynu at ei sodlau, ei gwaed yn berwi, ar draws yr iard lle safodd hi, ddeunaw mlynedd yn ôl, a gwylio'i hewythr Rhydderch yn carlamu trwy'r porth mewn cwmwl o lwch, i ddweud wrthi bod ei thad yn farw ac i ddwyn Gruffydd i ffwrdd.

'Arglwyddes?'

'Gad fod i mi!' Ysgyrnyga ar y milwr, ac mae'r dyn yn ymgilio oddi wrthi fel rhyw anifail ofnus.

Gostynga'r haul yn yr awyr, y gorwel yn batrwm amryliw. Mae'n rhaid iddi sgrechian. Rhedeg. Bwrw'i llid rywsut. Ymbalfala i osod y cyfrwy ar ei cheffyl gan regi o dan ei gwynt. Porthdy gwahanol. Y gatiau ddim yn gwichian fel yn y gorffennol; pont ostwng sydd 'na nawr dros ffos ddofn. Ysgydwa'r awenau, marchogaeth ar garlam dros y ffosydd sy'n arwain at fynedfa'r castell ac yna i lawr at lannau afon Caer Rhiw, yn llydan a gwastad fel llyn ger y castell, gan ddrysu'r adar yn nythu, yr hwyaid yn hedfan i'r awyr mewn haid swnllyd.

Gwyra Nest dros wddf gosgeiddig ei cheffyl, ei sgrech yn rhwygo trwy'r cyfnos tawel. Marchoga'n galetach, pedolau'n taro'r llawr fel morthwylion, fel y gwaed yn curo'n ei chlustiau. Ei cheffyl yn wlyb, chwys hufennog ar ei groen, anadl yn chwyrnu o'i ffroenau.

'Aros.' Tynna'n galed ar yr awenau, llithro o'r cyfrwy, ei choesau'n crynu, crachboer yn dal yn ei llwnc. Ymbalfala ar y ddaear oddi tani, teimlo caledwch llyfn carreg a'i hyrddio â'i holl nerth i'r dŵr, y mân donnau'n lledaenu'n gylchoedd lle mae hi'n taro'r wyneb. Ei bysedd yn y pridd, un arall. Eto. Sgrechian wrth ei thaflu, mor galed ag y gallai.

Yn araf, teimla'i chyhyrau'n llacio. Ei golwg yn clirio. Yn sydyn meddylia am wyneb de Marais, a dychmygu ei fod yma gyda hi, ei lais yn ddiysgog a chadarn.

Mae'r haul yn machlud. Pelen o dân yn suddo'n is uwchben cysgodion y tir, yn trochi'r byd wrth iddo ymadael, tan yfory. Mae'n hwyr. Noswaith berffaith o haf. Ond mae ei chalon yn siarad gyda hi, sy'n well na'r merwindod a deimlodd hi'n dilyn marwolaeth Rhys. Gall ei gwylltineb arwain at rywbeth, ei hannog i wneud rhywbeth.

Mae'r amser wedi dod.

Pletha ei bysedd trwy'r cyfrwy a throi tuag adref.

34

F'annwyl Sybil,

Mae'n amser maith ers i mi roi cwilsyn ar femrwn. Rwy'n meddwl amdanat yn aml ac am ein hen fywyd gyda'n gilydd. Roedden ni mor ifanc! Rwy'n deall dy fod yn parhau i fod yn feistres i'r Brenin Henry; mae ei serch tuag atat wedi para'n hirach nag yr oedd yr un ohonom wedi ei ddychmygu.

Rwy'n clywed bod y llys yn boethfa o gynnwrf, fel yr oedd yn yr hen ddyddiau, a bod y brenin yn Normandi'n aml, yn ceisio cadw rheolaeth ar ei arglwyddi afreolus. Mae sôn bod y diafol 'na, de Belleme, yn dal i fod yn ddraenen yn ei ystlys, yn ogystal â'i frawd Curthose.

Sut mae'r frenhines? Mae'n ymddangos ei bod hi'n rheoli'n fedrus ac yn ddoeth pan mae Henry'n absennol yn ei deyrnas dros y môr. Ac mae'r dywysoges Matilda fach wedi ei choroni'n frenhines yr Almaen, a hithau ond yn wyth oed! Mae'n rhaid fod Henry'n falch fod ei drafodaethau gwleidyddol mor llwyddiannus.

Mi fyddi di, rwy'n siŵr, wedi clywed rhyw ddehongliad o 'nhrafferthion i yn ystod y flwyddyn ddiwethaf. Mae'n teimlo fel petai'r holl fyd yn gwybod am fy helynt, ac yn fy amau.

Nid wy'n siŵr lle i ddechrau a dweud y gwir. Rwy'n credu mod i'n dal i geisio deall beth ddigwyddodd yn ystod misoedd fy ngharchariad, ac efallai un diwrnod mi fydda i'n medru egluro popeth. Am y tro, rwy'n ymfalchïo yn y ffaith fy mod gartref, ac wedi ymuno eto gyda fy mhlant, rhywbeth roeddwn i'n ofni na fyddai'n digwydd byth eto.

Mae fy mhriodas yn adfeilion, fel efallai y galli di ddychmygu.

Mae Gerald yn credu fy mod i wedi chwarae rhan yn fy herwgipiad (prin fod angen i mi ddweud nad yw hynny'n wir), ac nid oedd ein haduniad yn un hapus. Rwy'n feichiog eto, ond nid wy'n gwybod sut i deimlo am y peth.

Rhywsut mae angen i mi ddod o hyd i ffordd i fyw ochr yn ochr â Gerald unwaith yn rhagor, i fagu ein plant gyda'n gilydd, peth sy'n teimlo'n anobeithiol o ystyried popeth sydd wedi digwydd rhyngom. Ni allaf faddau iddo am y pethau mae e wedi eu gwneud, ac mae'n ymddangos na all yntau faddau i mi chwaith.

Rwy'n dyheu am dy weld unwaith eto, i siarad fel yr oeddem ni yn y blynyddoedd a fu. Mae Amice yn gysur mawr i mi, a fy mhlant wrth gwrs, ond rwy'n dy golli di, Sybil.

Dy ffrind ffyddlon,

Nest

*

Caer Rhiw, diwedd Tachwedd 1111

Mae'n un o'r dyddiau gaeafol anhygoel o hardd hynny; yn oer ac yn llonydd, llwydrew'n disgleirio'n flewiach bychan ar wyneb pob dim. Mae heulwen y prynhawn yn goleddfu'n euraidd ar furiau'r castell, yn wrthgyferbyniad trawiadol i'r cysgodion hir, tywyll. Crycha Nest ei llygaid yn erbyn y pelydrau isel, teimlo'r aer yn oer yn ei cheg wrth iddi anadlu ei felystra. Mae'r plentyn yn ei chroth yn aflonyddu, a gostynga Nest ar ei chwrcwd gan godi un o ddail y dderwen sy'n garped ar hyd y llawr.

'Edrycha, Angharad!' Mae Nest yn byseddu gwythiennau'r ddeilen, wedi ei haddurno mewn crisialau gwyn disglair. 'On'd ydy hi'n brydferth?'

Mae Angharad, Maurice a William yn closio ati, eu trwynau'n goch fel aeron, eu llygaid yn pefrio. Gwthia'r bechgyn ei gilydd yn chwareus cyn rhedeg i lawr tuag at lannau llyn y felin, yn hyrddio cerrig i gracio ac i sglefrio dros y rhew ar ei wyneb. Mae llaw Angharad yn ei maneg yn fychan yn llaw ei mam wrth iddyn nhw wylio'r bechgyn yn gweiddi ac yn cwrso.

'Tyrd, Mama!' Tynna'r fechan arni ac mae Nest yn gwenu ar Amice wrth iddyn nhw gerdded yn eu blaenau. Mae'r misoedd diwethaf yma gyda'i phlant wedi gwneud lles i'w henaid; cyfle i adeiladu pontydd a thrwsio calonnau toredig. Mae bron fel petai hi heb fod ymaith o gwbl.

Bron.

Daw carnau ceffyl yn dwrw i ddrysu'r miri. Mae'r negesydd yn carlamu tuag at y teulu bach, yn gwisgo lifrai Gerald. Plyga Amice i godi Angharad yn ei breichiau wrth i'r bechgyn ollwng eu cerrig a rhedeg i glywed newyddion eu tad. Disgynna'r negesydd oddi ar ei farch yn frysiog, plygu ei ben yn isel wrth Nest.

'Newyddion o Benfro?'

'Newyddion difrifol, Arglwyddes.' Mae perlau o chwys yn casglu ar ei dalcen, llywethau o wallt yn gludo i'w ruddiau, er yr oerfel. Mae'n oedi, ei lygaid yn fflachio i gyfeiriad y plant.

'Mae'ch Arglwydd yn wael, Arglwyddes. Mae'n gorchymyn i chi ddod i Benfro ar unwaith.'

Annisgwyl. Rhewa ateb Nest yn ei llwnc, y geiriau ynghrog, heb eu hynganu. Mae haid o hwyaid sy'n sglefrio ar y rhew yn codi gyda'i gilydd, eu plu'n curo'r awyr.

'Mae 'nhad yn sâl?'

Mae geiriau William yn ei hysgwyd o'i syfrdandod, ac mae Nest yn nodio'n chwim ar y negesydd. Mae'r awyr yn wag, yn anferth; glas golau'n ymdoddi'n aur. Dim ond dwy awr sydd ar ôl o olau dydd, ar y mwyaf. 'Well i ni adael ar unwaith.'

Cydia Amice yn ei llaw.

'Na, feistres. Ddylet ti ddim mynd ar garlam. Y babi.'

Mae Nest yn troi gan betruso, yr ofn yn cydio'n ei chalon. Wrth gwrs. Bron iddi anghofio. Mae wedi marchogaeth yn ystod pob beichiogrwydd, wedi wfftio at ffwdan Amice. Ond roedd hynny cyn Rhys.

Try at y negesydd. 'Cer i nôl lluniaeth. Mi awn ni fory wedi'r wawr.'

Gwga William ar y negesydd.

'Beth sy'n bod efo 'nhad?'

Mae'r dyn yn gwyro'i ben at y bachgen. 'Rhyw glefyd ar yr ysgyfaint, feistr bach. Twymyn... hwnnw'n ei ddrysu. Aeth i'w wely rai dyddiau'n ôl.'

Mae Nest yn ei dawelu gydag edrychiad miniog.

'Paid â phoeni, William. Byddaf yn gofalu amdano. Nawr tyrd yn ôl i'r castell. Bydd angen i ti ofalu am bawb tra byddaf wedi mynd.'

*

Lapia Nest ei chlogyn amdani wrth iddi baratoi i ymadael. Mae Amice wedi codi gyda hi, ei hwyneb yn welw, gan adael y plant mewn cwlwm cysglyd o dan y blancedi. Mae'r gwynt chwerw'n pigo'u gruddiau wrth i'r ddwy fentro allan, a dod â dagrau i'w llygaid.

'Wyt ti'n meddwl ei fod yn ddifrifol wael?' Mae llais Amice yn isel.

Coda Nest ei hysgwyddau.

'Gorau po gynta mod i'n cyrraedd Penfro, i mi weld drostof fy hun. Dydw i ddim yn meddwl y bydde fe wedi gyrru amdana i petai'n ddibwys.'

Agora Amice ei cheg. 'Beth fydd – ' oeda, ei hwyneb yn betrus, '– beth fydd yn digwydd os daw'r gwaethaf?'

'Os bydd e'n marw, ti'n feddwl?' Daw un o'r milwyr sydd am ei hebrwng i Benfro allan o'r stablau yn arwain ei cheffyl. Yn araf esmwytha Nest ei llaw dros yr ystlys gynnes, dros ledr llyfn y cyfrwy. 'Y ffordd mae pethau rhyngom ni ar hyn o bryd, dwi ddim yn sicr a oes ots gen i.'

'Meistres!'

Rhydd Nest ei throed yn y warthol a chodi ei hysgwyddau. 'Rwy'n gwrthod ymddiheuro am deimlo felly, Amice.' Tynna ei hun ar gefn ei cheffyl, trefnu ei sgertiau i hongian yn daclus, cyn edrych i lawr ar ei ffrind. 'Fe yrraf newyddion yn fuan.'

Gyda hynny mae'n troi ei chaseg gyda phlwc i'r awenau ac ymuno â'i gosgordd, sy'n ffurfio rheng daclus o'i chwmpas. Gwylia Amice hi'n mynd a gofid yn sodro'i hun fel pwysau mawr yn ei chalon.

*

Castell Penfro, diwedd Tachwedd 1111

Chwifia baner Gerald yn swnllyd o dŵr uchel y castell, y groeslin goch yn arwydd diamheuol o goncwest y Normaniaid. Mae e wedi ychwanegu at yr amddiffynfeydd unwaith eto, sylwa Nest, wrth iddi hi a'i gosgordd agosáu at y muriau allanol. Mae'r castell wedi newid cymaint yn ystod ei bywyd, prin ei bod yn cofio fel yr oedd. Mae'r niwl oeraidd yn chwyrlïo o'i chwmpas wrth iddyn nhw farchogaeth i fyny'r stryd sy'n arwain at borth y castell, masnachwyr yn brysio ar eu traws wrth werthu eu nwyddau, yr awel fain yn cario aroglau pysgod, carthion anifeiliaid, mwg a chastanau wedi eu crasu. Mae'r bobl yn ei gwylio'n ochelgar – yn wahanol i'r ymateb ym mlynyddoedd cynnar eu priodas, ei phobl yn ei chyfarch mor annwyl, yn ymfalchïo yn eu Tywysoges Nest, wedi dychwelyd o'r diwedd. Nid felly nawr, ond wrth gwrs Normaniaid ydyn nhw i gyd, neu Ffleminiaid, ac nid Cymraeg sy'n llenwi ei chlustiau.

Synhwyra Nest y baban yn ei chroth yn symud, prin fwy na siffrwd, fel curiad adenydd. Mae hi'n cario'n dda, yn ôl ei harfer, ei chorff yn dal ac yn gryf, ei bol yn sefyll allan yn falch. Ond does dim sicrwydd y bydd yn geni baban iach, meddai'r llais bach yn ei phen. Mae yna ofn nad oedd yno o'r blaen, ofn caru'r plentyn yn ei chroth.

Gwaedda ei gosgordd i fyny at y porthdy wrth iddyn nhw nesáu at y bont ostwng, ac mae'n agor o'u blaenau, yn hafn cegrwth a thorf brysur y tu hwnt iddo. Mae yna filwyr ym mhobman, sawl un yn waedlyd, a thwrw'r gof yn morthwylio arfau ac yn trwsio – dyma fyddin ar fin brwydro, un sy'n benderfynol o orchfygu'r terfysg yn Neheubarth. Terfysg Owain.

Does dim golwg o Gerald. Hwn fydd y tro cyntaf iddi ei weld ers misoedd. Os yw ei phriodas am wrthsefyll – os yw *hi* am wrthsefyll, a goroesi'r byd anweddol hwn, allan nhw ddim byw bywyd fel dieithriaid, ac mae'r ffaith ei fod e wedi galw amdani yn ei salwch yn awgrymu ei fod e'n teimlo'r un peth.

35

Castell Penfro, diwedd Tachwedd 1111

Mae bachgen y stabl yn tywys ei cheffyl at wellt a lloches ac mae Nest yn dilyn y gwas sy'n aros i'w harwain i siambr Gerald. Mae'r tân yn cracio'n gyfeillgar wrth iddi gamu i'r ystafell, aroglau persawr yn codi o'r brwyn ffres sydd wedi'u gwasgaru ar hyd y llawr. Er mai caer filwrol yw Penfro, mae'n un gyfforddus erbyn hyn ac mae Gerald yn amlwg wedi dechrau arfer â'r moethusrwydd. Mae Nest yn diolch i'r gwas yn dawel, ei yrru ymaith cyn nesáu at y gwely, a Gerald.

Mae ei gŵr yn cysgu, ei frest yn codi a gostwng yn araf o dan y ffwr sy'n ei orchuddio. Yng ngolau'r fflamau mae ei wyneb fel y galchen, ei fochau'n geugrwm ac mae cysgodion tywyll o dan ei lygaid. Clyw Nest ei anadl yn ysgwyd yn wlyb ac yn swnllyd.

Mae Nest yn setlo'i hun mewn cadair o flaen y tân, ei gwallt yn disgleirio fel adain cigfran ac yn syrthio'n rhaff drwchus i lawr at ei gwasg, rhubanau coch yn troelli drwy'i phlethi. Mae hi'n llonydd, yn syllu'n ddigyffro i'r fflamau, un llaw'n gorffwys ar gromlin lyfn ei bol. Agora Gerald ei lygaid a'i gwylio am amser hir cyn iddi sylweddoli ei fod yn effro.

'Dim cyfarchiad, Nest? Heb dy weld di ers misoedd…'

Mae sibrydiad cryg ei lais yn ei dychryn, ac o'r diwedd mae'n troi ato. Mae'n sylwi ar ei wallt yn llwydo. Ei wyneb esgyrnog. Am y tro cyntaf mae hi'n ymwybodol ei fod cymaint yn hŷn na hi.

'Fe anfonaist amdana i?'

Ni all gadw'r tinc rhewllyd o'i llais. Pesycha Gerald; peswch llaith, poenus sy'n ysgwyd ei gorff cyfan. Eistedda Nest yn ei hunfan, yn ei wylio'n dawel nes i'r pesychu beidio.

'Dwi'n sâl, fel y gweli di.'

'Ers pa bryd?'

'Rhai wythnosau… alla i ddim gwared y peswch 'ma.'

Mae pwl arall o dagu yn dirdynnu trwy'i gorff, ac mae Nest yn aros iddo dawelu cyn siarad.

'Fe glywais i'r newyddion o Bowys. Mae Cadwgan wedi marw.'

Nodia Gerald gydag ymdrech.

'Ydy. Yr hen gadno cyfrwys, yn farw o'r diwedd. A thrwy law ei nai, Madog ap Rhirid!'

Am ennyd meddylia Nest am Gadwgan, un a fu'n bŵer mor fawr, wedi ei fychanu yn ei flynyddoedd olaf. A nawr, wedi mynd. Cnawd yn troi'n esgyrn. Wedyn yn llwch. Troi'n hanes.

'Ac felly Powys Owain fydd hi nawr.'

Edrycha Gerald arni'n sur, ei groen yn welw fel llefrith.

'Ie. Mae'r Brenin Henry wedi adfer rheolaeth y deyrnas iddo.'

Eistedda Nest yn llonydd, gan geisio rhoi trefn ar ei meddyliau. Er yr holl drafferth a therfysg a achoswyd gan weithredoedd Owain, roedd Henry'n dal yn barod i roi cyfle arall iddo – efallai'n cydnabod y byddai Owain yn gwneud yn well fel cynghreiriad na gelyn. Doedd ei drosedd yn ei herbyn ddim mor bwysig â hynny, felly. Dim pan oedd hi'n fater o wleidyddiaeth.

'Bydd e'n siŵr o ddial ar Madog ap Rhirid, Gerald.'

'Bydd, mwn.'

Teimla Nest fel petai hi a Gerald wedi eu dal mewn dawns, y ddau'n siarad yn ofalus ac yn gwrtais a neb am ddweud beth sydd wir ar eu meddyliau. Yn wir yn eu calonnau.

'Rwyt ti'n edrych yn brydferth iawn, Nest.' Gall Nest glywed yr anadl yn ysgwyd yn ei frest.

'Diolch.'

Gwna Gerald ystum gwan tuag at ei bol chwyddedig. 'Wyt ti'n teimlo'n dda? Y salwch wedi pasio erbyn hyn?'

Mae Nest yn codi ar ei thraed a chroesi'r ystafell tuag at ei wely. Yn agos ato nawr, gall weld sglein chwys ar ei dalcen, ei lygaid yn ddisglair â thwymyn.

'Rwyt ti'n bryderus am fy lles i nawr?'

'Nest...'

Llusga ei lais yn ddim, ei henw'n hongian rhyngddyn nhw fel corff ar raff y crogwr. Try Nest oddi wrtho a cherdded yn osgeiddig i ochr arall y siambr, ei dwylo'n crynu, yn synhwyro Gerald yn ei gwylio'n fud. Mae ei gŵr yn pesychu eto.

Wedyn –

'Mi ddaw y baban fis Chwefror?'

Esmwytha Nest ei chledrau yn erbyn ei ffrog, ei chynddaredd yn corddi'n ei gwddf.

'Daw, debyg, gan i ti fy nhreisio i ym mis Mai.'

Mae gwrid yn llifo i ruddiau suddedig Gerald.

'Oes cywilydd gen ti, tybed? Neu wyt ti'n teimlo bod gen ti rhyw hawl i wneud y fath beth?'

'Nest.' Pesycha eto, gan ymestyn llaw fregus tuag ati. 'Tyrd nawr. Roeddwn i'n ddig. Ac wrth reswm.'

Tania ei llygaid glas yn wenfflam, ei hewinedd yn cloddio i gnawd ei chledrau.

'Mae'n ymddangos dy fod ti'n meddwl, fel bron pob dyn

arall, y gallet ti reoli fy meddwl drwy feddu ar fy nghorff.' Cama Nest tuag at y gwely. 'Y gallet ti fod yn feistr arna i.' Mae ei llais yn codi nawr. 'Drwy fy ngorchfygu, rwyt ti'n benderfynol o reoli fy nghalon, fy nymuniadau.'

Mae llygaid sâl ei gŵr wedi'u hoelio arni. Cama'n agosach fyth.

'Gad i mi ddweud wrthot ti nawr, Gerald, dy fod yn anghywir. Efallai fy mod wedi gwerthu fy ngwyneb a fy nghorff, ond rwyf wedi gwneud hynny ar fy nhelerau fy hun.' Mae hi'n plygu'n is, er mwyn iddo ei gweld hi'n iawn. 'Dealla di hyn, Gerald. Nid yw fy nghalon ar werth. Mae fy meddwl yn perthyn i mi yn unig.'

Mae'r gwaed yn berwi'n ei gwythiennau, bron ei bod hi'n ei deimlo'n byrlymu'n danllyd trwy ei chorff. Mae Gerald yn ceisio codi, yn straffaglu'n erbyn y gorchuddion, ar fin siarad, ond coda Nest ei llaw i'w ddistewi.

'Rydw i'n dywysoges o linach frenhinol Dinefwr. Rwy'n hanu o Rodri Mawr ei hun! Mae gennyf waed y tywysogion yn fy ngwythiennau.' Mae ei llygaid yn stormus yng ngolau'r tân, ei llais yn angerddol. 'Dwyt ti ddim yn arglwydd arna i, Gerald. Nid oedd Owain chwaith. Nid oedd Henry, er ei fod yn frenin. Nid wyf yn ddarostyngedig i unrhyw un ohonoch.'

Anadla Nest yn drwm trwy ei thrwyn, ei llygaid yn fflachio. Gwêl Gerald ei fod wedi ei hudo ganddi, wedi ei syfrdanu gan ei phrydferthwch, ei dirmyg a'i dicter.

'Nest...' Disgynna ei ysgwyddau. 'Nest... rho gyfle i mi... Dyna pam wnes i ofyn i ti ddod yma... i... i ymddiheuro. Ddylwn i ddim fod wedi dy dreisio di.'

Sylla hithau i lawr arno, ei eiriau mor ddisylwedd â phlu eira.

'Nest, maddau i mi. Alla i ddim marw gyda hyn ar fy nghydwybod.'

'Dwyt ti ddim ar fin marw!' Poera'r geiriau'n chwerw o flaen ei thafod. Mae'n rhoi ei phen ar un ochr, yn ei astudio. 'Ydy dy salwch wedi rhoi cyfle i ti ystyried y ffordd wnest ti drin fy mrawd hefyd? Ydy hynny'n pwyso ar dy gydwybod?'

Gwêl fflach o boen yn croesi wyneb hagar Gerald. Oeda am hir. Yna, ochenaid.

'Wrth gwrs, Nest.'

Mae hi'n ymwybodol yn sydyn o'r lwmp caled yn ei llwnc, o'r dagrau'n llosgi tu ôl i'w hamrannau. Sudda'n araf ar ei gliniau wrth ochr y gwely.

'Gerald, sut allet ti gredu mod i wedi cynllwynio gydag Owain yn dy erbyn di? Rhoi fy mhlant mewn perygl? Sut allet ti droi ein plant yn f'erbyn i?'

Disgynna ysgwyddau Gerald yn swp wrth i'r peswch rwygo drwy ei gorff eto. Gall Nest weld y dagrau'n cronni yn ei lygaid yntau. Ffenestr o'r diwedd i enaid y dyn yr oedd hi wedi ei briodi.

'Maddau i mi, Nest.' Ei lais yn siffrwd, ei wefusau'n sych a chrimp.

Gosoda Nest ei llaw ar ei bol, ar y bywyd brwdfrydig oddi fewn iddi. Plentyn diniwed arall, plentyn i ymuno â Harri, William, Maurice ac Angharad. Ei byd, pob un ohonyn nhw. Pa ddewis oedd yna felly?

'Gerald, os ydyn ni am fyw eto fel gŵr a gwraig… os wyt ti am i mi ymddiried ynot ti unwaith eto, mae'n rhaid i ti fy helpu i.' Sylla i fyw llygaid Gerald. 'Mae'n rhaid i ti sicrhau fod Hywel yn cael ei ryddid. Alla i ddim byw yn gwybod ei fod yn garcharor.'

Yn araf mae hi'n estyn am law Gerald, yn synnu drachefn at

ei fysedd main, ei gnawd tenau. Ochneidia Gerald, gan edrych i lawr ar eu dwylo fel petai'n edrych ar ddwylo dieithriaid.

'A, Nest, rydw i wedi bod yn pendroni am hyn.' Edrycha i fyw ei llygaid. 'Mae beth ddigwyddodd i Hywel... mae'n rhoi hunllefau i mi.' Ceisia godi ar ei eistedd. 'Rydw i wedi teimlo'n euog amdano erioed, Nest. Rwy'n addo i ti. Ond mae e'n fwy diogel wrth fod yn anhysbys, wyt ti'n deall hynny?'

Ysgydwa Nest ei phen, ei llygaid yn llosgi.

'Mi ysgrifenna i at y brenin... bydd Henry yn caniatáu ei ryddhau, mi wneith hynny i mi, rwy'n siŵr...'

'Mae'r brenin yn Normandi, Nest! Mae ganddo bethau pwysicach i boeni amdanyn nhw. A chofia, wnaeth e ddim byd i achub dy frawd Goronwy... ac mi oeddet ti'n rhannu ei wely bryd hynny.'

Does dim o'r chwerwder arferol yn llais Gerald. Sudda ei eiriau i gydwybod Nest fel cerrig i waelod llyn.

'Paid â bod mor ffôl â chredu dy fod o bwys iddo, Nest. Mae'n wir iddo roi pwysau arna i i dy hebrwng yn ôl – ' mae cywilydd yn fflachio ar draws ei wyneb ' – ond roedd hynny am resymau gwleidyddol yn fwy nag unrhyw beth arall. Efallai fod ganddo feddwl ohonot ti, ond paid â meddwl ei fod yn caru unrhyw un heblaw fe ei hun, Nest. Er mor galed yw hynny, mae'n well gadael Hywel lle mae e.'

Mae'r dagrau'n rowlio'n ddistaw i lawr ei gruddiau nawr. Mae Gerald yn pesychu, ei holl gorff yn ysgwyd yn boenus.

'O, Nest. Paid.' Mae'n gwasgu ei llaw, ei groen fel memrwn. 'Mae ganddo fe fywyd. Dim yr un yr oedd e i fod i'w gael, ond bywyd o ryw fath. Dydy e ddim yn cael ei gam-drin. Paid tynnu sylw ato.'

Coda Nest ei phen i edrych ar ei gŵr. Mae'n sylweddoli yn yr eiliad honno, er gwaethaf popeth, nad yw hi'n ei gasáu, ac mae'r chwerwder a'r atgasedd a fu'n corddi ynddi am fisoedd yn llifo ymaith fel y llanw.

*

Mae sgrech unig yr wylan yn cario ar y gwynt, y môr fel haearn, ewyn yn addurno'r tonnau wrth iddyn nhw chwipio'n wyllt yn erbyn y creigiau. Gafaela'r awel ym mantell Nest a'i chipio, ei gwallt yn dianc o'r blethen wrth iddi sefyll fel delw ar y rhagfur. Does ganddi ddim syniad pa mor hir mae hi wedi bod yma, yn llonydd, yn synhwyro'r corff bach y tu mewn iddi'n symud.

Neidia mewn braw wrth sylweddoli nad yw hi ar ei phen ei hun. Mae Gerald wrth ei hochr, ei law fel crafanc yn cydio ym mhren y muriau, ei wyneb pantiog wedi troi tuag at y gwynt, ei lygaid ynghau. Mae 'na gylchoedd tywyll, bron yn biws o dan ei lygaid, ac mae ei gorff yn fusgrell.

'Mae'n braf teimlo'r gwynt ar fy ngwyneb ar ôl cyn hired yn y siambr 'na.'

'Ti'n well, felly?'

Mae Gerald yn chwerthin yn chwerw.

'Ti'n swnio mor falch!'

Try Nest i'w wynebu.

'Mae cymaint wedi newid, Gerald. Does dim lle i'r Cymry yn y man hwn mwyach.'

Mae Gerald yn pesychu'n swnllyd.

'Ydy pethau wir wedi newid cymaint â hynny, Nest? Dwi'n dal i weld yr un ferch yn sefyll ar furiau castell Penfro, yn breuddwydio am ei brawd coll.'

Mae'r geiriau'n taro Nest fel ergyd, eu hystyr yn treiddio i fêr ei hesgyrn. Gall deimlo'r lliw yn llifo o'i chroen.

Nodia Gerald, ei lygaid wedi hoelio ar ei hwyneb.

'Mi wyddwn i am Gruffydd, Nest.'

Mae distawrwydd llethol, dim ond cri'r adar a sŵn sisial a sugno'r tonnau o rywle pell, pell i ffwrdd. Mae ei cheg yn sych grimp, prin y gall hi sibrwd.

'Ers pryd?'

Ochneidia Gerald.

'Ers cyn i ni fod yn briod.' Gwna Nest sŵn rhyfedd mewn llais taglyd. Nodia Gerald. 'Ie. Ers i mi fynd i Iwerddon ar ran Arnulf de Montgomery, i drafod ei briodas gyda merch Muirchertach ua Briain.'

'Iesu annwyl.'

Mae hi bron yn methu anadlu. Ei phen yn troi.

'Eistedda, Nest.' Clyw ei lais o rywle pell eto. Llais rhywun arall. Teimla ei law yn cydio'n dynn ynddi, ac mae hi'n gafael ynddo fel petai'n rhaff, cyn suddo ar ei heistedd, ei chefn yn erbyn y ffos arw.

'Cymra anadl ddofn. Ac eto.' Mae'r cyfog yn codi yn ei gwddf, wyneb Gerald yn nofio o flaen ei llygaid. Mae'n gwrando ar ei gyfarwyddiadau, sugno anadl enfawr i'w hysgyfaint, aros i'r cyfog gilio. Teimla ei law yn dyner ar ei thalcen. Mae'r smotiau du o flaen ei llygaid yn dechrau gwasgaru, mae'n gweld unwaith eto.

Sylweddola Nest yn sydyn fod ei gruddiau'n wlyb, dagrau'n llifo heb iddi fod yn ymwybodol ohonyn nhw. Mae Gerald yn syllu arni'n bryderus.

'Mae e'n fyw felly?'

Nodia Gerald.

'Ydy. Mae e'n fyw. Neu fe oedd e'r adeg hynny, beth bynnag.'

Cladda Nest ei hwyneb yn ei dwylo, ei hysgwyddau'n

ysgwyd. Mae'n amser hir cyn iddi ddistewi. O'r diwedd mae'n troi ato, ei llygaid yn goch ac yn ddagreuol.

'Pam na wnest ti ddweud wrtha i, Gerald?'

Ysgydwa Gerald ei ben.

'Mae'n anodd egluro.' Edrychai'n boenus. 'Roeddwn i'n gwybod beth oedd tynged Hywel, wrth gwrs. Doeddwn i ddim am i ti wybod y gwir am hynny. Ofn na fyddet ti byth yn maddau i mi... wrth reswm.' Mae hi'n rhythu arno, yn methu edrych i ffwrdd. 'Oherwydd hynny, roeddwn i'n deall pam fod Gruffydd yn gyfrinach. Roeddwn am i ti ei gadw i ti dy hun.'

Llynca Nest, ei phen yn troi.

'Sut oedd e'n edrych?'

Ar hynny, mae Gerald yn gwenu'n drist. 'Fel ti. Fel dy Harri di.'

Bratha Nest ei gwefus. 'Roedd pobl yn arfer dweud ein bod ni fel efeilliaid. Ofynnodd e amdana i?'

Ysgydwa Gerald ei ben eto. 'Wnes i ddim siarad gydag e. Dim ond ei weld o bell. Doeddwn i ddim am fynd ato. Ddim am iddo ddyfalu fy rhan yng nghoncwest Deheubarth na gofyn i mi amdanat ti na Hywel.'

Eistedda Nest yn ôl.

'Rwyf wedi breuddwydio amdano ers blynyddoedd... ddim yn gwybod oedd e'n fyw neu'n farw.'

Gwylia Gerald ei wraig yn ddistaw.

'Pryd oedd y tro diwethaf i ti ei weld e?'

Edrycha Nest i lawr ar gromlin ei bol, ar ei dwylo'n gorffwys yn ei chôl.

'Ddim yn hir cyn i mi gyrraedd Penfro. Daeth f'ewythr i'w hebrwng i ffwrdd, i ffoi. Roedd 'nhad wedi ei lofruddio, Goronwy wedi ei gludo i rywle'n garcharor. Fe wnaeth Rhydderch ei ddyletswydd. Danfon Gruffydd i Iwerddon.

Rhoi lloches i Mam a Hywel a fi, a fy chwaer fach.' Mae ei llais yn ddrwm, yn ddi-emosiwn. 'Bu farw Mam, a'r babi. Dim ond fi a Hywel oedd ar ôl.' Sylwa fod ei bysedd hirion yn crynu. 'Ac wedyn newidiodd Rhydderch ei feddwl. Trosglwyddo Hywel a finnau i ddwylo Arnulf de Montgomery. Fel y gwyddost ti.'

Yn araf, symuda Gerald nes eu bod ochr yn ochr, eu breichiau'n cyffwrdd.

'Mae'n ddrwg gen i, Nest. Wir i ti.'

Chwardda Nest yn chwerw, pwyso'i phen yn ôl yn erbyn y ffos bren, syllu i fyny ar ehangder yr awyr. Wrth ei hymyl, coda Gerald yn llafurus ar ei draed, ei anadl yn arw a chynnig llaw fregus iddi. Mae'n ymdrechu i'w halio ar ei thraed yn drwsgl, cyn edrych i'w llygaid yn ddifrifol.

'Does dim mwy o gyfrinachau rhyngom ni nawr, Nest. Dechreuad newydd.'

36

Rwy'n eistedd wrth ochr y gwely, yn gwylio Gerald yn cysgu. Cysgu yng nghanol dydd, fel hen ddyn. Mae ei wynt yn ei frest yn dal i wneud iddo swnio fel petai'n boddi. Mae e'n gwella – ei groen yn colli'r olwg gwyraid, a'r cnawd yn dechrau dychwelyd i'w esgyrn – ond mae'n flinedig ac yn fusgrell, ac rwy'n ysu i ddychwelyd at y plant yng Nghaer Rhiw.

Mae Gerald yn gwybod amdanat ti, Gruffydd. Yn gwybod amdanat ti ers bron i ddeng mlynedd. Ers iddo deithio dros y môr ar ran ei feistr, i geisio sicrhau tywysoges yn briodferch i Arnulf de Montgomery. Wedi dy weld di, yn dy gynefin newydd. Dy nabod di, oherwydd dy fod yn edrych fel fi.

Alli di ddychmygu sut mae'n teimlo i wybod dy fod yn fyw, Gruffydd? Dy fod wedi goroesi'r siwrnai ac wedi sefydlu bywyd yng ngwlad dy alltudiaeth? Tystiolaeth dy fod ti'n bodoli y tu hwnt i'm dychymyg. Y tu hwnt i'r atgofion.

Mae gwybod hyn, wrth gwrs, yn codi cwestiynau eraill. Pam nad wyt ti wedi dychwelyd, ar ôl yr holl amser? Onid wyt ti am hawlio dy etifeddiaeth? Rwyf wedi pendroni am hyn ers amser maith a does gen i mo'r ateb. Dydw i ddim yn deall.

Ac unwaith eto fe daflaf y memrwn hwn i fflamau'r tân, tithau'n darllen y geiriau hyn yn fy nychymyg yn unig, dy ddelwedd yn pylu cyn diflannu i'r marwydos a'r mwg.

*

Cenarth Bychan, Ionawr 1112

Mae'r aer o fewn i'r muriau carreg yn oer, a gwêl Nest ei hanadl yn ffurfio cymylau llaith wrth iddi godi ar ei heistedd yn y gwely a thynnu'r ffwr afanc i fyny o dan ei gên. Mae'n amhosib bod yn gyfforddus ar ei hyd, ei chorff yn fawr ac yn drwsgl wrth iddi nesáu at ddiwedd ei beichiogrwydd.

Mae'r tywyllwch yn glos, yn llethol bron. Gwinga wrth deimlo'r tynhau a'r cosi yn ei choesau, y cyhyrau'n grwgnach a chyffio wrth iddi ymestyn ei bodiau a cheisio rhyddhau'r boen. Gall glywed chwyrnu addfwyn y plant o ochr arall y llenni trymion.

Dyna ryfedd yw bod yn ôl yng Nghenarth Bychan, a hithau wedi osgoi'r lle hyd yma. Ond dyma hi, yn ôl yn y siambr lle daliwyd hi a'r plant pan ymosododd Owain ar y castell. Y siambr lle treisiwyd hi gan Gerald. Bydd hi'n casáu Cenarth Bychan am byth.

Mae hi'n gorfodi'r atgofion ymwthiol o'i meddwl ac yn edrych ar gorff llonydd Gerald. Mae ei fraich wedi ei lluchio ar draws ei hochr hi o'r gwely, ei groen yn llaethog yn erbyn y ffwr tywyll sy'n eu gorchuddio.

'Am beth wyt ti'n pendroni?'

Neidia Nest, ei chalon ar garlam wrth i sibrwd ei gŵr dorri ar draws y düwch.

'Doeddwn i ddim wedi sylwi dy fod ti'n effro...'

Coda Gerald ar ei eistedd wrth ei hochr, ei frest yn dal yn geugrwm a'i wallt yn anniben.

'Wyt ti'n iawn?'

Ysgydwa Nest ei phen, heb arfer â'i sylw na'i bresenoldeb yn ei gwely. 'Anghyfforddus ydw i.' Symuda unwaith eto, gan geisio rhoi mymryn o ofod rhyngddyn nhw. 'Fedra i ddim ddioddef bod yma.'

Dim ateb, er iddi synhwyro'i lygaid arni. Clyw Angharad yn griddfan yn ei chwsg, corff Amice yn symud a'i llais mwyn yn cynnig cysur. Arhosa am ddistawrwydd eto ac i'r chwyrnu rhythmig ailgychwyn.

'Dydw i ddim am i'r babi gael ei eni yma, Gerald. Mae'n rhaid i ni ymadael cyn iddi fod yn rhy hwyr. Ac os ei di ddim â fi, mi af fy hunan.'

Oeda Gerald. 'O'r gorau. Dim ond wedi dod ar gyfer gwledd y Nadolig oedden ni, beth bynnag. Ti oedd yn mynnu gweld Harri, ac roedd yn haws iddo deithio yma o Geredigion...'

Digon teg. Roedd hi'n ysu am gael gweld ei chyntafanedig, yntau nawr wedi ymgartrefu yng ngosgordd Gilbert FitzRichard de Clare ac yn derbyn hyfforddiant gweddus i fab arglwydd Normanaidd... i fab brenin. Dylai hi fod yn ddiolchgar, mae'n debyg, nad oedd Henry wedi gyrru am ei fab a mynnu ei fod yn derbyn addysg a hyfforddiant yn Lloegr. Ond mae e dan y don gyda'r holl lanast yn Normandi, yn ôl Sybil, a beth bynnag, mae'n siwtio Henry i osod ei blant anghyfreithlon ar hyd a lled y wlad, lle gall wneud defnydd ohonyn nhw.

Mae Gerald yn ei thynnu i lawr i orwedd unwaith eto. Diolch byth nad yw'n debyg o fod eisiau caru. Mi fyddai hynny'n ormod. Mae Nest yn rolio ar ei hochr, gan syllu i ddim byd.

'Rydw i ar fai am fy rhan i yn dy atgofion o'r lle 'ma.' Teimla ei law ar ei chefn, yn fwy tyner ers ei salwch. 'Mae'n ddrwg gen i.'

'Rydw i wedi dweud celwydd wrthot ti,' sibryda Nest.

Mae corff Gerald, y tu ôl iddi, yn caledu. Clyw Nest sŵn dripian o rywle, rhyw wlypder yn nadreddu i lawr y waliau cerrig.

'Fe ddwedest ti na ddylen ni gadw cyfrinachau wrth ein gilydd fyth eto.' Rolia Nest yn lletchwith ar ei chefn, ei bol yn fynydd o dan y gorchudd. 'Mae 'na rywbeth rydw i heb ddweud wrthyt ti.' Mae ei cheg yn sych, ei thafod yn drwchus.

Mae Gerald yn aros, yn fud yn y tywyllwch.

'Fe gefais i blentyn. Plentyn Owain.'

Mae anadl ei gŵr yn hisian o'i geg.

'Bachgen oedd e. Rhys. Er cof am fy nhad.'

Mae'r geiriau'n hongian rhyngddyn nhw, yn chwyddo, yn dychlamu. Ochneidia Nest a gwylio'r cwmwl yn ffurfio uwch ei hwyneb yn yr aer rhewllyd.

'Lle mae e nawr?' gofynna Gerald yn daglyd.

Llynca Nest eto. Hyd yn oed nawr, dros flwyddyn wedyn, ni all ddweud y geiriau heb i'r poen fygwth ei gorchfygu.

'Cafodd ei eni'n farw.'

Dim ateb gan Gerald. Gallai deimlo'r cryndod yn ei llais wrth iddi fwrw yn ei blaen.

'Dyna'r rheswm na allwn i adael. Ni allwn i ddychwelyd atat ti'n feichiog, ac nid oedd Owain am fy rhyddhau tra o'n i'n cario'i blentyn.' Sylla uwch ei phen i'r düwch trwchus. 'Roedd Owain yn alltud yn Iwerddon, finnau heb ei weld e ers misoedd, ac roedd e wedi 'ngadael i yng nghanol nunlle i eni ei blentyn yn ddirgel, i ffwrdd oddi wrth gythrwfl y deyrnas.'

Sylweddola wrth i'r geiriau adael ei gwefusau nad ydyn nhw erioed wedi trafod ei chipiad, na'r hyn a ddigwyddodd yn ystod misoedd hir ei absenoldeb. Mae Gerald yn parhau'n ddistaw a nawr mae'r geiriau wedi cychwyn, ni all Nest eu hatal, ac maen nhw'n llifo ohoni fel rhaeadr.

'Pan gollais i Rhys, collais fy hun am sbel. Canolbwyntio arno fe wnaeth fy nghadw i rhag mynd yn wallgof ar ôl gyrru'r plant yn ôl atat ti. Daeth ei farwolaeth â'r tristwch mwyaf annisgwyl, ond ar ôl amser gallwn weld bod y ffordd yn glir i mi ddychwelyd at fy mhlant byw. Yn y diwedd, ffeindiais i bererinion ar eu taith i Dŷ Ddewi, ac ymunais â nhw.'

Sylwa'n ddisymwth fod Gerald yn anwesu ei gwallt yn awr, yn ei fwytho i ffwrdd o'i hwyneb gwlyb, ei hamrannau gludiog. Pan mae'n siarad, mae ei lais yn isel.

'Petai'r babi wedi goroesi, fe fyddet ti wedi gorfod ei ildio, Nest. Ni fyddai Owain wedi gadael i ti ddychwelyd yma gydag e.'

'Wn i.'

Brwsia'r dagrau'n ddiamynedd o'i llygaid, gan ochneidio'n ddwfn.

'Oes 'na ffordd i ni symud ymlaen, Gerald? Symud heibio'r dicter a'r poen a'r bradychiad? Oherwydd dydw i ddim yn siŵr alla i faddau…'

Coda Gerald ei ysgwyddau yn y tywyllwch.

'Dydw innau ddim yn gwybod, chwaith.' Yn araf gosoda ei law ar belen ei bol, y plentyn oddi fewn yn troi a chicio dan ei gyffyrddiad. 'Ond gallwn ni drio.'

*

Ger Llansteffan, Gorffennaf 1112

Mae Nest yn annog ei chaseg yn ei blaen wrth iddi godi ei phedolau'n gain a chroesi'r nant. Mae'r ffrwd yn troelli fel gwythïen drwy wyrddni'r glaswellt, ac mae Nest yn gwybod y bydd yn ymuno â'r afon Tywi a honno'n llifo wedyn i'r môr. Meddylia am ennyd am ei baban penddu, David, yn niogelwch Caer Rhiw gyda'r plant eraill, cyn codi ei phen i edrych ar Harri, sy'n eistedd yn dal yn y cyfrwy. Pedair ar ddeg nawr. Yn ddyn, yn ôl y gyfraith o leiaf, ac yn ysu am waed ar lafn ei gleddyf. Mae'r llanc yn chwerthin ar rywbeth mae Gerald yn ei ddweud, gan daflu ei ben yn ôl, ac yn yr eiliad honno mae'n fwy tebyg i'w dad, y Brenin Henry, nag y mae Nest am gyfaddef.

Mae'r coed yn trwchu eu cysgodion croesawgar ar hyd y llwybr, ac edrycha Nest o'i hamgylch yn hamddenol. Olion bywyd – tân a thai wedi dymchwel. Cymry. Mae cymaint ohonyn nhw wedi cilio i'r coed, wedi eu herlid o'r porfeydd a'r tir gorau gan y Normaniaid.

'Bydda i'n gweld fy mrawd hynaf unwaith eto!' Mae gwên Harri'n heintus. Bachgen hawdd ydy e, meddylia Nest, ei wedd yn rhadlon ac yn gymwynasgar.

'Byddi.'

'Sut un yw e? Dydw i ddim yn ei gofio.'

Mae Nest yn gwenu ar ei mab. 'Anodd dweud. Dydw innau ddim wedi gweld Robert FitzRoy ers blynyddoedd maith. Ers priodi Gerald a dweud y gwir.' Ceisia fwrw ei meddyliau'n ôl i'r oes honno, ei bywyd yn llys Brenin Lloegr – bywyd sydd erbyn hyn yn teimlo fel bywyd rhywun arall. 'Dim ond llond llaw o flynyddoedd yn iau na fi ydy e, felly bydd yn ei ugeiniau canol erbyn hyn. Fe yw'r hynaf o blant dy dad.'

Nodia Harri'n frwdfrydig. 'A beth am y briodferch?'

'Mabel FitzHamon? Dim ond deuddeg oed ydy hi, rwy'n credu.'

'Wir?'

'Ie. Dyna pam mai dim ond rhag-gytundeb priodas yw hwn. Ni fydd yn briodas lawn am rai blynyddoedd. Mae hi'n etifeddes gyfoethog iawn, ac roedd ei thad hi'n ffefryn gan William Rufus, dy ewythr, pan oedd e'n frenin Lloegr.'

Mae Gerald yn gwrando'n astud ar y sgwrs rhwng Nest a'i

mab, ac mae Nest yn gwybod ei fod yn mwynhau ei chlywed yn sôn am ei chysylltiadau brenhinol, er nad ydy e'n or-hoff o feddwl amdani fel meistres y brenin.

'Roeddwn i'n meddwl falle y byddai 'nhad yno,' meddai Harri'n obeithiol.

Gwena Nest arno'n dyner. 'Rwy'n gwybod, 'machgen i. Un diwrnod. Mae'r gwrthryfela yn Normandi yn dal ei sylw cyhyd.'

Mae'r sgrech yn dod o nunlle, ac mae carreg yn taro ystlys ei chaseg, sy'n codi ar ei choesau ôl, yn gweryru mewn panig. Gwaedda Nest gan gydio'n dynn yn yr awenau, y gaseg bron â'i thaflu. Clyw waedd Gerald gerllaw, y milwyr yn ffurfio rheng o'u cwmpas a Gerald wrth ei hochr, yn llwyddo i gipio'r awenau a dod â'r gaseg o dan reolaeth.

'Cerwch i uffern, y cythreuliaid Ffrengig!'

Mae carreg arall yn cael ei hyrddio o ganol y coed, a daw gweiddi a chwerthin aflafar. Mae Harri'n edrych o'i gwmpas yn wyllt, gan ddadweinio'i gleddyf yn fyrbwyll. Mae cyfog yn codi yng ngwddf Nest wrth iddi ddeall bod Gerald yn bwriadu darostwng yr ymosodwyr.

'Cadwa'n ôl, Nest!' Mae llais ei gŵr yn waedd uwch y dryswch. 'Harri, dyma dy gyfle, dim ond llond llaw o Gymry sy 'na!'

Mae milwyr Gerald yn heidio o'i blaen, ei mab wrth ochr ei gŵr, ei wyneb yn llawn cyffro.

'Na, Gerald!'

Ond mae hi'n gweiddi'n ofer, does neb yn ei chlywed. Mae sŵn brigau'n torri a'r gweiddi'n uwch o gyfeiriad y goedwig, y lleisiau'n annirnad, er bod yr amcan yn hollol glir wrth i saeth hedfan yn syth atyn nhw, glanio'n swnllyd i ganol tarian un o ddynion Gerald. Mae caseg Nest wedi ei chynhyrfu'n llwyr, ac wrth i Nest frwydro i'w chadw dan reolaeth, mae Gerald yn gorchymyn ei filwyr, gan gynnwys Harri, i ruthro mlaen i'r coed, eu cleddyfau'n malu'r brigau'n ysgyrion, y llafnau'n erfyn am waed. A nawr mae ei mab wedi diflannu o'i golwg, a dim ond twrw brwydr sy'n ei chyrraedd hi, a fflachiau o ddur a helmedau.

Mae Nest wedi'i rhewi yn ei hunfan, ei gwynt yn ei dwrn, y munudau'n teimlo fel oriau, er bod yr ysgarmes drosodd mewn chwinciad. Daw Gerald a Harri o ganol y coed gyda'r milwyr eraill, gwên ar wyneb y ddau. Mae Gerald yn taflu braich o amgylch ysgwydd y llanc.

'Dyna nhw wedi eu trechu! Da iawn, Harri!'

Mae Nest yn gostwng oddi ar ei chaseg yn grynedig, gan redeg tuag at ei mab. Mae ei groen yn welw, ond ei lygaid yn pefrio, ac mae'n edrych yn falch ohono'i hun wrth iddo blygu i sychu llafn ei gleddyf gwaedlyd ar y gwair. Mae Gerald yn sylwi ar Nest.

'Mae'n rhaid iddo ddysgu brwydro rywbryd, Nest.'

Mae ceg Nest yn sych.

'Pwy oedden nhw?'

Mae Gerald yn codi ei ysgwyddau'n ddidaro.

'Dim ond rhyw lanciau'n achosi trafferth. Maen nhw wedi ffoi, er bod un wedi ei anafu yn y coed.' Mae'n codi ael wrth i Nest ebychu. 'Ry'n ni wedi bod yn drugarog, Nest! Gallen ni fod wedi ei ladd e!'

Ond nid yw Nest yn aros i wrando, gan redeg i gyfeiriad y coed ac anwybyddu gweiddi rhybuddiol ei gŵr a'i mab. Mae hi'n ymwthio trwy'r boncyffion, hem ei ffrog yn llusgo ar hyd carped o frigau toredig. Does dim rhaid iddi fynd yn bell iawn cyn iddi weld y llanc sy'n hanner gorwedd, hanner eistedd â'i gefn yn erbyn boncyff. Mae ei wyneb yn llwyd, olion dagrau ar ei ruddiau, ac mae gwaed tywyll yn diferu trwy'r bysedd sydd wedi gwasgu i'w fol.

Mae hi'n gostwng ar ei phenliniau o'i flaen, rhwygo'r fêl wen oddi ar ei phen a brysio i geisio atal y gwaedu, wrth i lygaid ymholgar y llanc hoelio arni.

'Nest ferch Rhys…'

Mae geiriau'r llanc a'r llais cryg yn siarad ei mamiaith yn ei hatal.

'Roeddech chi'n fy nabod? A dal yn ymosod arnom ni?' Ni allai Nest guddio'r siom a'r penbleth. 'Ond rwy'n un ohonoch chi!'

Yn araf mae'r llanc yn codi ei ben a syllu i fyw ei llygaid, ac yna mae'n poeri, y poer yn glanio fodfedd oddi wrthi.

'Dwyt ti ddim yn un ohonom ni, Nest ferch Rhys.' Mae'n griddfan wrth geisio codi ei hun i eistedd yn fwy syth. 'Rwyt ti'n siom. Roedd pawb yn gobeithio y byddet ti'n gwneud gwahaniaeth pan ddois ti'n ôl i'r deyrnas. Dy fod yn mynd i fod yn ddylanwad da ar y diawliaid Ffrengig sy'n ein herlid… ond na. Hwran Henry wyt ti, dyna'r oll.'

Mae Nest yn gwelwi. Gall synhwyro Gerald yn chwalu ei ffordd trwy'r coed i'w hebrwng ymaith. Mae hi'n pwyso'r fêl unwaith eto ar anaf y llanc. Mae'n rhaid iddi symud yn nes ato i glywed ei eiriau nesaf, ond does dim gwadu'r chwerwder yn ei lais.

'Ti heb wneud dim, Nest ferch Rhys. Dim ond sefyll o'r neilltu wrth i'r Ffrancwyr yrru'r Cymry o Ddeheubarth. Ac yn waeth byth, rwyt ti wedi creu a magu mwy o arglwyddi Normanaidd i'n gorchfygu ni.'

Mae ffrwd denau o waed yn diferu o'i geg nawr. Mae'r llygaid yn pylu. Llifa dagrau Nest yn boeth i lawr ei gruddiau.

All hi wneud dim ond gwylio wrth i'w fywyd ymadael

mewn anadl hir, boenus. Mae Gerald yn ebychu'n ddiamynedd wrth ddod o hyd iddi, wedi plygu dros y corff marw.

'Edrycha golwg arnat ti! Allwn ni ddim mynd i briodas frenhinol gyda ti mewn cyflwr fel 'na!'

Does ganddi ddim ateb, felly mae'n dilyn Gerald yn ufudd, ei fêl waedlyd yn ei llaw a'i ffrog yn anniben, a gadael iddo'i halio ar gefn ei chaseg, sydd wedi tawelu erbyn hyn. Mae Harri'n disgwyl amdanyn nhw, ei wyneb yn chwilfrydig.

'Beth sy'n bod, Mam?'

Sylla Nest arno am ennyd, gan deimlo anobaith sy'n drech na hi. Brwydra i gadw'i llais yn ysgafn wrth ateb ei mab, ond mae'r dwylo sy'n cydio'n dynn yn yr awenau'n crynu.

'Dim, Harri. Dim byd o gwbl.'

37

Castell Caerdydd, Gorffennaf 1112

Roedd hi wedi anghofio sut le oedd e. Y llys. Y taeogi sebonllyd. Y gwragedd yn syllu ac yn siarad yn faleisus tu ôl i'w dwylo. Y dynion yn glafoerio'n agored, neu'n ei llwyr anwybyddu ac yn siarad gyda Gerald. Y mân siarad; dweud un peth a golygu peth arall. Oedd, roedd hi wedi anghofio. Anadla'n ddwfn a cheisio'i gorau glas i aros yn ddigynnwrf, ond nid yw'n hawdd. Dydy hi ddim wedi arfer bellach, ac mae delwedd y llanc yn y goedwig yn dawnsio o flaen ei llygaid, ei eiriau'n atseinio yn ei chlustiau.

Mae llygaid Harri'n grwn ac mae'n glynu'n agos wrth iddyn nhw droelli trwy'r neuadd orlawn, Gerald yn nodio fan hyn a fan draw, yn esbonio pwy yw pwy dan ei wynt er mwyn Harri. Mae'r uchelwyr yn ysblennydd yn eu dillad gorau, y sidan a'r gemau'n fflachio. Mae Nest wedi llwyddo i dacluso rhywfaint ar ei hedrychiad, er iddi orfod taflu'r fêl waedlyd, a dibynnu ar un o forynion Mabel FitzHamon i drefnu ei gwallt du yn blethi ffasiynol sy'n hongian at ei gwasg.

Teimla Nest fel petai mewn ffau o fleiddiaid, pob un yn disgwyl yn llechwraidd cyn llamu ar y sbarion o fwrdd Brenin Lloegr, yn barod i rwygo'i gilydd yn ddarnau yn y broses. Mae sawl un yn edrych arni hi a Gerald ac mae Nest yn gwybod eu bod yn destun clebran – mae hanes ei chipio gan Owain a dihangfa Gerald trwy'r gwardrob yn enwog erbyn hyn. Mae

Gerald yn ymwybodol o'r sylw hefyd, ac mae ei glustiau'n fflamio'n goch – arwydd sicr o'i gywilydd.

'Ti'n achosi cyffro mawr, fy nith.'

Mae llais esmwyth y tu ôl iddi a thry Nest yn ei hunfan. Rhydderch. Wrth gwrs ei fod e yma. Mae ei wyneb yn fwy rhychog, ei wallt yn lliw arian erbyn hyn, ond er hynny mae'n edrych yn dda ac yn heini.

'Ewythr,' ateba'n anghynnes.

Mae Rhydderch yn amneidio at Harri wrth ei hochr. 'A dyma Harri FitzHenry... wel, wir. Wedi tyfu.'

Mae casineb yn pigo Nest wrth iddi chwarae ei rhan yn gwrtais. Anaml iawn y mae hi wedi gorfod cymdeithasu â Rhydderch dros y blynyddoedd; mae e'n cadw draw o diroedd Gerald, ac mae Nest wedi llwyddo i'w osgoi sawl gwaith. Nid felly nawr. Mae Rhydderch yn edrych o'i gwmpas trwy lygaid cul. 'Dylai Gerald fod yn wyliadwrus... mae 'na sawl un yma heddiw â'u llygaid ar ei diroedd e.'

Llynca Nest yr ateb sy'n bygwth dianc o'i gwefusau. Nid tiroedd Gerald mohonyn nhw. Tiroedd ei thad. Tiroedd Gruffydd. A Rhydderch sydd ar fai am beidio â'u hamddiffyn. Ond nid dyma'r lle na'r amser i gael sgwrs fel 'na. Yn hytrach, mae hi'n troi oddi wrtho ac yn arwain ei mab, sy'n hollol anwybodus o'r tensiwn, tuag at eu seddi.

Mae'r byrddau hir yn gwegian o dan bwysau'r llestrau; lampreiod mewn saws, baedd, cig carw a physgod o bob math, a gwin Rheinaidd yn cael ei dywallt i wydrau gwydr gwyrdd, drud. I fyny ar y llwyfan eistedda Robert FitzRoy, mab hynaf brenin Lloegr, gyda'i ddarpar wraig, Mabel FitzHamon, y ferch ifanc yn gyffro i gyd, baneri ac arfbais FitzHamon yn hongian y tu ôl iddyn nhw. Mae'n amlwg fod arian mawr wedi ei wario ar yr achlysur, ac wrth edrych o'i hamgylch mae Nest yn sylwi bod pob uchelwr sydd ag unrhyw fath o ddylanwad yn Ne Cymru a'r gororau yma heddiw. Does dim wedi newid. Mae Henry mor graff ag erioed.

Mae Nest yn troi at Harri wrth iddo lwytho'r bwyd ar ei drensiwr yn frwdfrydig.

'Sioe ydy hon, wyddost ti.'

Llynca ei mab y bwyd yn ei geg a llusgo'i lygaid oddi ar ei frawd mawr, y priodfab, sy'n eistedd yn urddasol ar ei gadair grand ar y llwyfan.

'Mi oeddwn i am ofyn pam fod y brenin wedi gwario ar ddathliad mor fawr, pan na fydd y briodas go iawn yn digwydd am flynyddoedd?'

Gosoda Nest ei gwydr yn ofalus ar y bwrdd. 'Edrycha di o gwmpas, Harri. Mae pawb sy'n bwysig yma. Datganiad gwleidyddol ydy hwn.'

Mae Harri'n edrych yn ddryslyd. Mae Gerald yn gwyro tuag atyn nhw, a gostwng ei lais.

'Mae tiroedd y teulu FitzHamon yn enfawr. Ac mae Robert yn fab ffyddlon – mae'r Brenin Henry'n ymddiried ynddo fel neb arall. Mae e am wneud ei fab yn bwerus, ti'n gweld.'

Edrycha Harri eto ar y dyn rhadlon ar y llwyfan.

'Mae Henry'n defnyddio'i blant i ddiogelu ei fuddiannau ei hun, Harri,' meddai Nest wrth ei mab. 'Mae'n siŵr bydd yn dy ddefnyddio di, ryw ddydd. Mae'n treulio rhan helaeth o'i amser yn Normandi, ond mae angen cadw'r arglwyddi yn Lloegr dan ei reolaeth hefyd. Mae gwneud Robert yn gyfoethog a phwysig yn ffordd o wneud hynny, ac mae hefyd yn sicrhau fod cyfoeth y teulu FitzHamon ynghlwm yng nghyfoeth y goron.'

Mae wyneb Harri yn dangos iddo ddeall wrth i Nest fwrw yn ei blaen.

'Mae'r frenhines Matilda yn llaw gadarn ond prin yn symud

o Lundain. Mae Henry angen cynrychiolaeth ddibynadwy ar hyd a lled y deyrnas. Ac nid oes llawer y gall ymddiried ynddyn nhw go wir…'

Try ei geiriau yn ddistawrwydd wrth i Nest synhwyro bod rhywun yn syllu arni, y blew mân ar ei chroen yn codi. Coda ei llygaid a throi ei phen yn osgeiddig i geisio dod o hyd i darddiad yr edrychiad.

'Pwy yw hwnna?' Amneidia'n gynnil i gyfeiriad hen ddyn sydd gyferbyn â nhw. Mae Gerald yn ebychu'n dawel cyn gosod ei law dros ei llaw hi.

'Bernard de Neufmarché.'

Mae'r enw'n ergyd, yn ei tharo'n galed nes iddi fethu dal ei gwynt. Mae'n gwybod ei bod wedi gwelwi. Nawr mae Harri'n edrych arni'n chwilgar.

'Mam?'

Ysgydwa Nest ei phen, gan godi'i gwydr i'w gwefusau sych gyda llaw grynedig. Mae hi'n gorfodi ei hun i gymryd llymaid. Yn araf mae'n rhoi'r gwydr yn ôl ar y bwrdd, gan deimlo llygaid Gerald yn crefu arni i beidio â chreu helynt.

'Y dyn yna laddodd fy nhad, Harri.'

Rhywsut mae Nest yn eistedd yn urddasol trwy weddill y wledd, yn ymddwyn fel gwraig ufudd i Gerald. Yn reddfol daw'r ddealltwriaeth nad ydy hi'n perthyn i'r bywyd yma. Dydy hi erioed wedi bod yn perthyn.

Wrth i'r dathlu barhau, teimla Nest yn fwyfwy anghyfforddus ac mae'r ysfa i siarad ei mamiaith yn ysgubol. Mae hi'n gadael Gerald a Harri yn sgwrsio gyda'u cyfoedion a gwau trwy'r dorf at Rhydderch, sy'n pwyso'n ddi-hid yn erbyn y wal, yn gwylio'r miri drwy lygaid craff. Mae Nest yn gwybod ei fod yn deall popeth ac yn methu dim.

'Wyddost ti fod de Neufmarché yma?'

Mae Rhydderch yn taflu golwg i'w chyfeiriad a chodi'i ysgwyddau.

'Roeddwn i'n amau. Rwy wedi gorfod byw ochr yn ochr â'r dyn ers blynyddoedd.'

Mae Nest yn agor ei cheg i ateb ac yna ei chau. Mae Rhydderch yn wfftio wrth weld ei golwg anghrediniol.

'Bydda'n ymarferol, Nest. Lladdwyd Rhys mewn brwydr. Dim llofruddiaeth mewn gwaed oer oedd e. Dyma yw bywyd.'

'Dylet ti fod wedi gwneud rhywbeth, ewythr!'

Chwyrlïa Rhydderch tuag ati, ei lygaid yn tanio.

'Ast.' Mae'r gair yn siffrwd trwy ei ddannedd. 'Paid ti â sefyll fan 'na'n pregethu! Fel petaet ti'n wahanol, ferch! Nid ti yw'r unig un i droedio llwybr rhwng dau fyd a cheisio goroesi!' Llosga'i olwg ffyrnig drwyddi. 'Dydw i ddim yn gallu defnyddio 'nghorff i daro bargen fel ti.'

Cama Nest yn ôl fel petai Rhydderch wedi ei tharo, ei gruddiau'n fflamio. Daw Rhydderch yn agosach.

'Meddylia cyn tasgu cyhuddiadau, ferch. Ti yw'r un sy'n briod â Norman. Roedd gen ti gyfle i ymadael ag Owain, ond pwy ddaeth yn cropian yn ei hôl?'

Piga'r dagrau cynddeiriog tu ôl i amrannau Nest. Mae dicter Rhydderch yn diflannu mor sydyn ag y daeth, ei fwgwd oeraidd yn ôl wrth i'w ysgwyddau ostwng, ei gorff fel petai'n datchwyddo. Mae'r ddau'n sefyll wyneb yn wyneb am eiliad hir. Yna mae Nest yn camu i sibrwd yn ei glust.

'Mae Gruffydd yn fyw.'

Os ydy hyn yn ysgytwad i Rhydderch, nid yw'n dangos hynny.

'A fyddet ti'n ei gefnogi petai'n dychwelyd i Gymru?'

Nid ateba Rhydderch, dim ond llygadu ei nith yn feddylgar.

'Wyt ti wedi anghofio lle ydyn ni, Nest? A phwy sy'n rheoli Deheubarth nawr? Edrycha'n ofalus o'n cwmpas, ferch – maen nhw i gyd yma!'

Mae Nest yn cau ei llygaid. Am eiliad roedd hi wedi dychmygu bod Rhydderch wedi newid, yn edifarhau ac am wneud yn iawn am ei bechodau. Sylla'n siomedig i'w wyneb coeglyd.

'Llwybr y llwfrgi droediaist ti erioed, Rhydderch.'

A gyda hynny, mae hi'n troi ar ei sawdl a gwthio'i hun i ganol y dorf, gan adael ei hewythr yn ei unfan. Mae geiriau'r llanc yn y goedwig ar flaen ei meddwl. Heb wneud dim. Rhydderch am wneud dim. Neb am wneud dim. A daw'r ateb iddi'n sydyn, nes ei bod yn stopio'n stond. Ac mae'n gwybod, o'r diwedd, beth sy'n rhaid iddi ei wneud.

*

Capel Non, Tŷ Ddewi, Hydref 1112

Nid oes unman yn fwy sanctaidd, meddylia Nest, wrth i chwa o wynt gipio'i fêl a dyrnu'r capel bach lle saif yn edrych allan dros y bae. Mae'r tu mewn yn dywyll ac yn ddistaw, yn ddiogel fel cofleidiad. Ond y tu allan – y tu allan yw'r lle. Mae Nest yn cerdded yn araf i lawr y llethr nes cyrraedd y dibyn, y clogwyni'n gostwng yn serth at y môr, sy'n ymestyn yn eang at y gorwel pell.

Swatia yn ei chlogyn, gan wylio'r awyr dymhestlog, y cymylau'n drwm ac yn stormus. Yn ei dwylo mae torch aur Owain ac mae'n ei throelli drosodd a throsodd, rhychau'r metal yn gwneud patrymau ar ei chnawd. Gadawodd hi David yng ngofal Amice yn y llety ger y gadeirlan, yn benderfynol o wneud y siwrnai fer at gapel Non a'r ffynnon gyfagos ar ei phen ei hun. Dychmyga mam Dewi Sant yn syllu allan dros y môr o'r man hwn, gannoedd o flynyddoedd yn ôl, wrth i boenau genedigaeth grychu trwy'i chorff.

'Dywysoges.'

Clyw'r llais yn ei galw fel petai o bell, ac yn araf mae hi'n troi i'w gyfeiriad, ei chefn tuag at y môr. Mae perchennog y llais yn cerdded tuag ati, ei fantell dywyll yn chwipio o amgylch ei goesau. Arhosa Nest yn ei hunfan, ei chalon yn llamu.

O'r diwedd, saif o'i blaen, ei gwfl yn syrthio'n ôl i ddangos ei donsur. Dim ond unwaith yn ei bywyd mae wedi ei weld o'r blaen, ac roedd hynny wrth olau cannwyll, ond cofia'r llygaid dwys, duon, fel petaen nhw wedi'u serio'n ei chof.

'Meurig.'

Mae ysbryd o wên yn gwibio dros ei wyneb, ac yn araf gostynga'r mynach ar ei bengliniau o'i blaen.

'Coda, Meurig.' Mae Nest yn aros nes i'r mynach godi ar ei draed, y ddau ohonyn nhw'n sefyll wyneb yn wyneb wrth ymyl y capel bach. 'Diolch am ddod, Meurig. Doeddwn i ddim yn siŵr a fyddet ti'n dal i fod yn Nhŷ Ddewi.'

Ymgryma Meurig ei ben, ei lygaid eirin tagu'n ei gwylio'n ddisgwylgar. Anadla Nest yn ddwfn, yr araith yr oedd wedi ei hymarfer droeon ar y daith yma yn diflannu o'i phen, y geiriau ddim yn addas, rhywsut.

'Wyt ti'n dal i fod yn ffyddlon i linach Dinefwr, Meurig?'

Mae'r mynach yn rhythu arni'n graff, cyn ateb yn bwyllog. 'Wrth gwrs fy mod i, Dywysoges. Rwy'n falch iawn o'ch gweld. Ond oes rheswm eich bod wedi fy ngalw i yma?'

Sylla Nest am foment hir i'r môr unwaith eto, atgofion yn fflachio o flaen ei llygaid.

'Meurig, fe fentraist ti berygl mawr ar fy rhan i unwaith. Rwyf wedi dod yma i ofyn i ti wneud hynny eto.'

Mae'r ddau yn ddistaw, dim ond sisial y gwynt a sŵn y tonnau islaw yn taro'r creigiau ar eu clyw. O'r diwedd, mae Meurig yn ei hateb.

'Beth y'ch chi am i mi wneud, Dywysoges?'

*

Castell Caer Rhiw, Mawrth 1113

Mae bysedd Nest yn hedfan dros dannau'r delyn, ei chorff yn siglo a'i llygaid ynghau. Ar goll yn y gerddoriaeth, ar ei stôl isel ger y tân, nid yw'n clywed i ddechrau pan ddywed Amice ei henw.

'Beth sy'n bod, Amice?' meddai'n biwis, wrth i'r forwyn dorri ar ei thraws unwaith eto. Mae Amice yn anwybyddu llais pigog ei meistres, gan glosio'n agosach ati, gosod ei basged yn llawn nwyddau wrth ei thraed.

'Mae newyddion o'r farchnad heddiw, Arglwyddes!'

Gosoda Nest ei thelyn y naill ochr, gan edrych ar Amice yn holgar a gorffwys ei llaw ar ei bol, sy'n grwn gyda beichiogrwydd am y seithfed tro.

'Mae Owain ap Cadwgan wedi dial ar Fadog ap Rhirid!'

Eistedda Nest i fyny'n syth a theimlo curiad ei chalon yn cyflymu.

'Ydy e wedi ei ladd?'

Ysgydwa Amice ei phen. 'Ei ddallu e. Fe ymosododd Maredudd ap Bleddyn, ewythr Owain, ar Fadog. Ei gloi mewn carchar nes i Owain gyrraedd. Ac yna rhwygo'i lygaid o'i ben...'

Mae ias yn lledaenu trwy Nest wrth i'w meddwl fynd yn syth at Hywel a'r creithiau lle y bu ei lygaid. Mae Amice yn ymbalfalu yn ei basged.

‘Mae sôn bod Owain a Maredudd wedi rhannu tiroedd Madog rhyngddyn nhw.’

Ochneidia Nest gan syllu i’r fflamau.

‘Ac felly mae grym Owain yn cynyddu eto. Roeddwn i’n gwybod y byddai’n talu’r pwyth yn ôl ar ôl i Madog lofruddio Cadwgan.’

Mae’r ddwy yn dawel am ennyd hir, nes i Amice edrych o’u cwmpas, gan sicrhau fod neb yn gwrando, a chrybwyll y peth hwnnw sy’n drysu cwsg Nest bob nos ac yn meddiannu ei meddyliau yn ystod y dydd.

‘Wyt ti wedi clywed unrhyw beth am dynged Meurig?’

Ysgydwa Nest ei phen, ei llygaid yn llawn pryder.

‘Naddo. Dim byd. Does gen i ddim syniad a oroesodd e’r siwrnai neu beidio. Ac mae stormydd y gaeaf wedi bod mor arw…’

‘Doedd e ddim ar ei ben ei hun?’

Coda Nest ei hysgwyddau. ‘Wn i ddim. Fe ddwedais i wrtho am Dyfrig, y pererin sydd nawr yn fynach yn Nhŷ Ddewi hefyd. Wnes i arbed ei fywyd unwaith a gall Meurig ymddiried ynddo, dwi’n meddwl. Rwy’n gobeithio ei fod wedi mynd yn gwmni iddo. A rhoddais i dorch aur Owain iddo. Yn dâl, er nad oedd e am ei chymryd hi.’

Nodia Amice, y ddwy’n tawelu eto, eu meddyliau’n bell i ffwrdd. Y tu allan mae’r haul yn dechrau machlud, y cysgodion yn hwyhau, y ceffylau’n glyd yn eu stablau, yr adar yn nythu. Ac yn rhywle mae Meurig, yn bell o’i gell yn y mynachdy a dim ond Duw a ŵyr a yw wedi cyrraedd pen ei daith yn ddiogel.

Daw Angharad o rywle i eistedd wrth draed ei mam, ac heb feddwl mae llaw Nest yn symud at ben ei merch, yn mwytho’r gwallt du sydd mor debyg i’w gwallt hi.

‘Mam?’

'Mmm?'

'Wnei di chwarae cân i ni?'

*

Castell Caer Rhiw, Mai 1113

Mae'n glawio'n drwm pan ddaw'r newyddion o'r diwedd. Y math o law taranllyd sy'n dilyn cyfnod hir o sychder a gwres. Mae'n dod yn ddirybudd, pan mae Nest ar ei ffordd yn ôl i'r castell, wedi dengyd o fwrlwm diwrnod golchi. Mae hi'n ymochel dan hen ywen, ei boncyff yn ymestyn yn eang a'i rhisgl yn greithiog. Mae'r glaw'n morthwylio ar laswellt sychedig, crimp a daw aroglau cryf y pridd i'w ffroenau.

Mae ei chalon yn adlamu wrth iddi sylweddoli fod ganddi gwmni. Mae'r mynach yn sefyll o'i blaen, fel ysbryd o nunlle. Mae ei wisg yn wlyb a'i bryd yn welw.

'Meurig! Fe ddychrynaist ti fi! Diolch byth, mae'n fisoedd ers dy weld!'

Mae'r mynach yn ymuno â hi i gysgodi o dan yr ywen ac wrth iddo agosáu gall weld y blinder yn ei lygaid.

'A ddois ti o hyd iddo?' hola Nest.

'Do.'

Mae llaw'r mynach yn palfalu ym mhlygiadau gwlyb ei glogyn, nes o'r diwedd mae'n ymddangos, sgwâr o femrwn wedi ei blygu'n dynn rhwng ei fysedd.

'Dyma chi, Arglwyddes.' Mae'n gosod y memrwn tamp yn ei llaw, cyn plygu ei ben yn barchus iddi. 'A nawr, gyda'ch caniatâd, dychwelaf i Dŷ Ddewi – mae wedi bod yn siwrnai hir.'

'Ond rhaid i ti gysgodi yng Nghaer Rhiw, Meurig! A chymryd lluniaeth? Wnei di ddim aros nes i mi ddarllen hwn?'

Mae'r mynach yn ysgwyd ei ben, cyn codi'i gwfl a chamu o gysgod yr ywen i ganol y glaw. Dydy Nest ddim yn ei wylio'n gadael, gan droi'i sylw'n syth at y memrwn yn ei llaw, a'i agor gyda bysedd crynedig. Mae'r nodyn yn fyr, mewn ysgrifen flêr, fel petai wedi ei ysgrifennu ar frys.

Fy chwaer,

Does dim geiriau i ddisgrifio sut deimlad oedd derbyn dy neges.

Rwyf am i ti wybod hyn: dydw i ddim wedi anghofio. Ac rwyf mor ddiolchgar am dy ffydd ynof fi.

Ni allaf ddweud mwy yma. Rwyt ti wedi mentro perygl mawr yn gyrru'r mynach ata i. Paid gwneud y fath beth eto.

Arhosa amdana i.

Gruffydd.

Yn araf, mae Nest yn codi ei phen o'r memrwn ac yn ei blygu'n fach drachefn. O'i llygaid glas mae'r dagrau'n ffrydio, fel y glaw sy'n llifo'n nentydd dros y tir sych cyn treiddio i'r pridd.

Epilog

Môr Iwerddon, haf 1113

Mae'r estyll pren yn gwegian dan straen a phwysau wrth i'r tonnau rolio o'u hamgylch. Cydia'r gwynt yn yr hwyl sy'n fflapio'n swnllyd, gan chwyddo a llacio gyda'r hyrddwynt. Saif dyn yn dal ar fwrdd y llong.

Chwytha'i wallt yn glymau dros lygaid Gruffydd, yr ewyn yn tasgu, blas hallt ar ei dafod. Mae'n camu'n ofalus ar draws bwrdd y llong, yn simsan ac yn llithrig, yn siglo o ochr i ochr wrth i drwyn y llong hollti llwybr trwy'r dŵr lliw dur. Cydia'n dynn yn y rhaff, sy'n llosgi cledr ei law wrth iddo syllu i gyfeiriad eu mordaith. O'i gwmpas, ei ffrindiau ffyddlon; mae'n ymddiried ynddyn nhw bob un. Ac wrth ei ochr, pennau tywyll ei feibion hynaf, yn gyffro i gyd ar eu hantur fawr gyntaf. Mae eu mam nhw yn ôl yn Iwerddon, a bywyd Gruffydd bellach ar drywydd arall a hithau'n rhan o'i orffennol, er nad yw'n dweud hyn wrth y bechgyn.

Coda ei ben i rythu ar y gorwel pell, ar y tir sy'n codi'n fryniau tywyll, ac mae cyffro'n gwefrio drwyddo, ei galon yn curo'n gyflymach, yr ysfa sydd wedi ei ddilyn trwy ei oes wedi ei rhyddhau o'r diwedd. Ugain mlynedd. Ugain mlynedd ers troedio'r tir yna. Ugain mlynedd o fyw bywyd rhywun arall.

Disgleiria'r haul yn stribedi sy'n hollti trwy'r cymylau, clytiau o olau euraid ar wyneb garw'r dŵr. Gwaedda ei fab hynaf wrth weld creadur llithrig, ariannaidd yn llamu o'r tonnau. Llamhidydd! Mae Gruffydd yn gwenu. Arwydd.

Dychmyga ferch ifanc yn troedio traeth Llansteffan, ei bodiau'n suddo i'r tywod, ei gwallt adain brân yn syrthio at waelod ei chefn, ei chorff yn dal ac yn osgeiddig, gyda llygaid pefriog fel awyr mis Mehefin, a gwên lydan. Yn ddigymar yn ei harddwch. Yn ei ddychymyg mae hi'n dal i fod yn ddeg oed, nid gwraig o ddeg ar hugain fel y mae hi mewn gwirionedd.

Dychmyga Gruffydd hi'n codi ei llaw. Yn galw ei enw. Dychmyga glywed ei gwaedd uwch sŵn y gwynt a'r tonnau.

Gruffydd!

Mae hi'n aros amdano.

Nodyn gan yr Awdur

Mae Nest wedi fy niddori i ers y tro cyntaf i mi glywed amdani gan fy nhaid, a oedd yn frwd ynghylch hanes Cymru a hynny flynyddoedd lawer yn ôl. Roedd ei harddwch hi yn chwedlonol ac fe wnaeth y portread ohoni, fel rhyw fath o arwres ramantaidd, gydio yn fy nychymyg pan oeddwn i yn fy arddegau. Ond wrth ddarllen ymhellach, a'i hystyried hi trwy lygaid mwy aeddfed, roeddwn yn anfodlon gyda'r disgrifiadau ohoni mewn llyfrau hanes, a oedd naill ai'n ei phortreadu fel tywysoges stori dylwyth teg (gyda'r llysenw 'Helen of Wales') neu fel putain lac ei moesau. Ac felly mi es i ati i geisio canfod dehongliad gwahanol o Nest. Un mwy cyflawn. Mwy teg.

Mae yna lawer iawn nad ydyn ni'n ei wybod am Nest a'i bywyd. Ond diolch i ffynonellau gwreiddiol (gan gynnwys yr *Annales Cambriae* a *Brut y Tywysogion*), mae yna doreth o wybodaeth am y cyfnod roedd hi'n byw ynddo ac am ddigwyddiadau yng Nghymru a Lloegr ar y pryd. Rwy wedi ceisio glynu at y ffeithiau pan mae tystiolaeth hanesyddol yn bodoli, ond rhaid cofio mai dehongliad yw ffuglen hanesyddol, wrth gwrs, ac rwy'n siŵr y bydd yna rai fydd yn dewis dehongliad gwahanol. Rwy hefyd yn cydnabod bod fy nehongliad i o Nest wedi ei liwio, yn anochel, gan ragfarn ac agwedd meddwl menyw sy'n byw yn yr unfed ganrif ar hugain. Fi, felly, sy'n gyfrifol am unrhyw gamgymeriadau.

Mae cymeriadau Margred, Amice, Meurig y mynach, Ceridwen, Hawise a'r pererinion yn hollol ffuglennol. Mae'r cymeriadau eraill yn seiliedig ar bobl oedd yn fyw yn ystod y cyfnod.

Mae'n debyg i Nest gael ei geni rhwng 1081 a 1085. Dydyn ni ddim yn gwybod beth ddigwyddodd i Gwladus, mam Nest. Mae'n bosib iddi ailbriodi, ond does dim cofnod o hynny. Os oedd Gwladus wedi syrthio i ddwylo'r Normaniaid, roedd hi'n wobr lai gwerthfawr na Nest. Rwy'n dychmygu ei bod hi wedi marw yn fuan ar ôl i Rhys ap Tewdwr gael ei ladd. Mae'n bosib fod ganddi nifer o hanner brodyr a chwiorydd oedd yn hŷn na hi, ond dim ond Goronwy ap Rhys sy'n ymddangos yn y nofel.

Rydym yn gwybod bod Nest wedi syrthio i ddwylo teulu de Montgomery ond dydyn ni ddim yn gwybod pryd. Mae yna rai sy'n credu iddi gael ei chaethiwo yng Nghymru, yng Nghaerdydd efallai. Rwy'n credu ei fod yn fwy tebygol iddi gael ei dwyn i Loegr. Byddai'r Normaniaid yn ei gweld fel cyfle i feddiannu tirddaliadaeth yn Ne Cymru. Roedd priodas yn y cyfnod yn fater strategol a gwleidyddol, ac roedd aeresau yn bwysig. Rwy'n credu bod teulu de Montgomery wedi gosod Nest gyda deiliad dibynadwy neu ei hanfon i leiandy. Mae'r hanesydd Kari Maund yn awgrymu'r teulu Corbet o Longden ac Alcester. Roedd Sybil Corbet yn feistres i Harri'r 1af, gan eni plant iddo cyn iddi briodi Herbert FitzHerbert. Fi sydd wedi dychmygu'r berthynas rhwng Nest a Sybil – dydyn ni ddim yn gwybod a oedden nhw'n nabod ei gilydd, ond byddai wedi bod yn un ffordd i Nest ddod i sylw'r Tywysog Harri.

Dydyn ni ddim yn gwybod a oedd Nest yn ward y goron, ond mae'n rhagdyb teg gan ystyried ei statws. Ni fyddai'r Brenin William wedi dymuno i deulu Montgomery (na ellid dibynnu ar eu teyrngarwch) fynd yn rhy bwerus. Rydym yn gwybod bod Nest wedi cael plentyn gyda Harri'r 1af – naill ai pan oedd hi'n ifanc, fel sydd yn y nofel, neu yn hwyrach, tua 1114 pan ddaeth y Brenin Harri ar ryfelgyrch i Gymru. Roedd manteision o fod yn feistres frenhinol ac nid oedd yn rhwystr i briodas barchus. Rydym yn gwybod bod Harri yn ganlynwr hynod frwd, ac iddo gael sawl meistres cyn iddo briodi ac o leiaf ugain o blant anghyfreithlon.

Mae *Brut y Tywysogion (Llyfr Coch Hergest)* yn cofnodi bod Goronwy ap Rhys wedi marw yn y carchar yn 1102.

Mae'n debyg fod Nest a Gerald wedi priodi rhywbryd tua 1102–1105. Dydyn ni ddim yn gwybod beth oedd ymateb Nest, na chwaith os oedd ganddi unrhyw ran wrth ailsefydlu Gerald yn Ne Cymru, ond roedd rhywbeth wedi digwydd i wneud i Harri'r 1af roi cyfle arall iddo. Dydyn ni ddim yn gwybod chwaith beth oedd rhan Nest yn ei chipiad gan Owain ap Cadwgan. Mae rhai yn meddwl ei bod wedi cydgynllwynio gydag Owain, ond mae'n anodd credu hyn wrth feddwl am ei phlant a goblygiadau anferthol ei chipio. Mae rhai'n credu ei bod wedi geni plentyn Owain yn ystod cyfnod ei chipiad, a theithio i Iwerddon gydag e, ond does dim tystiolaeth o hyn, na sôn am y plentyn wedyn. Ond mi wnaeth hi ddychwelyd at Gerald a geni mwy o blant wedi hynny, felly mi wnaethon nhw gymodi rhywsut.

Dydyn ni ddim yn gwybod a wnaeth Nest unrhyw beth i annog Gruffydd i ddychwelyd i Gymru. Ond mi ddaeth i fyw gyda hi a Gerald am gyfnod wedi iddo lanio, ac felly mae'n debyg ei bod hi wedi cynnig rhyw fath o gefnogaeth iddo.

Dydyn ni ddim yn sicr pryd syrthiodd Hywel i ddwylo teulu de Montomery, ond mae tystiolaeth ei fod wedi cael ei garcharu yn rhywle ac wedi cael ei sbaddu a'i lurgunio.

Roedd tynnu llygaid a thorri bodiau yn artaith a oedd yn cael ei defnyddio ar y pryd. Penfro oedd y cryfaf o'r cestyll Normanaidd ac felly, i mi, mae'n gwneud synnwyr mai yno y cafodd Hywel ei garcharu. Erbyn 1115 roedd Hywel wedi dengyd (neu wedi cael ei ryddhau) gan iddo chwilio am loches gyda'i frawd Gruffydd yn llys Gruffudd ap Cynan. Dydyn ni ddim yn gwybod beth ddigwyddodd iddo wedyn.

Does dim cofnod o le na gyda phwy roedd Gruffydd ap Rhys yn byw wedi iddo ffoi i Iwerddon. Roedd yn arferol iawn i'r Cymry ymalltudio yno; mi wnaeth Rhys ap Tewdwr ei hun ffoi i Iwerddon yn ystod blynyddoedd cynnar ei deyrnasiad. Dydyn ni ddim yn gwybod a oedd Gerald neu Owain wedi cwrdd â Gruffydd yn Iwerddon yn ystod eu teithiau yno. Wedi iddo ddychwelyd i Gymru, priododd â Gwenllian ferch Gruffydd ap Cynan. Bu'n brwydro trwy ei fywyd am ei etifeddiaeth – ond mae honno'n stori arall.

Bu farw Owain yn 1116. Mae'n debyg fod Gerald wedi chwarae rhan yn ei farwolaeth. Bu farw Gerald rhywbryd rhwng 1116 a 1130. Aeth Nest ymlaen i briodi eto (mwy nag unwaith, efallai) a geni mwy o blant. Ond mae honno'n stori arall hefyd! Mae hi'n diflannu o'r ffynonellau tua 1130. Aeth ei phlant yn eu blaenau i sefydlu sawl llinach bwysig yn Iwerddon ac yng Nghymru. Ei hŵyr, wrth gwrs, oedd Gerallt Gymro.

Dylid nodi bod haneswyr yn anghytuno am leoliad Mathrafal. Mae'n bosib hefyd mai prif gartref Owain oedd Plas Eglwyseg, ger Llangollen. Dydy lleoliad Cenarth Bychan ddim yn sicr chwaith, ond mae'n debygol ei fod yr un safle â Chastell Cilgerran.

Mae'n debyg y byddai Nest yn siarad Ffrangeg gyda'i gŵr a'i phlant. Mae'n annhebygol y gallai hi ysgrifennu – yn wahanol i'r hyn sydd yn fy stori i. Mae'r nofel hon yn ymgais i roi llais iddi, fel person a droediodd lwybr rhwng dau fyd gwahanol iawn. I mi, yr hyn oedd yn fwyaf amlwg oedd bod Nest wedi gorfod dysgu sut i oroesi.

Marged Berry

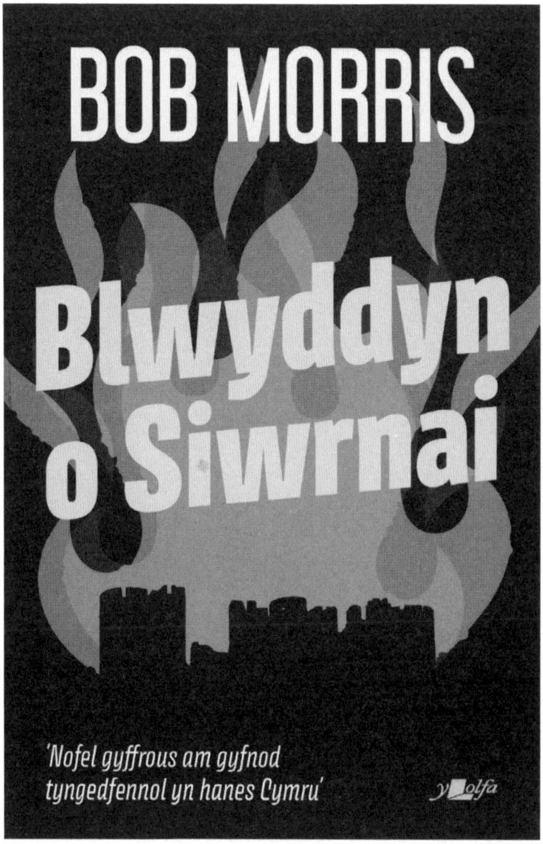
BOB MORRIS
Blwyddyn o Siwrnai
'Nofel gyffrous am gyfnod
tyngedfennol yn hanes Cymru'
y Lolfa

£11.99